W0324663

Mary Hoffman

Stravaganza – Stadt der Sterne

Mary Hoffman

STRAVAGANZA

Stadt der Sterne

Aus dem Englischen von
Eva Riekert

Arena

Herzlichen Dank an meine italienischen Berater,
Edgardo Zaghini vom Young Book Trust
und Carlo Poesio aus Florenz.
Weiterhin danke ich Graziella Rossi für ihre Hilfe
und freundliche Beratung im Bezirk des Widders,
Roberto Filiani für seine regelmäßigen Palio-E-Mails,
Reuben Wright für seine Gesellschaft auf dem Campo im Juli
und Frances Hardinge und Saint Galgano
für einen unerwarteten Spaziergang in den Wäldern
mit einer schwarzen Libelle.
Dank geht auch an Eileen Walker
für spezielle Auskünfte zum August-Rennen.
Das Buch von Alan Dundes und Alessandro Falassi,
La Terre in Piazza, *war von unschätzbarer Hilfe.*
Schließlich bedanke ich mich noch bei
Professore Luigi Bernabei aus Santa Chiara
und bei Giuliana und Giorgio Citterio aus Podere Vignali,
die das perfekte Umfeld für mein Remora schafften.

Die Originalausgabe erschien 2003 unter dem Titel
»Stravaganza – City of Stars« bei Bloomsbury Publishing Plc, London
Copyright © Mary Hoffman, 2003

In neuer Rechtschreibung

1. Auflage 2004
© 2004 by Arena Verlag GmbH, Würzburg
Alle Rechte vorbehalten
Aus dem Englischen von Eva Riekert
Einbandgestaltung: Ian Butterworth
Gesamtherstellung: Westermann Druck Zwickau GmbH
ISBN 3-401-05580-1

Für Bexy,
den Stern der Stadt

»Es sind Verträge und Bündnisse geschlossen worden, die es schlicht unmöglich machen, dass das beste Pferd gewinnt. Denn hier handelt es sich nicht um ein gewöhnliches Pferderennen, sondern eher um Kriegsführung. Und wenn der Sieg nicht durch Schnelligkeit oder Stärke erreicht werden kann, dann wird er sich eben erkauft oder erschlichen.«

William Heywood, Palio und Ponte, 1904

». . . Der Klang der Bronzeglocke braust herab von dem Turm:
Der Umzug setzt sich in Bewegung . . .
Die Gegenwart verblasst und dort ist die Ziellinie: hinter dem Wald von Fahnen, jenseits des Glockengeläuts, das durch die brodelnde Luft fegt, außer Sichtweite der Menge . . .«

Eugenio Montale, Palio, 1939

»In der riesigen Weite des Palastes wanderte ich umher wie in einem verzauberten Wald. Einem Wald ohne versteckte Drachen – dafür aber voll erheiternder Wunder.«

Giuseppe Tomasi di Lampedusa,
Ricordi d'infanzia, 1955

montemurato
padavia
Bellezza
volana
fortezza
Bellona
classe
moresco
giglia
remora
Talia
romula
cittanuova
N

PROLOG

Das geflügelte Pferd

Cesare hatte über Tage kaum die Stallungen verlassen. Seine Lieblingsstute, Sternenlicht, war trächtig, und bis sie gebären würde, war sein Platz an ihrer Seite. Er schlief sogar im Stroh in der leeren Box neben ihr – was zur Folge hatte, dass sein braunes Haar blond wurde vom Staub des Strohs und seine Kleider juckten und piksten.

So eilig hatte er sein Abendessen hinuntergeschlungen und war in die Stallungen zurückgelaufen, dass er nun, während er die graue Stute striegelte, aufstoßen musste. Sternenlichts Mähne schimmerte silbern im Zwielicht, und während Cesare sie ausbürstete, schnaubte die Stute ihn aus ihren Nüstern an und scharrte unruhig mit den Hufen.

Cesares Familie wohnte bei den Widder-Stallungen und sein Vater, Paolo, war der Stallmeister im Bezirk des Widders. Paolo hatte ihm die Verantwortung für Sternenlicht übertragen und Cesare war entschlossen ihr gerecht zu werden. Neben Sternenlicht trat alles andere in den Hintergrund.

»Jetzt dauert's nicht mehr lange, meine Schöne«, flüsterte Cesare und das Tier wieherte zurück und schien ihm in dem dämmrigen Stall zuzunicken. Auch die anderen Pferde waren unruhig. Sie waren alle Araber-Kreuzungen und etwas überzüchtet; der Widder-Bezirk war ausschließlich an Rennpferden interessiert. In der Box auf der anderen Seite rührte sich

Arcangelo, der junge Fuchs-Wallach, im Schlaf und zuckte mit den Ohren, als träume er schon vom Sieg.

Auch Cesare legte sich zum Schlafen ins Stroh und in seinen Träumen ging es ebenfalls um Sieg. Tag und Nacht träumte er dasselbe: in dem großen Sternenrennen, der Stellata, das Widder-Pferd zu reiten und mit ihm zu gewinnen.

Eine kleine graue Katze schlich zur Stalltür herein und lief auf leisen Pfoten zu Cesares Schlafplatz. Behutsam rollte sie sich in seinem angewinkelten Arm ein und fing an zu schnurren.

Kurz vor Mitternacht erwachte Cesare plötzlich. Die Geräusche im Stall hatten sich verändert. Sternenlicht scharrte rastlos mit den Hufen und gleichzeitig merkte Cesare, dass sein Vater anwesend war. Paolos Art, plötzlich aufzutauchen, war unheimlich. Immer wusste er, wann er wo gebraucht wurde. Er hatte eine Fackel mitgebracht und steckte sie wortlos in eine Halterung, die hoch oben an der Wand angebracht war, damit die Funken das Stroh nicht entzünden konnten. Leichtfüßig sprang Cesare auf und scheuchte dabei die verstörte Katze hoch, die nun vor die Tür huschte.

Im flackernden Schein der Fackel versorgten Vater und Sohn die Stute, deren Zeit gekommen war. Es war eine leichte Geburt, denn es war nicht ihre erste. Doch als das Fohlen in Cesares Hände glitt, schrak er zurück, als habe er sich daran verbrannt.

»Was ist los?«, flüsterte Paolo. Es war, als hielte der gesamte Stall den Atem an.

»Ich weiß nicht«, flüsterte Cesare zurück. »Kannst du es nicht spüren? Mit diesem Kleinen hier ist irgendwas anders. Als ich es aufgefangen habe, hat es sich wie ein Schlag angefühlt – als wäre ich von einem Blitz getroffen worden.«

Sternenlicht wandte den schönen Kopf, um ihr neues Fohlen

abzulecken. Es war nicht nur dunkel glänzend von der Geburt, sondern schwarz – so schwarz wie die Nacht draußen, wo die Glocken der Kirchen gerade Mitternacht schlugen. Das Fohlen stand unsicher auf und suchte bereits wie jedes Neugeborene mit dem Mäulchen blindlings nach der Muttermilch.

In einem plötzlichen Windstoß schwang die Stalltür auf, die Paolo halb offen hatte stehen lassen. Ein Strahl Mondlicht fiel herein. Cesare zog scharf die Luft ein. Im silbrigen Mondschein sahen sie, dass das Fohlen, das soeben das Licht der Welt erblickt hatte, kein normales Tier war. Es war ein Wesen voller Magie.

Das kleine, langbeinige Ding – ein Stutfohlen – trocknete rasch in der warmen Nachtluft. Sein Fell war schwarz glänzend und man sah bereits, dass es ein erstklassiges Rennpferd würde. Aber das war noch nicht alles. Das Kleine spannte seine jungen Muskeln und wurde sicherer auf den spindeldürren Beinen, dann ließ es die Rückenmuskeln spielen und spreizte zwei kleine, feuchte schwarze Schwingen aus, die ungefähr so groß waren wie die eines Schwans.

»Dia!«, sagte Paolo tonlos. »Es ist geschehen. Hier im Widder ist uns das geflügelte Pferd geboren.«

Selbst die graue Katze kam wieder näher, um es zu bestaunen. Und plötzlich fiel Cesare auf, dass alle Pferde im Stall, auch Arcangelo, wach waren und das neue Fohlen betrachteten. Ein seltsames Gefühl saß ihm wie ein Kloß im Hals und Cesare wusste nicht, ob er vor Freude jubeln oder in Tränen ausbrechen sollte. Er wusste nur, dass etwas Wunderbares geschehen war und dass sein Leben von nun an nie mehr dasselbe sein würde.

Kapitel 1
Familien

Das geflügelte Pferd war mit einer feinen Staubschicht bedeckt. Es stand in der Ecke eines voll gestopften Schaufensters in einem kleinen Trödelladen. In diesem Fenster hatte Georgia es Tag für Tag auf dem Heimweg von der Schule angesehen, seit es zum ersten Mal dort aufgestellt worden war. Das war vor einem Monat gewesen und jetzt hatte sie fast genug Geld zusammengespart, um den Preis zu bezahlen, der auf dem kleinen weißen Schildchen stand.
Das Sparen hatte einige Zeit gedauert, denn Georgia brauchte fast ihr gesamtes Taschengeld für Reitstunden. Alle vierzehn Tage konnte sie sich die leisten.
»Was muss sie auch so ein teures Hobby haben?«, hatte ihr Stiefvater Ralph murrend zu ihrer Mutter gesagt, als sie sie damals mit Reithosen und Reithelm ausgestattet hatten. »Warum kann sie sich nicht für all diese Sachen interessieren, die andere Mädchen mögen?«
»Denkst du vielleicht, die wären billiger?«, hatte Georgias Mutter zurückgegeben und dabei ausnahmsweise mal die Seite ihrer Tochter ergriffen. »Sei doch froh, dass sie nicht jede Woche neue Klamotten will oder Handys oder sich die Haare färben möchte. Außerdem bezahlt sie ihre Stunden ja selbst.«
Das war vor zwei Jahren gewesen, als Ralph Maura geheiratet und seinen Sohn Russell mit in die Familie gebracht hatte.

Kaum dachte Georgia an Russell, da wurde ihr Mund trocken und sie bekam schwitzige Handflächen. Schnell, konzentrier dich auf das geflügelte Pferd, befahl sie sich selbst.

Wenn es in Wirklichkeit ein Pferd mit Schwingen gäbe, wie wunderbar wäre es dann, sich auf seinem Rücken in die Lüfte zu erheben und für immer davonzureiten! Georgia schloss die Augen und stellte sich die Bewegungen eines Pferdes unter sich vor, den Wechsel von Schritt zu Trab, von Trab zu Galopp und dann, ja, warum nicht noch eine Gangart weiter? Wie ein fünfter Gang auf der Autobahn gäbe es noch einen weiteren sanften Übergang und dann würde das Schlagen von Flügeln Pferd und Reiterin vom festen Boden heben und dorthin tragen, wo einen keiner mehr erreichen konnte.

Es klopfte an das Glas und Georgia riss die Augen auf. Ein Gesicht mit grauen Haaren und einer Brille sah sie aufmunternd durch die Scheibe an. Georgia erkannte den Besitzer des Trödelladens: Mr Goldsmith, falls sein Name mit den verblassten Buchstaben über dem Schaufenster übereinstimmte. Er winkte sie mit einladenden Bewegungen herein und sie stieß die Ladentür auf.

Paolo wusste, dass das schwarze Stutfohlen so bald wie möglich aus der Stadt gebracht werden musste. Wenn sich die Kunde von der wundersamen Geburt herumsprach, würde das Fohlen in Gefahr sein, entführt zu werden. Es war ein unsagbares Glück, das ihrem Stadtbezirk widerfahren war, und ein gutes Omen für die Stellata im Sommer, doch Paolo bestand darauf, dass es geheim gehalten werden musste.

»Mit ihr können wir an dem Rennen nicht teilnehmen«, sagte er zu Cesare. »So einen Vorteil würde man uns niemals zugestehen.«

»Aber diesen Sommer könnten wir sie sowieso noch nicht zum Rennen zulassen«, sagte Cesare. »Dazu ist sie doch noch zu jung.«

»Da sei dir mal nicht so sicher«, erwiderte Paolo. »Die geflügelten sind ganz und gar nicht wie andere Pferde. Sie wachsen in einem völlig anderen Tempo.«

Vater und Sohn hielten die ganze Nacht Wache, rieben das Fohlen und die Mutter mit Stroh trocken, richteten ihnen ein neues Lager aus Streu und gaben ihnen frisches Wasser. Es stimmte zwar, dass das neue Fohlen schon wenige Stunden nach seiner Geburt viel kräftiger wurde, aber so war das schließlich auch bei anderen Pferden. Das war eine der Eigenarten, die Cesare an Pferden liebte: dass ihre Jungen aufstanden und einfach loslebten. Nicht wie seine kleinen Geschwister, die so viel von der Aufmerksamkeit seiner Mutter in Anspruch nahmen und eine Ewigkeit brauchten, um halbwegs normale Menschen zu werden.

Cesare hielt sich viel lieber mit seinem Vater im Stall auf, bei dem warmen Geruch der Pferde, als in ihrem überfüllten Haus, das immer überquoll vor Wäsche und in dem ständig Säuglingsbrei in Töpfen blubberte. Außerdem war hier der einzige Ort, wo er Paolo dazu bekommen konnte, ihm von solchen Wunderdingen wie dem geflügelten Pferd zu erzählen.

»Rund alle hundert Jahre«, sagte Paolo, »so oft passiert es in Remora. Es ist das erste, das ich selbst erlebe – und das in unserem Bezirk.« Paolo war überglücklich. »Es ist das Beste, was zu meinen Lebzeiten im Widder passiert ist.«

»Aber wie kann so etwas geschehen?«, fragte Cesare. »Wir kennen schließlich den Vater. Sternenlicht ist doch von dem Hengst aus Santa Fina gedeckt worden – wie war doch gleich sein Name? Alessandro. An dem ist doch nichts Besonderes, oder? Ein toller Hengst, ganz klar, und er hat die Stellata im Jahr 68 gewonnen, aber eben nur ein Pferd – ohne Flügel.«

»So geht das auch nicht«, sagte Paolo langsam. Er sah Cesare nachdenklich an, als wöge er seine Worte sorgfältig ab. »Mit einem Zuchtbuch kann man die Ankunft eines geflügelten Pferdes nicht vorbestimmen. Es geschieht in unsicheren Zeiten – so wie wir sie jetzt gerade haben – und es ist ein gutes Omen für den Bezirk, in dem das Fohlen geboren wird. Trotzdem, Erfolg garantiert es nicht unbedingt. Und es birgt auch Gefahren.«

Sie beschlossen die Stute und ihr Fohlen am nächsten Abend zu verlegen. Wenn man die beiden bei Dunkelheit nach Santa Fina bringen würde, konnte nichts passieren. Der Besitzer von Alessandro, Roderigo, war jemand, dem sie vertrauen konnten, und das Fohlen konnte bei ihm im Verborgenen aufwachsen. Wenn seine Existenz bekannt würde, würden die rivalisierenden Bezirke, vor allem die Zwillinge und die Jungfrau, Himmel und Erde in Bewegung setzen, um das Wundertier zu ergattern und dem Widder sein gutes Omen zu rauben. Wenn das diesjährige Rennen erst mal vorüber war, konnte man seine Existenz gerne verkünden.

»Wie sollen wir die Kleine nennen?«, fragte Cesare.

»Merla«, war die entschlossene Antwort seines Vaters. »Schwarz wie eine Amsel. Möge sie immer sicher fliegen können.«

Mr Goldsmiths Laden war der unordentlichste und interessanteste Ort, den Georgia je gesehen hatte. Es herrschte ein totales Durcheinander von Möbeln, Zierrat, Kleidungsstücken, Waffen, Büchern, Schmuck und Besteck. Die Unordnung wurde hinter dem Tisch mit der Kasse noch schlimmer.

In einem Schirmständer aus Messing standen zwei Schwerter, eine alte Büchse, ein grüner Sonnenschirm aus Seide und ein Paar Krücken. Mr Goldsmiths Stuhl war eingeklemmt zwischen kippenden Notenstapeln und abgestoßenen ledergebundenen Bänden. Aus dieser Festung sah er Georgia mit zusammengekniffenen Augen entgegen.

»Du hast offensichtlich an irgendwas, das in meinem Fenster steht, dein Herz verloren«, sagte er. »Ich habe gesehen, wie du fast jeden Tag um diese Zeit hereingeschaut hast. Was ist denn das Problem? Nicht genug Kleingeld? Komm, Junge, spuck's aus!«

Georgia spürte, wie sie rot wurde. So etwas passierte ihr dauernd. Es lag an ihrem sehr kurzen Haar und der Tatsache, dass sie vorne noch ganz flach war. In ihrer Schulklasse, in der die anderen Mädchen bereits eindrucksvolle Kurven aufwiesen, war das mehr als peinlich. Sie hatte sich angewöhnt vornübergebeugt zu gehen und weite Pullover zu tragen. Und in letzter Zeit war sie mehr und mehr zu einer Trotzreaktion übergegangen – sie tat, als wolle sie gar nicht mädchenhaft wirken. Daher der Haarschnitt. Und der silberne Ring in der Augenbraue.

Mr Goldsmith sah sie neugierig an.

»Es ist das Pferd«, sagte sie. »Das mit den Flügeln.«

»Aha!« Er nickte. »Meine kleine etruskische Schönheit. Natürlich eine Kopie. Wahrscheinlich aus einem Museumsladen in Italien.«

»Wissen Sie es nicht?« Georgia war überrascht.

»Nicht genau«, sagte Mr Goldsmith. »Die Dinge landen hier auf den absonderlichsten Wegen. Ich glaube, es stammt aus dem Haus einer alten Dame in der Waverley Road. Es gab nur eine Großnichte, die es eilig hatte, alles zu verkaufen und zu Geld zu machen. Sie hat ganze Kartons voller Schnickschnack hergebracht. Leider nichts von den Möbeln. Dafür hat sie einen Antiquitätenhändler genommen. Trotzdem ist ein sehr schönes Paar silberner Kerzenleuchter abgefallen, das mir einen hübschen Batzen eingebracht hat.«

Georgia konnte sich an die Kerzenleuchter erinnern. Sie hatte sie an dem Tag im Fenster gesehen, als das geflügelte Pferd aufgetaucht war. Sie ging niemals auf direktem Weg von der Schule nach Hause, sondern trödelte immer, sah sich Schaufenster an und machte lange Umwege. Sie wollte nämlich nicht allein mit Russell im Haus sein, bevor ihre Mutter von der Arbeit zurückkam.

»Es ist so schön«, sagte sie schnell, um an etwas anderes zu denken. »Sieht alt aus.«

»Du bist gar kein Junge, was?«, sagte Mr Goldsmith plötzlich. Jetzt wurde er ein bisschen rot. »Entschuldige. Aber bei der Mode von euch jungen Leuten komme ich nicht mehr mit.«

»Das macht doch nichts«, sagte Georgia. »Ich hätte es Ihnen gleich sagen sollen. Ich heiße Georgia O'Grady und gehe auf die Barnsbury-Gesamtschule in der Waverley Road. Ich glaube, ich weiß, welches Haus Sie meinen.«

»Und ich heiße Mortimer Goldsmith.« Der alte Mann reichte ihr die Hand. »Und wo wir uns jetzt gegenseitig bekannt gemacht haben, wollen wir das Tierchen mal schnell aus dem Fenster holen.«

Er griff danach und ließ das schwarze Pferd in Georgias Hand fallen. Von der Sonne, die durch die Scheibe fiel, war es so warm geworden, dass es lebendig schien. Sie nahm ein Papiertaschentuch aus ihrer Jeanstasche und rieb vorsichtig den Staub ab. Mr Goldsmith sah sie an.

»Wie viel hast du denn?«, fragte er ruhig, und als Georgia eine Summe nannte, die zwei Pfund unter dem Preis auf dem

Schildchen lag, nahm er ihr das Pferd ab und wickelte es in Watte.
»Das reicht auch«, sagte er. Und von dem Augenblick an hatte Georgia das Gefühl, dass sie einen Freund gefunden hatte.

Als sie zu Hause eintraf, war Russell schon da. Er spielte laute Heavymetal-Musik in seinem Zimmer, sodass es Georgia gelang, leise in ihr Zimmer zu schleichen. Sobald sie drin war, schloss sie die Tür ab und seufzte erleichtert auf. Das war jedes Mal der schwierigste Teil des Tages. Immer, wenn Russell daheim war, war es reine Glücksache, ob sie ihr Zimmer erreichte, ehe er merkte, dass sie zurück war, und sie piesacken konnte.
Die Montage waren in Ordnung, weil er nach der Schule Fußball spielte, und dienstags hatte Georgia Mathenachhilfe. Freitags ging sie zur Geigenstunde, aber es blieben immer noch Mittwoch und Donnerstag, wo zwei Stunden zwischen der Schule und der Zeit zu überbrücken waren, zu der ihre jeweiligen Elternteile nach Hause kamen.
Russell war zwei Jahre älter als sie und zwei Klassen über ihr in der Barnsbury-Gesamtschule. Beide hatten sich vom ersten Treffen an nicht ausstehen können. »Wenn du glaubst, ich lasse zu, dass deine blöde Mutter meinen Dad in ihre Klauen kriegt, dann hast du dich aber getäuscht«, hatte er ihr dabei heimlich zugezischt.
Aber es war ihm nicht gelungen, Ralph davon abzuhalten, Maura zu heiraten, und er hatte auch nicht mitreden dürfen, als beide Elternteile ihre Wohnungen veräußerten und sich zusammen ein Haus in Islington kauften. Auch die Tatsache, dass sowohl Georgia als auch Russell praktisch Einzelkinder waren, hatte nicht zur Aussöhnung beigetragen. Russell hatte eine viel ältere Schwester, Liz, die bei ihrer Mutter geblie-

ben war, als die sich von Ralph getrennt hatte. Und seit jenem Zeitpunkt war eines für ihn klar gewesen: Es gab ihn und seinen Vater gegen den Rest der Welt.
Inzwischen gab es allerdings nur noch ihn gegen Georgia. Maura ließ er gelten, denn sie war der Grund dafür, dass sein Vater jetzt öfter bessere Laune hatte als früher. Zwar warf Russell ihr vor, sich zwischen ihn und seinen Vater gedrängt zu haben, doch weil es wenig aussichtsreich war, gegen sie zu rebellieren, ließ er alles an Georgia aus.
Georgia hätte sich über einen richtigen älteren Bruder eigentlich sehr gefreut. Sie hatte einmal einen jüngeren Bruder gehabt, aber der war ein paar Tage nach der Geburt gestorben. Nicht lange danach hatte ihr eigener Vater die Familie verlassen. Georgia war damals noch sehr jung gewesen und konnte sich kaum an ihn erinnern. Das Einzige, was ihr im Gedächtnis geblieben war, war, dass ihre Mutter ständig geweint hatte. Und dann hatte Maura ihre Tränen eines Tages getrocknet und gesagt: »Schluss jetzt. Wir müssen es eben alleine schaffen.«
Und das hatten sie auch, bis Ralph daherkam. Gegen ihn hatte Georgia eigentlich nichts. Er liebte Maura, und wenn er guter Laune war, konnte er ganz witzig sein. Aber er machte sich dauernd Sorgen ums Geld. Und er hatte Russell mitgebracht.
Vorsichtig packte Georgia das geflügelte Pferd aus und stellte es auf ihre Kommode. Dann ging sie an ihren Computer und loggte sich ein. *Etruskisch*, tippte sie in die Suchmaschine, *Etruskisch+Pferd+geflügelt*.
987 Eintragungen, teilte ihr der PC mit, doch Georgia war schon eine gewiefte Internet-Benutzerin und sah nur die ersten einhundert genauer an. Zu den besten Sites gehörte eine amerikanische, die eine wunderschöne, kleine vergoldete

Bronzefigur zeigte, die drei Jahre zuvor auf einer Auktion angeboten und bisher noch nicht verkauft worden war. Sie war nur wenig über sechs Zentimeter lang und sah ähnlich aus wie die Figur, die Georgia gerade gekauft hatte – nur dass das Mindestgebot für sie zwischen zwei- und dreitausend Pfund lag!
Auf einer anderen guten Site fand sie etwas über eine Bronzevase aus Monteleone, wo immer das liegen mochte, auf der ein Wagen von einem geflügelten Pferd gezogen wurde. Eine Illustration war leider nicht dabei, aber Georgia hatte das Gefühl, sich das Bild vorstellen zu können.

Im Bezirk der Zwillinge erwartete Riccardo, der Stallmeister, einen illustren Gast: Niccolò, Herzog von Giglia und Oberhaupt der mächtigen Familie di Chimici. Er war zu Besuch bei seinem jüngeren Bruder Ferdinando, der Papst und gleichzeitig Fürst von Remora war. Obwohl Remora das offizielle Regierungszentrum der Chimici war, lag die wahre Macht im Norden, in den Händen des Herzogs von Giglia und seiner Erben.

Niccolò, Urenkel des Begründers der Dynastie der Chimici, hatte fünf Kinder, die alle noch lebten, vier davon Söhne, und er war der ehrgeizigste Mensch in ganz Talia. Unter seiner Ägide hatte die Familie Chimici ihr Netz über alle Städte im Norden des Landes ausgesponnen und hielt nun in den meisten davon die Macht in den Händen. Nur der lästige Stadtstaat Bellezza an der Nordostküste setzte sich gegen die Allianz mit ihm oder seiner Familie zur Wehr. Aber in dieser Hinsicht hatte Niccolò bereits einen Plan.

Hier in Remora war seine Stellung eindeutig. Als er die paar hundert Meter vom päpstlichen Palast zu den Zwillings-Stallungen zurücklegte, musste er ein Dutzend Mal stehen bleiben, um mit wohlhabenden Handelsleuten Artigkeiten auszutauschen oder die Ehrbezeugungen ärmerer Bürger entgegenzunehmen. In bester Laune erreichte Niccolò die Stallungen.

Riccardo, der Stallmeister der Zwillinge, platzte fast vor Stolz. Am Tag zuvor hatte ihm der Papst einen Besuch abgestattet und jetzt kam der Herzog von Giglia – dem Hörensagen nach der reichste Mann Talias –, um seine Pferde in Augenschein zu nehmen. Das schönste Pferd hob Riccardo sich bis zuletzt auf.

Mit kundigem Blick betrachtete Niccolò den überzüchteten Braunen, der die Nüstern blähte und in seiner Box leicht zu steigen anfing. Er streichelte dem Pferd das Maul mit seiner behandschuhten Hand und sprach beruhigend auf es ein. Dann wandte er sich an den Stallmeister.

»Was gibt es für Rivalen dieses Jahr?«

»Aber Euer Gnaden, Ihr wisst doch, was für ein Geheimnis hier in der Stadt jeder um seine Pferde macht«, begann Riccardo etwas nervös.

Niccolò di Chimici sah ihn mit seinem kalten Blick fest an. »Aber Ihr werdet doch nicht nur dafür bezahlt, Euch um Pferde zu kümmern, sondern auch, um solche Geheimnisse herauszufinden, oder nicht?«

»Gewiss, Euer Gnaden«, murmelte der Stallmeister. »Und jetzt, mit dem neuen Stallburschen, werden die Dinge auch einfacher. Er wurde mir speziell von dem Neffen Eurer Gnaden empfohlen, von dem Botschafter zu Bellezza. Signor Rinaldo hat mir berichtet, dass ihm dieser Mann einen großen Dienst geleistet hat und dass er berühmt ist für seine Fähigkeit, Geheimnissen nachzuspüren.«

Niccolò lächelte. Er hatte etwas von dem Dienst gehört, den dieser Bursche in Bellezza geleistet hatte. Wenn es sich um denselben Mann handelte, dann hatte er die Stadt von der entschlossensten Gegnerin der Familie di Chimici befreit. Und obgleich der Neffe des Herzogs, Rinaldo, es nicht geschafft hatte, die alte Duchessa durch eine Marionette seiner Wahl zu ersetzen, würde die neue Regentin der Stadt – ein lächerlich junges Ding – doch bestimmt viel leichter zu beeinflussen sein.

»Versteht er denn was von Pferden?«, war alles, was Niccolò zu dem Stallmeister sagte.

Gaetano di Chimici war ruhelos. Er hielt sich im päpstlichen Palast seines Onkels auf, während sein Vater die Stadt besuchte, und er wusste nicht, was er hier sollte. Er wäre viel lieber in Giglia geblieben, bei seinen Studien an der Universität. Und er hatte das wachsende Gefühl, dass sein Vater etwas vorhatte, wovon er ihm nichts sagte.

Gaetano seufzte. Es war nicht leicht, zur einflussreichsten Familie Talias zu gehören. Sein Vater saß am Hebel so vieler Verschwörungen – ständig plante er noch reicher und mächtiger zu werden. Gaetano hingegen interessierte sich eigentlich nicht für so etwas. Er wollte sich nur mit seinen Büchern beschäftigen und mit seinen Freunden, die sich wie er für Malerei und Bildhauerei und Musik begeisterten. Er wollte nicht in Komplotte verwickelt werden, wie man Kleinkriege zwischen den Stadtbezirken finanzierte oder Bündnisse mit anderen Kaufmanns- und Adelsfamilien schmiedete.

Vielleicht wäre es anders gewesen, wenn er einer der älteren Söhne gewesen wäre, aber keiner war jünger als er, mit Ausnahme von Falco, und der arme Falco zählte eigentlich nicht, sosehr Gaetano und der Rest der Familie ihn auch liebten. Luca, der älteste Bruder, würde den Herzogtitel von Giglia erben. Carlo würde vielleicht Fürst von Remora werden müssen, da Onkel Ferdinando als Papst ja keine Kinder hatte. Beatrice würde zweifellos mit einem ihrer Vettern verheiratet werden – vielleicht mit Alfonso – und damit Duchessa von Volana werden, nachdem Onkel Luca kürzlich gestorben war.

Was also blieb für ihn übrig? Eine Zeit lang hatte er gedacht, dass sein Vater ihn möglicherweise mit einer seiner Cousinen verheiraten wollte – mit Alfonsos Schwester Caterina vielleicht. Als Junge hatte Gaetano einer anderen Cousine sehr nahe gestanden, Francesca, deren Vater Fürst von Bellona war, doch vor kurzem hatte er das Gerücht gehört, dass sie im Zuge der Familienpolitik mit irgendeinem alten Mann in Bellezza verheiratet worden sei.

Gaetano schüttelte den Kopf. Was für eine Familie! Und jetzt befürchtete er, dass die neuerlichen Pläne seines Vaters etwas mit der Kirche zu tun hatten. Onkel Ferdinando würde nicht ewig leben und Niccolò hatte bestimmt schon entschieden, wer Ferdinandos Nachfolger als Papst werden sollte. Carlo hatte klargestellt, dass er keineswegs vorhabe die Weihen zu empfangen – und damit blieb nur noch Gaetano.

»Aber das lasse ich nicht mit mir machen«, beschloss er. »In den geistlichen Stand sollte man sich berufen fühlen, es sollte keine politische Entscheidung sein. Warum kann man mich nicht einfach studieren lassen?«

Doch er kannte schon die Antwort darauf. Alle Mitglieder der Familie Chimici mussten sich für den Erfolg der Dynastie einsetzen; selbst die Frauen mussten bereit sein, dorthin zu heiraten, wo sie das Familienoberhaupt haben wollte. Ihre Ansichten und Neigungen zählten nicht. Und das Gleiche galt auch für die Söhne. Du übernimmst dieses Fürstentum, du heiratest jene Prinzessin, du wirst Botschafter da und dort, du gehst in die Kirche – es war immer das Gleiche.

Aber Gaetano träumte davon, der erste Chimici seit fünf Generationen zu sein, der Nein sagte.

Familien!, dachte Georgia. Warum gibt es eigentlich keine andere Form des Zusammenlebens? Die Mahlzeiten bei ihnen zu Hause waren immer voller Spannungen und Georgia konnte nicht verstehen, warum sich ihre Mutter überhaupt so bemühte. Doch Maura, die als Sozialarbeiterin tätig war, hatte etwas gegen flüchtige Imbisse oder dagegen, dass man vor dem Fernseher vom Schoß aß.

»Es ist die einzige Gelegenheit des Tages, wo wir uns mal mit Genuss als Familie zusammensetzen und hören können, wie es dem anderen so geht«, sagte sie bestimmt.

An dieser Vorstellung stimmten zwei Dinge nicht, fand Georgia. Erstens waren sie keine Familie und würden es auch nie sein. Selbst wenn sie in Ralph irgendwann einmal einen Vater sehen würde, könnte sie Russell als Bruder niemals akzeptieren. Und zweitens war Maura eine schlechte Köchin. Ralph war auch nicht besser und oft war das ach so wichtige Familienessen nichts als eine aufgewärmte Pizza aus dem Supermarkt oder Fisch und Chips vom Laden um die Ecke.

Die Unterhaltung bestand dann aus hartnäckigen Fragen der Erwachsenen und mühsamen Antworten der Teenager. Georgia und Russell redeten sich während des Essens nie direkt an. Um genau zu sein, redeten sie überhaupt nie miteinander, wenn ihre Eltern dabei waren, stellte Georgia fest.

Wenn sie allein waren – eine Situation, der Georgia wie gesagt so oft wie möglich aus dem Weg ging –, war Russell viel redseliger. Das war seine Art, sie zu piesacken. Manchmal wünschte sich Georgia, er wäre nicht so schlau und würde sie nicht mit Worten, sondern lieber handgreiflich fertig machen. Wenn er sie nämlich mal geschlagen hätte, wäre die Lage in mancher Beziehung leichter gewesen. Ein paar deutliche blaue Flecken und Russell hätte sich nicht mehr so leicht herausreden können.

Stattdessen aber überschüttete er sie mit einem Hass, der keine sichtbaren Zeichen hinterließ – dafür aber unsichtbare. »Hündchen« war da noch das harmloseste Schimpfwort. In allen Einzelheiten zerlegte er ihre weniger hübschen Merkmale, z. B. ihre mangelnde Weiblichkeit.

Natürlich hatte Georgia sich mehrmals bei ihrer Mutter beklagt und einmal hatte sie auch Ralph davon erzählt. Doch beide waren überzeugt, dass sie übertrieb, und sagten ihr, dass sie ein paar Neckereien ihres älteren Bruders aushalten müsse und nicht so empfindlich sein dürfe. Und danach wurde es nur noch schlimmer mit Russell. Er lachte sie aus und nannten sie »Weichei«, weil sie zu den Eltern gerannt war. Daher zog sich Georgia zunehmend in sich selbst zurück, ließ die Schultern noch mehr hängen und wurde immer einsilbiger.

Der Tag, an dem das geflügelte Pferd in ihr Leben trat, endete schlimm. Obwohl sie die Begegnung direkt nach der Schule mit Russell vermeiden konnte, musste sie beim Abendessen (ein Fertiggericht aus dem Supermarkt) zu ihrem Schrecken feststellen, dass Maura und Ralph zusammen ins Kino wollten. Das kam ungefähr einmal im Monat vor, und da die Filme, die sie sich ansahen, in Programmkinos liefen und des Öfteren in Schwarz-Weiß waren, hatten sie aufgehört Georgia und Russell zu fragen, ob sie mitkommen wollten.

Georgia verschwand in ihrem Zimmer, noch bevor die Eltern aus der Tür waren. Bald hatte sie sich in ihre Biologie-Aufgaben vertieft. Doch irgendwann meldete sich ihre eigene Biologie und sie musste mal.

Russell stand schon im Flur. Lässig lehnte er an der Tür zum

Bad, hoch gewachsen und drohend. Sofort fürchtete Georgia, er würde ihr den Weg versperren, bis sie sich in die Hose gemacht hatte. Das wäre eine herrliche Gelegenheit für ihn, sie wieder lächerlich zu machen. Sie überlegte sich bereits in das kleine Bad zu flitzen, das hinter Mauras und Ralphs Schlafzimmer lag, da trat er zur Seite und gab die Tür frei, sodass sie es gerade noch schaffte.

Als sie wieder aus dem Bad kam, war er immer noch da und folgte ihr in ihr Zimmer. Sie war nicht schnell genug, um ihn auszusperren. Jetzt war sie ihm in ihrem eigenen Zimmer ausgeliefert, bis er sich entschließen würde zu gehen – einer ihrer schlimmsten Alpträume. Er schwieg eine ganze Weile und plötzlich sah sie ihr Zimmer mit Russells Augen. Es sah nicht so aus wie das Zimmer von anderen Mädchen. Es gab keine Posters von Popstars oder Fernsehhelden oder von gut aussehenden Fußballern aus Südeuropa. Genau genommen, war das einzige Plakat ein zerfleddertes altes Poster von Everest Milton bei der Show »Pferd des Jahres«, zu der Maura Georgia mitgenommen hatte, als sie sieben war. Außerdem gab es einen gerahmten Druck von einem Rappen und einem Schimmel, die neben einem reißenden Fluss dahingaloppierten. Georgia wusste, dass das kein besonders gutes Bild war, aber sie hing dennoch sehr daran. Das geflügelte Pferd stand auf ihrer Kommode.

»Du bist wirklich ernsthaft zurückgeblieben, weißt du das?«, sagte Russell in fast freundlichem Plauderton. »In deinem Alter wachsen die Mädchen allmählich raus aus so einem Pferdetick. Außer diesen Tränen im Reitstall. Und die sind doch alle Lesben.«

Georgia konnte nicht an sich halten. »Du warst doch noch nie im Reitstall – du hast überhaupt keine Ahnung von den Leuten da!«

Es war jedes Mal ein Fehler, auf Russell einzugehen. Er lachte unangenehm. »Und ob! Ich wette, deshalb gehst du so gerne hin. Bestimmt sind sie hinter dir her. Und dir gefällt das auch noch. Ein Junge würde dich ja doch nicht angucken. Es sei denn, er wäre betrunken oder es ginge um eine Wette.«
Russell schlenderte durch ihr Zimmer, nahm ihre Sachen auf und warf sie wieder zurück. Georgia schob sich weiter, bis sie mit dem Rücken vor der Kommode stand und das geflügelte Pferd vor seinen Blicken verdeckte. Sie würde es verstecken müssen. Es war zu wertvoll, als dass es Russell in die Hände fallen dürfte.
»Das ist übrigens gar keine so schlechte Idee«, redete er weiter. »Warum setzt du nicht Geld aus, damit sich einer von meinen Freunden besaufen kann? Oder als Wetteinsatz, damit es dir mal einer macht? Wäre doch besser als reiten.«
Georgia ballte die Hände zu Fäusten. Rasender Zorn staute sich in ihr auf und sie wollte sich auf Russell stürzen und auf ihn einschlagen, auch wenn sie wusste, dass sie angesichts seiner bulligen Figur einfach nur lächerlich wirken würde.
In dem Moment klingelte das Telefon und Russell ging, um abzunehmen. Sie hörte seinen lässigen, supercoolen Tonfall, in den er immer verfiel, wenn er mit seinen Freunden redete. Schnell sprang sie auf und verschloss ihre Tür. Ihre Hände zitterten. Auf keinen Fall würde sie heute Abend noch einmal hinausgehen, um ihre Zähne zu putzen; sie würde so ins Bett gehen, auch auf die Gefahr hin, die dicksten Karies-Löcher zu bekommen.

Cesare nahm sein Mittagbrot mit in den Stall und löste Paolo bei der Wache ab. Er streichelte Merlas Nase und redete beruhigend auf ihre Mutter ein. »Keine Angst«, sagte er. »Bald haben wir euch in Sicherheit. Keiner nimmt dir dein Fohlen weg.«

Cesare setzte sich am Stallpfosten auf den Boden und streckte die Beine im Stroh aus. Die graue Katze tauchte aus dem Nichts auf, drängte sich schnurrend auf seinen Schoß und stieß ihr keilförmiges Köpfchen in seine Hand mit dem Käsebrot.

Georgia lag im Dunkeln auf ihrem Bett. Tränen sickerten ihr aus den Augenwinkeln und rannen ihr in die Ohren. Sie hielt das geflügelte Pferd umklammert. So unglücklich war sie noch nie gewesen. Selbst als ihr kleiner Bruder gestorben und ihr Vater weggelaufen war und ihre Mutter andauernd nur weinte, hatte sie sich nicht so elend gefühlt. Damals war sie noch ein Kind gewesen und es war ihr wichtiger, ob es nachmittags Kuchen gab und wie sie die neue Puppe nennen sollte, die sie zu Bens Geburt von Mum geschenkt bekommen hatte.

Jetzt aber war ihr Leben ein einziger Alptraum. In der Schule hatte sie kaum Freunde; die meisten der Mädchen, die sie in der Grundschule gekannt hatte, schienen sich anderweitig orientiert zu haben. Es gab nur eine neue Mitschülerin, Alice, die vielleicht zu einer richtigen Freundin werden könnte. Russell hatte irgendwie schon Recht: Georgia war in Bezug auf Kontakte zurückgeblieben. Sie wurde nicht auf Partys eingeladen und sie wusste, dass die angesagten Cliquen in ihrer Klasse einen Bogen um sie machten. Nie und nimmer hätte man sie mit in Kneipen und Discos genommen – nicht mal mit Make-up, Minirock, hohen Absätzen und einem nabelfreien Top. In der Dunkelheit brachte Georgia bei dem Gedanken ein schwaches Lächeln zu Stande.

Und ihr Leben daheim war völlig überschattet von Russell. Inzwischen reichte es nicht mehr, ihm einfach aus dem Weg zu gehen. Er stellte ihr bewusst nach und gab auch nicht auf, wenn sie ihm auswich. So konnte sie einfach nicht weitermachen. Wenn Mum ihr nicht helfen würde, musste sie davonlaufen.

Mit der Figur des geflügelten Pferdes in der Hand schlief Georgia ein. Sie wünschte sich einen Ort zu finden, wo Pferde Flügel hatten und sie ihren Sorgen für immer entkommen konnte.

Cesare war eingedöst. Die Katze weckte ihn. Plötzlich setzte sie sich fauchend in seinem Schoß auf und das Fell stand ihr zu Berge.

Mit einem Blick sah er, was sie beunruhigt hatte: ein Junge, der in einer Ecke kauerte und mit aufgerissenen, verschreckten Augen herüberstarrte. Cesare sprang auf. Im Grunde hatte er nicht wirklich geglaubt, dass einer der Feinde des Widders auf die Idee kommen würde, Merla zu entführen – und schon gar nicht so ein mickriger Junge! Aber vielleicht war er ja nur ein Spion?

Cesare trat auf den Jungen zu und hob die Faust.

»Was willst du?«, fragte er barsch. »Du hast hier nichts zu suchen – verschwinde!«

Georgia begriff gar nichts, sie sah nur, dass sie sich in einem Stall befand. Einzig die Wärme und der vertraute, beruhigende Geruch nach Pferden hielt sie davon ab, loszuschreien. Sie hatte keine Ahnung, wie sie hierher gekommen oder wer der aufgebrachte braunhaarige Junge war. Er schien ihr mit Absicht den Blick auf jemanden hinter seinem Rücken zu versperren. Etwas an seiner Haltung erinnerte sie an ihren Versuch, die kleine Figur vor Russell zu verbergen. Langsam öffnete sie die Faust, die sich um das geflügelte Pferd geschlossen hatte.

Der Junge zog scharf die Luft ein. Und indem er vortrat, um besser sehen zu können, entdeckte sie hinter ihm ein Geschöpf, das als Modell für das Pferdchen in ihrer Hand gedient haben könnte. Ein bildschönes pechschwarzes Fohlen mit zwei kleinen, federartigen Schwingen, die sich über den Schultern langsam hin und her bewegten.

Kapitel 2

Eine neue Stravagante

Die beiden Menschen in dem Stall verharrten reglos, als sei die Zeit stehen geblieben. Cesare beruhigte sich etwas. Dieser fremdartige Junge, der keine große Gefahr zu bedeuten schien, war offensichtlich völlig überrascht vom Anblick des schwarzen Fohlens. Doch warum hielt er ein Modell von ihm in den Händen?

»Wo hast du das her?«, fragte er.

»Wo bin ich?«, fragte Georgia zurück.

Das war eine so seltsame Frage, dass Cesare darüber seine vergaß. Er sah den Jungen genauer an. Er war wirklich sonderbar. Zum einen seine Kleider: Sie waren aus einem feinen Stoff gemacht, der in Remora nur von reichen Kaufleuten getragen wurde, doch sie saßen nicht gut und waren ohne Eleganz und Verzierungen, wie von einfachsten Bauern zusammengenäht. Dennoch trug er wertvolles Silber in den Ohren wie ein junger Prinz und auch in der Augenbraue – etwas, das Cesare in Talia noch nie gesehen hatte. Das war alles ein Rätsel.

»Wie bist du hergekommen, wenn du nicht weißt, wo du bist?«, fragte Cesare.

Georgia schüttelte den Kopf. »Keine Ahnung«, sagte sie. »Im einen Moment lag ich in meinem Bett, im nächsten war ich plötzlich in dem Stall hier. Aber dieser Stall gehört nicht zu dem Reitverein, in den ich gehe. Die Pferde da drüben kenne ich alle nicht. Vor allem das da nicht. Ein richtiges kleines Wunder, nicht wahr?«

Cesare erkannte, dass er einen Pferdeliebhaber vor sich hatte, und ließ ihn näher an das kleine Fohlen herantreten. Dieser seltsame Junge, der Pferde zu bewundern schien, würde der Kleinen doch sicher nichts tun?

»Aber du trägst ihr Abbild mit dir herum«, sagte er. »Das muss mehr als ein Zufall sein, dass du nur Stunden nach ihrer Geburt im Bezirk des Widders auftauchst, obwohl du angeblich nicht gewusst hast, dass sie hier ist?«

»Hab ich aber ehrlich nicht«, sagte Georgia. »Woher auch? Ich meine, geflügelte Pferde gibt es doch nicht wirklich.«

»In Remora schon«, sagte Cesare stolz. Er konnte sich nicht zurückhalten. »Nur einmal alle hundert Jahre oder so – und diesmal fällt die Ehre dem Widder zu.«

»Entschuldige«, sagte Georgia, »ich weiß gar nicht, was du mit dem Widder meinst.«

»Bist du nicht aus Remora?«, fragte Cesare.

»Nein. Ich wohne in London. Im Stadtteil Islington.«

Und als der Junge sie immer noch verständnislos ansah, fügte sie hinzu: »In England. Du weißt schon, in Europa, auf der Erde, in unserem Sonnensystem, im Universum.« So schrieb sie ihre Adresse immer in ihre Schulbücher.

»Anglia?«, sagte der Junge. »Aber du bist jetzt in Talia. In Remora, seiner bedeutendsten Stadt. Wie kannst du hergekommen sein, ohne es zu wissen?«

Cesare sah sein Gegenüber prüfend an. Dann bemerkte er die geröteten Augen und die Tränenspuren im Gesicht und er schämte sich. Irgendwas hatte den fremden Jungen sehr unglücklich gemacht. Er war nur ein oder zwei Jahre jünger als Cesare, der sich jedoch nicht erinnern konnte, je so unglücklich gewesen zu sein, dass er geweint hätte.

»Stimmt etwas nicht?«, fragte er behutsam. »Hat dir jemand wehgetan?«

Und da überfiel Georgia alles von neuem. Russells Quälereien, das Gefühl, in ihrem Zimmer in der Falle zu sitzen, ihr Verlangen, in eine Welt entkommen zu können, wo Pferde fliegen konnten. Vielleicht war sie in die Zeit zurückversetzt worden, in der die Etrusker gelebt hatten? Wie hieß die Landschaft doch – Etrurien? Der Junge hatte allerdings von Remora gesprochen und von Talia. Beide Orte waren ihr völlig unbekannt. Erschöpft schloss sie die Augen. Wenn sie sie wieder öffnete, würde er dann vielleicht verschwunden sein, zusammen mit dem wundersamen Pferd und dem gesamten Stall?

Weit gefehlt. Stattdessen sah Georgia einen großen grauhaarigen Mann im Stall erscheinen, der dem Jungen so ähnlich sah, dass er sein Vater sein musste.

»Wer ist denn das, Cesare?«, fragte er kurz angebunden, wenn auch nicht unfreundlich.

»Ich weiß es nicht«, sagte Cesare wahrheitsgemäß. »Er ist einfach plötzlich – aufgetaucht.«

»Ich heiße Georgia O'Grady«, sagte sie, als sie merkte, dass Cesare wohl keine Ahnung hatte, dass sie ein Mädchen war.

»Giorgio Gredi«, sagte der Mann und Georgia wurde klar, dass man sie immer noch für einen Jungen hielt. Aber im Moment war nicht die richtige Gelegenheit, den Irrtum aufzuklären.

»Ich bin Paolo Montalbano, Stallmeister des Widder-Bezirks«, stellte sich der Mann förmlich vor. »Und du hast anscheinend die Bekanntschaft meines Sohnes Cesare gemacht. Nun sag uns bitte, was du hier machst.«

In einem anderen Stall in der Stadt, weniger als eine Meile entfernt, wurde ein neuer Stallbursche in seine Pflichten eingewiesen.

»Und das«, sagte Riccardo, »ist Benvenuto, unsere Wahl für die Stellata.«

Der neue Bursche warf einen bewundernden Blick auf den Braunen. Er kraulte das Pferd zwischen den Ohren. Es gefiel ihm, wieder unter Tieren zu sein; in Bellezza, wo man nicht reiten konnte, war es ihm unnatürlich vorgekommen. Im Grunde seines Herzens war er heilfroh dieser Stadt mit ihrer gezierten Lebensart und ihrer verrückten Verehrung der Regentin den Rücken gekehrt zu haben.

Von Frauen hatte Enrico die Nase voll; da waren ihm Pferde allemal lieber. Die einzige ernsthafte Beziehung seines Lebens hatte in einer Katastrophe geendet: Seine Verlobte war unter mysteriösen Umständen verschwunden, mit einem anderen Mann durchgebrannt, wie er inzwischen vermutete. Doch ihr Vater hatte ihm trotzdem die halbe Mitgift überlassen und sein ehemaliger Herr, Rinaldo di Chimici, hatte ihm eine ansehnliche Summe für die Dienste bezahlt, die er ihm in Bellezza geleistet hatte. Die Anstellung in Remora hatte Enrico eigentlich nicht nötig.

Doch auskundschaften lag ihm einfach im Blut. Und er kam dem Herzen der Familie di Chimici näher. Sein neuer Arbeitgeber war der Papst, Rinaldos Onkel, eines der älteren Familienmitglieder. Und Enricos Beschäftigung in den Stallungen der Zwillinge diente im Grunde nur dem Schein. Seine eigentliche Aufgabe war es, sicherzustellen, dass ihr Pferd die Stellata gewann, egal, welche Mittel dazu nötig waren.

»*Siamo a cavallo*«, sagte er leise zu Benvenuto. »Da sitzen wir fest im Sattel.« Und das Pferd wieherte leise zurück.

Georgia war schon fast zur Hälfte mit ihrer Geschichte fertig, ehe die Montalbani, Vater und Sohn, begriffen, dass der Eindringling ein Mädchen war.

»Aber warum kleidest du dich als Junge?«, fragte Paolo.

Georgia sah an den Sachen hinunter, die sie nachts immer trug: eine graue Jogginghose und ein ausgeleiertes T-Shirt. Sie zuckte mit den Achseln. »So was tragen dort, wo ich herkomme, sowohl Jungen als auch Mädchen«, sagte sie.

»Mädchen tragen Beinkleider?« Cesare konnte es nicht glauben. »Und sie schneiden sich die Haare so kurz?«

»Nicht alle Mädchen«, musste Georgia zugeben. Sie ließ die Hand durch ihre Igelfrisur gleiten. »Aber alle tragen Bein ... ich meine, Hosen. Meistens Jeans, am Tag zumindest, und nachts Leggings oder Jogginghosen.«

Dann fiel ihr etwas auf. »Hier ist wohl nicht Nacht, oder?«

Statt einer Antwort stieß Paolo die Stalltür auf und das helle Sonnenlicht strömte herein. Die Katze stolzierte zur Tür hinüber und fing an, sich im Sonnenschein die Ohren zu kratzen. Cesare zog verblüfft die Luft ein. Georgia sah, dass er und sein Vater sie mit offenem Mund anstarrten.

»Was ist los?«, fragte sie beunruhigt.

Cesare deutete hinter sie. »Du hast keinen Schatten«, sagte er.

Nach seinem Höflichkeitsbesuch im Stall der Zwillinge durchquerte Niccolò di Chimici die Stadt und besuchte den Bezirk der Jungfrau. Sein Weg führte ihn durch das Niemandsland der Strada delle Stelle, die vom Sonnentor im Norden der Stadt zum Tor des Mondes im Süden führte. Es war eine Durchgangsstraße, die breit genug war, dass sich zwei Pferdekutschen begegnen konnten. Auf halber Länge, dem Mittelpunkt der fast kreisförmigen Stadt, lag der weitläufige, runde Sternenplatz, der Campo delle Stelle, der in vierzehn Sektoren aufgeteilt war. Hier fand alljährlich das Sternenrennen statt.

Am Rand des Campo blieb Niccolò stehen und warf einen Blick auf das emsige Treiben. Mittendrin stand der Brunnen mit seiner kreisförmigen Brüstung, die jedes Mal die beste Aussicht auf das Rennen gewährte. Aus dem Brunnenbecken mit dem Wasser speienden Fisch und den Marmornymphen, die überfließende Wasserschalen trugen, ragte eine schlanke Säule empor, kaum dicker als ein Mast, auf deren Spitze die Löwin stand, die zwei Knaben säugte: Remus, den Begründer der Stadt, und seinen Bruder Romulus, der weiter nach Süden gezogen war und die rivalisierende Stadt Romula gegründet hatte.

Die Häuser um den Campo und der großartige päpstliche Palazzo, in dem Niccolòs Bruder Ferdinando lebte, hatten elegante Balkone, die die Rennbahn überblickten. In ein paar Wochen würde jeder Balkon mit den Farben desjenigen Bezirks geschmückt sein, den seine Besitzer unterstützten: Weiß und Rosa für die Zwillinge, Grün und Violett für die Jungfrau, Rot und Gelb für den Widder . . . Beim Gedanken an den Widder knirschte Niccolò mit den Zähnen.

»Eine kleine Erfrischung für Euer Gnaden?« Ein kühner Budenbesitzer trat auf den Herzog zu und bot ihm einen Krug mit eisgekühlter Zitronenlimonade an.

Die Abwechslung kam zur rechten Zeit und Niccolò trank mit raschen Zügen. Er warf dem Mann eine Silbermünze zu, die den Wert des Getränks weit überstieg. Dann überlegte er, ob sein Verhalten nicht zu leichtsinnig gewesen sei. Normalerweise aß oder trank er nichts außerhalb des eigenen Palastes, wo er Vorkoster hatte, die mögliches Gift aufspüren sollten. Mit fortgeschrittenem Alter wurde er unvorsichtiger. Doch diesmal hatte er offensichtlich Glück gehabt – es war wirklich nur Zitronensaft gewesen.

Niccolò überquerte den Campo und überließ sich einer der

engen Gassen auf der gegenüberliegenden Seite, die zur Hauptstraße des Bezirks der Jungfrau führte.

»Genauso unvorsichtig«, murmelte er und warf einen Blick über die Schulter. Doch kein Meuchelmörder folgte ihm – ungehindert lief er die Via della Donna entlang zum Hauptplatz des Bezirks und kam dabei an mehreren Statuen der Jungfrau vorbei, die mancherorts wie eine orientalische Göttin und dann wieder wie die sanfte Mutter aussah, die das Kind geboren hatte, das der Herr der Welt werden sollte. Diese Uneinheitlichkeit störte Niccolò nicht. Er war durch und durch Talianer und daran gewöhnt, an zwei Religionsformen gleichzeitig zu glauben – oder zumindest, sie beide nach außen hin zu verehren.

Hier im Bezirk der Jungfrau fühlte er sich mehr zu Hause als an jedem anderen Fleck Remoras. Dieser Bezirk hielt Giglia, der Stadt der Blumen, die Treue, so wie jeder Bezirk auf einen der Stadtstaaten eingeschworen war, aus denen sich das Land zusammensetzte. Niccolò würde sein Geld auf das Pferd der Jungfrau setzen, auch wenn das Haus seines Bruders natürlich die Zwillinge anfeuern würde. Dieser Benvenuto war ein prächtiges Pferd. Es war an der Zeit, die Stallungen der Jungfrau zu besuchen und festzustellen, wen seine eigenen Leute in das Rennen schicken würden.

Paolo ließ die restlichen Tropfen von Cesares Mittagsbier in Georgias Mund rinnen. Sie war ganz blass geworden und war plötzlich ins Stroh gesunken, als sie sah, dass sie keinen Schatten hatte.

»Was hat das zu bedeuten?«, fragte sie jetzt. »Dass ich eigentlich gar nicht richtig hier bin?«

»In gewisser Weise«, erwiderte Paolo mit ernster Stimme. »Es bedeutet, dass du eine Stravagante bist.«

Damit wusste Georgia nichts anzufangen, aber sie sah, wie Cesare eine Bewegung machte, die aussah, als würde er sich bekreuzigen – als hätte man ihm erzählt, sie sei eine Hexe oder Teufelin.

»Was machen wir jetzt?«, fragte der Junge. »Wir können sie doch nicht ausliefern.«

»Mit Sicherheit nicht«, erwiderte Paolo ruhig. »Wir werden einfach einen anderen Stravagante informieren.«

»Wie denn?«, fragte Cesare, der eindeutig ziemlich durcheinander war. »Sind das nicht gefährliche und mächtige Zauberer, die in Bellona leben?«

»Nicht unbedingt«, sagte sein Vater und lächelte. »Ich zum Beispiel bin auch einer.«

Jetzt musste sich Cesare plötzlich ins Stroh setzen.

Georgia wusste nicht, was ein Stravagante war und wie sie und dieser breitschultrige Mann beide einer sein konnten, vor allem, weil er ja einen Schatten hatte. Doch so viel sah sie: dass Paolos Bekenntnis Cesare einen Schock versetzt hatte.

»Also, höre«, sagte Paolo. »Es ist an der Zeit, dass du es erfährst. Ich habe schon einige Male überlegt, ob ich dir nicht davon erzählen sollte. Zwei von der Bruderschaft werden uns morgen oder übermorgen hier in der Stadt besuchen und sie können uns raten, was wir mit der jungen Georgia machen sollen. Bis dahin müssen wir ihr ein paar Kleidungstücke suchen, mit denen sie weniger auffällt.« Er wandte sich an Georgia. »Aber wegen deines Haars musst du leider Knabenkleider tragen. Und solange du hier bist, nennst du dich lieber Giorgio.«

»Das macht mir nichts«, sagte Georgia hastig. Sie mochte gar nicht daran denken, was Mädchen wohl an diesem altertümlichen Ort trugen – womöglich Schleier oder Korsett.

Auf Bitten seines Vaters ging Cesare los, um ein paar überzählige Kleidungsstücke zu holen, und Georgia trat näher, um das geflügelte Fohlen genauer zu betrachten. Sie zeigte Paolo die Figur. »Das ist doch unheimlich, nicht?«, sagte sie. »Es muss doch etwas damit zu tun haben, warum ich hier bin.«

»Das hat es auch«, sagte Paolo. »Es ist ein Talisman. Jeder Stravagante hat einen. Sie sind der Schlüssel zu den Reisen zwischen unseren Welten. Aber ich an deiner Stelle würde ihn verborgen halten. Vor allem hier in Remora. Die Stadt ist eine Hochburg der Chimici und die interessieren sich für nichts brennender als für die Kunst der Stravaganza.«

»Tut mir Leid«, sagte Georgia. »Sie müssen mich für völlig unwissend halten. Aber können Sie etwas weiter vorne anfangen? Ich weiß nicht, was Stravaganza ist und warum sie irgendwas damit zu tun hat, dass ich hier bin, und ich weiß auch nicht, wer diese Kimitschi-Leute sein sollen. Und übrigens, wie lange werde ich hier sein? Meine Mutter dreht nämlich durch, wenn ich am Morgen nicht da bin.« Sie unterbrach sich. »Oder ist es dort überhaupt Morgen?«

Paolo schüttelte den Kopf. »Auf alle deine Fragen kann ich dir nicht antworten«, sagte er. »Aber ich erzähle dir, was ich weiß und was ich vermute. Die Stravaganti sind eine Bruderschaft von Naturwissenschaftlern, die verstreut in allen Stadtstaaten Talias leben. Ich bin der Einzige in Remora. Unsere Verbindung ist ein gefährliches Unterfangen, daher tue ich so, als sei ich ein einfacher Stallmeister. Nicht mal meine Familie weiß, dass ich ein Stravagante bin – zumindest wussten sie es bisher nicht.«

»Cesare hat entsetzt ausgesehen«, sagte Georgia. »Warum ist es so gefährlich, einer zu sein?«

»Der erste Stravagante kam per Zufall aus eurer Welt in unsere«, berichtete Paolo. »Er war der Begründer der Bruderschaft. Er kam aus England, wie ihr sagt. Wir sagen Anglia dazu. Er war Naturphilosoph, auch Alchemist genannt, und den

Weg hierher fand er zufällig durch eine Explosion in seinem Laboratorium – es war ein Alchemie-Unfall.«

»Wie hat er geheißen?«, fragte Georgia und nahm sich vor seinen Namen im Internet zu suchen.

»William Dethridge«, sagte Paolo. »So hieß er zumindest ursprünglich. Er kam erstmals vor fünfundzwanzig Jahren nach Talia, als die Chimici begannen die Hand nach dem ganzen Land auszustrecken. Seit jener Zeit hat er Talianer gelehrt Talismane zu benutzen, die er aus seinem Land mitgebracht hat, um dorthin zurückzureisen. Noch entscheidender – sie haben andere Talismane von Talia in euer England gebracht, um neuen Reisenden zu ermöglichen von eurer Welt in unsere zu kommen.«

»Talismane?«, fragte Georgia. »Sie meinen, wie mein geflügeltes Pferd? Es stammt also aus Talia?«

»Ja«, bestätigte Paolo. »Ich selbst habe es in deine Welt gebracht.«

Nun musste Georgia den Kopf schütteln, was bei ihr eher aussah, als würde sich ein Hund Wasser aus den Ohren schütteln.

»Sie sind also in England gewesen?«, fragte sie ungläubig. »In meiner Welt? Wann? Und wie? Ich habe das Pferd aus dem Antiquitätenladen von Mr Goldsmith. Er hat gesagt, dass es aus dem Haus einer alten Dame in der Waverley Road stammt.«

»Vor einigen Monaten spitzte sich die Lage zwischen den Chimici und den Stravaganti zu«, sagte Paolo und ließ die Hand unruhig durch sein graues Haar gleiten. »Es gibt so viel zu erklären, damit du alles verstehst. Ein Neuankömmling wie du ist wie ein eben geborenes Lamm zwischen Wölfen, vor allem, weil du mitten im Machtzentrum der Chimici gelandet bist.«

»Immer wieder sagen Sie diesen Namen«, bemerkte Georgia. »Wer sind sie und warum bedrohen sie die Stravaganti?«

»Es handelt sich um eine mächtige Familie – die mächtigste in Talia. Die Mitglieder ihres Klans sind Herzöge und Fürsten in den meisten der Stadtstaaten des nördlichen Talia. In den Orten, wo sie nicht an der Macht sind, haben sie Allianzen mit den Regenten der Stadt gebildet. Hier in Remora, der alten Hauptstadt des großen remanischen Reiches, haben wir den Papst, der gleichzeitig der Fürst ist. Er ist der zweite Sohn aus der gegenwärtigen Generation der Chimici. Sie sind sagenhaft reich und ihr Ehrgeiz ist grenzenlos. Sie wollen ganz Talia beherrschen. Im Norden haben sie mit einer Ausnahme Erfolg gehabt und jetzt wenden sie ihre Aufmerksamkeit Romula und Cittanuova im Süden zu. Wenn erst mal alle Stadtstaaten ihrem Bund beigetreten sind, kannst du sicher sein, dass sie ein Königreich aus der Republik machen. Und du darfst mal raten, welche Dynastie den ersten König stellen wird.«

Er sah Georgia erwartungsvoll an. Sie überlegte. »Die Chimici? Es tut mir Leid, aber ich verstehe immer noch nicht, was das alles mit mir zu tun hat. Von Politik habe ich keine Ahnung und hier bei Ihnen läuft sie wohl auch ganz anders als bei uns. In welchem Jahrhundert leben Sie gerade?«

»Im sechzehnten«, erwiderte Paolo, »dem Cinquecento. Ich weiß, dass deine Welt über vier Jahrhunderte weiter ist. Denk daran, ich hab nicht nur deine Welt, sondern auch deine Zeit besucht.«

»Das ist noch so eine Sache«, sagte Georgia stirnrunzelnd. »Ihr Talia scheint so eine Variante von unserem Italien zu sein, wenn man von all den Namen hier ausgeht. Aber ich kann verstehen, was Sie sagen, obwohl ich nie im Leben auch nur ein Wort Italienisch gelernt habe.«

»Stravaganti können die Sprache des Landes, in das sie reisen, immer verstehen«, sagte Paolo. »Allerdings gibt es bisher nur Reisen zwischen eurem England und unserem Talia.«

»Aber warum liegt hier alles Jahrhunderte zurück?«, wollte Georgia wissen. »Ich meine, für mich? Entschuldigen Sie, es gibt immer noch so viel, das ich nicht verstehe. Sie haben gesagt, dass ich hierher gebracht worden bin. Aber warum? Ich bin doch noch ganz jung, wahrscheinlich jünger als Cesare. Was kann ich schon machen, um den Stravaganti gegen eine reiche und mächtige Familie zu helfen? Ich werde ja nicht mal mit einem bestimmten Mitglied meiner eigenen fertig.«

In dem Moment kam Cesare mit einem Arm voller Kleider angestürzt. »Tut mir Leid, dass es so lange gedauert hat«, keuchte er. »Es war ein Besucher im Haus. Ich habe ihn überredet mit Teresa ein Glas Wein zu trinken, aber wir müssen Georgia verschwinden lassen. Und nicht nur Georgia. Er möchte nämlich die Pferde sehen.«

»Wer ist es?«, fragten Georgia und Paolo gleichzeitig.

»Herzog Niccolò«, sagte Cesare. »Niccolò di Chimici sitzt bei uns in der Küche. Und er kommt jeden Moment vorbei!«

Kapitel 3

Die geteilte Stadt

Herzog Niccolò war von dem Rennpferd der Jungfrau, einer Stute namens Zarina, beeindruckt gewesen. Sie war ein ausgesprochen feuriges dreijähriges Tier, gut vorbereitet für die Stellata. Trotzdem, aus irgendeinem Grund dachte er beunruhigt an den Bezirk des Widders und, einer plötzlichen Eingebung folgend, beschloss er auch seine Stallungen aufzusuchen.

So wie die Jungfrau mit Giglia und die Zwillinge mit Remora selbst verbrüdert waren, so war der Widder der Bezirk, der Bellezza die Treue geschworen hatte, und Niccolò lag es besonders am Herzen, dass sein Pferd bei dem Rennen keine Chance hatte. Natürlich ließ er sich solche Gefühle nicht anmerken. Es war eine Ehre für die einfachen Stallbetreiber, Besuch vom großen Herzog von Giglia zu erhalten, und er war die Artigkeit in Person, wie es sich für einen Adligen auf huldvollem Besuch ziemte.

Der Stallmeister und sein Sohn schienen die Ehre auch wertzuschätzen. Sie waren ganz versessen darauf, ihm ihr bestes Pferd zu zeigen – diese Dummköpfe. Wenn sie klüger gewesen wären, hätten sie behauptet, ein anderes Pferd ins Rennen zu schicken. Er war ja tatsächlich ein prächtiger Hengst, dieser Arcangelo.

»Ausgezeichnet, ganz ausgezeichnet!«, sagte Niccolò munter, jeder Zoll der wohlwollende Herrscher. »Da wird die Jungfrau Mühe haben . . . obwohl auch wir ein gutes Pferd haben.«

»Ach, Euer Gnaden«, sagte Paolo höflich, »noch ist nicht aller Tage Abend. So viel kann vor dem Rennen passieren – sogar am Tag der Stellata selbst noch.«

»Wie wahr«, erwiderte der Herzog. Er war inzwischen erschöpft und sehnte sich zurück nach den Bequemlichkeiten des päpstlichen Palastes. Doch auf dem Weg hinaus warf er noch rasch einen Blick auf die graue Stute mit ihrem schwarzen Fohlen. Über dem jungen Pferd lag eine Decke.

»Was ist los mit dem Kleinen?«, fragte er.

»Ein geringfügiges Fieber, Euer Gnaden«, sagte Paolo. »Nur zur Sicherheit, sie ist erst letzte Nacht auf die Welt gekommen.«

Niccolò nickte. »Man soll sich lieber immer vorsehen«, sagte er und winkte unbestimmt mit der Hand. Begleitet von Paolo, verließ er in leicht gebückter Haltung den Stall, damit sein Kopf nicht an den Türrahmen stieß.

Kaum waren die beiden Männer verschwunden, da erklomm Cesare, von einem lauten Niesen angelockt, die Leiter, die zum Heuboden führte. Georgia hatte die gesamte Begegnung durch einen Spalt in den Bodenbrettern beobachtet.

»Nur gut, dass du nicht geniest hast, solange der Herzog hier war«, sagte Cesare. Beide fingen an zu kichern, so erleichtert waren sie, dass der Besucher weder Georgia noch das kleine Fohlen entdeckt hatte. Oder besser: Er hatte das Fohlen ja gesehen, aber sein wahres Wesen nicht erkannt.

Paolos grauer Kopf erschien in der Bodenluke. »Die Luft ist rein«, sagte er. »Aber das war knapp. Je eher wir Merla nach Santa Fina schaffen können, desto besser.«

»Wir bringen sie und Sternenlicht nämlich aus der Stadt«, erklärte Cesare Georgia. »Mein Vater hält das für sicherer. Die anderen Bezirke würden nur neidisch werden, wenn sie erführen, was hier im Widder geschehen ist, und sie könnten eine Entführung planen.«

Georgia hatte sich die Knabenkleider angezogen, während Herzog Niccolò im Stall war. Sie und Cesare waren ungefähr gleich groß. Entweder war er klein für sein Alter oder die Jungen aus Talia waren nicht so groß wie die im einundzwanzigsten Jahrhundert.

Paolo sah Georgia kritisch an. »Jetzt siehst du schon eher wie ein Bursche aus Remora aus«, sagte er. »Obwohl die Leute sich immer noch darüber wundern werden, dass ein Junge mit den Kleidern eines Stallburschen Silberschmuck trägt.«

»Aber ich bin ja auch nicht aus Remora«, erwiderte Georgia. »Und ich verstehe immer noch rein gar nichts von Ihrer Stadt und diesem Rennen, das so wichtig zu sein scheint. Und Sie haben mir auch noch nicht genug von den Stravaganti erzählt.«

»Dafür ist später immer noch Zeit«, sagte Paolo. »Zuerst musst du lernen dich in der Stadt zurechtzufinden. Wenn es bei deiner Stravaganza so zugeht, wie wir es von den letzten Reisenden aus deiner Welt wissen, dann musst du bei Einbruch der Dunkelheit zurück. Du hast also noch ein paar Stunden Zeit. Ich finde, Cesare sollte mit dir einen Rundgang durch Remora machen. Er kann dir alles über die Stellata erzählen.«

Im päpstlichen Palast legte Ferdinando di Chimici sorgfältig seinen Überwurf aus Silberbrokat ab. Nun stand er in seiner rosafarbenen seidenen Soutane da – eine beeindruckende Figur, auch wenn er nicht so groß war wie sein Bruder, der Herzog. Papst Ferdinando war auch nicht so ehrgeizig wie Niccolò. Er liebte das angenehme Leben, seine feinen Weine und das erlesene Essen, sein weiches Bett und seine Bibliothek mit seltenen Manuskripten. Dass er keine Frau und keine Kinder hatte, störte ihn nicht. Wenn er ehrlich war, waren ihm schon immer ein Glas bellezzanischen Rotweins und ein Gespräch über Theologie lieber gewesen als die Mühen, eine Frau bei Laune zu halten.

Die wenigen Frauen, die er noch kannte, waren seine Schwägerinnen und seine Nichten; die Chimici waren überwiegend eine Familie von Männern. Das Einzige, was Ferdinando in seinem Leben echte Sorgen machte, war seine Nachfolge. Vermutlich würde sein Neffe Carlo Fürst von Remora werden, aber wer würde ihm als Papst nachfolgen? Es war undenkbar, dass dieses Amt nach ihm an jemand aus einer anderen Familie fallen könnte. Er hatte gehofft, dass der Besuch seines Neffen Gaetano auf ein Interesse an der Kirche hindeuten würde. Doch bisher war der Junge im Palast mürrisch und verschlossen geblieben.

Das bereitete Ferdinando Unbehagen. Die meiste Zeit konnte er darüber hinweggehen, dass er nur eine Galionsfigur war, eine Marionette, die von seinem klügeren und skrupelloseren Bruder manipuliert wurde. Natürlich war es Niccolòs Idee gewesen, dass er Geistlicher wurde, und sein Vermögen hatte sichergestellt, dass er rasch zum Kardinal und schließlich zum Papst aufstieg. Bei dem Gedanken, zu welch günstigem Zeitpunkt der Tod des alten Papstes, Augustus II., eingetreten war, schauderte er. Doch Augustus war schließlich ein alter Mann gewesen. Ferdinando verdrängte die Gedanken an seinen Vorgänger rasch.

Fürst der wichtigsten Stadt des Landes und Oberhaupt der Kirche zu sein brachte Bequemlichkeiten, ja Luxus und Respekt mit sich. Wenn er durch die Straßen ging, fielen die Menschen vor ihm auf die Knie. Aber nie konnte er ganz vergessen, dass er nicht wie die vergangenen Päpste war, zu den Zeiten, als das remanische Imperium die Höhe seiner Macht erreicht hatte. Und der klare Blick des jungen Gaetano ließ das alles wieder vor ihm aufsteigen.

»Das Essen ist serviert, Eure Heiligkeit«, verkündete sein Diener.

Ferdinando riss sich zusammen und machte sich zu seiner Mahlzeit auf. Seine Augen glänzten beim Anblick seiner silbernen Teller und Kelche. Der Tisch erstrahlte im Schein unzähliger Kerzen wie der Altar in Remoras Dom. Nur er, Niccolò und Gaetano ließen sich an dem schneeweiß gedeckten Tisch nieder, doch mindestens ein Dutzend Diener kümmerte sich um jeden ihrer Wünsche.

Nach einem kurzen Gebet, vorgetragen in Talisch, der alten Sprache von Remora und Talia, langten die drei Männer zu. Ferdinando aß langsam und mit Appetit und er genoss jede einzelne der sorgfältig zubereiteten Speisen. Niccolò aß wenig und trank viel. Gaetano verschlang alles, was man ihm vorsetzte, so schnell, wie es die guten Sitten eben zuließen – so als habe er einen Tag mit harter Feldarbeit hinter sich.

»Wie hast du deinen Tag zugebracht, Bruder?«, fragte Ferdinando.

»Sehr nützlich«, erwiderte Niccolò. »Ich habe mir deinen schönen Benvenuto angesehen, Zarina besucht und bin dann noch beim Widder gewesen.«

Ferdinando hob fragend die Augenbrauen. »Und wen schicken sie dieses Jahr ins Rennen?«

»Einen prächtigen Fuchs-Wallach namens Arcangelo«, sagte Niccolò. »Ein gut gebautes, rassiges Pferd. Ich denke, sie hätten eine gute Chance.«

Gaetano machte ein abfällig schnaubendes Geräusch, dann tat er rasch so, als habe er sich am Wein verschluckt.

»Du hättest mit mir kommen sollen, Gaetano«, sagte sein Vater kühl. »Du hättest deine Freude gehabt.«

Es stimmte, dass Gaetano Pferde liebte; er war einer der besten Reiter in der Familie. Vielleicht war es der Wein, aber auf einmal spürte er, wie der Ärger über seinen Vater und über Remora verflog. »Vielleicht hätte ich das«, sagte er liebenswürdig. »Hast du vor alle Ställe zu besuchen? Dann würde ich dich morgen begleiten.«

»Ja, vielleicht mache ich das«, überlegte Niccolò, der so etwas eben noch keineswegs vorgehabt hatte. »Kann ja nicht schaden, seine Gegner in Augenschein zu nehmen. Und wir wollen doch nicht, dass sich die anderen Bezirke benachteiligt fühlen, nicht wahr?«

Während sie durch die Straßen von Remora gingen, staunte Georgia nur so. Von Paolo erzählt zu bekommen, dass man sich im sechzehnten Jahrhundert befand, war eine Sache. Ganz anders war es hingegen, selbst durch eine Stadt zu laufen, die Kopfsteinpflaster hatte, in der es keine Autos gab und deren Häuser so eng standen, dass Wäscheleinen über die Straßen gespannt werden konnten und Katzen von einem Dach auf das nächste sprangen.

Überall im Bezirk des Widders fand man Abbilder dieses Tieres. An jeder Kreuzung stand eine Widder-Statue mit gebogenen Hörnern, einige der Häuser waren mit rot-gelben Fahnen geschmückt, auf denen ein Widder mit silberner Krone zu sehen war, und alle paar Meter gab es kleine Eisenringe, die unter der halben Figur eines Widders mit erhobenen Vorderbeinen angebracht waren.

»Wozu sind die?«, fragte Georgia.

»Zum Anbinden von Pferden«, erklärte Cesare. »Und schau mal nach oben.«

Georgia sah hinauf und entdeckte in ungefähr zehn Metern Höhe weitere Ringe.

»Für geflügelte Pferde«, flüsterte Cesare. »Gibt es in allen Bezirken, nur so für alle Fälle.«

Er führte sie auf einen kleinen Platz. Am Nordende stand eine große, eindrucksvolle Kirche und in der Mitte ein Brunnen. Hell schien die Sonne in das Brunnenwasser und verwandelte die halbrunde Schale in einen glitzernden Fächer. Das Wasser sprudelte aus dem Maul eines riesigen Widders, dessen Hörner aus Silber waren. Umringt wurde das Becken von großen Wassermännern und auch die Dreizacke, die sie emporreckten, glitzerten silbern.

»Das ist der Silberbrunnen«, erklärte Cesare. »Der Widder ist verbündet mit der Zunft der Silberschmiede und die haben ihn für uns geschmückt. Die Jungfrau ist mit den Malern verbündet, die Zwillinge unterstützen die Banken.« Er lachte. »Es könnte auch andersherum sein. Die Chimici sind die großen Finanzmäzene und Giglia, die Stadt der Jungfrau, ist ihre Zentrale. Aber sie sind auch berühmt dafür, die Künste zu fördern, das mit den Malern geht also in Ordnung.«

»Jetzt verstehe ich aber gar nichts mehr«, sagte Georgia. »Ich dachte, die Jungfrau sei ein weiterer Bezirk in *dieser* Stadt. Wie kann der Bezirk also zu einer anderen Stadt gehören?«

Sie ließen sich auf einer Steinbank vor dem Brunnen nieder und Cesare erklärte geduldig: »Jeder Bezirk von Remora ist auch mit einem der Stadtstaaten Talias verbündet. Nur der Bezirk der Zwillinge unterstützt Remora selbst. Die Jungfrau gehört zu Giglia und der Widder zu Bellezza.«

»Wie heißen die anderen Bezirke? Du hast bisher nur die drei erwähnt.«

»Stier, Krebs, Löwin, Waage, Skorpion, Schütze, Steinbock, Wassermann und Fische«, zählte Cesare an den Fingern ab.

Georgia überlegte eine Weile. »Ich hab's!«, sagte sie dann triumphierend. »Der Tierkreis, stimmt's? Astrologie! Aber halt mal, warum Löwin? Wo ich herkomme, heißt es Löwe.«

»Nur eine Löwin kann doch die Zwillinge gesäugt haben«, sagte Cesare stirnrunzelnd. »Du weißt schon – Romulus und Remus.«

»Das war in meiner Welt eine Wölfin«, sagte Georgia. »Aber warum ist der Bezirk nicht auch mit Remora verbündet?«

»Er gehört doch zu Romula«, belehrte sie Cesare.

Georgia schüttelte den Kopf. Sie würde eine Ewigkeit brauchen, um das alles zu entwirren.

»Komm mit auf den Campo«, sagte Cesare und erhob sich. »Da kann ich es dir leichter erklären.«

Sie gingen durch eine enge Gasse und landeten auf dem prächtigsten Platz, den Georgia je gesehen hatte. Aus einer der düsteren Gassen auf den Platz zu treten war wie aus dem Gefängnis entlassen zu werden. Georgia hätte am liebsten laut geschrien.

Der weite Platz war ein Kreis, ein riesiger allerdings, der in der vollen Sonne lag. Ringsum standen prächtige Häuser und herrliche Palazzi. In der Mitte befand sich ein reich verzierter Brunnen, aus dem eine schlanke Säule aufstieg. Und der Platz selbst, dessen Backsteinpflaster aus einem Fischgrätmuster bestand, war in gleich große, keilförmige Spalten aufgeteilt, die durch gerade Linien markiert wurden. Er sah aus wie eine Apfelsine, die man in zwei Hälften geschnitten hatte. Jedes Segment trug in der Mitte das Symbol eines Sternzeichens.

»Da siehst du es«, sagte Cesare. »Zwölf Teile – einer für jeden Bezirk. Und der Weg in jeden Bezirk der Stadt fängt hier in der Mitte des Platzes an. Wir stehen gerade auf dem Teil des Widders.«

Georgia zählte nach. »Aber es sind ja vierzehn Segmente, nicht zwölf«, wandte sie ein.

»Die beiden überzähligen führen zu der Strada delle Stelle«, klärte Cesare sie auf. »Sie ist sozusagen ein neutrales Niemandsland, das sich zwischen dem Sonnentor und dem Tor des Mondes erstreckt. In den beiden Segmenten erkennst du deshalb auch die Zeichen der Sonne und des Mondes. Auf dieser Straße kann jeder gehen, wann er will.«

»Und auf den anderen nicht?« Georgia konnte es nicht glauben.

»Das hängt von dem Bezirk ab, zu dem man gehört«, erläuterte Cesare. »Der Widder ist mit der Löwin und dem Schützen verbündet, aber mit den Fischen verfeindet. Der Bezirk der Fische liegt im Südwesten neben unserem, es ist besonders gefährlich für uns, sich dorthin zu verirren.«

»Woran sollten sie dich denn erkennen?«, wollte Georgia wissen.

»An den Farben.« Cesare deutete auf das Halstuch, das er trug. Es war im gleichen Rot und Gelb eingefärbt, das Georgia auf den Fahnen in den Straßen des Widders gesehen hatte. Jetzt erst fiel ihr auf, dass sie ja auch so eines trug – als ein Zeichen der Loyalität sozusagen. Sie schüttelte den Kopf. Das war ja wie bei Straßenbanden in Los Angeles.

»Und unabhängig kann man nicht sein?«, fragte sie. »Ich meine, zu keinem der Bezirke gehören?«

»Zu keinem der Bezirke gehören?« Cesare war völlig fassungslos. »Jeder in Remora wird doch in einen Bezirk geboren. Selbst wenn ein Säugling unerwartet zur Welt kommt, während die Mutter sich in einem anderen Teil der Stadt aufhält, hat sie immer ein Säckchen mit Erde aus ihrem Bezirk bei sich, damit sie die unter dem Bett verteilen kann und das Kind auf eigenem Grund und Boden geboren wird.«

Bisher hatte sich Georgia die Einwohner von Remora wie eine Ansammlung fanatischer Fußballvereinanhänger vorgestellt, doch allmählich begriff sie, dass es um viel mehr ging.

»Na gut«, sagte sie, »ihr habt zwei enge Verbündete und einen Feind. Was ist mit den acht anderen?«

»Ach, in den Bezirken kann man sich ungestört aufhalten«, erwiderte Cesare. »Hast du Lust, einen davon zu besuchen?«

Sie schlenderten über den Campo, auf dem eine Menge Stände aufgebaut war, wo Speisen und Getränke und Fahnen und Wimpel in allen Farben verkauft wurden. Georgia konnte die rot-gelben Farben des Widders ausmachen. Ihr fiel auch auf, dass jeder Fußgänger ein bestimmtes Halstuch oder sonst ein farbiges Emblem trug. Die etwas feiner gekleideten Leute trugen stattdessen seidene Bänder.

Blau und Violett, Grün und Gelb, Rot und Schwarz – Cesare deutete darauf und ordnete die Farben, ohne nachzudenken, dem Skorpion, dem Steinbock und der Löwin zu. Und dann kamen sie an einer Gruppe junger Männer vorbei, die rosa-blaue Bänder trugen und die unvermittelt anfingen auf Cesare und Georgia zu deuten und höhnisch zu lachen.

»Schnell«, zischte Cesare. »Fische!« Er zog sie in eine Gasse, die der Seite, von der sie auf den Campo gekommen waren, gegenüberlag. »Das hier ist das Gebiet des Schützen; hierhin folgen die uns nicht.«

Lärmend verschwanden die Fische-Jungen in einer angrenzenden Gasse. »Sie sind zu den Skorpionen gegangen«, sagte Cesare und lauschte. »Das ist natürlich einer ihrer verbündeten Bezirke.«

»Natürlich«, sagte Georgia mit trockener Ironie.

Cesare sah sie streng an. »Das ist kein Spiel«, ermahnte er sie. »Du musst diese Regeln lernen, wenn du in Remora sicher sein willst.«

Georgia bemerkte, dass der Bezirk des Schützen ganz ähnlich wie der des Widders angelegt war. An jeder Ecke gab es die Statuen – wenn sie auch einen Zentaur mit Pfeil und Bogen darstellten – und vor der Kirche erneut einen Platz mit Brunnen in der Mitte. Dieser hieß Fonte Dolorosa – Schmerzensbrunnen –, wie Cesare ihr mitteilte. Er nickte ein paar jungen Männern zu, die in rot-violetten Farben vorübergingen, und sie winkten zurück. »Schützen«, flüsterte er.

»Dolorosa«, sagte Georgia vor sich hin und ließ die Silben auf der Zunge rollen. »Das klingt ja so traurig. Warum?«

Cesare zuckte die Achseln. »Ich weiß nicht. Die Kirche heißt San Sebastiano; vielleicht kommt das Traurige von den Pfeilen.«

»Halt mal«, sagte Georgia. »In allen Bezirken habt ihr Kirchen und Heilige und so, aber alles orientiert sich an den Tierkreiszeichen. Passt das denn zusammen? Also, bei mir daheim ist die Kirche gegen Astrologie – da ist ihr zu viel Hokuspokus dabei. Aber die Ungläubigen finden, dass die Religion auch zu viel Hokuspokus hat.«

Es war offensichtlich, dass Cesare keine Ahnung hatte, wovon sie sprach. Deshalb ließ sie das Thema fallen und fragte: »Mit welcher Zunft ist der Schütze denn verbündet?«

»Mit den Reitern«, sagte Cesare zufrieden. »Wir haben Glück mit unseren Verbündeten, nicht?«

»Hat denn jeder Bezirk seinen Stall?«, wollte Georgia wissen. Plötzlich hatte sie das Gefühl, sie könne tatsächlich eine Bürgerin dieser Stadt werden.

»Aber sicher«, sagte Cesare. »Stallungen und einen Stallmeister. Sie sind für die Pferde verantwortlich, die bei der Stellata geritten werden.«

»Das ist das Rennen, von dem dein Vater gesprochen hat, nicht?«

»Ja, das Sternenrennen«, sagte Cesare. »Wir lassen dieses Jahr Arcangelo laufen.«

»Den großen Braunen?« Georgia erinnerte sich. »Er ist wundervoll. Den würde ich selbst gerne reiten. Wer macht das denn?«

»Ich hoffe, dass ich der Reiter bin«, sagte Cesare bescheiden. Aber Georgia konnte sehen, dass er vor Stolz fast platzte. »Das Rennen findet auf dem Campo statt«, fuhr er fort. »Auf dem Sternenplatz.«

»Was, auf dem runden, den wir gerade überquert haben?« Georgia war sprachlos. »Aber der ist doch so klein! Also, als Piazza ist er ja groß, aber nicht als Rennbahn. Wie lange geht so ein Rennen?«

Cesare sah sie beleidigt an. »Mindestens anderthalb Minuten«, sagte er.

Georgia sah seinem Gesicht an, dass sie jetzt nicht lachen durfte. Cesare machte keinen Witz. Das Rennen, um das in dieser Stadt so viel Wirbel gemacht wurde, würde in weniger Zeit gelaufen sein, als man benötigte, um eine SMS zu schreiben. Aber wenn sie wieder hierher kommen wollte, musste sie lernen die Gepflogenheiten Remoras zu respektieren. Und sie merkte, dass sie gerne zurückkommen wollte. Sehr gerne sogar.

Als ob er ihre Gedanken gelesen hätte, sah Cesare zum Himmel hoch. »In einer Stunde wird es dunkel«, sagte er. »Wir kehren besser mal zum Widder zurück.«

Georgia setzte sich mit einem Ruck in ihrem Bett auf. Sie schwitzte und ihre Mutter hämmerte an die Tür.

»Georgia, beeil dich, du kommst sonst zu spät zur Schule«, rief sie. »Und hör endlich auf deine Tür abzuschließen!«

Was ist passiert?, dachte Georgia mit klopfendem Herzen. Sie brauchte eine Weile, um sich wieder an ihr richtiges Leben zu gewöhnen. Die Aussicht auf einen Tag in der Barnsbury-Gesamtschule schien ihr plötzlich unsagbar öde.
Sie hatte sich auf Paolos Heuboden auf eine einfache Matratze gelegt und war mit der Figur des geflügelten Pferdes in der Hand eingeschlafen. Das Letzte, an das sie sich erinnern konnte, waren die Vorbereitungen Paolos und Cesares, Merla in Santa Fina in Sicherheit zu bringen – wo immer das sein mochte.
»Ich muss sie mal fragen«, murmelte sie und tappte zur Dusche. Und da fiel ihr auf, dass sie immer noch das kleine etruskische Pferd in Händen hielt. Schnell schob sie es in die Tasche ihrer Jogginghose. Sie wollte nicht, dass Russell es sah. Was das alles zu bedeuten hatte und wo die Pferdestadt Remora auch liegen mochte, das kleine geflügelte Pferd war der Schlüssel zum Weg dorthin zurück.

Kapitel 4

Ein Geist

Eine Pferdekutsche kam vor dem Haus des Stallmeisters im Bezirk des Widders zum Stehen. Zwei Mitreisende stiegen aus. Einer davon schien etwas steif zu sein und bewegte seine Glieder vorsichtig. Der andere, der viel jünger war, sprang geschmeidig heraus und bot dem älteren Mann hilfreich den Arm. Ganz offensichtlich waren sich die beiden zugetan. Vater und Sohn, hätte einer, der sie beobachtete, meinen können, aber sie sahen doch sehr unterschiedlich aus. Der Junge war schlank und hatte volle schwarze Locken, die er der Mode in Talia gemäß lang wachsen ließ und die von einem violetten Band locker zusammengehalten wurden. Seine Kleidung verriet Wohlstand, aber keine Verschwendungssucht.

Der ältere Mann sah vierschrötig und kraftvoll aus, trotz seiner steifen Gelenke. Sein Haar war weiß und er wirkte vornehm; er hätte Professor an einer Universität sein können und doch hatte er Schwielen an den Händen wie jemand, der es gewohnt war, zuzupacken.

Die beiden standen auf dem Kopfsteinpflaster Remoras in der frühmorgendlichen Luft und sahen sich mit offenkundiger Neugier um.

»Noch eine Stadt, Luciano«, sagte der Ältere. »Und was für eine prächtige. Und doch, was würden sie sagen, wenn sie hörten, von wie weit her wir gereist sind?«

Der junge Mann fand keine Zeit für eine Antwort, denn schon wurde die Tür des Hauses geöffnet und ein großer, grauhaariger Mann stand vor ihnen.

»Maestro!«, sagte er und seine Augen leuchteten auf. »Willkommen! Ich freue mich, Euch zu sehen. Und Euren Sohn gleichfalls.«

Die beiden Männer umarmten sich wie Brüder und danach schloss der Stallmeister auch den Jungen in seine kräftigen Arme.

»Du musst meinen Cesare kennen lernen – ihr seid fast gleichaltrig. Kommt herein, kommt herein, alle beide. Teresa wird euch ein schönes Frühstück vorsetzen.«

Georgia brachte fast den ganzen Tag wie benommen zu. Sie hörte nicht einmal hin, als Russell am Morgen wieder zu lästern anfing. Zum ersten Mal seit Jahren hatte sie etwas, das ihre Gedanken wirklich von ihm ablenkte.

Als sie noch in Remora gewesen war, hatte sie geahnt, dass ihr die Sternenstadt wie ein Traum vorkommen würde, sobald sie in ihre Welt zurückgekehrt sein würde. Und dennoch wusste sie jetzt, dass es kein Traum war. Sie hatte in Talia vielleicht keinen Schatten gehabt, aber sie war ganz und gar aus Fleisch und Blut gewesen, hatte etwas Bier getrunken und Brot und Oliven gegessen und sich auf einem Heuboden zum Schlafen hingelegt. Sie hatte angenommen, dass sie eine Ewigkeit brauchen würde, um einzuschlafen, vor allem, da sie ja wusste, dass Cesare und Paolo das geflügelte Pferd und seine Mutter während der Nacht fortbringen würden. Zu gerne wäre sie geblieben und hätte dieses Abenteuer miterlebt, doch Paolo hatte ihr auseinander gesetzt, dass ihr Körper daheim in ihrer eigenen Welt ohnmächtig in ihrem

Bett aufgefunden werden würde, wenn sie über Nacht in Talia blieb.
»Deine Eltern würden sich sehr erschrecken«, hatte er gesagt. »Sie würden dich für krank halten. Du musst also zurückkehren, und das wirst du auch, sobald du einschläfst – solange du deinen Talisman festhältst.«
Und er hatte Recht gehabt. Ob es nun an dem Bier lag oder daran, dass sie zwei Tage hintereinander auf gewesen war, schon bald fiel Georgia in einen tiefen Schlaf.
Das Aufwachen in ihrer eigenen Welt war dann fast ein Schock. Alles erschien ihr so laut und brutal: das Radio, das Nachrichten und Wetterbericht herausplärrte, der Toaster und der Wasserkocher in ihrer morgendlichen Aktion und nicht zuletzt Maura, die lautstark nachprüfte, ob jeder für den Tag hatte, was er so brauchte. Als Ralphs Handy klingelte, fiel Georgia fast vom Stuhl.
Lächerlich, dachte sie. Sie hatte doch nur einen Nachmittag in Remora verbracht und wusste gar nicht, ob sie je wieder hinkommen würde. Und dennoch konnte sie nicht aufhören, daran zu denken: an die Bezirke, den Campo delle Stelle, das geflügelte Pferd, an Cesare. Als ob sie verliebt wär . . . War sie das vielleicht? Cesare hatte ihr gefallen und er war ein nett aussehender Junge, der zwei Jahre älter war als sie. Theoretisch hätte sie unheimlich in ihn vernarrt sein müssen, auch wenn das verrückt gewesen wäre – als ob man sich in einen jungen Mann aus einem alten Gemälde verliebte. Aber so war es nicht.
Es war einfach so angenehm gewesen, die Zeit mit einem Jungen zu verbringen, der sie nicht hasste. Bestürzt stellte sie fest, dass es so sein musste, wenn man einen richtigen Bruder hatte.
Die Mittagspause verbrachte Georgia in der Bibliothek, wo

sie auf dem Schulcomputer die Suchbegriffe *Talia, Remora, Chimici* und *Stellata* eingab. Doch unter keinem dieser Ausdrücke fand sie etwas, obwohl sie verschiedene Schreibweisen ausprobierte. Sie wandte sich vom Internet ab und schlug in einem Lexikon der griechischen und römischen Mythologie nach. Dort fand sie, dass Romulus und Remus die Zwillingssöhne von Rhea Silvia und dem Gott Mars waren.

Ihre Geburt war ein schändliches Geheimnis gewesen und ihr Großonkel hatte sie in den Fluss geworfen und ihnen das Königreich ihres Großvaters geraubt. Nachdem sie von der Wölfin gesäugt worden waren – der kleine Teil der Geschichte, den Georgia schon kannte –, waren sie von Schafhirten aufgezogen worden und hatten, als sie erwachsen waren, das zurückerhalten, was ihnen rechtmäßig zustand. Danach beschlossen sie eine Stadt zu bauen. Sie konnten sich allerdings nicht einigen, wo sie bauen wollten, und so baute jeder der beiden seine eigene Stadt. Als Romulus eine Stadtmauer errichtet hatte, die nur ein paar Zoll hoch war, hatte sich Remus lustig gemacht und war darüber gesprungen und sein Bruder hatte ihn im Zorn erschlagen.

Es gab noch eine Menge über Romulus, einschließlich der interessanten Tatsache, dass keiner wusste, was nach seinem Tod mit seinem Leichnam passiert war, und dass man ihn daraufhin zum Gott erhoben hatte. Was Georgias Aufmerksamkeit aber wirklich fesselte, war eine kleine Fußnote, die besagte, dass sich die Zwillinge gestritten hatten, ob sie ihre Stadt Roma oder Remora nennen sollten. Erstaunt lehnte Georgia sich zurück. In Talia war der Kampf also anders ausgegangen und Remus hatte die Stadt gegründet. Und Remora hatte in der Folge den Platz in Talias Geschichte eingenommen, den Rom in der Geschichte Italiens innehatte.

Das bedeutet, dass Romulus in Talia seinen Bruder Remus nicht umgebracht hat, dachte Georgia.
Nach der Schule besuchte sie den Laden von Mr Goldsmith. Er freute sich sie zu sehen. »So schnell wieder da?«, sagte er. »Ich hoffe doch, dass du das Pferd nicht zurückbringen willst?«
»Auf keinen Fall!«, sagte Georgia, die es inzwischen von der Jogginghose in ihre Jackentasche gesteckt hatte. »Ich liebe es. Genau genommen, wollte ich Sie noch mehr dazu fragen.«
»Nur zu«, sagte Mr Goldsmith. »Aber lass mich erst mal eine Tasse Tee für dich machen.«
»Also gut«, sagte Georgia. »Obwohl ich nicht lange bleiben kann. Ich muss in die Geigenstunde.«

Gaetano und sein Vater besuchten gemeinsam noch einmal alle Stallungen Remoras. Zu wem sie auch kamen – die Remaner waren zwar zunächst erstaunt, fühlten sich aber dann hoch geehrt von dem Besuch. Ein Stall nach dem anderen führte seine Rennpferde vor: die Grauen und die Braunen, die Falben und die Füchse, die Schimmel und die Schecken.

Den Besuch bei der Waage schoben sie bis zum Ende auf. Das war heikel, denn Jungfrau und Waage waren Gegner. Schon im Bezirk Stier war es etwas schwierig gewesen, denn obwohl Niccolò und sein Sohn die Herren von Giglia waren, waren sie auch eng mit Remora verbunden und die Zwillinge waren die eingeschworenen Feinde des Stiers.

Der Stallmeister der Waage, Giacomo, begrüßte Herzog Niccolò und den jungen Prinzen sehr artig. Obwohl Waage und Jungfrau Gegner waren, bestand ein Bündnis zwischen Waage und Zwillingen, deren Zunft ja die Bankleute waren – also die Chimici.

Dennoch verdross es Giacomo, die grün-violetten Bänder in seinem Stall zu sehen, und er musste alle Reserven seiner Höflichkeit aufbringen, um seinen Ärger nicht durchblicken zu lassen. »Das hier ist unser Ross in der Stellata, Euer Gnaden«, sagte er so unbewegt wie möglich. »Il Corvo.«

Gaetano fühlte sich auf der Stelle zu dem Rappen hingezogen. Il Corvo war nervös und hochgezüchtet, wie die besten remanischen Pferde es alle waren, aber er war auch schön und hatte kräftige, edel gewachsene Linien. Gaetano hätte ihn liebend gern geritten. Aber das kam natürlich nicht in Frage und der Herzog beendete ihren Besuch im Stall der Waage so rasch, wie es die Höflichkeit zuließ.

»So, das war's«, sagte er zu seinem Sohn. »Der Pflicht ist Genüge getan. Jetzt haben wir alle besucht. Was hast du von dem letzten gehalten?«

»Eine wahre Schönheit«, sagte Gaetano. »Schade, dass er nicht gewinnt.«

Niccolò sah ihn fragend an. »Kannst du in die Zukunft sehen? *Erst am Ende des Rennens kennt man den Sieger* – ist das nicht einer der ältesten Sprüche in Remora?«

»Doch«, sagte Gaetano. »Und das traf vielleicht zu, als er in Mode kam. Als die Stellata noch ein wirklicher, offener Wettkampf war.«

Sie waren wieder auf den Campo getreten und überquerten das Pflaster automatisch über den Abschnitt der Jungfrau. Nicht mal der Herzog von Giglia wollte eine Minute länger als nötig auf feindlichem Grund und Boden stehen.

Niccolò runzelte die Stirn. Das war nicht die Art von Gespräch, die ihm am helllichten Tag behagte, vor allem nicht so nahe am Waage-Bezirk.

»Lass uns an einen unverfänglichen Ort gehen und dort weiterreden«, sagte er und führte Gaetano auf die Strada delle

Stelle hinaus. Sie gingen auf der Seite der Straße, die dem Bezirk Steinbock zugewandt war, und steuerten einen kleinen Platz an, der beim Tor des Mondes lag. Dort gab es ein kleines, verschlafenes Gasthaus.

Der Wirt brachte ihnen beiden einen grünlich schimmernden Wein und einen großen Teller mit zuckrigem Gebäck, dem sich allerdings nur Gaetano widmete.

»Dir liegt offensichtlich etwas auf der Seele«, sagte Niccolò und musterte seinen Sohn eingehend. »Willst du mir sagen, was es ist?«

»Es ist diese Stadt«, sagte Gaetano ausweichend, den Mund voller Kuchenkrümel. »Sie ist so falsch. Alles ist säuberlich aufgeteilt und läuft nach bestimmten Regeln ab. Und wenn es dann um dieses ach so wichtige Rennen geht, werden alle Regeln gebrochen. Es gewinnt doch immer bloß der Bezirk, der am meisten Bestechungsgelder aufbringen kann.«

Der Herzog sah sich vorsichtig um. Selbst auf neutralem Gebiet sagte man einige Dinge am besten nur ganz leise, wenn man sie denn unbedingt sagen musste. »Du weißt doch, wie sehr diese Stadt an Omen und Vorhersagen glaubt«, erwiderte er leise. »Wenn weder Jungfrau noch Zwillinge gewinnen, nehmen sie das hier gleich als Zeichen, dass unsere Macht schwindet.«

»Dann könnten auch Stier, Skorpion oder Steinbock gewinnen«, warf Gaetano ein. »Unsere Familie regiert alle verbündeten Städte. Selbst die Waage, denn auch Bellona ist eine unserer Städte.«

Niccolò seufzte. Natürlich war es unerträglich, dass Remora all diese alten feudalen Bündnisse in sich vereinte. Doch die Tradition, dass jeder Bezirk mit einem der Stadtstaaten verbündet war, lag Jahrhunderte zurück und war viel älter als die Familie der Chimici. So etwas konnte man nicht über

Nacht abschaffen. Alle Bürger waren natürlich Remaner, und wenn sie die Stadt verließen, hielten sie verbissen zu ihr. Aber innerhalb der Stadt regierte das ganze Jahr hindurch eine Art von Irrsinn – von einer Stellata bis zur nächsten. Ganz schlimm wurde es in den Wochen unmittelbar um das Rennen – da wurden die Straßen immer gefährlicher, je näher sie am Campo lagen. Weiter draußen bei den vierzehn Toren, wo die Stallungen lagen, waren die Menschen einigermaßen gelassen. Doch das tortenförmige Muster der Stadt brachte es mit sich, dass jeder Bezirk sich dolchartig zuspitzte und auf das Herz des Campos zielte. Am Tag der Stellata schließlich war es Selbstmord, die Grenzen seines eigenen Bezirks zu verlassen.

Es war ein Papst gewesen, der beschlossen hatte die Stadt nach dem Muster des Sternenkreises anzulegen. Damit hatte er versucht die Bevölkerung, die viel mehr an Astrologie als an die Kirche glaubte, für sich einzunehmen. Jahrzehnte hatte es gedauert, um alle Straßen und Plätze umzubenennen und die Wappen und Mottos und Fahnen jedes Bezirks durchzusetzen. Zu dem Zeitpunkt war der irre geleitete Papst schon längst tot gewesen. Doch die Remaner hatten das neue System nur zu gerne angenommen. Der nächste Papst, Benedict, hatte nichts weiter zu tun, als die breite, neutrale Straße und den berühmten Platz zu bauen – den Rest erledigten die Bürger von alleine.

Vielleicht konnte ein neuer Papst die Stadt wieder ummodeln? Niccolò dachte an seinen Bruder, der in seinem bequemen Palast saß und der auf das Campo-Segment der Zwillinge hinaussah. Er konnte doch nach und nach Gesetze erlassen, die die übermäßige Loyalität zu einer anderen Stadt außer Remora unterbanden.

Niccolò sah seinem Sohn über dem geleerten Kuchenteller

in die Augen. Ein unwilliges Zucken lief über seine aristokratischen Züge. Vielleicht wäre ja doch die Kirche die richtige Laufbahn für seinen unersättlichen Sohn gewesen? Mit der Zeit hätte er es sicher mit der Leibesfülle von Ferdinando aufnehmen können. Doch Herzog Niccolò verstand es gut, seine Gefühle zu verbergen. »Entschuldige«, sagte er laut, »ich habe über das, was du gesagt hast, nachgedacht.«

»Aber das eigentlich Ärgerliche ist, dass ich nicht weiß, warum du mich hierher gebracht hast«, murmelte Gaetano aufsässig. »Wäre es nicht an der Zeit, dass du damit rausrückst?«

»Gewiss«, sagte Niccolò. »Wie würde es dir gefallen, die junge Duchessa von Bellezza zu heiraten?«

»So sehr viel weiß ich auch nicht über die Etrusker«, sagte Mortimer Goldsmith bei einer feinen Tasse Earl-Grey-Tee. »Sie fallen eher in das Gebiet der Archäologen und Anthropologen. Ich beschäftige mich mehr mit der jüngeren Geschichte – mit Chippendale-Möbeln und Porzellan aus Sèvres zum Beispiel. Noch etwas Tee?«

»Nein, danke«, sagte Georgia, die fand, dass der Earl Grey eher wie Rasierwasser roch und wie Spülwasser schmeckte. »Aber sie waren doch so was wie frühe Italiener, oder?«

»Genau, das steht fest. Alles andere ist allerdings ziemlich ungesichert. Es gibt keine schriftlichen Dokumente, weißt du – außer ein paar Inschriften.«

»Und Figuren von geflügelten Pferden«, ergänzte Georgia.

»Richtig, und ein paar Urnen und dergleichen. Eine steht im Britischen Museum, wenn ich mich richtig erinnere. Oder vielleicht im Victoria und Albert? Irgendwo habe ich bestimmt eine gesehen.«

Georgia verbrachte den Sonntag oft in Museen. »Im Britischen Museum?«, fragte sie nach. »Oder vielleicht in dem in South Kensington?«

»Ich bin mir ziemlich sicher, dass es das Britische Museum ist«, sagte Mr Goldsmith schließlich. »Figuren auf einer Bronzeurne – ungefähr aus dem sechsten Jahrhundert vor Christus. Die Pferde waren allerdings nicht geflügelt – sie waren nur Teil eines barbarischen Rennens, bei dem die Reiter ohne Sattel ritten.«

Georgia nahm sich vor ins Britische Museum zu gehen und das zu überprüfen – und Paolo zu fragen, ob man bei der Stellata auch ohne Sattel ritt.

»Tut mir Leid, aber ich muss jetzt gehen«, sagte sie und erhob sich. »Vielen Dank für den Tee. Es war schön, mit Ihnen zu reden.«

»Ganz meinerseits«, sagte Mr Goldsmith und machte eine kleine förmliche Verbeugung. »Für das nächste Mal besorge ich Darjeeling-Tee«, fügte er hinzu, als er feststellte, dass ihre Tasse noch fast voll war. »Und ein paar Schokoladekekse. Es kommt nicht oft vor, dass ich junge Menschen zu Besuch habe.«

Georgia musste die ganze Strecke zu ihrer Geigenstunde rennen. Der Geigenkoffer und die Notentasche schlugen ihr an die Beine. Und als sie endlich ankam, spielte sie so schlecht wie selten. Sie konnte es nicht erwarten, nach Hause zu kommen.

»Kaum zu glauben«, sagte Lucien. »Noch ein Stravagante? Schon wieder? Das müssen wir Rodolfo erzählen. Dottore, haben Sie noch den Handspiegel?«

»In der Tat«, sagte Dethridge. »Er befindet sich gewisslich in meinem Beutel. Doch lass Signor Paolo erst noch mehr berichten.«

»Mein Sohn hat mehr Zeit mit ihr verbracht – denn es handelt sich diesmal um ein junges Mädchen«, sagte Paolo.

Sie befanden sich in dem behaglichen Wohnzimmer im Haus von Paolo und Teresa im Westen der Stadt, nahe beim Widder-Tor. Die Besucher hatten ein herzhaftes Frühstück aus frisch gebackenen Brötchen und Feigenkonfitüre eingenommen. Die kleineren Kinder spielten im Hof unter Teresas Aufsicht, während sie selbst die Hühner fütterte und Eier einsammelte für die Pfannkuchen, die es mittags geben sollte.

Nachdem sich Cesare und Lucien zunächst mit steifer Höflichkeit begrüßt hatten, wurden sie allmählich vertrauter. Und als Lucien noch gehört hatte, dass Cesare einen Menschen aus seiner Welt kennen gelernt hatte, war das Eis gebrochen. Ein seltsames Gefühl befiel Lucien. Es stimmte: Seine Welt war inzwischen Talia – aber er konnte dennoch nicht vergessen, dass er eigentlich ein Junge aus dem einundzwanzigsten Jahrhundert war. Die Vorstellung, dass er jemanden aus seiner eigenen Zeit treffen könnte, war mehr als aufregend. Selbst Doktor Dethridge, Luciens Ziehvater, der aus derselben Welt stammte – wenn auch aus einer viel früheren Zeit –, war betroffen von der Nachricht.

»Kommt sie wieder?«, fragte Lucien.

»Wenn sie kann, ganz bestimmt«, sagte Cesare. »Sie hat sich so sehr für das geflügelte Pferd interessiert.«

Dieser Satz warf mehr Fragen auf, als er beantwortete, und die Stallmeister des Widders mussten alles über das schwarze Fohlen, den Besuch von Herzog Niccolò und ihre nächtliche Expedition nach Santa Fina berichten.

»Es behagt mir gar nicht, dass jener Mensch in der Stadt ist«, sagte Doktor Dethridge. »Wir dürfen sicher sein, dass der Herzog nichts Gutes im Schilde führt.«

»Offiziell besucht er seinen Bruder, den Papst«, sagte Paolo.

»Aber gleichzeitig wollte er wohl die Pferde seiner Rivalen in Augenschein nehmen.«

»Aber das Ganze ist doch nur Theater, nicht?«, fragte Lucien. »Rodolfo hat uns erzählt, dass das Rennen jedes Jahr so manipuliert wird, dass einer der Verbündeten der Chimici gewinnt.«

»So läuft es gewöhnlich«, gab Paolo zu. »Aber normalerweise wird in der Stadt auch kein geflügeltes Pferd geboren. Ich habe die Hoffnung, dass dies einen Sieg für den Widder bedeutet.«

»Die Duchessa von Bellezza?«, fragte Gaetano begriffsstutzig. Er war zu überrascht, um auf seine Worte zu achten. »Wozu?«

Sein Vater seufzte. »Es braucht noch viel, um einen Diplomaten aus dir zu machen. Natürlich, um dir den Herzogtitel zu sichern und um Bellezza auf unsere Seite zu ziehen.«

»Der Familie einzuverleiben, meinst du wohl«, sagte Gaetano. Aber die Vorstellung war ihm gar nicht zuwider. Als Herzog von Bellezza hätte er doch bestimmt genug Zeit für seine Bücher und die Musik . . . »Wie ist sie denn?«, fragte er.

»Sehr hübsch«, sagte Niccolò trocken. »Und ungefähr so leicht zu handhaben wie Zarina.«

Gaetano brauchte ein paar Minuten, um sich zu erinnern, dass Zarina die temperamentvolle graue Stute aus dem Jungfrau-Stall war.

Zum Abendessen gab es Fisch und Chips und dann Eis. Das war eigentlich Georgias Lieblingsessen, weil weder Maura noch Ralph es verderben konnten. Doch an diesem Abend war sie nicht hungrig. Sie wollte möglichst schnell ihre Schulaufgaben erledigen und früh zu Bett gehen. Selbst Russell konnte sie kaum beeindrucken.

»Schulaufgaben am Freitag?«, war das Einzige, was er ihr zuzischen konnte. »Du bist nicht nur abartig, sondern auch noch eine Streberin.«
Sie ließ es sein, ihn daran zu erinnern, dass morgen ihr Samstag im Reitverein war. Sie wollte einfach nicht weiter auffallen. Doch der Abend zog sich endlos hin. Mathe, Englisch, Französisch – dann ins Bett. Und als sie endlich im Bett war, konnte sie nicht einschlafen. Sie hatte das geflügelte Pferd in der Hand und ein klares Bild des Heubodens in Remora vor Augen, aber der Schlaf kam nicht. Vielleicht lag es daran, dass sie sich zu sehr wünschte wieder die Welten zu wechseln. Oder es lag an Russells Heavymetal-Musik, die aus seinem Zimmer herüberdröhnte.
»Bitte«, flüsterte sie inständig, »lass mich in der Stadt der Sterne sein.«

Lucien schritt aufgeregt im Zimmer auf und ab. »Bestimmt hat es was mit Ariannas Besuch in Remora zu tun«, sagte er. »Ich weiß nicht, wie viel ihr über meine Stravaganza wisst, aber Rodolfo war der Ansicht, dass ich nach Bellezza gebracht wurde, um die vorige Duchessa zu retten. Vielleicht wird dieses Mädchen – diese neue Stravagante – benötigt, um ein Komplott gegen Arianna zu verhindern? Ihr wisst doch, dass wir deshalb hier sind – weil sie zur Stellata eingeladen worden ist.«

»So ist es wahrlich, wir sollen so viel wie möglich über die Stadt in Erfahrung bringen«, sagte Doktor Dethridge nickend. »Und über die Sitten und Gepflogenheiten während des Rennens, dem man eine solche Bedeutung zumisst.«

»Und bestimmt führt der Herzog auch etwas im Schilde«, fügte Lucien hinzu. »Es wäre ein zu großer Zufall, dass er gleichzeitig mit uns hier ist.«

Es klopfte leise an der Tür. Paolo ging hin, um zu öffnen, während Lucien weiter das Zimmer durchmaß.

»Es scheint mir hier wirklich nicht sicher genug für sie«, sagte er. »Alles, was wir über die Stadt wissen, deutet darauf hin, dass sie eine Brutstätte für Schurkereien ist – schließlich ist sie ja auch das Machtzentrum der Chimici.«

Er war bei der Tür angekommen und blieb mit offenem Mund stehen, als er dort die zierliche, kurzhaarige Person mit dem silbernen Augenbrauenring sah.

Doch die Wirkung ihrer Begegnung auf Georgia war nicht weniger heftig. Sie erkannte den schwarzhaarigen Jungen wieder. Erst vor ein paar Stunden hatte sie während ihrer Geigenstunde im Haus ihrer Lehrerin ein Foto von ihm angestarrt.

»Ich habe dir doch versprochen, dass noch weitere Stravaganti kommen, Georgia!«, sagte Paolo lächelnd.

»Lucien!«, sagte Georgia – und verschwand wieder.

Kapitel 5

Im Schatten des Zweifels

Georgia erwachte plötzlich und mit rasendem Herzklopfen in ihrem Bett in London. Aber es war noch nicht Morgen. Das Haus war still und dunkel. Sie war völlig verwirrt. Von einer Stadt mit geflügelten Pferden zu träumen war eine Sache – selbst wenn sich herausstellte, dass es kein Traum war und die Stadt tatsächlich existierte. Aber plötzlich jemandem gegenüberzustehen, der aus ihrer Welt stammte, jemand, von dem sie wusste, dass er gestorben war – das war etwas ganz anderes.

Sie lag in der Dunkelheit, hatte die Finger fest um das geflügelte Pferd geschlossen und wartete, dass ihr Puls wieder langsamer und ihre Gedanken ruhiger würden. Einerseits wollte sie auf der Stelle wieder nach Remora zurückkehren, andererseits hatte sie schreckliche Angst davor. Es war eindeutig Lucien gewesen, den sie da in Paolos Haus gesehen hatte. Es war nicht möglich, dass sie ihn verwechselt hatte – trotz seiner talianischen Kleider aus dem sechzehnten Jahrhundert. Wenn es um Lucien Mulholland ging, war Georgia nicht zu täuschen.

Er war eine Klasse über ihr gewesen, als sie in ihre jetzige Schule gekommen war, und sie hatte ihn ein paar Mal bei seiner Mutter daheim gesehen, wenn sie nach der Schule zur Geigenstunde ging. Doch erst ab der zehnten Klasse hatten sich ihre Gefühle für ihn verändert. Russell hatte nämlich keine Ahnung von ihr; sie interessierte sich sehr wohl für Jungen – zumindest für einen. Allerdings war sie unglücklicherweise ziemlich schüchtern.

Wenn Lucien von ihrer Schwärmerei gewusst hatte, hatte er es sich nie anmerken lassen. Sie spielten beide im Schulorchester und Georgia hatte immer die Ironie darin empfunden, dass sie neben ihm die zweite Geige spielte. Aber nachdem Georgia dem Orchester beigetreten war, konnte sie ihn nicht nur öfter sehen, sondern wenn sie sich bei ihm daheim begegneten, redete er sogar mit ihr. Nach und nach war ihr aufgegangen, dass auch er schüchtern war. Er hatte keine Freundinnen; wenigstens das war ein Segen.

Aber gerade, als sie zu hoffen begann, dass sie sich anfreunden könnten, wurde er krank. Während sie jetzt im Dunkeln lag, durchlebte Georgia den Schmerz des letzten Jahres noch einmal, als sie erfuhr, dass er eine schlimme Krankheit hatte, dass er wochenlang in der Schule fehlen musste und Chemotherapie bekam, dass ihm sein schönes Haar ausgegangen war. Von einem Tag auf den anderen hörte seine Mutter mit dem Unterricht auf und Georgia war von allen Auskünften abgeschnitten – mit Ausnahme der Brocken, die sie dem Schulklatsch entnehmen konnte.

Letzten Sommer hatte Georgia ein paar Wochen lang geglaubt, dass es ihm besser ging, dass er im Herbst geheilt in die Schule zurückkommen würde. Sie hatte ihn auch wieder getroffen, als sie ihre Geigenstunden wieder aufnehmen durfte. Er kam ihr etwas älter und ein wenig abwesend vor, aber nicht unfreundlich. Sie hatte sich vorgenommen ihm zu sagen, wie sehr sie ihn mochte, doch dann hatte die schlimmste aller Nachrichten alle ihre Hoffnungen zunichte gemacht: Lucien kam ins Krankenhaus, er fiel ins Koma, er starb schließlich.

Sie war wie in Trance zur Trauerfeier gegangen und hatte einfach nicht glauben können, dass der einzige Junge, für den sie je etwas empfunden hatte, auf immer verloren war. Erst als sie seine trauernden Eltern gesehen hatte, als sie gehört hatte, wie sein bester Freund Tom mit gebrochener Stimme ein Gedicht vortrug, hatte die Wahrheit sie eingeholt.

Und jetzt war er in Talia aufgetaucht und sah so blühend und so gesund aus wie damals, als er im Orchester vor ihr saß und sie sein lockiges Haar über den weißen Kragen fallen sah. Was konnte das nur bedeuten? Allmählich fragte sie sich, ob Talia eine Ausgeburt ihrer Phantasie war, die sich ihr Unterbewusstsein als Zuflucht geschaffen hatte. Pferde – sogar fliegende Pferde – und nun die Auferstehung eines Jungen, für den sie so sehr geschwärmt hatte – das konnte ja alles gar nicht wahr sein.

Aber was sollte sie jetzt machen? Lucien zu sehen würde wehtun – der kurze Blick hatte sie davon überzeugt –, doch wie konnte sie darauf verzichten, zurück nach Talia zu reisen? Georgia betrachtete das kleine schwarze Pferd in ihrer Hand. Es musste doch etwas bedeuten, dass es in ihr Leben getreten war. Irgendeine Aufgabe war ihr doch wohl in Talia zugedacht, sonst wäre sie nicht dort gelandet. War es mit Lucien ebenso gewesen? Warum war er dort und lag darin womöglich ein Grund für seinen Tod?

Georgia hatte richtig Angst. Während ihres kurzen Aufenthalts in Remora war sie sich vorgekommen wie die Zuschauerin in einem Theaterstück. Doch als sie dann Lucien gesehen hatte, war es, als hätte sie jemand auf die Bühne gezerrt und gezwungen an der Handlung teilzunehmen. Sie wusste, wenn sie nach Talia zurückkehrte, würde sie von nun an eine aktive Rolle in dem Drama übernehmen, das dort ablief. Und jetzt wusste sie auch, dass es gefährlich sein würde.

In Paolos Haus herrschte völliges Durcheinander. Lucien war totenblass geworden, Cesare war entsetzt und sowohl Paolo als auch Dethridge waren ratlos. »Kennst du sie?«, fragte Paolo und Lucien konnte das gerade bestätigen, da erschien Georgia wieder.

Lucien war der Einzige, der verstand, was passiert war. Er führte Georgia zu einem Stuhl und bat Paolo ihr etwas zu trinken zu bringen. Georgia saß schweigend da, trank gierig von dem Wasser, das man ihr reichte, und genoss das Gefühl, dass sich ihr Lucien zum ersten Mal richtig zuwandte.

Ihr war etwas schwindelig und sie wusste eigentlich nicht, warum sie in die gleiche Situation zurückgekehrt war. Es hatte Stunden gedauert, bis sie wieder eingeschlafen war – deshalb kam es ihr jetzt hier in Talia so vor, als habe jemand den »Pausenknopf« gedrückt und die Szene an dem Punkt angehalten, an dem sie sie verlassen hatte.

»Wenn du zweimal im selben Zeitabschnitt reist«, erklärte ihr Lucien, »am selben Tag oder in derselben Nacht, dann kommst du nur wenige Augenblicke nach deinem Verschwinden zurück.«

»Aber warum ist sie überhaupt verschwunden?«, fragte Cesare und sah Georgia argwöhnisch an, als sei sie ein Geist.

»Ich glaube, sie ist ohnmächtig geworden, als sie mich gesehen hat«, sagte Lucien. »Und sie hatte wahrscheinlich immer noch ihren Talisman in der Hand. Wenn man in Talia das Bewusstsein verliert, während man den Talisman festhält, landet man in seiner Welt, auch wenn man gar nicht an zu Hause denkt. Eine Art Fehlsteuerung.«

Er sprach jetzt direkt mit Georgia und die nickte; es erschien ihr irgendwie logisch.

»Georgia kommt aus demselben Teil unserer Welt, aus dem ich gekommen bin«, fuhr Lucien fort. »Wir sind auf dieselbe Schule gegangen. Sie wusste, dass ich tot bin. Du hast wahrscheinlich gedacht, du siehst einen Geist«, wandte er sich wieder direkt an sie.

Georgia nickte wieder, war aber immer noch nicht in der Lage, etwas zu antworten.

»Darf ich mal deinen Talisman sehen?«, fragte Lucien.

Sie öffnete die Hand. Die Flügel hatten sich auf ihren Fingern abgedrückt und rote Stellen hinterlassen, so fest hatte sie das Pferdchen umklammert. Sie ließ zu, dass Lucien es nahm und untersuchte.

»Es sieht genau wie unsere Merla aus«, sagte Cesare.

»Ist sie in Sicherheit?«, wollte Georgia wissen. »Habt ihr sie fortgebracht?«

»Ja«, erwiderte Paolo. »Sie und Sternenlicht sind in Santa Fina. Wir hoffen, dass die Chimici sie dort nicht finden. Obwohl weiterhin ein Risiko besteht. Dummerweise haben sie dort eine Sommerresidenz, aber solange sie die Stadt besuchen, werden sie sich dort nicht aufhalten. Und Roderigo können wir vertrauen.«

»Kann ich mal hin und sie besuchen?«, fragte Georgia.

»Ganz bestimmt«, sagte Paolo. »Es ist nicht weit. In ein paar Stunden bist du dort und wieder zurück.«

Lucien gab ihr die kleine Figur zurück. »Pass gut darauf auf«, sagte er. »Die Chimici wären genauso interessiert an deinem geflügelten Pferd wie an dem richtigen.«

»Und wie an der Maid selbst, meiner Treu, wenn sie denn eine Maid ist«, sagte Dethridge. Er hatte Georgias Ausstattung als Stallbursche mit einiger Verwunderung betrachtet.

»Hier in Talia ist sie ein Junge«, sagte Paolo, »auch wenn sie dort, wo sie herkommt, ein Mädchen ist.«

»Ah!« Dethridge nickte. »Es ist eine Verkleidung. Ich verstehe. Solch eine Täuschung gibt es bei uns in vielen der Schauspiele an unseren Theatern.«

»Warum redet er so seltsam?«, flüsterte Georgia Lucien zu.

Der lächelte. »Das ist, weil eraus dem Elisabethanischen Zeitalter unserer Welt stammt, das viereinhalb Jahrhunderte zurückliegt. Ich möchte dich Doktor Dethridge vorstellen, dem Begründer der Bruderschaft der Stravaganti. Hier in Talia heißt er allerdings Guglielmo Crinamorte und in Bellezza ist er ein berühmter Mann.«

Dethridge machte eine Verbeugung.

»Mein Name ist hier wohl Giorgio«, sagte Georgia.

»Mir hat man auch einen neuen Namen gegeben«, sagte Lucien. »Ich heiße jetzt Luciano Crinamorte. Dottore Crinamorte und seine Frau Leonora sind meine Zieheltern.« Rasch wandte er den Blick von Georgia ab.

Aber ihr war etwas anderes aufgefallen. »Es gibt etwas, das ich nicht verstehe«, sagte sie. »Ich bin eine Stravagante aus einer anderen Welt, das hat Paolo wenigstens gesagt, und das konnte er daran sehen, dass ich keinen Schatten habe. Aber ihr beide, du und Doktor Dethridge, habt eindeutig Schatten und trotzdem kommt ihr aus derselben Welt wie ich. Was hat das alles zu bedeuten?«

Rinaldo di Chimici war zutiefst erleichtert darüber, wieder in Remora zu sein. Sein Aufenthalt als remanischer Botschafter in Bellezza war ungemütlich und beunruhigend gewesen und er war im Grunde seines Herzens kein Held. Er hatte die Stadt mit ihren stinkenden Kanälen und ihrer unverständlichen Fröhlichkeit nicht ausstehen können. Und dass es dort keine

Pferde gab! Vor allem aber hatte er Bellezzas Duchessa verabscheut, die so klug und schön war. Sie war politisch eine erbitterte Rivalin gewesen.

Immerhin hatte er sich an ihr rächen können. Die gefährliche Duchessa von Bellezza gab es nicht mehr, und obwohl ihm sein eigentlicher Plan, sie durch ein Mitglied seiner Familie zu ersetzen, nicht gelungen war, war die Tochter, die ihr auf den Thron nachgefolgt war, doch erst ein junges Mädchen. Mit Sicherheit war sie keine ebenbürtige Gegnerin für seinen Onkel, Herzog Niccolò.

Rinaldo begab sich zu den Stallungen der Zwillinge. Er wusste nicht genau, wohin ihn seine Laufbahn als Nächstes führen würde, aber erst einmal wünschte er sich nichts so sehr wie einen Ritt auf einem ausgeruhten Pferd.

Seit dem Tod seines Vaters vor zwei Jahren, als sein älterer Bruder Alfonso Herzog von Volana geworden war, hing Rinaldo in der Luft. Es gab keinen Titel, den er erben konnte, und keine Arbeit, die für ihn geeignet war. Daher war er unentschlossen nach Remora gezogen und hatte sich in einem der vielen Gemächer im Palast seines Onkels Ferdinando niedergelassen – bis Herzog Niccolò ihn als Botschafter nach Bellezza geschickt hatte.

Inzwischen fühlte sich Rinaldo im Bezirk der Zwillinge mindestens so wohl wie jemals in dem düsteren Familienschloss in Volana, das viele Meilen nordöstlich lag. Er hatte dort auf dem Rückweg von Bellezza die Reise unterbrochen, um Alfonso und ihre gemeinsame jüngere Schwester Caterina zu besuchen, aber er hatte nicht mehr das Gefühl, dorthin zu gehören. Sein Bruder war von dem Gedanken besessen, dass man ihn verheiraten wolle, und fragte sich, ob Niccolò bereits eine Wahl für ihn getroffen hatte. Das sollte Rinaldo für ihn herausfinden.

Rinaldo überlegte, ob er seine Cousine Francesca vorschlagen sollte, die abgelehnte Kandidatin für die Nachfolge der Duchessa von Bellezza. Bei den Chimici waren Hochzeiten unter Verwandten sehr beliebt, daher würde Niccolò den Vorschlag vielleicht gutheißen. Eine der anstehenden Aufgaben in Remora war es, Onkel Ferdinando dazu zu bewegen, Francescas erste Ehe mit einem viel älteren bellezzanischen Ratsherrn zu annullieren. Die hatte Rinaldo eingefädelt gehabt, damit Francesca für die Regentschaft der Stadt in Frage kam.

»Guten Morgen, Exzellenz«, begrüßte ihn der Stallmeister der Zwillinge. »Ich habe ein Ross für Euch gesattelt und bereitgemacht – Bacio, eine Fuchsstute.«

»Ausgezeichnet!« Rinaldo betrachtete die Stute liebevoll. Sie war sein Lieblingspferd im Stall der Zwillinge. Zwar kein Sieger im Rennen – wie Benvenuto –, aber ein geschmeidiges und schönes Tier.

»Sie ist gut in Form, nicht?«, kam eine vertraute Stimme aus dem Hintergrund und Rinaldo erschrak bei ihrem Klang.

Als er den Sprecher sah, zuckte er zusammen. Enrico war in Bellezza wie ein schlechter Geruch an ihm hängen geblieben, den er nicht mehr abzuschütteln vermochte. Doch keiner von beiden hatte länger in der Wasserstadt bleiben wollen, nachdem die Duchessa ermordet worden war. Die Chimici und alle, die mit ihnen in Verbindung standen, waren nach der Explosion höchst verdächtig gewesen. Obwohl es eigentlich keine Beweise gegeben hatte, die sie mit dem Verbrechen in Verbindung brachten.

Rinaldo hatte Enrico eine Stellung in Remora nicht abschlagen können und hatte ihn seinen beiden Onkeln empfohlen: dem Papst als erfahrenen Pferdeknecht und Herzog Niccolò als skrupellosen Schnüffler. Doch allein beim Anblick des Burschen wurde Rinaldo nun unruhig. Er hatte einen kaltblütigen Mord begangen und wahrscheinlich nicht nur einen. Obgleich der letzte Anschlag auf Rinaldos Geheiß hin verübt worden war, betrachtete er den Mörder selbst mit Abscheu und Unbehagen – war er doch ein Mensch, der bei entsprechender Bezahlung ohne weiteres auch seinen Herrn und Auftraggeber meucheln würde.

»Nun, wie geht's hier?«, fragte er Enrico nervös. Er wollte ihm so schnell wie möglich entkommen und die Stadt hinter sich lassen, um seinen Ritt durch die Hügel zu machen.

»Sehr gut«, erwiderte Enrico. »Es ist schön, wieder mit Pferden zusammen zu sein. Sie sind verlässlicher als Menschen, wenn Ihr versteht, was ich damit sagen will.«

Rinaldo verstand wohl. Dieser abgerissene Spion trug einen Groll mit sich herum. Seine hübsche Verlobte war verschwunden und der Mann hatte es sich in den Kopf gesetzt, dass sein ehemaliger Arbeitgeber etwas davon wusste. Rinaldo hatte das Mädchen nur einmal getroffen und hatte keine Ahnung, was aus ihm geworden war. Er konnte mit jungen Mädchen grundsätzlich nichts anfangen, egal, ob sie hübsch waren oder nicht. Sie kamen ihm wie fremde Wesen vor, mit Ausnahme seiner Schwester und seiner Cousinen. Auf keinen Fall aber wollte er, dass sich Enricos Zorn gegen ihn richtete. Er konnte Rinaldo erheblich schaden – nicht nur körperlich.

»Ausgezeichnet! Ausgezeichnet!«, sagte er jetzt zerstreut. »Lass mich wissen, wenn du etwas brauchst.« Und damit führte er Bacio so schnell wie möglich auf den Hof hinaus.

»Wo soll ich anfangen?«, fragte Lucien. Er, Cesare und Georgia hatten Paolo und Doktor Dethridge zusammen zurückgelassen und hatten die Stadt in westlicher Richtung durch das Widder-Tor verlassen. Die beiden Jungen sollten Georgia noch eingehender von Remora erzählen, damit sie sich besser orientieren konnte.

»Wie bist du überhaupt hierher gekommen?«, fragte Georgia. Sie saßen auf der Mauer eines kleinen Gehöfts am Rande der Stadt.

»Tja, ich bin mit der Kutsche gekommen«, sagte Lucien und lächelte. »Aber ich vermute, das ist nicht, was du wissen willst. Ich bin von Bellezza gekommen. Das ist die Stadt, in der ich bei meiner ersten Stravaganza letzten Mai gelandet bin.« Sein Lächeln verblasste. »Dort wohne ich jetzt. Es ist mein Zuhause.«

Die drei jungen Leute schwiegen eine Weile. Cesare war etwas eingeschüchtert von diesem eleganten jungen Mann, der ein Jahr jünger war als er und doch schon solche Wunder erlebt hatte. Lucien war ein Stravagante und Cesare war sich immer noch nicht ganz sicher, was das bedeutete. Er hatte gehört, dass Lucien der Schüler von Signor Rodolfo war, dem vornehmsten Stravagante in Talia, und dass er in Bellezza bei Dottore Crinamorte lebte, der die Bruderschaft gegründet hatte. Und auf einmal stellte sich heraus, dass er nicht nur aus einer anderen Welt stammte, sondern auch noch mit seiner persönlichen Stravagante, dem geheimnisvollen Mädchen mit dem Jungenhaarschnitt und dem fehlenden Schatten, befreundet war.

»Hier in dieser Welt gibt es nichts Einzigartigeres als Bellezza«, fuhr Lucien schließlich fort. »Es sieht aus wie Venedig, nur dass alles, was in Venedig golden ist, in Bellezza aus Silber ist. Gold wird hier nicht besonders hoch geschätzt, musst du wissen. Das Silber gilt als wertvollstes Metall. Bellezza ist eine Stadt, die von überall in dieser Welt besucht wird – nicht nur von Talianern –, weil sie so unglaublich schön ist. Und kaum war ich dort angekommen, fühlte ich mich wieder richtig gesund. Ich hatte wieder mein volles Haar und ich war so kräftig wie vor meiner Krankheit.« Er hielt inne und holte tief Luft.

»Ich kann dir nicht alles an einem Tag erzählen. Monate lang war ich der Schüler von Rodolfo – er ist wunderbar, der klügste und faszinierendste Mensch – und er hat mir alles über die Stravaganti beigebracht. Er hatte mich schon erwartet, denn er selbst hatte meinen Talisman in unsere Welt gebracht.«

»Was hattest du als Talisman?«, fragte Georgia neugierig.

Ein schmerzlicher Ausdruck huschte über Luciens Gesicht. Sie konnte sehen, dass dieser neue Lucien nicht ganz so war wie der Junge, den sie gekannt hatte. Er wirkte älter und vom Schicksal gezeichnet. Er sagte, er sei in Talia nicht krank gewesen, und doch sah er aus wie jemand, der eine schlimme Krankheit hinter sich hatte und körperlich davon genesen war, geistig aber noch nicht.

»Es war ein bellezzanisches Notizbuch«, sagte Lucien. »Aber ich kann es nicht mehr nehmen.« Er erhob sich und lief vor der Mauer auf und ab. »Wie du siehst, habe ich jetzt wieder einen Schatten. Ich bin immer noch ein Stravagante, aber von dieser Welt in deine. Ich habe die Reise erst ein paar Mal gemacht und es fällt mir sehr schwer.«

»Liegt das an . . . du weißt schon . . . an der Krankheit, die du bei uns gehabt hast?«, fragte Georgia, kam sich aber sofort dumm und taktlos vor.

»So ist es«, erwiderte Lucien. »Du weißt ja, dass ich in deiner Welt, die jetzt nicht mehr meine ist, gestorben bin.«

Cesare sah ihn ehrfurchtsvoll an; er hatte zwar schon mal gehört, dass Lucien in seiner Welt gestorben sei, aber er hatte es nicht recht glauben können.

»Und ist das auch mit Doktor Dethridge passiert?«, fragte Georgia schnell, um die gespannte Atmosphäre aufzulockern.

»In gewisser Weise«, sagte Lucien. »Er ist nach Bellona gereist, seiner Stadt in Talia, um in England der Hinrichtung zu entgehen. Und später hat er dann auf einmal gemerkt, dass er hier einen Schatten hatte, und begriffen, dass er in seinem alten Leben gestorben sein musste.«

»Warum hast du gemeint, dass der Dottore komisch spricht?«, wollte Cesare von Georgia wissen. »Ich finde, er klingt ganz normal.«

»Für uns klingt er altmodisch«, sagte Georgia.

Sie sah Lucien fragend an, aber er zuckte nur mit den Achseln. Georgia ging zu einem anderen Thema über. »Was hast du in Bellezza gemacht?«, fragte sie. »Außer alles über die Stravaganza zu erfahren?«

»Erst hat mich die Duchessa für die Mandolier-Schule ausgewählt – ein Mandolier ist wie ein Gondoliere in Venedig«, setzte er erklärend hinzu. »Aber Rodolfo hat mich da rausgeholt und ich habe Feuerwerkskörper gemacht. Ich habe die Inseln besucht, habe mit einem Attentäter gekämpft, habe eine Menge Silber bekommen, wurde entführt, habe dabei geholfen, dass die neue Duchessa gewählt wurde, habe mit ihr auf dem Karneval getanzt . . .«

Wieder veränderte sich sein Ausdruck und Georgia spürte, wie sich ihr Herz zusammenzog. »Wie alt ist die neue Duchessa?«, fragte sie.

»Ungefähr so alt wie ich«, sagte Lucien. »Ein oder zwei Monate älter.« Sein Ton war ganz beiläufig; Georgia erkannte ihn wieder. Im gleichen Ton hatte sie Vicky Mulholland gefragt, wie es Lucien ging, wenn sie zur Geigenstunde kam.

»Wie aufregend!«, rief Cesare aus. »Du hast so viel mehr Abenteuer erlebt als ich, dabei bin ich fast ein Jahr älter als du. Ich habe nichts gemacht, außer zu reiten und meinem Vater im Bezirk zu helfen. Und du kennst die Duchessa von Bellezza – beide sogar. Mein Leben ist ja vielleicht langweilig!«

»Ich habe so eine Ahnung, dass es nicht langweilig bleiben wird«, sagte Lucien finster. »Du kannst nicht der Sohn eines

Stravagante sein und in einer der wichtigsten Städte der Chimici leben, ohne in Gefahr zu sein.«

»Ich habe bis gestern nicht gewusst, dass er ein Stravagante ist«, murmelte Cesare. »Und ich weiß immer noch nicht, was es wirklich bedeutet.«

»Das geht mir genauso«, sagte Georgia.

»Stravaganti sind Reisende zwischen den Welten«, erklärte Lucien. »Zumindest zwischen Georgias Welt und unserer.« Er drehte sich zu Cesare um und stellte sich bewusst mehr auf seine als auf Georgias Seite. »Man kann in beide Richtungen reisen, aber der Talisman – das Mittel, mit dessen Hilfe die Stravaganza bewerkstelligt wird – kommt immer aus der Welt, die nicht die eigentliche des Reisenden ist.«

»Aber du hast doch gesagt, dass du in die andere Welt zurückgereist bist, seit – du weißt schon«, sagte Georgia. »Hast du jetzt einen Talisman von dort?«

»Ja«, sagte Lucien, wollte aber offensichtlich nicht näher darauf eingehen.

»Warum glaubt ihr, dass gerade ihr beiden ausgewählt worden seid?«, fragte Cesare zurückhaltend. »Ihr müsst auf irgendeine Art etwas ganz Besonderes sein.«

Lucien und Georgia schnaubten beide verächtlich.

»Also ich überhaupt nicht«, sagte Lucien.

»Ich auch nicht«, bestätigte Georgia.

»Es sei denn . . .«, fuhr Lucien fort, doch dann hielt er verwirrt inne.

»Was?«, wollte Georgia wissen.

»Ich habe viel Zeit gehabt, um über diese Sache nachzudenken«, sagte Lucien zögernd. »Ich habe mich gefragt, ob mein Talisman mich gefunden hat, weil meine Tage in meiner Welt ja doch gezählt waren. Die Krankheit war ja wieder ausgebrochen.«

Georgia nickte.

»Deshalb frage ich mich, ob das irgendwie zusammenhing – ob es mich getroffen hat, weil ich sowieso sterben musste. Und jetzt überlege ich natürlich . . . ich trau mich ja gar nicht zu fragen, aber bist du in deiner Welt ganz gesund?«

Kapitel 6

Der jüngste Sohn

Bist du sicher, dass du nichts ausbrütest?«, fragte Maura, als Georgia beim Frühstück zum vierten Mal heftig gähnte.

»Nein, echt nicht, Mum, es geht mir gut«, sagte sie. »Ich hab letzte Nacht einfach nicht so gut geschlafen.«

Das stimmte nur zu sehr. Lucien hatte ihr das vorausgesagt. »Ich war daheim immer völlig kaputt, als ich jede Nacht gereist bin. Aber ich konnte es wenigstens auf meine Krankheit schieben.«

Sie hatte ihn jedoch in dieser Hinsicht beruhigen können – und sich selbst auch. Sie war ziemlich sicher, dass ihr nichts Ernstliches fehlte.

»Vielleicht solltest du heute mal nicht reiten gehen?« Höhnisch gaukelte Russell ihr brüderliche Besorgnis vor. Georgia warf ihm einen giftigen Blick zu.

»Du solltest vielleicht nicht so spät noch deine so genannte Musik spielen«, gab sie zurück. »Die hat mich wach gehalten.«

»Aber, aber, keine Zankereien, ihr beiden«, sagte Ralph. Er konnte Auseinandersetzungen während der Mahlzeiten nicht leiden.

Georgia war schon in Reiterhosen und Reitstiefeln. Manchmal, wenn sie besonderes Glück hatte, fuhren Ralph oder Maura sie zum Stall, der weit außerhalb lag. An den meisten

Wochenenden wie auch heute musste sie jedoch die U-Bahn nehmen, fast bis zur Endhaltestelle.
Da ihre Reitausstattung samt Hut und Gerte schwer zu verbergen war, gab es immer irgendwelche Idioten, die während der Bahnfahrt fragten: »Wo ist denn das Pferd?«, und dann brüllend über den eigenen Witz lachten. Heute fiel es ihr kaum auf, aber aus Gewohnheit hatte sie trotzdem mitgezählt. »Nur drei«, murmelte sie, als sie in den Bus von der U-Bahn zum Reitstall umstieg. »Da sind mir wohl einige entgangen.«
Der vertraute Stallgeruch ließ sie gleich an Remora denken, wo man Pferde fast wie Götter behandelte. Sie hatte beinahe die ganze Nacht – oder den vergangenen Tag, wenn man in talianischen Kategorien dachte – damit zugebracht, mit Lucien und Cesare über die Chimici, Bellezza, die Stravaganza und talianische Wissenschaft zu reden. Inzwischen konnte sie es kaum erwarten, zurückzukehren und mehr über das Pferderennen zu erfahren, das die Stadt zu beherrschen schien. Und Lucien natürlich wiederzusehen.
Lucien hatte ihr Gespräch mit dem Ratschlag beendet, dass sie nicht jede Nacht reisen sollte, weil sie sonst zu müde würde. Außerdem hatte er sie noch darauf hingewiesen, dass der Übergang zwischen den Welten äußerst unregelmäßig war. Er und Dethridge und der geheimnisvolle Rodolfo, den Lucien offensichtlich sehr verehrte, arbeiteten daran, ihn zu stabilisieren, aber selbst wenn sie mal eine Woche nicht käme, könnte es passieren, dass in Talia nur ein Tag vergangen war.
Aber konnte sie es ertragen, sich auch nur eine Chance entgehen zu lassen, ihn zu sehen? Der gesunde Menschenverstand sagte ihr, dass sie sich ungefähr genauso viel Hoffnung machen konnte, mit ihm zusammenzukommen, wie früher.

Selbst wenn sie nach Talia überwechselte und für immer dort blieb – was sie gewiss nicht vorhatte –, glaubte sie nicht, dass er je mehr als ein Freund sein würde. Als sie daran dachte, was er für ein Gesicht gemacht hatte, als er über die junge Duchessa von Bellezza sprach, zog sich Georgia das Herz zusammen.

Die Duchessa hieß offensichtlich Arianna und um ihre Geburt rankte sich ein Geheimnis – sie war nämlich die Tochter von der ehemaligen Duchessa und von Rodolfo. Lucien und Arianna hatten sich schon angefreundet, bevor sie von ihrer Abstammung gewusst hatte und nichts als ein einfaches Mädchen von einer Lagunen-Insel gewesen war. Doch dann war ihre Mutter einem Anschlag zum Opfer gefallen und die Wahrheit war ans Tageslicht gekommen.

»Georgia!«, rief eine Stimme und riss sie aus ihren Tagträumen. »Hast du vor heute zu reiten oder willst du den ganzen Tag auf dem Hof rumstehen?«

Das war Jean, die Betreiberin des Reitstalls. Georgia hatte sie sehr gern.

»Entschuldige – ich war meilenweit weg«, sagte sie. Was ja auch der Wahrheit entsprach.

Falco di Chimici war alleine, von der Dienerschaft abgesehen. Er hatte den ganzen Palast für sich. Die Sommerresidenz der Chimici in Santa Fina, ungefähr zehn Meilen vor Remora gelegen, war das üppigste Domizil der Herzöge von Giglia. Erbaut worden war es von Alfonso, dem zweiten Herzog, Falcos Großvater, der so damit beschäftigt gewesen war, Reichtümer anzuhäufen, dass er erst mit fünfundsechzig geheiratet hatte.

Trotz seines Alters hatte er noch vier Söhne gezeugt, den ältesten, Niccolò, als er siebenundsechzig war, und den jüngsten, Jacopo, den jetzigen Fürsten von Bellona, zehn Jahre später. Herzog Alfonso war im Alter von siebenundachtzig Jahren gestorben, mehr als zwanzig Jahre vor Falcos Geburt, was bedeutete, dass Niccolò schon mit zwanzig Herzog werden musste. Alfonsos Frau Renata war viel jünger gewesen als er und Falco konnte sich gerade noch an sie erinnern: eine zierliche, weißhaarige Gestalt, die an einem Stock durch den Palast humpelte und mit hellem, interessiertem Blick auf ihre prächtigen Söhne und Enkel sah.

Sogar auf mich, dachte Falco, während er langsam und mühselig von Gemach zu Gemach hinkte und dazu zwei Krücken zu Hilfe nahm.

Er war der jüngste Sohn einer begüterten und einflussreichen Familie und der bestaussehende Spross der Sippe gewesen. Sein Vater, Herzog Niccolò, hatte ihn schon Minuten nach seiner Geburt in den Armen gehalten und darüber nachgedacht, welche neuen Fürstentümer er sich einverleiben würde, damit dieses schöne Kind einen würdigen Titel tragen konnte.

Falco hatte drei ältere Brüder, die alle unterschiedliche Begabungen hatten. Luca und Carlo waren beide gut aussehend und klug. Luca war sehr geeignet, um den Herzogtitel zu erben, da er an Politik und Diplomatie interessiert war und sich viele Stunden am Tag mit dem Herzog zurückzog. Carlo hatte mehr Geschäftssinn, wie der Gründer der Familie. Schon als kleiner Kerl, als sie aus Holzklötzchen Burgen gebaut hatten, hatte er von seinen Brüdern Geld kassieren wollen, damit sie seine Zinnsoldaten benutzen durften.

Falcos Lieblingsbruder war Gaetano, der ihm altersmäßig am nächsten stand. Er war nun gar nicht hübsch. Er war genau genommen sogar ziemlich hässlich, hatte eine lange Nase und einen breiten, schiefen Mund. Es hieß, dass er ihrem Großvater Alfonso ähnlich sah, der den großen Palast in Santa Fina gebaut hatte. Doch Gaetano war der klügste der Brüder und er liebte die Bibliotheken in Santa Fina und im päpstlichen Palast seines Onkels.

Es machte auch immer Spaß, mit ihm zusammen zu sein. Die glücklichsten Jahre von Falcos Kindheit hatte er mit Gaetano in Santa Fina verbracht, wo sie Gaetanos einfallsreiche Geschichten von Rittern und Geistern und verborgenen Schätzen nachgespielt hatten. Ihre ältere Schwester Beatrice konnte manchmal dazu überredet werden, die verlassenen Burgfräulein oder die kriegerischen Königinnen zu spielen, die in Gaetanos Geschichten vorkamen, doch oft musste es sich Falco mit seinen feinen Zügen und den riesigen schwarzen Augen auch gefallen lassen, in Tücher aus Musselin oder Brokat gehüllt zu werden und die Frauenrollen zu übernehmen.

Seine Lieblingsgeschichten waren aber immer die gewesen, in denen Schwertkämpfe vorkamen. Er und sein Bruder hatten mit Spielzeugschwertern aus Holz angefangen, doch als Falco zehn war, durften sie schon stumpfe Florette nehmen. Sie hatten überall im Palast treppauf, treppab gekämpft, von der großen Eingangstreppe aus Marmor bis hin zu geheimnisvollen winkeligen Holzstiegen in den Quartieren der Bediensteten.

Es war herrlich gewesen. Doch all das hatte vor zwei Jahren ein jähes Ende gefunden, als Gaetano fünfzehn wurde. Er sollte auf die Universität nach Giglia kommen und der Hauslehrer der Jungen, Ignazio, würde sich danach nur noch um einen Schüler kümmern müssen. Trotzdem hätten sie immer noch die langen Sommerferien für ihr Fechten und ihre Spiele gehabt – wenn da nicht Falcos Unfall gewesen wäre.

Während er jetzt mühsam eine der Treppen hinaufstieg, die er einst so leichtfüßig erklommen hatte, wanderten seine Gedanken zurück. Er trat auf die Loggia mit den Bögen, die über dem Haupteingang des Palastes lag, ruhte sich schwer atmend an der Brüstung aus und sah in die Landschaft hinaus.

Von hier aus konnte man die Stallungen nicht sehen und er war froh darüber. Seit dem Unfall hatte er nicht mehr geritten, hatte es nicht gewollt, wusste nicht mal, ob er es körperlich überhaupt noch gekonnt hätte. Die Schmach, vorsichtig auf den Rücken eines Pferdes gehoben zu werden, das er früher ohne Hilfe leicht bestiegen hätte, konnte er nicht ertragen.

Gaetano hatte zum fünfzehnten Geburtstag ein neues Pferd geschenkt bekommen – einen nervösen, hochgezüchteten Wallach namens Caino. Falco bettelte das Pferd reiten zu dürfen und Gaetano hatte es ihm ausnahmsweise abgeschlagen. »Er ist zu groß für dich, Falconcino«, hatte Gaetano gesagt. »Warte, bis du älter bist.«

Die Erwachsenen hatten gelacht und Falco hatte vor Zorn geschäumt. Ausgerechnet Gaetano hätte wissen müssen, wie stark und geschickt er schon war. Hatte er seinen älteren Bruder nicht am gleichen Morgen besiegt, als sie fechtend um die große Tafel im Bankettsaal gerannt waren?

Er wartete, bis das große Geburtstagsmahl vorüber war, das an ebendieser Tafel abgehalten wurde. Alle außer Falco aßen und tranken zu viel. Nachdem die Tafel aufgehoben war, zogen sich die Gäste zu einer Siesta in ihre Gemächer in den kühlen oberen Etagen des Palastes zurück. Selbst Gaetano döste über seinen Manuskripten in der Bibliothek ein.

Falco ging zu den Stallungen hinüber und sattelte Caino. Es war der reinste Irrsinn. Die Stallknechte waren alle bei ihrer Mahlzeit, die Pferde waren schläfrig in der Hitze des frühen Nachmittags und der Wallach kannte diesen Jungen nicht, der ihn aus dem Stall führte. Er ließ Falco dennoch aufsitzen, wobei er nur ein wenig die Ohren anlegte, und schien sich unter den sanften Händen des Reiters zu beruhigen.

Doch bald schon wurde Caino die glühende Sonne zu viel und er wurde gereizt. Er wich tänzelnd Steinen aus, die im Weg lagen, und ging schließlich langsam und unwillig wie bei einem Trauerzug. Als ihm Falco die Sporen in die Flanken stieß, brach er aus dem Stand in einen wilden Galopp aus und stob mit gestrecktem Rücken über die Felder. Falco bekam es mit der Angst zu tun. Er wusste, dass Gaetano wütend auf ihn sein würde, wenn er das neue Tier überanstrengte. Um sich selbst hatte er seltsamerweise keine Angst.

Caino hatte plötzlich eine hohe Mauer vor sich und zog die Hinterbeine an, um hinüberzusetzen. Er schaffte es fast. Doch da flog ein Vogel auf und erschreckte ihn im entscheidenden Augenblick und er kippte nach hinten und begrub den Reiter unter sich.

Eine halbe Stunde verging, bevor einer der Stallburschen bemerkte, dass das Pferd fehlte. Der Oberstallmeister alarmierte Niccolò, der sich verärgert von seinem Schläfchen erhob.

Es dauerte Stunden, bis sie Pferd und Reiter gefunden hatten. Das Pferd war inzwischen verendet, sein Genick war gebrochen. Man brauchte fünf Männer, um den Pferdekörper von dem Jungen zu heben. Einer davon war der verzweifelte Herzog selbst, der darauf bestand, den schlaffen Körper seines Jüngsten auf seinen Armen in den Palast zurückzutragen. Der Junge schien kaum zu atmen.

Ein Läufer war nach dem Doktor in Santa Fina losgeschickt worden, der den Jungen in furchtbarem Zustand vorfand. Drei Tage lang schwebte Falco zwischen Leben und Tod. Er konnte sich noch daran erinnern – als würde er hoch oben über seiner weinenden Familie schweben wie die Putten, die an die hohe Decke seines Zimmers gemalt waren. Doch dann, am vierten Tag, kehrte sein Geist in seinen verletzten Körper zurück und damit begann sein neues Leben voller Schmerzen.

Die gebrochenen Rippen und Platzwunden und Beulen heilten mit der Zeit, auch wenn er für immer eine Narbe auf der Wange davontrug. Doch sein rechtes Bein war zerschmettert und keine Kunst der Doktoren konnte die Leichtigkeit seiner Bewegungen und seinen graziösen Schritt wieder herstellen. Nach dem Unfall hatte er zwei Jahre gebraucht, um mit den Krücken so gut gehen zu können, wie es jetzt der Fall war, und noch immer kostete jeder Schritt Mühe und Qual. Falco dachte daran, wie verzweifelt seine Eltern gewesen waren. Seine Mutter war vor einem Jahr an einem Fieber gestorben – ein weiterer Schmerz. Sein Vater liebte ihn immer noch, das wusste er. Doch es war eine Liebe, die er nie ganz annehmen konnte, sosehr schämte er sich seines zerstörten Körpers.

Gaetano war so von Schuldgefühlen zermürbt, dass er es immer noch kaum ertragen konnte, seinen Bruder anzusehen. Er konnte nicht anders, er bildete sich ein, dass der Unfall nie geschehen wäre, wenn er seinem Bruder die Bitte nicht abgeschlagen hätte. Falco machte ihm keinen Vorwurf; das tat niemand. Falco wusste, dass nur er selbst Schuld an der Sache trug. Er konnte sich den Tod des herrlichen Pferdes nicht vergeben und er hatte schon deswegen das Gefühl, dass er seine Verletzungen verdient hatte. Manchmal sagte er sich auch, dass der Verlust von Gaetanos Freundschaft eine weitere Strafe war, die er ertragen musste.

Wie durch Zauberhand erschien plötzlich ein Reiter auf der staubigen Straße, die von Remora herüberführte. Falco wusste auf der Stelle, dass es Gaetano war – keiner sonst saß so auf dem Pferd. Früher wäre er hinuntergelaufen zum Eingang, um seine Bruder stürmisch zu umarmen. Das konnte er jetzt nicht mehr, selbst wenn er wollte. Er blieb, wo er war, und fragte sich, was seinen Bruder so in Eile versetzt hatte.

Kaum war sie zurück, ließ sie sich ein sehr warmes Bad mit duftendem Jojoba-Schaum ein. Sie konnte Russell vor der Badezimmertür herummeckern hören, aber es war eine von Mauras festen Regeln, dass Georgia nach dem Reiten heiß badete. Sie blieb im Wasser, bis es abkühlte, träumte von Remora und ließ immer wieder neues heißes Wasser nachlaufen.

Aufgeschreckt stellte sie fest, dass sie fast eingedöst war. Rasch stieg sie aus der Wanne und rubbelte sich heftig ab. Sie zog ihre Unterwäsche und ihren Bademantel an und ließ ihre Reitersachen in den Wäschekorb fallen – nicht ohne vorher das geflügelte Pferd aus der Tasche ihrer Reiterjacke geholt zu haben. Sie ließ es nie zurück. Nicht, solange Russell herumlief.

Gaetano lief die Marmortreppe hinauf und nahm immer zwei Stufen auf einmal. Der Diener am Portal hatte ihm gesagt, wo Falco war. Er zögerte nicht, sondern rannte auf Falco zu und umarmte ihn – zum ersten Mal seit zwei Jahren.

»Bruder«, keuchte er, »ich musste dich sehen. Vater will, dass ich heirate!«

Falco war gerührt. Er erwiderte Gaetanos Umarmung liebevoll und sah ihm in das besorgte Gesicht.

»Wer ist sie?«, fragte er. »Du scheinst ja nicht begeistert darüber zu sein.«

»Ach, was das angeht, ist es mir egal«, sagte Gaetano etwas verbitterter, als er beabsichtigt hatte. »Ich habe nie erwartet, dass ich dabei selbst mitreden kann. Aber ich hatte mir schon eingebildet, Vater wolle, dass ich in die Kirche ginge.«

»Und bist du enttäuscht?«, fragte Falco überrascht.

»Nein, nein.« Gaetano schritt ungeduldig in der Loggia auf und ab. »Du verstehst nicht. Es geht nicht nur um mich. Mir scheint, dass Vater jetzt beschlossen hat, dass *du* der nächste Papst in der Familie werden sollst!«

Falco war wie vor den Kopf geschlagen. Sein klarer Verstand begriff alles rasch, genau wie der seines Bruders. Er war nicht mehr der schöne junge Sohn, der geeignet war eine Krone zu erwerben oder in eine der Fürstenfamilien Talias zu heiraten. Von keiner Frau konnte man erwarten, dass sie ihn nahm. Er konnte also gut in die Kirche abgeschoben werden. Er würde alt werden, ohne die Berührung einer Frau – außer der seiner Schwester und seiner Mutter – erlebt zu haben. Und wenn Onkel Ferdinando schließlich starb, würde er als Kardinal zur Wahl stehen. Die Wahl würde manipuliert werden und er würde Papst.

Falco liebte seinen Vater, aber er gab sich keiner falschen Vorstellung über ihn hin. Niccolò würde alles arrangieren, und wenn er vor Ferdinando sterben würde, würde er sichergestellt haben, dass sein Nachfolger Luca seine Pläne verwirklichte. Falco hatte das Gefühl, dass seine gesamte Zukunft schon festgelegt war, obwohl er doch erst dreizehn war. Ein kleiner Teil seines Kopfes hatte nicht mal etwas dagegen. Er könnte ein großer geistlicher Gelehrter werden, Abhandlungen über Philosophie schreiben und sich zum Kenner feiner Weine entwickeln. Er sah es schon vor sich. Aber er war doch noch ein Junge, wenn auch ein sehr kluger, und er hatte sich noch nicht ganz damit abgefunden, dass sein selbstbestimmtes Leben vorbei sein sollte.

Gaetano sah niedergeschlagen aus. »Ich kann nicht zulassen, dass er das mit dir macht. Wir müssen uns etwas anderes ausdenken. Das Mädchen, das ich heiraten soll, ist die neue Duchessa von Bellezza. Sie ist noch sehr jung – jünger als ich. Vater hat mir ein Porträt von ihr gezeigt; sie ist sehr schön.«

»Das sind sie auf Bildern doch immer, oder?«, sagte Falco. »Erinnere dich an die Geschichte von Prinzessin Rosa Miranda.«

Gaetano lächelte sein breites, schiefes Lachen. Diese Geschichte war eine seiner besten gewesen. Sie hatte die Brüder eine ganze Weile beschäftigt – eine lange, komplizierte Geschichte von betrogener Liebe und Familienfehden und vielen aufregenden Schwertkämpfen. Gaetanos Herz zog sich zusammen, wenn er an die Zeit dachte, als es Falco genauso viel Freude gemacht hatte, als Baron von Moresco von Stufe zu Stufe zu springen wie in einen alten blauen Samtvorhang gehüllt die schöne Prinzessin zu spielen.

»Hör zu«, sagte Gaetano. »Diese Duchessa. Ihr Vater und der Regent bis zu ihrer Volljährigkeit ist ein gewisser Rodolfo Rossi. Er ist ein mächtiger Zauberer. Vater hat mir erzählt, dass er zu den Stravaganti gehört.«

Falcos Augen wurden noch größer. »Was ist das?«

Gaetano zögerte. »Genau weiß ich es auch nicht. Aber eins weiß ich: dass Vater und die anderen sehr von ihnen beeindruckt sind. Sie kennen alle Arten von Geheimnissen. Doch sie und unsere Familie sind wohl verfeindet. Vater würde sie nie einfach um Hilfe bitten.«

»Um Hilfe wozu?«, fragte Falco.

»Für dich. Wenn ich mich auf die Hochzeit mit diesem Mädchen einlasse, dann bitte ich ihren Vater dir zu helfen. Ich bin sicher, dass er die Fähigkeiten hat, dich zu heilen. Dann müsstest du nicht Papst werden. Dann könntest du tun, was dir gefällt.«

Falcos Augen füllten sich mit Tränen. Nicht weil er glaubte, dass ihn der Stravagante aus Bellezza heilen konnte. Daran glaubte er keine Minute. Sondern weil Gaetano wieder sein Freund war.

Diesmal wurde Georgia in den Stallungen des Widders bereits erwartet. Ein Pferd war für sie gesattelt worden. Cesare lächelte ihr zu. »Wir besuchen Merla«, sagte er. »Soll ich dir aufs Pferd helfen?«

Tag und Nacht auf Pferden, dachte Georgia und nickte. Wahrscheinlich würde sie noch Muskeln wie Kingkong bekommen.

»Wo ist Luciano?«, fragte sie, als Cesare auf sein eigenes Pferd kletterte.

»Er trifft uns dort«, sagte er.

Im Schritt ritten sie über das Kopfsteinpflaster zum Stadttor des Widder-Bezirks und dann hinaus. Sie trabten an der Stadtmauer entlang, vorbei an den Toren der Zwillinge und des Stiers, bis sie die breite Straße erreichten, die vom Sonnentor nach Norden führte. Als sie am Bezirk der Zwillinge vorbeikamen, ritten sie etwas rascher, doch ein Schatten zu Pferde schlüpfte hinter ihnen aus dem Zwillingstor und folgte ihnen. Nicht sehr dicht natürlich; er ließ einige Karren und Reisende zwischen sie. Enrico war viel zu geschickt, um sich bemerkbar zu machen.

Kapitel 7

Harfenspiel in Santa Fina

Santa Fina war eine Offenbarung für Georgia. Schon Remora mit seinen engen Kopfsteinpflastergassen und sich öffnenden, sonnenüberfluteten Plätzen war ihr wie der erstaunlichste Ort vorgekommen, den sie je gesehen hatte. Santa Fina hingegen schien ausschließlich aus Kirchen und Türmen zu bestehen.

Die Hauptkirche, die am Marktplatz stand und zu deren Hauptportal eine breite Treppe hinaufführte, war, wie ihr Cesare erklärte, wie eine Festung gebaut. Die Stufen waren niemals leer; Priester, Pilger und durchreisende Besucher gingen ständig ein und aus. Selbst Georgia konnte sehen, dass diese kleine Bergstadt noch älter war als Remora. »Mittelalterlich« war das Wort, das ihr dazu einfiel. Und doch war Santa Fina nicht so verfallen, wie der Begriff andeutete. Das muss daran liegen, dass ich mich hier im sechzehnten Jahrhundert befinde, dachte sie. Da liegt das Mittelalter ja noch nicht so lange zurück.

»Wie findest du es?«, fragte Cesare, als sie auf dem Marktplatz standen, wo das tägliche Leben um sie herum brodelte.

»Es ist wie eine Filmkulisse«, sagte Georgia. »Ich kann nicht glauben, dass es Wirklichkeit ist.«

»Ich weiß nicht, was du damit meinst«, sagte Cesare, auf dessen Stirn sich eine Falte bildete. »Aber ich verstehe, dass du es unwirklich findest. So geht es vielen Leuten mit Santa Fina.«

Sie bogen seitlich ab und führten die Pferde durch ein Gewirr von kleinen Gässchen, bis sie schließlich im Westen aus den Stadtmauern traten. Hier befand sich ein großer Stallkomplex, viel größer und bedeutender als die Stallungen im Widder-Bezirk. Im Hof erwartete sie schon Lucien. Er sah etwas verlegen aus.

»Ich bin mit der Kutsche gekommen«, sagte er. »Ich kann nämlich nicht reiten.«

Voller Bewunderung sah er zu Georgia auf und sie spürte, wie sie rot wurde.

»Es ist ganz leicht«, sagte sie rasch. »Ich könnte es dir beibringen.«

Lucien wich etwas zurück und sah beunruhigt aus. »Lieber nicht«, sagte er. »Ich mag Pferde nicht besonders. Sie machen mir Angst.«

Cesare lachte. Es gab also endlich doch etwas, das er konnte und der hübsche junge Stravagante nicht. Geschmeidig sprang er von seinem Pferd und führte Georgia in das Stallgebäude, wo er sich gut auskannte. Roderigo, der Stallmeister von Santa Fina, war ein großer, vergnügter Kerl, der die jungen Leute herzlich willkommen hieß und ihnen zeigte, wo sie ihre Pferde einstellen konnten. Sobald die Tiere angebunden und mit Futter und Wasser versorgt waren, führte Roderigo Cesare, Georgia und Lucien um das Gebäude herum. Für ihn waren sie alle drei junge Männer und er amüsierte sich darüber, dass Lucien keine Erfahrung mit Pferden hatte.

»Wir haben eines hier, vor dem du keine Angst haben müsstest, was, Cesare?«, sagte er und schlug Lucien auf die Schulter. »Lasst ihr noch ein paar Wochen und sie würde dich tragen, wohin du willst. Du müsstest dich nicht vor Mauern und

Zäunen fürchten. Ein junger Mann wie du braucht doch ein Pferd. Sonst kannst du ja nicht hinter der Kutsche deiner Angebeteten herreiten. Oder ihr Geschenke aus der Stadt holen!«

»Ich wohne in Bellezza«, sagte Lucien. »Da gibt es keine Pferde.«

»Ach so, das ist der Grund«, sagte Roderigo. »Aus der Stadt der Schönheit nach Remora zu kommen ist ein wenig so, als müsste ein Bauernjunge zur See fahren. Du brauchst eine Weile, bis du zurechtkommst. Aber wir kriegen dich schon noch zum Reiten, bevor du wieder gehst.«

Sie kamen an einem rustikalen Gebäude vorbei, in dem Roderigo offensichtlich wohnte, und betraten dahinter etwas, das eine Art alter Scheune war. Vor der Tür saß einer der Stallknechte Roderigos auf einem Heuballen und bearbeitete ein Stück Holz mit seinem Messer.

»Alles klar, Diego?«, fragte Roderigo, während sie eintraten.

»Ja, alles ruhig«, sagte der Bursche. Er war wie alle, die Wache schieben müssen, etwas gelangweilt.

In der Scheune war es dunkel und staubig. In den Schatten im Hintergrund wieherte ein Pferd. Georgia ging darauf zu. Während sich ihre Augen an das Zwielicht gewöhnten, konnte sie undeutlich eine schöne graue Stute ausmachen.

»Hallo, Sternenlicht«, sagte Cesare liebevoll und die Stute, die ihn erkannte, hob den Kopf.

»Die ist aber schön«, sagte Georgia, die an dem Abend, als sie das geflügelte Fohlen gesehen hatte, die Mutter kaum beachtet hatte. Selbst Lucien konnte sehen, dass es sich um ein außergewöhnliches Tier handelte.

»Warte nur, bis du ihr Fohlen siehst«, sagte Roderigo stolz. »Komm schon, Mädchen, du kannst uns vertrauen.«

Es kam Georgia so vor, als ob die Stute etwas zögerte und

sie und Lucien genau ansah, als wolle sie prüfen, ob sie in freundlicher Absicht kämen. Bei Cesare und Roderigo hatte sie offenbar keine Bedenken. Dann rückte sie ein wenig zur Seite und Georgia zog die Luft ein. Lucien und sie wussten ja, weswegen sie gekommen waren, aber der Anblick war dennoch überwältigend, auch wenn es für Georgia schon das zweite Mal war. Lucien wollte seinen Augen nicht trauen und blieb wie gebannt stehen.

Das schwarze Fohlen war wunderschön und die Umrisse des Jungtiers waren noch weich und nicht so ausgeprägt. Doch auf seinem Rücken lag zusammengefaltet ein Paar glänzend schwarzer Schwingen – Flügel wie aus dem Märchen. Selbst Cesare war von neuem beeindruckt.

»Wie sie gewachsen ist!«, rief er aus. »Vater hat Recht gehabt. Er hat gesagt, dass die geflügelten schneller wachsen als normale Pferde.«

Die Flügel waren im gleichen Maße mitgewachsen und ihre Federn waren nicht mehr so flaumig wie bei der Geburt. Während die Besucher um sie herumstanden, hob Merla ihre Schwingen an und breitete sie mit der gleichen Natürlichkeit aus, wie sie ihren Hals reckte. Es war ein unvergesslicher Anblick.

»Wie lange noch, bis sie fliegen kann?«, flüsterte Cesare.

»Nicht mehr lang«, sagte Roderigo. »Aber wir können ja nur nachts mit ihr hinaus. Wir können nicht riskieren, dass jemand sie sieht.«

»Ich nehme dich mit«, sagte Gaetano zu Falco. »Du bist schon zu lange in dem Palazzo hier eingesperrt gewesen.«

»Wie willst du das machen? Ich kann doch nicht reiten.« Hinkend entfernte er sich ein paar Schritte, damit der Bruder sein Gesicht nicht sah.

»Du kannst doch vor mir aufsitzen«, sagte Gaetano sanft. »Das macht dir ja wohl nichts aus? Wir könnten in den Ort reiten und unseren Laden besuchen.«

Falco hatte plötzlich unbändiges Verlangen, etwas zu sehen, was außerhalb des großen Palastes lag. Die Hoffnung, die er seit seinem Unfall tief in sich begraben hatte, regte sich wieder, ganz gegen seinen Willen. Vielleicht würde er eines Tages doch ein fast normales Leben führen können? Zumindest konnte er mal einen Anfang machen, indem er mit seinem großen Bruder ausritt.

»Na gut«, sagte er und wurde mit dem breiten, schiefen Grinsen belohnt.

Enrico ließ sein Pferd im Schritt durch die abgelegeneren Straßen von Santa Fina gehen. Er hatte gesehen, wo die jungen Männer aus dem Widder abgebogen waren, und er zweifelte nicht daran, dass es leicht sein würde, ihre Spur zu verfolgen. Sein rastloser Geist war bei der heutigen Aufgabe noch nicht so ganz bei der Sache. Er sollte für den Papst die Rivalen der Zwillinge ausspionieren und er hatte beschlossen mit dem Widder zu beginnen, aber er rechnete nicht mit schnellen Ergebnissen.

Enrico war gründlich. Nach dem Widder-Bezirk würde er den Bezirk des Stiers auskundschaften, einem weiteren Feind der Zwillinge von alters her. Und dann würde er sehen, was er in den Stallungen der Waage herausfinden konnte, die ja seit langem mit der Jungfrau über Kreuz stand. Und natürlich würde er auch im Bezirk der Jungfrau selbst die Augen offen halten. Er stand zwar in Diensten bei Papst und Herzog, aber wenn man Spion war, gab es immer noch weitere Betätigungsmöglichkeiten, und Enrico war es gewohnt, mehrere Eisen im Feuer zu haben.

In Remora war er in seinem Element. Wie sein früherer Herr Rinaldo hatte auch er es nicht ertragen können, in einer Stadt ohne Pferde zu leben. Und er hatte eine Abneigung gegen den Ort entwickelt, der ihn seiner Verlobten beraubt hatte. Aber da spielte noch mehr mit. Es gefiel ihm, dass sich in Remora alles um uralt hergebrachte Feindschaften und Bündnisse drehte. Und die Raffinesse, mit der das große alljährliche Rennen manipuliert wurde, sagte ihm ebenfalls zu.

Auf der Spur des Widder-Jungen kam auch Enrico vor die Stadt und hatte plötzlich große Stallungen vor sich. »Wie interessant«, murmelte er. »Ich glaube, mein Pferd braucht Rast.«

Völlig benommen verließen Georgia und die beiden Jungen den Stall. Sie wollten sich die Stadt ansehen und ihre Pferde später abholen. Georgia schwieg und dachte über das Gesehene nach. Ehe sie es richtig bemerkte, standen sie wieder auf dem Platz mit der riesigen Kirche.

Jetzt konnte sie sehen, dass Lucien genauso beeindruckt von Santa Fina war wie sie zuvor. Seine Kutsche war um die Stadt herumgefahren, da die Gässchen zu eng waren, und deshalb waren ihm die außergewöhnlichen Bauten bisher entgangen. Auch wenn er inzwischen Talianer war, konnte er nicht umhin, Santa Fina mit den Augen des Menschen aus dem einundzwanzigsten Jahrhundert zu sehen.

»Wie findest du es?«, fragte Georgia.

»Es erinnert mich an Montemurato, wo ich Doktor Dethridge kennen gelernt habe. Dort gibt es auch so viele Türme, aber sie stehen am Rand der Stadt. Der Doktor hat dort in einem Stall gearbeitet.«

Da Georgia so wenig über Luciens neues Leben wusste, hatte sie viele Fragen. Aber vor Cesare traute sie sich nicht so recht sie zu stellen.

»Ihr solltet das Innere der Kirche sehen«, sagte der jetzt. »Sie ist für ihre Gemälde berühmt.«

Die drei jungen Leute erklommen die Stufen zu der kahlen Fassade der Kirche. Vom strahlenden Sonnenlicht draußen traten sie in eine Düsternis, die ähnlich war wie die in Roderigos Scheune. Doch diese Dunkelheit war kalt, nicht warm und vertraut durch den Pferdegeruch. Hier roch es nach Weihrauch und beim Altar war die Kirche schwach von großen Kerzen erleuchtet.

Als sich ihre Augen an die Dunkelheit gewöhnt hatten, konnten sie sehen, dass die Wände mit Fresken bedeckt waren. Georgia erkannte Szenen aus dem Leben Christi. Doch dann entdeckte sie eine Seitenkapelle mit anderen Bildmotiven: mit Leda und dem Schwan, mit einem riesigen Seeungeheuer – und auch mit Pegasus, der sich in die aufgemalten Wolken erhob. Sie machte Cesare und Lucien auf das geflügelte Pferd aufmerksam.

Auf dem Boden war ein kreisförmiges Muster aus Marmor in den Boden eingelassen, das an den Campo delle Stelle erinnerte. Um den Rand herum waren die Tierkreiszeichen abgebildet und es war aufgeteilt wie die große Piazza, nur dass die Segmente mit Sonne und Mond fehlten. In einer englischen Kirche wäre das ganz undenkbar gewesen, dachte Georgia, aber in Santa Fina kam es ihr ganz normal vor.

Während sie in der Kirche waren, schwiegen sie alle, beeindruckt von der Atmosphäre dort. Doch dann traten sie in einen kühlen Kreuzgang, der ein quadratisches Rasenstück mit einem Brunnen umschloss. Und irgendwo dahinter ertönte der Klang einer Harfe.

Der Ritt war nicht so schlimm, wie Falco befürchtet hatte. Er ließ sich von den kräftigen Armen Gaetanos hochheben und vor den Sattel setzen, wo er sich an der Mähne des Pferdes festklammerte. Sein rechtes Bein hing schlaff herab, doch das linke Knie zog er instinktiv an und drückte es an die Flanke des Pferdes. Falco vergrub sein Gesicht in der struppigen Mähne und zog die Luft ein. Wie schön, wieder auf einem Pferd zu sitzen! Rasch schwang sich Gaetano hinter ihm in den Sattel, legte die Arme um Falcos Taille und ergriff die Zügel. Die Krücken seines Bruders hatte er hinter sich am Sattel festgebunden.

So ritten sie gemächlich nach Santa Fina hinein. Was für ein Leben herrschte hier: Budenbesitzer auf dem Marktplatz riefen ihre Waren aus, die Kunden feilschten lautstark, Hunde bellten, Vögel umkreisten die vielen Türme. Sie ritten um den Platz herum und durch ein niedriges Tor, um einen Ort zu erreichen, den sie in der Vergangenheit nur zu gerne aufgesucht hatten: einen kleinen Laden hinter der Kirche, wo eine Frau, die man La Mandragola nannte, ausgezeichnetes Speiseeis machte. Gaetano stieg ab und band sein Pferd an einen Eisenring in der Mauer. Dann half er Falco vom Pferd und stützte ihn, bis er seine Krücken in den Händen hatte.

Als sie sich vor dem Laden auf Stühlen niederließen und die kalten Eiskristalle mit Aprikosen- und Melonengeschmack löffelten, schwebten die Klänge einer Harfe durch die warme, stille Luft. »Ich muss im Himmel sein«, sagte Falco. »Ich kann die Engel hören.«

Enrico fand sich bald auf dem Gelände von Roderigos Stall zurecht. Seine Blicke huschten umher. Ohne Mühe hatte er die Reittiere seiner Opfer erkannt und die zwei Kutschpferde mit den bellezzanischen Rosetten auf dem Geschirr entdeckt. Seine Vertrautheit mit Pferden machte ihm auch den Umgang mit den Stallknechten leicht. Doch als einer von ihnen ging und ein anderer vom Wohngebäude herüberkam, setzte Enricos sechster Sinn ein.

Das sieht ja wie eine Wachablösung aus, dachte er. Und er beschloss besonders freundlich zu dem Hinzugekommenen zu sein, der Diego hieß.

»Du siehst aus, als ob du einen harten Morgen hinter dir hättest«, sagte er. »Darf ich dich zu einem Schlückchen einladen?«

Auf einem kleinen Platz hinter dem Kreuzgang der Kirche saß ein junger Mann und spielte Harfe. Er hatte glattes schwarzes Haar, das ihm über die Schultern fiel, und wirkte äußerst konzentriert. Er spielte ganz ohne Noten und eine kleine Gruppe hatte sich um ihn geschart, angezogen von den süßen Klängen seiner Musik. Neben ihm stand eine junge Frau. Sobald die letzten Töne verklungen waren und der Applaus einsetzte, lief sie zwischen den Zuhörern herum und hielt eine grüne Samtmütze hin, die sich rasch mit Silbermünzen füllte.

Drei junge Männer am Rand der Menge, die alle die rot-gelben Farben des remanischen Widders trugen, stöberten in ihren Taschen. Zwei andere junge Männer, die gerade erst aufgetaucht und reicher gekleidet waren, traten zu der Frau und fragten, ob der Harfner noch einmal spielen würde. Der Jüngere der beiden hatte ein verkrüppeltes Bein und ging mühsam an zwei Krücken.

Die Frau ging zurück und beugte sich über den Harfenspieler, der mit geschlossenen Augen dasaß und die Menschen, die sich versammelt hatten, nicht beachtete.

»Aurelio«, flüsterte sie. »Kannst du noch etwas spielen? Dort steht ein lahmer Junge, der dich noch mal hören will.«

Der junge Mann nickte, öffnete die Augen und legte die Hände wieder auf die Saiten. Alle auf dem Platz hörten auf zu reden, selbst die zwei Männer, die trinkend vor einer Taverne in einer anderen Ecke des Platzes saßen.

Aurelio wartete einen Moment, dann spielte er ein noch schöneres Stück. Sämtliche Zuhörer waren wie verzaubert.

Die Rührung hielt eine ganze Minute lang an, nachdem Aurelio geendet hatte, und diesmal wurde die Mütze sogar noch voller. Gaetano sprach erneut mit der jungen Frau, die ihn zu dem Harfner mitnahm. Er saß jetzt ganz still da und ließ die Arme seitlich herabhängen. Der größte Teil der Menge begann sich aufzulösen, nachdem man sicher war, dass die Musik vorbei war. Doch die drei vom Widder blieben wie gebannt stehen.

»Das war exquisit«, sagte Gaetano. »Ich hoffe, du kommst und spielst vor meinem Onkel.« Er nahm einen Siegelring vom Finger und reichte ihn dem schweigenden Musiker. »Wann immer du diesen Ring am päpstlichen Palast in Remora vorweist, lasse ich dich und deine Gefährtin wie Könige empfangen.«

Cesare umklammerte Luciens Arm. »Di Chimici«, zischte er. Der Zauber war gebrochen.

»Oder wenn es dir lieber ist, dann komme im Sommer an den herzoglichen Palast in Giglia«, fuhr Gaetano fort. »Der Herzog ist mein Vater und er kann dich berühmt machen.«

»Vielleicht würdest du stattdessen lieber nach Bellezza kommen«, sagte Lucien und trat vor. Georgia war überrascht. Das war nicht mehr der schüchterne Junge, den sie kannte, sondern ein wohlhabender Höfling, der bereit war, es den unheimlichen Chimici gleichzutun.

»Die Duchessa würde deine Musik liebend gerne hören, das weiß ich«, fuhr Lucien fort. »Ich bin Schüler ihres Stellvertreters und Vaters, des Regenten Senator Rossi, und ich bin sicher, er würde meine Einladung gutheißen.«

Der Harfner erhob sich und die junge Frau nahm ihm den Ring ab.

»Ich danke Euch beiden«, sagte er zu Gaetano und Lucien. »Aber ich spiele für niemand außer für mich selbst. Ruhm und Geld bedeuten mir nichts.«

Cesare blickte viel sagend auf die Samtmütze, doch Aurelio konnte seinen Blick nicht sehen. Denn als er keinen von ihnen richtig ansah, begriffen sie erst, dass seine dunkelblauen Augen blind waren. Er streckte die Hand nach der jungen Frau aus, die sich bereitmachte, ihn vom Platz zu führen. Sie hatte Cesares Blick mitbekommen und legte den Finger auf die Lippen.

Georgia begriff sofort, dass Aurelio von der Sammlung nichts wusste und dass die junge Frau – seine Schwester? seine Gefährtin? – nicht wollte, dass er es erfuhr.

»Geht noch nicht fort«, sagte Gaetano. »Ich wollte euch nicht verletzen. Wollt ihr nicht wenigstens mit in den Palast kommen und eine Erfrischung zu euch nehmen?«

Aurelio schwieg, doch er wandte den Kopf der jungen Frau zu, als wolle er ihre Meinung erfahren.

»Es gibt weniger weit entfernte Gelegenheiten für eine Erfrischung«, sagte Lucien bestimmt. »Ich würde mich glücklich schätzen, wenn ihr meine Gäste wärt.« Er wusste nicht, warum er sich so zu dem Musiker hingezogen fühlte, aber er wollte nicht zurückstehen und sehen, wie die Chimici ihn entführten.

Lucien und Gaetano standen neben dem blinden Musiker und seiner Helferin und starrten sich finster an. Falco war auch hinzugehumpelt und zusammen mit Cesare und Georgia bildeten die jungen Leute einen ziemlichen Knotenpunkt mitten auf dem Platz.

»Ich würde gerne etwas essen und trinken, Raffaela«, sagte Aurelio.

Raffaela hatte das Silber und den Ring von Gaetano in eine

Börse an ihrem Gürtel gesteckt und gab Aurelio jetzt seine Mütze in die Hand.

»Dann lass dich doch von einem dieser freundlichen Herren einladen«, erwiderte sie.

»Ich wäre glücklicher, wenn sie es gemeinsam täten«, sagte Aurelio. »Wenn zwei rivalisierende Bewerber den gleichen Preis erhalten, werden sie vielleicht Freunde.« Er drückte sich die Samtmütze auf das schwarze Haar und merkte nicht, welchen Effekt seine Worte hatten.

»Also, das ist etwas, das sieht man sonst nur, wenn ein Papst stirbt«, sagte Enrico zu seinem neuen Freund. »Nur alle Schaltjahre.«

»Was?«, fragte Diego.

»Die Widder und zwei von der Jungfrau gehen zusammen ihres Weges«, sagte Enrico. »Auch wenn sie ehrlich gesagt nicht gerade fröhlich dabei aussehen.«

»Das liegt sicher an der Musik«, meinte Diego. »Aber Widder und Jungfrau sind doch nicht verfeindet, oder?«

Enrico schnaubte verächtlich. »Man merkt, dass du nicht in der Stadt wohnst. Fische und Waage sind vielleicht ihre echten Feinde, aber Bellezza und die Jungfrau verkehren nicht und die da drüben sind aus Bellezza. Den Lockenkopf habe ich selbst in der Lagunenstadt gesehen – er ist ein Liebling der neuen Duchessa.«

Diego wollte sich nicht so leicht ausstechen lassen. »Und die von der Jungfrau sind di Chimici – Söhne des großen Herzogs persönlich!«

Es hatte sich gelohnt; Enrico zuckte zusammen. »Tatsächlich?«, sagte er schnell und fasste sich wieder. »Was für ein Zufall! Ich selbst arbeite ja für den Herzog. Wie heißen denn die jungen Prinzen?«

»Diese beiden sind keine richtigen Prinzen und werden auch

wohl keine Fürsten«, sagte Diego. »Zumindest nicht mit Fürstentümern. Ihre Titel sind nur Formsache. Gaetano ist Student an der Universität von Giglia und der arme kleine Falco – tja, wer weiß schon, was aus ihm wird? Noch vor zwei Jahren hätte er alles werden können.«

»Ist das der Kleine mit den Krücken?«, fragte Enrico. »Was ist mit ihm passiert? Komm, ich bestell uns noch mal was.«

Enrico hatte einen untrüglichen Spürsinn dafür, wann er seine Opfer laufen lassen konnte und lieber Informationen ansammelte, die er später noch brauchen konnte.

Und wenn er die Gruppe in der Taverne beim großen Schausaal hätte sehen können, wäre er vollends sicher gewesen, dass er die richtige Entscheidung getroffen hatte. Keiner sagte ein Wort. Lucien und Gaetano wetteiferten zunächst miteinander im Bestellen von Speisen und Getränken für die gesamte Gesellschaft, aber dann schwiegen alle und warteten, dass das Bestellte kam. Aurelio saß still mitten unter ihnen. Seine Harfe hatte er in einen Sack gewickelt und sie lehnte an der Wand. Scheinbar bemerkte er die Spannung nicht, die um ihn herrschte.

»Ich würde doch gerne wissen, wer meine Gastgeber sind«, sagte er plötzlich. »Nicht, welche Stellung sie in der Gesellschaft haben, aber wie sie heißen.«

Gaetano kam sich wie ein Narr vor. »Aber sicher«, sagte er. »Ich bin Gaetano di Chimici und bei mir ist mein jüngerer Bruder Falco.«

Aurelio wandte den Kopf in die Richtung, wo der Junge saß.

»Du bist der verletzte Junge«, sagte er leise.

»Und ich heiße Luciano Crinamorte«, unterbrach ihn Lucien. »Bei mir sind meine Freunde Cesare und Giorgio.« Bei Georgias Namen stolperte er ein wenig, doch es gelang ihm gerade noch, die männliche Version zu nehmen.

»Ich heiße Aurelio Vivoide«, sagte der Musiker. »Und das ist Raffaela. Wir sind Manusch.«

Alle blickten verständnislos drein. Doch Aurelio gab keine weitere Erklärung. Er schien zufrieden damit, dazusitzen und auf seine Mahlzeit zu warten. Dann schien Gaetano einen Entschluss zu fassen. Er wandte sich an Lucien und sagte: »Habe ich das richtig gehört: Ihr seid Schüler von Senator Rossi? Stimmt es, dass er ein Stravagante ist?«

Georgia platzte förmlich; sie war es leid, nicht beachtet zu werden. »Da müssen Sie nicht bis nach Bellezza gehen, um so einen zu finden«, sagte sie. »Ich bin auch ein Stravagante.«

Kapitel 8

Die Manusch

Georgia!«, rief Lucien und vergaß ganz, dass sie ja ein Junge sein sollte, so entsetzt war er über ihre unbedachte Enthüllung.

»Dieses Wort sollte nicht so leichtfertig in den Mund genommen werden«, sagte Aurelio. »Oder überhaupt ausgesprochen werden, außer im privaten Kreis, zwischen vertrauenswürdigen Freunden. Ihr kennt mich doch gar nicht. Wenn es stimmt, was du gesagt hast, könnte ich eine große Gefahr für dich bedeuten. Und die jungen Männer hier auch.«

Das war richtig. Georgia wusste, dass sie mehr als leichtsinnig gewesen war. Wer wusste, in welche Gefahr sie Lucien und seine Freunde gebracht hatte? Sie war völlig niedergeschlagen. Doch die Hilfe kam von unerwarteter Seite.

»Seid nicht zu streng mit dem jungen Mann«, sagte Gaetano, dem Luciens Ausrutscher offensichtlich nicht aufgefallen war. »Ich weiß, dass meine Familie so eine Art Fehde hat mit den . . . mit den Ungenannten. Aber das interessiert mich nicht. Mein Vater hat mir nichts davon erzählt – ich bin nicht wichtig genug, um bei der Politik mitzureden. Ich habe nur einen einzigen Grund, warum ich einen . . . ihr wisst schon wen, kennen lernen will. Und der ist, um festzustellen, ob er etwas für meinen Bruder tun könnte.«

Lucien überlegte kurz, ob Gaetano vielleicht gar nicht so

übel war, wie er angenommen hatte. Was der junge Chimici eben erzählt hatte, klang glaubhaft und er schien seinen jüngeren Bruder sehr zu lieben. Falco selbst war ein hübscher Junge, der intelligent, aber auch sehr unglücklich wirkte. Lucien wurde sich wieder einmal der Schattenseiten des Lebens im sechzehnten Jahrhundert bewusst. Selbst eine reiche Familie wie die Chimici konnte einen geliebten Sohn nicht heilen, der so schwer getroffen war wie Falco. Und Lucien wusste nur zu gut, was es hieß, unheilbar krank zu sein.

In dem Moment kam das Essen. Alle waren hungrig und die Unterhaltung drehte sich nur noch um Dinge, die man bei einer Mahlzeit leichten Herzens ansprechen konnte. Aber als alle satt waren, hatten sich die Feindseligkeiten seltsamerweise verflüchtigt. Nur Georgia war noch bedrückt über ihren Ausrutscher.

»Erzählen Sie uns von den Manusch«, sagte sie zu Aurelio. »Ich weiß nichts über Sie. Ich weiß überhaupt nicht viel über Talia.«

»Zum Ersten sind wir keine Talianer«, sagte Aurelio.

Raffaela nickte. Sie sah dem Harfner sehr ähnlich. Auch sie war hoch gewachsen und hatte lange schwarze Haare, nur dass ihre kunstvoll geflochten und mit bunten Bändern verziert waren. Beide trugen lange, fließende Gewänder, die zwar geflickt waren, aber aus schöner Seide, die einmal sehr bunt gewesen sein musste. Raffaelas Kleid war um den Saum und an den Ärmeln sogar mit kleinen Spiegelstückchen besetzt. Sie waren beide etwas dunkelhäutiger als Cesare und die Chimici und ihre wehenden Tücher und bestickten Umhänge gaben ihnen ein exotisches Aussehen. Das war Georgia zunächst nicht aufgefallen, denn für sie sahen alle Talianer exotisch aus, aber irgendwas war tatsächlich anders an Aurelio und Raffaela.

»Wir kommen aus dem Osten«, sagte Raffaela. »Aber wir haben kein eigenes Land. Wir ziehen von Ort zu Ort. Darin sind wir denen ähnlich, die wir ja hier nicht nennen wollen.«

»Gibt es viele von euch?«, wollte Falco wissen.

»Sehr viele«, erwiderte Aurelio. »So viele wie Sand am Meer.«

»Allerdings nicht so viele hier in Talia«, fügte Raffaela hinzu. »Wir sind auf dem Weg in die Stadt der Sterne. Und in den nächsten Wochen kommen noch mehr von uns.«

»Sie ist ein Pilgerort für uns«, erklärte Aurelio. »Dort wird das Leben unserer Göttin gefeiert, obwohl die Stadt nichts davon weiß.«

»Ich weiß, was ihr seid!«, rief Cesare aus. »Zingari nennen wir euch, das fahrende Volk. Ihr kommt zur Stellata – da habe ich euch auch schon gesehen.«

»Euer Pferderennen interessiert uns allerdings nicht«, sagte Aurelio, jedoch ohne unhöflich zu sein. »Es fällt nur zufällig mit unserem älteren Fest zusammen. Der Tag wird nicht nur in eurer Stadt begangen, doch einige von uns ziehen sie anderen Orten vor. Sie liegt uns einfach.«

Er drehte den Kopf in Georgias Richtung. »Du brauchst dich nicht zu sorgen. Die Politik in Talia oder einem anderen Land kümmert uns nicht. Da wir kein Land haben, sind wir nicht interessiert an Streitigkeiten, wer welche Landstriche oder Städte regiert. Aber als Wanderer sind wir an anderen Reisenden interessiert, von wo und aus welcher Zeit sie auch kommen. Auf unseren Reisen begegnen wir vielen Menschen und wir sind bemüht von ihnen zu lernen. An unserem letzten Aufenthaltsort machten Raffaela und ich die Bekanntschaft eines Mannes von dem Orden, den Signor Gaetano erwähnt hat. Die Stadt heißt Bellona und der Mann war weise und gelehrt.«

»Richtig«, sagte Gaetano. »Das habe ich auch gehört. Aber

ich bin in dem Glauben aufgezogen worden, dass diese Leute mächtig und gefährlich sind und dass sie den Schlüssel zu einem wichtigen Geheimnis besitzen, mit dem Talia geholfen werden könnte. Allerdings weigern sie sich es für das allgemeine Wohl einzusetzen.«

Lucien wollte gerade unterbrechen, doch Gaetano bedeutete ihm zu warten. »Ich weiß, ich weiß. Ich glaube auch nicht mehr, dass das stimmt.« Er wandte sich an Falco. »Es schmerzt mich, das zu sagen, aber ich glaube, dass Vater diese Vorstellung nur verbreitet, damit er diesem seltsamen Geheimnis auf die Spur kommen kann. Und ich befürchte, er will es nicht einsetzen, um den Menschen in Talia zu helfen.«

Es herrschte Schweigen in der Runde. Luciens Meinung von dem jungen Chimici wurde immer besser. Er konnte sich vorstellen, wie schwer es Gaetano fiel, seinen Verdacht zu äußern. Falco kämpfte sichtlich mit seinen Gefühlen; er liebte seinen Vater, doch er wusste auch, wie bestimmend Niccolò sein konnte. Hatte er nicht soeben erst gehört, dass der Herzog gerade sein eigenes Schicksal verplante?

Cesares Gefühle waren nicht weniger vielschichtig. Es war schwer, sowohl Remaner als auch Widder zu sein. Da die Montonaioli, wie die Bewohner des Widder-Bezirks in Talianisch auch genannt wurden, von alters her mit Bellezza verbündet waren, misstrauten sie den Chimici. Aber heute hatte er zum ersten Mal persönlich welche kennen gelernt. Stallburschen, selbst wenn sie die Söhne der Stallmeister waren, kamen gewöhnlich nicht mit den Kindern des Herzogs in Berührung.

Georgia wiederum kam sich völlig verloren vor. Sie wusste ja kaum, wer die Chimici waren oder warum sie mit den Stravaganti verfeindet waren. Und was sie von den geheimnisvollen Manusch halten sollte, wusste sie auch nicht so recht. Aurelio sagte, dass sie auf keiner Seite standen, aber ging das denn überhaupt? Jeder in Remora schien so überzeugt von seinem Standpunkt.

»Glaubt mir«, fuhr Gaetano fort, »ich versuche nicht irgendwas herauszufinden, was meiner Familie bei ihren Komplotten hilft. Ich will nur eines wissen: Kann Senator Rossis Geheimnis meinem Bruder helfen?«

Luciens Gedanken gingen zurück zu seinem ersten Treffen mit Rodolfo auf dem Dachgarten in Bellezza. »Die Chimici wollen nur den Chimici helfen«, hatte der Stravagante gesagt. Sie hatten sich darüber unterhalten, dass die mächtige, nordtalianische Familie die Kunst der Stravaganza dazu verwenden wollte, hinter die Geheimnisse der modernen Medizin und Kriegsführung zu kommen. Damals war es ihm so viel unheimlicher vorgekommen als jetzt, wo der ernste junge Prinz nach einer Heilung für seinen Bruder suchte.

»Ich kann nicht über Rodolfos Geheimnisse reden«, sagte Lucien. »Das könnt Ihr nicht von mir erwarten. Aber er ist einer der klügsten und mächtigsten Männer, die ich kenne, und in ein paar Wochen kommt er hierher. Ich bin sicher, Ihr wisst, dass die Duchessa zur Stellata eingeladen wurde – sie und ihr Stellvertreter, der Regent, reisen also demnächst an. Mein Ziehvater und ich sind von Bellezza hergekommen, um den Bezirk des Widders aufzusuchen. Wir wollen sicherstellen, dass sie hier nicht in Gefahr sind. Ihr werdet mir vergeben, dass ich Euch daran erinnere, dass die Mutter der Duchessa in ihrer eigenen Stadt einem Anschlag zum Opfer fiel, daher müssen wir sehr vorsichtig sein, wenn sie einen Ort besucht, der von ihren . . . ihren Gegnern beherrscht wird.«

Gaetano schluckte, aber er hielt sich zurück. »Ich bin überzeugt, dass Ihre Gnaden hier so sicher sein wird wie sonst irgendwo in Talia«, sagte er abweisend. »Und wir sind nicht ihre

Gegner. Über den Mord an ihrer Mutter wissen wir nichts und wir sind darüber genauso entsetzt wie der Rest des Landes. Mein Vater hat sogar vor mich zu ihr zu schicken, damit ich sie hierher begleite, und ich kann Euch versichern, dass ich ihrer Sicherheit und ihrem Wohlergehen alle Aufmerksamkeit widmen werde.«

Das war nun wieder neu für Lucien und er war sich gar nicht sicher, ob es ihm gefiel. Er glaubte Gaetano, dass er nichts über den Anschlag wusste, aber er fragte sich, wie dieser hässliche, wenn auch liebenswürdige junge Mann wohl reagieren würde, wenn er erfuhr, dass die alte Duchessa überhaupt nicht getötet worden war, sondern höchst vergnüglich in Padavia lebte und von dort aus ein wachsames Auge auf ihre Tochter hatte. Aber er sagte nur: »Dann werdet Ihr meinem Meister ja selbst begegnen und könntet persönlich mit ihm über Euren Bruder reden.«

Gaetano war nicht so leicht abzuspeisen. Er sah Georgia an. »Und was ist mit dir? Wenn du das bist, was du behauptet hast, und nicht nur damit prahlst, dann kannst du mir vielleicht etwas erzählen?«

Im Innenhof eines bequem ausgestatteten Hauses am Rande von Padavia saß eine auffallend schöne Frau mittleren Alters. Ihr grünes Satinkleid war ganz nach der bellezzanischen Mode geschnitten und ihr Haar war kunstvoll frisiert. Sie spielte abwesend mit der Rubinkette um ihren Hals und sah mehrfach zur Tür hinüber, als erwarte sie Besuch.

Ein großer rothaariger Diener brachte eine andere Frau in den begrünten Innenhof. Sie war etwas älter als die erste und viel rundlicher, doch auch sie wirkte begütert. Die beiden Frauen umarmten sich wie alte Freundinnen, obwohl sie sich erst wenig mehr als ein Jahr kannten.

»Silvia!«, rief die Besucherin aus. »Du siehst so schön und jung wie eh und je aus.«

Die mit Silvia Angesprochene lachte. »Das war schon immer meine Spezialität, wie du dich wohl erinnerst. Hier muss ich mich allerdings selbst darum kümmern. Guido, sag Susanna, dass sie uns die Erfrischungen hier herausbringt.«

Sie saßen an einem Steintisch unter einer rankenden Glyzinie. Der blumengefüllte Innenhof war still und wirkte fast wie ein Klostergarten. Beide Frauen bemerkten es. Sie hatten gefährliche und aufregende Tage in Bellezza durchlebt und nun war Silvia in Sicherheit. Doch war sie eine Überlebende oder eine Frau im Exil? Ihre Besucherin sprach den Gedanken aus.

»Wird dir hier denn nicht langweilig?«

»Ich weiß nicht, was du meinst, Leonora«, sagte Silvia spöttisch. »Ich habe doch meine Stickereien und meine Wohltätigkeitsarbeit und die Aufsicht über meinen Gemüsegarten. Ich denke sogar daran, eine Olivenfarm zu erwerben – hat Rodolfo dir das nicht erzählt? Ich bin immer beschäftigt.«

Ihrer Freundin blieb eine Erwiderung erspart, weil die Zofe Susanna ein Tablett mit gekühlter Limonade und Gebäck brachte. Der Diener, Guido, folgte und blieb in der Nähe des Eingangs stehen. Es war unübersehbar, dass er die Seite seiner Herrin nie für längere Zeit verließ.

Den beiden Frauen machte es nichts aus, vor ihren Bediensteten zu plaudern. Susanna hatte ihrer Herrin viele Jahre gedient, und was Guido anging – nun, er war auf Umwegen zu ihrem ergebenen Sklaven geworden. Er würde es seiner Herrin nie vergessen, dass sie Geld zur Verfügung gestellt hatte, damit er sich um seinen kranken Vater kümmern konnte. Der alte Mann war vor einem Monat friedlich eingeschlafen, aber es hatte ihm in seinem letzten Jahr auf Erden nicht an Ärzten oder Pflege gefehlt.

»Was gibt's Neues aus der Stadt?«, fragte Silvia. »Wie geht es der Duchessa?«

»Sie macht euch beiden alle Ehre«, sagte Leonora. »Und mir auch, obwohl ich ja nur ihre Nenn-Tante bin.«

Silvia nickte. »Und dein Mann, der wackere Doktor?«

»Soviel ich weiß, geht es ihm gut. Aber zur Zeit ist er auf Reisen mit Lucien. Was ist das doch für ein lieber Junge!«

»Und was muss es dir für ein Trost sein, dass du noch so spät im Leben zu einem Kind gekommen bist, das du liebst«, sagte Silvia. Das meinte sie ernst, denn auch auf ihr eigenes Kind hatte sie fünfzehn Jahre lang verzichten müssen und es erst kürzlich zurückerhalten.

»Ich weiß, dass wir seine richtigen Eltern nicht ersetzen können«, sagte Leonora leise. »Er trauert sehr um sie. Aber wir lieben ihn. Und ich hoffe doch, dass er in Remora nicht in Gefahr ist«, fügte sie besorgt hinzu.

»Bestimmt nicht«, sagte Silvia. »Und er wird auch darauf achten, dass Arianna nicht in Gefahr kommt. Hast du vor die beiden zum Rennen zu besuchen?«

»Nein, ich . . .« Leonora unterbrach sich, als sie es in den Augen ihrer Freundin aufblitzen sah. »Silvia! Du kannst doch nicht vorhaben . . . Das ist viel zu gefährlich.«

»Warum?«, fragte Silvia. »Es sind doch vier Stravaganti dort, die mich beschützen können. Ganz abgesehen von Guido.«

»Aber die ganze Stadt ist voller Chimici«, hielt ihr Leonora entgegen. »Man wird dich entdecken!«

»Ich wüsste nicht, warum«, sagte Silvia, erhob sich und ging mit langen Schritten auf dem Hof auf und ab. »Ohne meine Masken hat mich noch nie jemand erkannt. Du weißt doch, wie oft ich in Bellezza war in den letzten paar Monaten. Und wenn man mich da nicht erkennt, wie viel weniger in Remora?«

»Der Botschafter würde dich erkennen, da bin ich sicher«, sagte Leonora. »Und der Herzog.«

»Dann muss ich mich eben fern halten von dem Herzog und dem Botschafter, nicht wahr?« Mehr hatte Silvia nicht dazu zu sagen.

In einem Zimmer im obersten Stock eines großen Palastes, der am Kanal lag, sah ein schwarz gekleideter Mann in einen Spiegel. Jedoch nicht aus Eitelkeit. Es war nicht sein eigenes Gesicht mit dem silber-schwarzen Haar, das ihn aus dem Spiegel anschaute. Es war das viel ältere und weißhaarigere seines Freundes und Meisters William Dethridge.

»Seid gegrüßt, Meister Rudolphe!«, sagte Dethridge. »Ich bin recht froh zu wissen, dass Euer Spekulum auch hier in Remora arbeitet.«

»Ich war die letzten zwei Tage nicht hier«, sagte Rodolfo. »Was für eine Erleichterung, zu sehen, dass Ihr wohlauf seid. Und der Junge?«

»Ebenso«, sagte Dethridge. »Doch muss ich Euch mehr berichten.«

Rodolfo ließ sich in seinem Stuhl nieder, um zu lauschen.

»Es ist ein neuer Stravagante eingetroffen«, erzählte Dethridge. »Aber es ist eine Maid.«

»Ein Mädchen? Und sie ist bei Signor Paolo gelandet?«

»So ist es. Schon dreimal. Am heutigen Tage ist sie mit seinem Sohn Cesare zusammen in der Stadt Santa Fina. Der junge Herr Luciano ist mitgefahren.«

»Ist sie in Sicherheit? Weiß sie um die Gefahren? Wie ist ihr Name?«

»So sicher, wie man inmitten dieses Natterngezüchts sein kann«, sagte Dethridge und senkte die Stimme. »Der junge Cesare und Luciano lehren sie alles, was uns über die Gefahren bekannt ist. Ihr Name ist George oder so ähnlich. Der Junge kennt sie von ehedem.«

»Und was sagt Paolo über die Stadt?«, wollte Rodolfo wissen. »Findet er, dass Arianna die Einladung zu dem Rennen annehmen sollte?«

»Er meint, dass es ein Affront sein könnte, wenn sie nicht käme – dass es die Chimici zum Vorwand nehmen würden, um gegen sie einzuschreiten.«

»Was ist Eure Ansicht?«, fragte Rodolfo.

»Wir haben itzo noch nicht viel Zeit für Nachforschungen gehabt«, erwiderte Dethridge. »Gebt uns ein wenig mehr davon und dann will ich Euch raten.«

»Nun gut«, sagte Rodolfo. »Aber ich muss dem Herzog bald eine Nachricht zukommen lassen. Ich wünschte, ich könnte bei Euch in Remora sein. Ich würde das Mädchen gern kennen lernen.«

»Sie hat mehr das Aussehen eines Knaben, sollte ich Euch sagen«, erläuterte Dethridge. »Ein Knabe, der Pferde liebt.«

Die Gruppe in Santa Fina mochte sich nur ungern trennen. Gaetano wollte, dass die Manusch zum Palast seines Onkels mitkämen, Lucien wollte sie zu Paolo mitnehmen und Falco wollte die leere Sommerresidenz verlassen und seinem Bruder und den Fremden in die Stadt folgen.

»Vielen Dank, aber wir schlafen nicht in Häusern«, sagte Aurelio. »Die Manusch schlafen unter freiem Himmel. Aber wenn ihr mitkommt, um unsere Lager zu holen, dann reisen wir mit Euch in die Stadt. Sie ist ja auch unser Ziel. Und wir könnten in einem Euerer Höfe übernachten, beim Widder oder beim Papst. Das ist uns gut genug.«

Georgia überlegte, ob Raffaela wohl auch so versessen war auf dieses »die Manusch tun dies nicht und jenes nicht«-Getue.

Ihr fiel wieder ein, wie das Mädchen das ganze Geld von Aurelios Spiel eingesackt hatte, und sie kam zu dem Schluss, dass sie wohl die praktischere der beiden war. Lucien und Gaetano stritten sich inzwischen heftig, wer mit wem und auf welchem Weg wohin gehen sollte.

Georgia gähnte. Es war kaum zu glauben, dass ihre andere Hälfte in der Welt, aus der sie kam, schlafend im Bett lag. Wie gut, dass sie ihre Tür immer abschloss. Maura konnte es nicht ausstehen, aber Ralph hatte gesagt: »Sie ist doch ein Teenager. Kannst du dich nicht mehr daran erinnern, wie das ist?«

Schließlich kamen alle überein, dass man sich in einer Stunde in Roderigos Stall treffen wolle. Gaetano wollte Falco in den Palast zurückbringen, um ein paar Kleidungsstücke zu holen und die Dienerschaft zu informieren, dass der Junge seinen Onkel im päpstlichen Palast besuchen würde. Dann würde Gaetano seinen Bruder zum Stall bringen, wo er in Luciens Kutsche mitreisen könnte, um etwas bequemer in die Stadt zu gelangen. Gaetano würde nach Remora vorausreiten, um seinen Onkel auf den Besuch vorzubereiten.

Auch die Manusch würden mit Lucien fahren, was Georgia ziemlich überraschte. Sie hatte erwartet, dass alles, was mit Bequemlichkeit zusammenhing, zu den Dingen gehörte, die man »nicht tat«, doch Aurelio hatte das Angebot gerne angenommen. Wie es schien, war alles erlaubt, was der Reise diente, auch wenn sie normalerweise zu Fuß gingen.

Je länger Arianna Duchessa war, desto mehr stieg ihre Mutter in ihrer Achtung. Es war Schwerstarbeit. Zunächst war da das lästige Zeremoniell, von Zofen angezogen zu werden und mehrmals täglich die Garderobe zu wechseln. Als sie noch ein normales Mädchen gewesen war, das auf der Laguneninsel

Torrone lebte, hatte sie die Kleider manchmal einen Monat lang nicht so häufig gewechselt wie jetzt am Tag.

Nun musste sie komplizierte Untergewänder tragen, die mehr Ösen und Haken hatten, als sie je gesehen hatte. Dazu kam eine noch kompliziertere Frisur, zu der sie Haarnadeln und oft auch Blumen oder Schmuck brauchte. Je später der Tag, desto ausgetüftelter und luxuriöser wurden Kleider, Frisur und Masken. Vor allem die Masken waren Arianna ein Ärgernis. Aber da sie jetzt sechzehn war, hätte sie sie auch tragen müssen, wenn sie nicht die Duchessa der berühmten Stadt geworden wäre.

Während sie sich daran gewöhnte, in ihrer Bewegungsfreiheit eingeschränkt zu sein, musste Arianna sich auch mehr, als sie jemals vorgehabt hatte, mit Diplomatie und Politik vertraut machen – sowohl innerhalb ihrer Stadt als auch nach außen hin. Rodolfo war ein anspruchsvoller Lehrer, auch wenn er ein liebender Vater war. Er war auch der Amtsverwalter von Bellezza und hatte feierlich gelobt, Arianna so gut wie möglich auf die Aufgabe vorzubereiten, der sie sich gestellt hatte.

Inzwischen verstand Arianna ihre Mutter also viel besser. Sie konnte sich vorstellen, dass es ihr allmählich lästig geworden war, endlosen Rats- und Senatsrunden vorzusitzen und bei den monatlichen Volksanhörungen einzelnen Bittstellern zu lauschen. Dass sie sich gewünscht hatte, die öffentlichen Auftritte zu umgehen, indem sie eine Ersatzperson vorschickte. Auch wenn Arianna selbst das nie in Betracht ziehen würde.

Vor zwei Monaten hatte sie die erste Vermählung mit dem Meer über sich ergehen lassen, bei der sie in das Wasser des Kanals getaucht wurde, bis es ihr um die Hüfte schwappte und die Menge ausrief: »Sie sind vermählt!« Die Zeremonie hatte die ganze Nacht gedauert. Bellezza hatte die Trauerzeit für die alte Duchessa endgültig hinter sich gelassen und war verzaubert von der neuen, die den Wohlstand der Stadt soeben für ein weiteres Jahr garantiert hatte. Und die ganze Zeit über hatte Arianna an die Vermählung denken müssen, die ein Jahr zurücklag und die sie vom Fischerboot ihres Bruders aus beobachtet hatte.

Damals hatte sie heimlich geplant Mandolier zu werden, und sie hatte die Nacht auf dem Altan der großen silbernen Basilika Maddalena zugebracht. Dieses Jahr war sie auf denselben Altan hinausgetreten, zwischen das bronzene Paar der Widder, und hatte ihrem Volk unten auf der Piazza mit beiden Händen zugewunken.

Ja, nun war sie die Duchessa. Heute hatte sie bereits eine Schule für Waisenmädchen besucht, Petitionen von Bürgern entgegengenommen, in denen es um Streitigkeiten über Mehlrationen bis hin zu einem Ehevertrag zwischen Vetter und Cousine ging; sie hatte mit einem Fürsten aus dem östlichen Europa diniert, der zu Gast war; und sie hatte eine Abordnung aus Anglia empfangen, bei der es um Handelsverträge ging. Sie hatte auch ein Treffen mit dem Admiral der bellezzanischen Flotte abgehalten, der den Verdacht äußerte, dass sich in den Ländern, die im Osten an die Lagune grenzten, Feindseligkeiten zusammenbrauten.

Jetzt war es so weit, dass sie sich von ihren Zofen entkleiden lassen und ins Bett sinken konnte. Ihre Kammerzofe Barbara bürstete ihr das Haar, als es an die Tür klopfte. Es war Rodolfo.

»Es tut mir Leid, dass ich dich stören muss, mein Liebes, aber wir haben den ganzen Tag noch nicht miteinander reden können. Bist du zu müde oder kannst du noch einen Moment aufbleiben?«

»Aber gewiss«, sagte Arianna und sandte ihre Zofe hinaus. Es war immer eine Erholung, mit ihrem Vater allein zu sein – fern der Staatsgeschäfte.

Er setzte sich auf einen der kleinen, gobelinbezogenen Stühle, die Ariannas Mutter gehört hatten. Rodolfo hatte die letzte Duchessa häufig durch einen Geheimgang von seinem eigenen Palazzo aus besucht, der neben dem ihren lag. Inzwischen war dieser Gang noch geheimer – und nicht geschlossen worden. In einer Notlage konnte er von Nutzen sein.

»Ich habe zwei Neuigkeiten«, sagte Rodolfo, während Arianna ihr Haar selbst weiterbürstete.

»Gut«, erwiderte sie. »Geht's in der einen um Luciano?«

»In der Tat«, sagte ihr Vater lächelnd. »Doktor Dethridge hat heute über meine Spiegel Kontakt mit mir aufgenommen. Beide sind heil in Remora angekommen und bereits in Abenteuer verwickelt.«

»Abenteuer?«, sagte Arianna sehnsüchtig. Dann wurde sie unruhig. »Aber sie befinden sich doch nicht in irgendeiner Gefahr?«

»Auch nicht mehr als sich jeder von uns in einer Hochburg der Chimici befinden würde«, erwiderte Rodolfo. »Und das bringt mich zu meiner nächsten Neuigkeit, die dir wohl weniger gut gefallen wird. Ich habe heute eine Botschaft von Herzog Niccolò empfangen.«

»Ach, wahrscheinlich wegen der Stellata«, sagte Arianna. Sie wollten eigentlich erst auf die Einladung reagieren, wenn Lucien und Dethridge herausgefunden hatten, ob es sicher sein würde, zuzusagen.

»Nein, meine Liebe, darum geht es nicht«, sagte Rodolfo. »Der Grund für diese offizielle Botschaft ist eine Brautwerbung. Gaetano di Chimici, der Sohn des Herzogs, möchte dich gerne heiraten.«

Kapitel 9

In die Sterne geschrieben

Sie hatten sich lange in Santa Fina aufgehalten, und wenn sie in Remora ankommen würden, würde es schon spät sein. Georgia wusste, dass sie keine Stunde mehr bleiben konnte. Sie und Cesare sollten mit Gaetano reiten, auch wenn sie merkten, dass Lucien gar nicht glücklich darüber war. Er wusste, wozu die Chimici fähig waren, und obgleich er die beiden Brüder mochte, hielt er es noch für verfrüht, ihnen zu trauen. Sie wussten noch nicht, dass er, Dethridge und der Stallmeister ebenfalls Stravaganti waren, doch es war unwahrscheinlich, dass Gaetano Georgias impulsive Äußerung vergessen würde. Er würde sie bestimmt noch eifrig ausfragen.

Bevor die Gesellschaft vom Stall aufbrach, nahm Lucien Cesare beiseite.

»Seid vorsichtig«, sagte er. »Und wenn er wieder auf das Thema Stravaganti zu sprechen kommt, pass auf, dass Georgia nicht noch mehr verrät.«

Cesare nickte. Er wollte ja auch seinen Vater nicht in Gefahr bringen.

»Ich kenne die Chimici«, sagte er. »Du kannst mir vertrauen.«

Die drei Reiter kamen auf dem Weg nach Remora gut voran, und bis sie vor dem Sonnentor das Tempo verringerten, hatten sie keine Gelegenheit zum Reden. Jetzt reihten sie sich ein, um hintereinander durch das belebte Stadttor zu reiten. Gaetano lenkte sein Pferd an Georgias Seite.

»Ich würde dich morgen gerne besuchen. Wohnst du im Bezirk des Widders?«

Georgia hatte ihre Lektion gelernt und wandte sich Hilfe suchend an Cesare. Der zuckte mit den Achseln. Der junge Adlige würde die Manusch ja ohnehin besuchen – das war schon abgesprochen. Und Georgia konnte sich schließlich immer entscheiden fern zu bleiben. Doch sie konnte ihm nicht ständig ausweichen, nicht wenn sie weiterhin in die Stadt kommen wollte.

»Ja«, sagte sie nach einigem Zögern. »Sie können mich und Luciano im Haus des Stallmeisters finden. Aber ich glaube nicht, dass ich etwas tun kann, um Ihnen zu helfen.«

»Glaub mir«, sagte Gaetano und beugte sich näher heran, damit Cesare nicht mithören konnte. »Ich bin an den Geheimnissen eurer Bruderschaft nicht interessiert. Ich will nur meinem Bruder helfen, sonst nichts.«

»Er ist ziemlich hässlich, nicht wahr?«, sagte Arianna viel ruhiger, als sie sich fühlte. Sie betrachtete die Miniatur von Gaetano di Chimici, die der Gesandte aus Remora hinterlassen hatte. »Und er sieht in Wirklichkeit sicher noch schlimmer aus«, fügte sie hinzu. »Der Hofmaler hat doch bestimmt versucht ihm zu schmeicheln.«

Rodolfo sah sie an. »Wir ziehen diesen Antrag doch nicht ernsthaft in Betracht«, sagte er.

»Aber wie sollen wir denn reagieren?«, fragte Arianna. »Wir können ihn doch nicht einfach übergehen und die Chimici vor den Kopf stoßen.«

»Du denkst ja schon wie eine richtige Duchessa«, sagte Rodolfo lächelnd. »Es ist eine kniffelige Angelegenheit, aber irgendwie kommen wir schon heraus. Sie schicken ihn her, damit er dich zur Stellata eskortiert.«

Arianna bekam große Augen.

»Sie möchten euch die Gelegenheit geben, euch gegenseitig kennen zu lernen«, sagte Rodolfo. »Und das musst du annehmen.«

Herzog Niccolò freute sich seinen Jüngsten zu sehen und war glücklich, dass sich die beiden Brüder wieder verstanden. Seine zwei älteren Söhne und seine Tochter waren in Giglia und Niccolò liebte seine Kinder. Im Moment war er besonders erfreut über Gaetano, der gegen den Plan der Vermählung mit Bellezza nichts einzuwenden hatte – und nun hatte er ihm auch noch seinen Liebling mitgebracht. Bereits als er Giglia verlassen hatte, hatte Niccolò gehofft, dass Falco ihn zum päpstlichen Palast begleiten würde. Doch Falco hatte darauf bestanden, in Santa Fina zu bleiben, vielleicht wegen des ungeklärten Verhältnisses zu Gaetano oder vielleicht auch, weil er die einsame Weite der Sommerresidenz so liebte. Aber nun war er hier, ganz freiwillig, versöhnt mit seinem Bruder und mit strahlendem Gesicht.

»Du musst diesen Harfner hören, Vater«, sagte Gaetano gerade. »Ich habe versucht ihn zu überreden uns hierher zu begleiten, aber er hat gesagt, er spielt nicht für Geld. Trotzdem bin ich sicher, dass er spielt, und du musst ihn anhören. Du wirst dir vorkommen wie im Himmel.«

»Wirklich, Vater, versuche ihn zu hören«, sagte auch Falco und sein zartes Gesicht wurde bei der Erinnerung von einer freudigen Röte überzogen. »Er spielt wie ein Engel.«

»Entschuldigt, meine Söhne«, sagte Niccolò und richtete seine Aufmerksamkeit mühsam auf die Worte seiner Kinder. »Wer, sagtet ihr, ist dieser Musiker?«

»Er nennt sich Aurelio«, antwortete Falco geduldig. »Und er und seine Schwester sind Manusch. Sie wollen nicht herkommen, weil sie nicht unter Dächern schlafen. Aber wir können sie im Widder besuchen.«

Im Widder! Alle Fäden schienen Niccolò immer wieder dorthin zu ziehen. Er hatte das quälende Gefühl, dass ihm bei seinem letzten Besuch dort etwas Wichtiges entgangen war. Er würde sich an Ferdinandos Spion wenden müssen, um nachzubohren. Und es beunruhigte ihn, zu hören, dass es eine Verbindung zwischen dem Widder und den Manusch gab. Niccolò mochte diese Leute nicht. Sie widersetzten sich der Philosophie von Wachstum und Güteranhäufung. Mit Menschen, die Besitz ablehnten und kein Land besaßen, konnte einfach etwas nicht stimmen.

Laut sagte er: »Das liegt daran, dass alle Manusch und Zingari unter den Sternen gezeugt werden müssen. Selbst ihre unverheirateten Frauen wollen nicht in Häusern schlafen, falls eine spontane Begegnung mit einem Mann zur Empfängnis eines Kindes führen sollte. Absolut töricht, denn so provozieren sie eher eine Vergewaltigung, als wenn sie sicher in einem Haus bleiben würden.«

Falco sah geschockt aus und Niccolò überlegte, ob der Zeitpunkt geeignet sei, um mit den Plänen für seinen Jüngsten herauszurücken. Es war besser für ihn, sich in ein Leben im Zölibat zu fügen, ehe er die Macht der Leidenschaft kennen gelernt hatte.

Georgia verbrachte fast den gesamten Sonntag im Bett.

»Hab doch gesagt, dass sie was ausbrütet«, sagte Russell und fügte halblaut hinzu: »Irgendein Monster oder so was.«

»Mach doch kein Theater«, sagte Georgia zu ihrer Mutter.

»Es geht mir gut. Ich hab nur 'ne schlechte Nacht hinter mir. Ich nehm meine Schulsachen mit ins Bett und lern ein bisschen.«

Doch obwohl sie an einen Berg von Kissen gelehnt und von Büchern und Heften umgeben dasaß, versuchte sie fast den ganzen Vormittag einen Plan von Remora zu skizzieren. Sie zeichnete einen kreisförmigen Grundriss auf ihr liniertes Papier und teilte ihn von oben nach unten. »Strada delle Stelle«, schrieb sie, »Sternenstraße.« Sie zeichnete das Sonnentor im Norden und das Tor des Mondes im Süden ein und in der Mitte ihrer Verbindungslinie zog sie einen kleinen Kreis, der den Campo darstellen sollte.

Dann teilte sie den großen Kreis in zwölf Segmente auf. Sie wusste, wo die Bezirke Widder und Zwillinge lagen und ungefähr, wo sie aus dem Bezirk der Fische in den des Schützen entkommen waren. Doch die anderen Bezirke einzuzeichnen war schwieriger.

Sie erinnerte sich an einen alten Kindervers über die Sternzeichen und so ergab sich eine Reihenfolge: Widder und Stier, Zwilling und Krebs, Löwe und Jungfrau, Waage und Skorpion, Schütze und Steinbock, Wassermann und Fische.

Der einzige Unterschied zwischen den talianischen Tierkreiszeichen und denen, die Georgia kannte, war der, dass die Remaner Löwin statt Löwe sagten. Als sie alles eingezeichnet hatte, war es klar, dass Remora wie die astrologische Karte eines Jahres angeordnet war. Der Widder lag links in der Mitte, im Westen der Stadt.

Gut, das sollte ich mir merken können, dachte Georgia. Paolo hatte ihr eingeschärft, dass sie nichts nach Talia mitbringen durfte außer ihrem Talisman und den Kleidern, die sie zum Zeitpunkt der Stravaganza anhatte. Sie war jedes Mal in ihren talianischen Jungenkleidern angekommen, die jedoch

über ihren Kleidern saßen, so wie sie diese das erste Mal angezogen hatte.
Also konnte sie die Karte nicht mitnehmen, aber sie fühlte sich schon sicherer, nachdem sie sie gezeichnet hatte. Auf ein neues Stück Papier schrieb sie alles auf, was sie über jeden Bezirk wusste, aber es gab riesige Lücken. Über den Widder wusste sie am meisten. »Gegner: Fische«, schrieb sie auf, »Verbündete: Schütze und Löwin.«
Plötzlich begriff sie, warum. Georgia glaubte zwar nicht an Astrologie, aber sie las trotzdem jeden Tag ihr Horoskop in der Zeitung, wie die anderen in der Familie, und sie erinnerte sich, dass Maura ihr einmal erzählt hatte, dass jedes Tierkreiszeichen entweder zu Erde, Feuer, Wasser oder Luft gehörte – jedes Element hatte drei Zeichen.
»Wir sind beide Luft-Zeichen«, hatte sie zu Georgia gesagt. »Zwillinge für dich und Waage für mich.«
»Oje!«, sagte Georgia jetzt vor sich hin. »Ich bin Zwilling – ich gehöre zu den Chimici!«
Doch nachdem sie kurz überlegt hatte, kam sie darauf, dass das nicht stimmen konnte. Wie leidenschaftlich sich die Remaner auch einem Bezirk zugehörig fühlten, sie konnten es ja nicht hinbekommen, dass alle ihre Kinder unter dem passenden Sternzeichen geboren wurden.
Trotzdem, das Muster der Partnerschaften stimmte. Sobald ihr wieder eingefallen war, dass Widder, Löwe und Schütze Feuerzeichen waren, erschien es logisch, dass sie verbündet waren. Nach einer Viertelstunde hatte sie die Verbündeten aller Bezirke heraus. Gegner waren da schon schwieriger, aber sie erinnerte sich an das, was Cesare über die Zwillinge und die Jungfrau gesagt hatte.
»Der Gegner ist einem diametral entgegengesetzt, wie Feuer und Wasser«, rief sie aus. »Also müssen Erde und Luft

auch Gegner sein. Und außerdem scheint der Gegner der nächste Nachbar zu sein – Widder und Fische, Stier und Zwillinge, Krebs und Löwin.«
»Kannst du nicht leise arbeiten?«, schrie Russell und polterte im Vorübergehen an ihre Tür.
»Feinde!«, zischte Georgia. Sie und Russell waren mehr als nur Gegner, kein Zweifel. Die Bezirke Remoras hatten eine Geschichte, die hunderte von Jahren alt war, doch Georgia und Russell hatten die letzten vier mit so viel Hass angefüllt, dass sie Jahrhunderte aufgeholt hatten.
Aber wer sind meine Verbündeten?, dachte Georgia und sie sah plötzlich Mortimer Goldsmith mit seiner Halbmond-Brille vor sich und musste lächeln. Eine Auseinandersetzung zwischen ihm und ihrem Stiefbruder wollte sie sich lieber nicht vorstellen.
Die Feindschaften und Bündnisse in Remora wurden noch komplizierter durch die seltsamen Treuebündnisse jedes Bezirks zu einer anderen Stadt. Das verstand Georgia eigentlich noch nicht so recht. Wie konnte man in einer Stadt wohnen und gleichzeitig eine andere unterstützen? Es war, als ob man in London lebte und sich auch noch als Liverpooler fühlte. Na gut, man konnte ja in London leben und trotzdem Anhänger des Fußballvereins von Liverpool sein. Sie musste daran denken, dass ihr die Bezirke zuerst tatsächlich wie rivalisierende Fußballvereine vorgekommen waren.
Aber die Feindschaft war ja schlimmer. Sie hatte gesehen, wie sich Cesare gefürchtet hatte, als die Fische hinter ihnen her waren, und dabei war er gewiss kein Feigling. Und sie hatte den Dolch in Gaetanos Gürtel bemerkt. Auch Lucien trug einen, obwohl er der sanfteste Junge war, der ihr je begegnet war. Talia war ein gefährliches Land und Remora schien die gefährlichste Stadt in Talia zu sein. Außerdem wür-

den die Spannungen während der Stellata bestimmt schlimmer werden. Trotzdem, ihr waren die Gefahren der talianischen Stadt lieber als mit Russell im gleichen Haus zu wohnen.

Die Manusch rollten ihre Schlafsäcke auf dem Haupthof der Widder-Ställe aus und ließen sich so bequem nieder, als würden sie auf Daunenfedern liegen und nicht auf Kopfsteinpflaster. Die gastfreundliche Teresa war bestürzt und kam mit weiteren Kissen und Decken daher, die gerne angenommen wurden, wenn man sie auch nicht brauchte.

Georgia war kurz vor Sonnenuntergang auf ihrem Heuboden verschwunden, daher konnte sie nicht mehr sehen, wie der große, blinde Mann und seine Gefährtin die Arme grüßend gen Westen reckten, als die rote Sonne irgendwo am Rande des Widder-Bezirks hinter den Stadtmauern versank. Sie sangen leise in ihrer eigenen Sprache. Später fiel das ganze Haus zu den sanften Klänge der Harfe in den Schlaf.

Cesare war schon früh auf und sah, wie sie, kurz nachdem sie aufgewacht waren, die Gesichter in die Richtung der Bezirke von Jungfrau und Waage gewandt, im Hof knieten und etwas sangen. Es wirkte wie die Begrüßung eines zurückgekehrten Wanderers. Er verstand die Worte nicht, die sie benutzten, aber ihr freudiger Gesichtsausdruck sprach für sich. Sie waren ein seltsames Volk, die Fahrenden, aber es erfüllte ihn mit Stolz, dass sie hier in seinem Bezirk waren, in seinem Haus, oder genauer gesagt: vor seinem Haus.

Immerhin hatte Aurelio wohl nichts dagegen, im Haus zu frühstücken, und Teresa wollte nur zu gern beweisen, wie man Gäste bei ihnen daheim behandelte. Sie war entzückt die Manusch zusammen mit den Besuchern aus Bellezza zu Tisch zu haben. Raffaela bot ihre Hilfe an und war schon bald eifrig damit beschäftigt, den Kleinen Grießbrei zu füttern. Cesare hatte drei Schwestern, die viel jünger waren als er, und zwei Zwillingsbrüder, die überallhin krabbelten, selbst über die Füße des blinden Harfners, der sie jedoch so wenig beachtete, als seien sie die Hunde des Hauses.

Cesare holte einen der Zwillinge unter dem Tisch hervor und hob ihn auf die Knie. Es war Antonio, der Unternehmungslustigere der beiden. Er streckte die dicken Ärmchen nach Cesares Gesicht aus und krähte vor Vergnügen. Cesare lächelte ihn an. Aber Antonio und die anderen waren keine richtigen Geschwister. Aus Paolos erster Ehe stammte nur Cesare, dessen Mutter gestorben war, als er noch sehr klein war. Paolo hatte Teresa vor zehn Jahren geheiratet. Der andere Zwilling, Arsenio, fing laut an zu heulen, weil er sich in eine Ecke manövriert hatte und stecken geblieben war. Teresa bückte sich, um ihn aufzunehmen, doch dabei fiel eines der kleinen Mädchen um, das die Arme bereits nach der Mutter ausgestreckt hatte. Alsbald fingen alle Kleinen zu schreien an – normalerweise war genau das der Zeitpunkt, an dem Cesare in die Stallungen floh.

Aurelio wandte sich nach dem Geschrei um.

»Soll ich spielen? Würde es die Kinder beruhigen?«, fragte er. Ohne auf eine Antwort zu warten, brachte ihm Raffaela seine Harfe und schon bald füllten die wunderbar zarten Töne die Küche, sodass kein Platz für Traurigkeit blieb. Die Zwillinge saßen mit großen Augen auf Paolos Schoß und lutschten an den Daumen und die kleinen Mädchen zwirbelten sich die Haare und kuschelten sich an Cesare, Lucien und Dethridge.

Georgia hörte die Harfe, kaum dass sie auf dem Heuboden gelandet war. Der letzte Klang, den sie in London vor dem Einschlafen gehört hatte, war Russells Lieblingslärm auf seiner E-Gitarre gewesen. Es war ja nicht mal so, dass sie das gar nicht ausstehen konnte, aber sie wusste, dass ihm nicht nur die Musik, sondern vor allem auch die Vorstellung gefiel, dass sie ihren Schlaf störte. Ganz anders Aurelio. Allein an dem Klang der Harfe erkannte sie, dass er einfach nur aus Freude an der Musik spielte.

Als Georgia leise in die Küche schlüpfte, stellte sie fest, dass alle Kleinen aussahen, als würden sie träumen. Cesare lächelte ihr über den Kopf der kleinen Emilia zu und sie lächelte zurück. Das hier war eine richtige Familie. Sie sah, wie sich ihre eigenen wehmütigen Gedanken in Luciens Gesicht spiegelten, der die Locken der rundlichen Marta streichelte, und sie bemerkte den gleichen Blick im Gesicht von Doktor Dethridge, der Stella auf dem Schoß hatte. Wieder fragte sie sich, ob sie wohl je die ganze Geschichte erfahren würde, was mit ihnen beiden geschehen war und was sie aufgegeben hatten, um für immer in Talia zu leben.

Die Musik klang aus und der Bann war gebrochen, aber es gab kein Weinen mehr. Paolo sah Georgia und stand auf, um ihr einen Teller zu holen.

»Guten Morgen«, sagte Aurelio vage in ihre Richtung. Man konnte nur schwer glauben, dass er sie nicht sehen konnte.

»Haben Sie gut geschlafen?«, fragte Georgia.

»Ausgezeichnet«, erwiderte Aurelio. »Wie immer wenn mich nichts von Mond und Sternen trennt. Und du?«

Georgia überlegte, ob er wohl wusste, dass sie, wenn sie auf ihren Heuboden kletterte, in eine andere Welt reiste. Er schien etwas über die Stravaganti zu wissen, aber würde er es in ihrem Fall wohl erraten haben, wenn sie gestern nicht davon gesprochen hätte? Und wusste er, dass noch drei weitere Stravaganti im Raum waren?

»Nicht so sehr«, antwortete sie wahrheitsgemäß.

Nun nahmen alle ihr Frühstück in trauter Stille ein. Georgia fragte sich, ob sie wohl zunehmen würde, wenn sie so kurz nach dem Abendessen in ihrer eigenen Welt schon wieder Brötchen und Konfitüre zu sich nahm. Teresa konnte besser kochen als Maura. Selbst ihr einfachstes Mahl war frisch und selbst zubereitet.

Georgia hatte sich lange überlegt, ob sie diese Nacht reisen sollte – sie konnte ja am Montag keinen Schlaf nachholen. Aber Remora zog sie einfach magisch an. Das fröhliche, unkomplizierte Familienleben des Stallmeisters, die Ställe mit der Möglichkeit, zu reiten, wann immer sie wollte, ihre wachsende Freundschaft mit Cesare und die Chance, Lucien zu sehen – all dem konnte sie nicht widerstehen. War eben Pech für die Schule.

Ein barsches Klopfen an der Tür unterbrach das harmonische Zusammensein. Paolo öffnete. Draußen stand der Herzog von Giglia mit Gaetano und Falco. Hinter ihnen auf dem Hof wartete eine prächtige Kutsche mit dem Wappen der di Chimici.

»Seid gegrüßt, Capitano«, sagte Niccolò und benutzte den Titel, der Paolo eigentlich nur während der Woche der Stellata zukam. Es war eine Gunstbezeugung. »Und auch Ihr, liebreizende Dame«, fügte er hinzu und warf Teresa eine Kusshand zu.

»Bitte tausendmal um Verzeihung, dass ich Euch meine Anwesenheit schon wieder aufdränge, aber meine Söhne haben mir von Euren Besuchern erzählt und ich wollte nicht länger darauf warten, sie selbst zu sehen.«

Er ließ den Blick um den Tisch huschen. Es war offensichtlich, wer die Manusch waren, er erkannte sie sofort an ihren exotischen Gewändern und den bunten Farben. Georgia beachtete er nicht, da er sie zu den zahlreichen Familienmitgliedern rechnete. Aber Dethridge und Lucien konnte er nicht recht zuordnen. Ihre Kleidung sagte ihm, dass sie nicht zum Stall gehörten.

»Darf ich unsere Gäste vorstellen?«, bot sich Paolo an. »Zweifellos seid ihr von den Klängen der Zingari angezogen worden – oder der Manusch, wie sie lieber genannt werden: Raffaela und Aurelio Vivoide.«

Die beiden Fahrenden verbeugten sich und der Herzog winkte ihnen leutselig zu.

»Und das hier sind zwei ehrenwerte Gäste aus Bellezza«, fuhr Paolo fort. »Doktor Guglielmo Crinamorte und sein Sohn Luciano.«

Es folgten weitere Verbeugungen und dann stellte der Herzog der Gesellschaft seine beiden Söhne vor. Dabei schien er eilig zu überlegen, wie die beiden Bellezzaner ins Bild passten. Ihr Nachname war ihm nicht geläufig, aber sie hatten etwas an sich, was an seinem Gedächtnis klopfte. Und wie schon oft zuvor hatte er das Gefühl, dass beim Widder etwas vor sich ging, über das er Bescheid wissen sollte.

Während der Vorstellung stützte sich Falco auf seine Krücken und sah die Familie mit großen Augen an, wie es Georgia vorher getan hatte. Sie war gerührt, wie unglücklich er schien. Seine eigene Familie hatte die Herrschaft über Talia und doch konnte sie ihn nicht gesund machen. Sie bezweifelte auch, dass Mahlzeiten im Palast der Chimici so warmherzige Angelegenheiten waren.

Falco ließ sich auf einer Bank neben Aurelio nieder.

»Spielst du noch mal?«, flüsterte er. »Wir haben unserem Vater so viel von dir erzählt.«

Aurelio runzelte die Stirn und Georgia konnte erkennen, dass er etwas unwillig reagieren wollte, aber Raffaela flüsterte ihm etwas zu und er überlegte es sich anders.

»In Euren Palast werde ich nicht kommen«, sagte er höflich

zu Niccolò. »Das soll nicht respektlos sein, aber wir Manusch sind keine gewerbsmäßigen Musiker. Wir spielen zur eigenen Freude. Dennoch mögen wir Leute, die Musik lieben und der Sohn Eurer Gnaden ist einer davon. Wenn Signor Paolo es erlaubt, werde ich draußen spielen und ihr seid willkommene Zuhörer.«

Niccolò war nicht erfreut, aber er wusste, dass es sinnlos wäre, zu hadern. Die Chimici begaben sich nach draußen in den Hof, wo Cesare und Teresa Bänke und Stühle für alle bereitstellten, und es begann ein Konzert, wie man es im Bezirk des Widders noch nicht gehört hatte.

Während der Musik machte Lucien Georgia und Cesare ein Zeichen und sie verschwanden im Stall.

»Was haltet ihr jetzt von den Chimici?«, fragte er.

»Die zwei Söhne gleichen ihrem Vater gar nicht, finde ich«, sagte Cesare.

»Ob wir ihnen wohl trauen können?«, fuhr Lucien fort. »Sie sind ja jetzt ganz friedlich, aber der Mann dort, Herzog Niccolò, hat den Tod von Ariannas Mutter in Auftrag gegeben – da bin ich sicher. Er hat Blut an den Händen.«

»Das wäre nicht das erste Mal«, sagte Cesare. »Solche Geschichten hören wir andauernd in Remora.«

»Aber es kann doch nicht schaden, sie deinem Rodolfo vorzustellen, oder?«, fragte Georgia. »Also, er wird doch sowieso nichts tun können für Falco, nicht?«

»Ich kann dazu nur eins sagen«, erwiderte Lucien. »Wenn es etwas gibt, was Rodolfo tun *kann,* dann wird er sich nicht weigern, nur weil Falco ein Chimici ist.«

Unter den vielen Passanten, die stehen blieben, um dem Spiel im Bezirk des Widders zu lauschen, war einer, auf den niemand weiter achtete: eine gedrungene Gestalt in einem schmutzigen blauen Umhang. Enrico war Niccolò und seinen Söhnen ganz selbstverständlich vom päpstlichen Palast her gefolgt und nahm die Gelegenheit wahr, die Stallungen des Widders genauer in Augenschein zu nehmen. Er glitt durch die Zuhörer im Hof und schlich um die Ställe, denn er wollte die Pferde ansehen, während alle anderen lauschten.

Geräuschlos legte er das Auge an ein Astloch in der Bretterwand. Und dort standen die jungen Leute vom Widder in ein Gespräch vertieft – die Jungen, denen er nach Santa Fina gefolgt war, und ein Dritter, der auf dem Platz bei ihnen gestanden hatte, als sie dem Musiker zum ersten Mal begegnet waren. Er war der Schüler von Senator Rodolfo in Bellezza – das wusste der Spion nur zu gut –, und ihn aus solcher Nähe zu sehen, brachte unangenehme Erinnerungen mit sich.

Rasch machte Enrico das Zeichen der »Glückshand«, eine Geste, bei der man den kleinen Finger und den Daumen der rechten Hand aufeinander legte und mit den mittleren drei Fingern Stirn und Brust berührte. Die Talianer machten dieses Zeichen, um Unglück abzuwenden. »Dia!«, flüsterte er und der Schweiß brach ihm aus. Irgendetwas an dem Jungen war unheimlich. Obwohl Enrico ihn bereits einmal angefasst hatte und wusste, dass er aus Fleisch und Blut war, umgab ihn etwas Unerklärliches. Damals hatte er keinen Schatten gehabt und auf einmal, genau, als Enrico und sein Herr ihn als Geist oder Wiedergänger hatten bloßstellen wollen, hatte er plötzlich doch einen Schatten bekommen. Enrico erinnerte sich noch daran, wie sehr sein alter Auftraggeber Rinaldo di Chimici an diesem Phänomen interessiert gewesen war.

Er verstand nicht, was es bedeutete, und das machte ihm zu schaffen. Dieser Junge hatte ihn schlichtweg hereingelegt. Enrico hasste es, zu versagen und auch noch daran erinnert zu werden. Unwillkürlich verband er den Jungen auch mit dem anderen beunruhigenden Geheimnis: dem Verschwinden seiner Verlobten Giuliana.

Jetzt nahm er das Auge von dem Astloch und legte sein Ohr daran. Sie redeten von Senator Rodolfo, und das war an sich schon interessant. Warum sollte der begünstigte Schüler des Senators mit zwei Stallburschen über ihn reden? Sie schienen sich gut zu kennen.

»Der Herzog scheint es sich zur Gewohnheit zu machen, uns zu besuchen«, sagte jetzt einer von ihnen.

»Zum Glück ist Merla in Santa Fina in Sicherheit«, sagte ein anderer mit jüngerer Stimme.

»Würde ihn das nicht interessieren!?«, sagte die Stimme, die Enrico als die Luciens erkannte.

»Er würde uns nicht eine Minute in Ruhe lassen, wenn er wüsste, was im Widder geschehen ist«, sagte der ältere Junge.

Enrico nahm das Ohr von der Wand; er hatte genug gehört. Sein Instinkt hatte ihm ja gesagt, dass in Santa Fina etwas im Busch war, und nun sah es so aus, als hätte er Recht gehabt. Es war an der Zeit, seinem neuen Freund Diego einen Besuch abzustatten.

Kapitel 10

Lucianos Geschichte

Alle waren erleichtert, als Herzog Niccolò die Stallungen des Widders wieder verließ. Aber er war einverstanden, dass seine Söhne noch blieben.

»Wenn es Euch recht ist, Signor Paolo«, sagte er zu seinem Gastgeber, der natürlich keine Möglichkeit hatte, etwas dagegen einzuwenden.

»Es behagt mir nicht, zu sehen, dass diese Söhne Eures Widersachers mit unseren Knaben verkehren«, sagte Dethridge zu Paolo, als der Herzog fort war. Er hatte die Kutsche für Falco zurückgelassen und sich zu Fuß in die Stadt aufgemacht, um seinen Geschäften nachzugehen.

Paolo schüttelte den Kopf. »Vielleicht sieht die Zukunft ja so aus«, sagte er. »Vielleicht findet die alte Feindschaft ein Ende. Ich habe über diese beiden jungen Männer nichts Nachteiliges gehört.«

»Es mag hingegen sein, dass sie dennoch nach dem Willen ihres Vaters handeln«, wandte Dethridge ein. »Und dass sie mehr von den Jungen in Erfahrung bringen wollen, als gut wäre.«

Die Manusch packten ihre Schlafsäcke zusammen und machten sich zum Gehen bereit.

»Wir danken Euch für Eure Gastfreundschaft«, sagte Aurelio förmlich zu Paolo und Teresa. »Doch wir müssen uns nun aufmachen. Wir möchten in der Stadt alte Freunde besuchen.«

Sie verbeugten sich, wobei sie die Stirn mit gefalteten Händen berührten. Dazu sprachen sie etwas in ihrer eigenen Sprache, was sie anschließend übersetzten: »Friede Eurem Haus und Eurer Familie – möge es Euch wohl ergehen und mögen Eure Feinde zu Schaden kommen.«

Und dann waren sie fort, wie bunte Vögel, die gen Süden flogen.

»Seltsame Leute«, sagte Teresa. »Aber ich fand sie nett.«

»Die Fahrenden sind hier immer willkommen«, sagte Paolo. »Sie erinnern uns an vergangene Zeiten und bessere Gepflogenheiten.«

Der Herzog hatte versucht Aurelio für sein Spiel zu entlohnen, doch Gaetano hatte ihm etwas zugeflüstert und das Silber wurde stattdessen stillschweigend an Raffaela weitergereicht. Georgia war überrascht, dass der junge Chimici ebenfalls bemerkt hatte, wer von den beiden die Finanzen in der Hand hatte. Und dann stellte sie fest, dass sie ja immer noch nicht wusste, ob sie überhaupt ein Paar waren. Die Manusch schienen unbefangen genug in ihrem Umgang mit anderen, aber jetzt, wo sie fort waren, war es schwierig, sie richtig einzuordnen.

Lucien überraschte es nicht, dass die beiden Chimici-Brüder noch bleiben wollten; er wusste ja, dass Gaetano entschlossen war mehr über die Stravaganti herauszufinden. Doch das, was wie eine beginnende Freundschaft zwischen den Söhnen dieser mächtigen Familie und den Leuten des Widders auszusehen schien, kam ihm sehr seltsam vor.

»Kommt doch mit auf eine kleine Fahrt«, sagte Gaetano jetzt. »Wenn es deinem Vater recht ist, Cesare. Wir haben doch die Kutsche und es ist leichter für meinen Bruder, wenn er bequem sitzen kann.«

Paolo willigte ein und die fünf jungen Leute stiegen in die

Kutsche der Chimici mit ihren federgeschmückten Pferden und den Samtpolstern. Lucien und Cesare fühlten sich ziemlich unbehaglich, aber Georgia hatte keine derartigen Bedenken. Jedermann in Talia hatte behauptet, dass die Chimici böse und gefährlich seien, und sie konnte wohl glauben, dass der Herzog jemand war, dem man besser nicht im Dunkeln begegnete. Aber wenn man sich erst mal an ihre eleganten Kleider und vornehmen Sitten gewöhnt hatte, waren Gaetano und Falco auch nur wie andere Jungen. Sie waren auf jeden Fall viel netter als Russell und seine Kumpel.

»Nimm die Straße nach Süden«, befahl Gaetano jetzt seinem Kutscher und der Wagen rollte über die Kopfsteinpflastergassen des Widder-Bezirks, umkreiste den Campo und bog in südlicher Richtung auf die breitere Sternenstraße zum Tor des Mondes ein.

Gaetano beugte sich vor, um mit Georgia zu reden. »Wir brauchen deine Hilfe«, sagte er und kam sofort zur Sache. »Wenn mein Bruder nicht geheilt werden kann, wird man ihn in ein Kirchenamt zwingen.« Er sagte nicht, wer ihn zwingen würde, aber das lag auf der Hand.

»Und dazu hast du keine Lust?«, fragte Georgia, um Zeit zu gewinnen.

Falco sah sie nachdenklich an. »Eigentlich nicht«, sagte er langsam, »nicht wenn ich die Wahl hätte. Ich würde lieber studieren wie mein Bruder und mich mit Philosophie und Kunst und Musik beschäftigen.«

Georgia versuchte sich vorzustellen, wie es wohl an einer Universität im Talia des sechzehnten Jahrhunderts zuging. Falco hatte keinen Rollstuhl. Wenn er nicht richtig gehen konnte, musste er in die Vorlesungen getragen werden.

»Gibt es etwas, das die Stravaganti tun können, um meinem Bruder zu helfen?«, fragte Gaetano beharrlich. »Er hat die besten Ärzte Talias gehabt und sie sind am Ende ihrer Kunst. Nur jemand mit überlegenen Fähigkeiten, wie sie die Naturphilosophen kennen, könnte ihm vielleicht noch helfen.«

Georgia war ratlos. Sie war nun wirklich nichts dergleichen, doch der junge Chimici behandelte sie wie einen Gelehrten. Sie wollte wohl glauben, dass der geheimnisvolle Rodolfo eine solche Person war oder der elisabethanische Doktor oder vielleicht sogar Paolo, dem eine natürliche Autorität eigen war. Womöglich hatte sogar Lucien, der auf unerklärliche Weise in dieser Welt gelandet war, einige bemerkenswerte Fähigkeiten, von denen sie keine Ahnung hatte. Aber sie war doch nur ein schmächtiges Mädchen aus der zehnten Klasse, das nichts anderes konnte, als von einer Welt in die andere zu reisen.

Falco beobachtete sie und wandte sich abrupt an seinen Bruder: »Ich glaube nicht, dass sie etwas für mich tun kann.«

Georgia merkte, wie ihr die Röte ins Gesicht stieg.

»Sie?«, sagte Gaetano. »Ist dieser Stravagante eine Frau?«

Lucien kam ihr zu Hilfe. »Sie muss sich hier in Talia tarnen. Wir Stravaganti wollen keine Aufmerksamkeit auf uns ziehen.«

Damit hatte er tatsächlich von Georgia abgelenkt. Beide Chimici wandten sich mit großen Augen ihm zu.

»Du bist auch ein Stravagante?«, sagte Gaetano. »Das ist es also, was du bei dem Senator lernst!«

»Bitte«, sagte Falco, »wenn du irgendwas weißt, teile es mit uns. Kann das, was die Stravaganti machen, einen Körper heilen?«

Als der Herzog den Widder verließ, wurde er von einem Mann in einem blauen Umhang beschattet. Als er den Campo delle Stelle erreichte, wandte er sich abrupt um und stand seinem

Verfolger gegenüber. Doch als er sah, um wen es sich handelte, beruhigte er sich.

»Ich hoffe doch, dass du gewöhnlicherweise etwas diskreter bist«, sagte Niccolò zu Enrico. »Andernfalls ist dein Wert als Spion ziemlich begrenzt.«

»Gewiss, Euer Gnaden«, sagte Enrico unterwürfig. »Ich habe Euer Gnaden doch nicht beschattet – das würde ich mir nie herausnehmen. Ich folgte Euch nur, um Euch eine Neuigkeit zu überbringen.«

Herzog Niccolò zog eine Braue hoch. Er machte sich, was Enrico betraf, keine Illusionen; sein Neffe hatte ihm alles Nötige über den Mann berichtet.

»Die Widder-Leute haben ein Geheimnis, das sie vor Euch verbergen, Herr«, fuhr Enrico fort.

Damit war ihm die Aufmerksamkeit des Herzogs sicher. »Etwas, das ihnen beim Rennen dienlich ist?«, fragte Niccolò.

»Höchstwahrscheinlich«, erwiderte Enrico. »Das Geheimnis wird in Santa Fina verborgen. Ich bin schon auf dem Weg dorthin, um mehr herauszufinden.«

»Lass mich wissen, sobald du was herausgefunden hast«, sagte der Herzog. »Und wenn du in Santa Fina Hilfe benötigst oder irgendwo bleiben musst, wo man dich nicht findet, dann begib dich dort in meine Sommerresidenz.« Er schrieb etwas auf ein Stückchen Papier. »Das gibst du meinem Haushofmeister. Er wird zusehen, dass du alles bekommst, was du brauchst.«

Lucien hatte einen Entschluss gefasst. »Wenn ich euch erzähle, was mir passiert ist«, sagte er, »dann müsst ihr beide schwören es keinem weiterzusagen, vor allem nicht eurem Vater.«

Es folgte ein kurzes Schweigen, währenddessen Gaetano

um seiner Familie willen mit sich kämpfte. Die beiden Brüder sahen sich an. Beide nickten zur gleichen Zeit.

»Das schwören wir«, sagten sie. Und zur Überraschung der anderen ließ Gaetano die Kutsche anhalten, damit sie sich beide hinknien und Lucien ihre Dolche darbieten konnten. Falco war es nicht möglich, richtig zu knien, doch er lehnte sich vor und beugte mit schmerzverzerrtem Gesicht das gesunde Knie.

Zusammen stimmten die Brüder an:

»Beim hohen Haus der Blumen-Stadt
Sei unser Wort dir hier verbürgt,
Und wenn es keine Geltung hat,
Ist unser Leben dein, verwirkt.«

Sie drängten Lucien, ihre Dolche zu ergreifen und ihnen die Handgelenke zu ritzen.

Sie wollen Blutsbrüder werden, dachte Georgia, aber das war es doch nicht ganz. Die beiden jungen Adligen hielten Lucien ihre Handgelenke entgegen, auf denen kleine rote Blutstropfen leuchteten, und bedeuteten ihm, seine Lippen darauf zu legen. Georgia schauderte, doch Lucien zögerte nicht. Sobald er das Blut gekostet hatte, das die Chimici aus freiem Willen vergossen hatten, bemerkte Georgia, wie sich Cesare neben ihr entspannte.

Als alle wieder eingestiegen waren, hatte sich die Atmosphäre in der Kutsche gänzlich verändert.

»Fahr zu!«, wies Gaetano den Kutscher an und steckte seinen Dolch wieder ein. Sie hatten das Tor des Mondes schon vor geraumer Zeit passiert und fuhren nun in südliche Richtung, doch niemand in der Kutsche schenkte dem Weg sonderlich Beachtung.

Nun zweifelte keiner mehr daran, dass die Chimici für sich behalten würden, was immer ihnen erzählt werden würde.

Und Georgia wurde klar, dass sie zum ersten Mal Luciens wahre Geschichte erfahren würde.

»Ich war ein Stravagante aus einer anderen Welt, wie Georgia«, begann er. »In jener Welt war ich sehr krank – nicht so wie Falco, sondern es war eine langsam fortschreitende Krankheit, die meinen Körper verzehrte.«

Gaetano nickte. »Auch wir kennen solche Krankheiten, leider nur zu gut.«

»Als ich das erste Mal hierher reiste«, fuhr Lucien fort, »oder, um genauer zu sein, nach Bellezza, in meine Stadt, fühlte ich mich wieder völlig gesund.«

Falcos Augen begannen aufzuleuchten und Gaetano zog hörbar die Luft ein. »Bedeutet das, dass Falco geheilt wäre, wenn er in eure Welt reisen würde?«

»Ich glaube nicht«, erwiderte Lucien. »Vielleicht würde es ihm besser gehen, aber ich glaube nicht, dass seine verkrüppelten Knochen geheilt wären. Im besten Fall würde er kräftiger. Und die Besserung würde auch nicht anhalten, wenn er hierher zurückkehren würde.« Er hielt kurz inne.

»Auch wenn ich in Talia immer gesund war, ging es mir daheim in meiner Welt eher schlechter. Und dann wurde ich in Bellezza entführt. Die Stravaganza bringt es mit sich, dass es in der anderen Welt jedes Mal Nacht ist, wenn in Talia Tag herrscht. Wenn ein Stravagante aber über Nacht in Talia bleibt, wird man ihn in seiner eigenen Welt während des Tages schlafend vorfinden – und mit keinem Mittel wecken können. Ich konnte nicht in meine Welt zurückkehren, während man mich gefangen hielt, weil man mir meinen Talisman, mit dessen Hilfe ich reiste, entwendet hatte. Und während all der Zeit schien mein Körper in meiner Welt im Koma zu liegen – versteht ihr, wenn ein Mensch noch atmet, aber ansonsten wie tot erscheint?«

»Ja. Wir nennen es *Morte Vivenda* – der lebende Tod«, flüsterte Gaetano. »Es kommt manchmal nach einem Reitunfall vor. Aber die Opfer sterben dann meistens kurz danach.«

Lucien nickte. »So war es auch mit mir. Bald konnte mein Körper in der anderen Welt nicht mehr selbstständig atmen.«

»Und du bist gestorben?«, fragte Falco und seine riesigen Augen schienen das gesamte Gesicht einzunehmen.

Lucien zögerte. »Ich komme aus einer Zeit, die weit in der Zukunft liegt«, sagte er und wählte seine Worte sorgfältig. »Die Ärzte können Menschen mit Maschinen eine Weile am Leben halten. Ich weiß nicht genau, was mit mir geschah, aber ich glaube, man hat mich eine Zeit lang künstlich beatmet. Doch dann konnten auch Maschinen nicht mehr weiterhelfen und ich starb.«

In der Kutsche herrschte langes Schweigen und Georgia bemerkte, dass sie den Atem anhielt.

»Wie dem auch sei«, fuhr Lucien rasch fort. »Irgendwann wusste ich plötzlich, dass ich hier in Talia zwar am Leben, aber in meiner eigenen Welt gestorben war. Seit jenem Tag, der jetzt ungefähr ein Jahr zurückliegt, bin ich Bürger von Talia, stehe unter dem Schutz meines Herrn, des Regenten, und lebe bei meinen Zieheltern, Doktor Crinamorte und seiner Frau.«

»Und du kannst nicht zurückkehren?«, fragte Falco.

»Nicht für immer, nein. Ich kann jetzt nur noch hier leben.«

»Und diese Ärzte in der Zukunft«, sagte Gaetano und konzentrierte sich einzig auf das, was für ihn der wichtigste Teil der Geschichte war. »Könnten sie meinem Bruder helfen?«

»Ich weiß es einfach nicht genau«, erwiderte Lucien. »Was meinst du, Georgia?«

»Ich kenne mich in der Medizin nicht besonders aus«, gab Georgia zu. »Sie könnten ihn operieren, sodass ihm das Gehen leichter fiele. Und selbst wenn sie das nicht erreichen würden, könnte man ihm einen elektrischen Rollstuhl geben, mit dem er sich viel besser bewegen könnte.« Sie unterbrach sich. »Aber es bringt nicht viel, wenn ich das erzähle.«

»Könnt ihr die Ärzte hierher bringen?«, wollte Gaetano wissen.

Lucien und Georgia schüttelten beide den Kopf.

»Allein wären sie von keinem großen Nutzen«, sagte Lucien, »selbst wenn wir sie mitbringen könnten.«

»Sie würden ihre gesamte Ausrüstung brauchen«, erklärte Georgia. »Operationssäle, Elektrizität, Narkosemittel, Instrumente und Arzneimittel.«

»Dann bleibt mir nur eines«, sagte Falco ruhig. »Ich muss zu ihnen. Ihr müsst mir bei der Stravaganza helfen.«

Die Stallmeister von Remora trafen sich, um die Abmachungen zwischen den Bezirken während der Stellata zu besprechen. Es war ein Treffen der Allianzpartner. Die Bezirke trafen sich mit ihren Verbündeten aus den gleichen Elementen – Feuerzeichen mit Feuerzeichen, Luft mit Luft. Paolo war im Widder der Gastgeber für die drei Feuer-Bezirke und er saß mit seinen entsprechenden Partnern aus dem Schütze-Bezirk und dem der Löwin zusammen in einer Taverne.

Gleichzeitig fanden in weiteren Tavernen Remoras ähnliche Zusammenkünfte statt. Riccardo, der Stallmeister der Zwillinge, empfing die Luft-Bezirke – Waage und Wassermann. Emilio, Stallmeister der Jungfrau, traf sich mit den Erd-Bezirken Stier und Steinbock. Und Giovanni, der Stallmeister des Skorpion, lud die anderen Wasser-Bezirke auf einen Umtrunk ein – Fische und Krebs.

Die uralten Feindschaften hatten zu diesen alljährlichen Treffen Anlass gegeben. Man besprach vor allem, wie die Bezirke der gegnerischen Elemente die Reiter des eigenen Elements bei dem Rennen behindern würden. Die Wasser-Reiter würden also die Feuer-Pferde behindern und die Erd-Reiter würden den Pferden der Luft-Bezirke den Weg versperren. Aber über diese allgemeine Gegnerschaft hinaus würde sich jeder Reiter noch auf einen ganz speziellen Feind konzentrieren müssen: die Widder auf die Fische, die Zwillinge auf den Stier und so fort.

Dann gab es noch die Städte-Bündnisse, die Zwillinge und Jungfrau zum Beispiel gegen den Widder kämpfen ließen . . . Insgesamt wurden also nur wenig Pferde von den Mitwirkenden als neutral angesehen, wenn das Rennen erst mal losging. Alle Reiter trugen zwar die Farben ihres Bezirks, aber es erforderte trotzdem höchste Aufmerksamkeit, die geplanten Strategien zu behalten, wenn das wirbelnde Kaleidoskop des Rennens erst einmal um den kreisförmigen Campo toste.

Und man konnte auch nur bis zu einem gewissen Punkt vorausplanen. Die Reihenfolge, in der die Pferde starteten, wurde etwa erst kurz vor dem Rennen ausgelost. Bis dahin vertuschten die Bezirke ihre Taktik und versuchten jegliche Information über die Pferde und Reiter ihrer Rivalen zu bekommen, die nützlich sein konnte.

In drei der vier Gruppierungen tuschelte man heute über die angebliche Geheimwaffe des Widder-Bezirks. Paolo selbst vertraute seinen Verbündeten, den Stallmeistern der Löwin und des Schützen, voll und ganz; sie würden über jeden Vorteil für die drei Feuer-Bezirke nur allzu glücklich sein. Daher erzählte er ihnen von Merla.

»Die Göttin sei gepriesen!«, riefen die anderen beiden Stallmeister.

Sie kannten die Legende von dem geflügelten Pferd natürlich; ganz Remora wusste, dass solche Wesen auftauchen konnten, wenn das auch nicht häufig geschah. Keiner hatte je eines gesehen, aber jeder kannte einen, der es schon mal erlebt hatte, selbst wenn es sich um den Großvater eines Freundes handelte. Und jeder glaubte an die Macht eines solchen guten Vorzeichens.

Sie wären wohl nicht so zuversichtlich gewesen, wenn sie gewusst hätten, dass Riccardo und Emilio den jeweiligen Bezirken von Luft und Erde erzählten, dass der Widder ein Geheimnis hüte. Das hatten die beiden soeben von Enrico erfahren, dem Spion, der im Stall der Zwillinge arbeitete, der seine Information allerdings auch noch den Leuten des Herzogs zukommen ließ. Er wusste noch nicht genau, um was für ein Geheimnis es sich handelte, nur dass die Antwort in Santa Fina zu finden war und dass er sie bald herausfinden würde.

Die Wasser-Bezirke hatten noch nicht von dem Gerücht erfahren, doch das war nur eine Frage der Zeit. Irgendjemand aus den Zwillingen oder der Jungfrau würde die Kunde einem der drei Wasser-Bezirke zukommen lassen, vorzugsweise den Fischen, allein schon wegen der Gegnerschaft zu Bellezza. Das diesjährige Rennen würde also für den Widder besonders schwierig werden, da drei Viertel der Stadt aus dem einen oder anderen Grund Komplotte gegen seinen Reiter zu schmieden begann.

Cesare, der darauf wartete, als der diesjährige Reiter für den Widder nominiert zu werden, wusste von all den herannahenden Gefahren noch nichts. Falcos Ankündigung hatte ihn so umgeworfen, dass er gar nicht an seine eigene Zukunft dachte.

Lucien kämpfte mit seinen eigenen Gefühlen. Er wusste, dass Falco nicht verstand, was er da sagte, dass er keinen Begriff von den Gefahren einer Stravaganza hatte. Selbst wenn die Ärzte aus seiner alten Welt ihn heilen konnten, reichte dazu nicht ein einziger Besuch aus. Falcos Plan würde also nicht funktionieren, es sei denn, er gab sein Leben in Talia freiwillig auf.

Alle sahen Lucien an und warteten auf seine Reaktion. Er warf Georgia einen raschen Blick zu; sie konnte es vielleicht besser verstehen als die anderen, aber sie war ja auch noch eine ganz neue Stravagante.

Falco versetzte ihn jedoch in Staunen. Er wandte sich nämlich an seinen Bruder und sagte: »Gaetano, es gibt nur eine Möglichkeit, das zu bewerkstelligen. Es fällt sehr schwer, schwerer als sterben, aber ich entscheide mich dafür. Ich werde in die Welt der Zukunft reisen und dort weiterleben.«

Sein älterer Bruder schlang heftig die Arme um ihn und die anderen sahen, dass er Tränen in den Augen hatte. »Nein«, sagte er, »das lasse ich nicht zu. Du kannst uns nicht verlassen. Wie könntest du ohne die Familie leben? Ohne mich?«

Falcos Stimme klang gebrochen. »Lieber würde ich mein ganzes Leben anderswo verbringen, auch wenn es ohne dich wäre, mein Bruder, als für den Rest meiner Tage nur als halber Mensch dahinzusiechen.«

Dann wandte er sich wieder an Lucien und Georgia. »Ich habe gewählt«, sagte er. »Was muss ich jetzt machen?«

Kapitel 11

Der Klang der Trommeln

Für Georgia verging fast der ganze Montag wie im Traumzustand. Sie hatte einen Punkt erreicht, wo ihr das normale tägliche Leben unwirklich vorzukommen begann, und in Gedanken war sie immer in Remora.

Nach Falcos Ankündigung in der Kutsche und Gaetanos anhaltender Ablehnung dieses Plans hatte Lucien ihnen etwas Luft verschafft, indem er verkündete, sie müssten alle noch ein wenig darüber nachdenken. Georgia war erleichtert gewesen, denn sie war völlig verwirrt und die Atmosphäre war äußerst angespannt gewesen. Die Kutsche hatte angehalten und sie an einem Ort namens Belle Vigne aussteigen lassen. Am Fuß eines wiesenbedeckten Hügels lag ein Dörfchen. Laut Gaetano lagen oben auf der Spitze die Reste einer rasennischen Siedlung. Nach einiger Zeit kam Georgia dahinter, dass »rasennisch« etruskisch heißen musste, und sie hätte sich die Siedlung zu gerne angesehen, doch selbst dieser sanfte Anstieg war zu steil für Falco.

Die jungen Leute hatten sich im Gras niedergelassen und versucht von anderen Dingen zu sprechen.

»Wie ist es in Bellezza?«, wollte Gaetano von Lucien wissen. »Ich muss demnächst hinfahren und die junge Duchessa abholen.«

»Es ist die schönste Stadt der Welt«, sagte Lucien schlicht.

»Ah, aber dann warst du wohl noch nicht in Giglia, nicht wahr?«, sagte Gaetano.
Falco nickte und Cesare setzte hinzu: »Und was ist mit meiner Stadt? Es gibt doch bestimmt nichts Schöneres als Remora?«
»Wir alle müssen doch unsere eigenen Städte allen anderen vorziehen«, sagte Lucien diplomatisch und Georgia versuchte sich London unter diesem Aspekt vorzustellen.
»Bellezza ist ganz silbern und schwebt über dem Wasser«, fuhr Lucien fort. »Kleine Kanäle durchziehen die Stadt kreuz und quer – sie ist eigentlich eine Ansammlung von über hundert kleinen Inseln. Und die Bellezzaner lieben das Leben – ständig haben sie einen Vorwand, um zu feiern. Und sie lieben auch ihre Duchessa. Sie waren verzweifelt, als die letzte starb.«
Er hielt inne, denn dieses Thema war in der Gegenwart von zwei Chimici zu heikel.
»Wie ist denn die neue Duchessa?«, wollte Falco wissen und Georgia bemerkte, wie Gaetano den Finger auf die Lippen legte.
»Sie ist sehr jung«, erwiderte Lucien, der die Geste nicht gesehen hatte. »Noch ein Mädchen – genauso alt wie ich. Aber mit jedem Tag wird sie ihrer Mutter ähnlicher. Und sie ist sehr stolz auf ihre Stadt.«
»Ist sie so schön, wie man es von ihrer Mutter sagte?«, fragte Gaetano wie beiläufig und Georgia spitzte die Ohren.
Doch Lucien bestätigte dies nur und ging nicht näher darauf ein.
Kurz nach diesem Gespräch war Gaetano aufgefallen, dass sein Bruder müde aussah, und sie waren alle nach Remora zurückgekehrt. Die Reise zurück verlief fast ohne Gespräche, doch als die drei bei den Stallungen des Widders abge-

setzt worden waren, hatte Falco gesagt: »Vergesst nicht, was ich euch gesagt habe. Könnt ihr mich morgen besuchen?«

Und es war nicht möglich gewesen, abzulehnen.

Paolo war bei seinem Treffen der Stallmeister und Cesare musste seine Pflichten erledigen. Es wäre die perfekte Gelegenheit für Georgia gewesen, die Zeit allein mit Lucien zu verbringen. Sie wollte mit ihm über seine Geschichte reden und erfahren, welche Rolle sein Talisman darin gespielt hatte. Doch er hatte sie durchdringend angesehen und ihr befohlen früh nach Hause zu reisen und nicht den restlichen Nachmittag in Remora zu bleiben.

»Ich kann mich noch erinnern, wie es war«, sagte er mit einem Lächeln, das ihr das Herz herumdrehte. »Ich weiß, dass du sagst, es geht dir gut, aber selbst der gesündeste Mensch braucht Schlaf.«

Daher war sie zurückgekehrt und mitten in der Nacht kurz wach gewesen. Sie hatte den kleinen Geräuschen des schlafenden Hauses gelauscht, ehe auch sie tief und traumlos eingeschlafen war.

Viel zu früh wurde sie von ihrer Mutter geweckt, die sie ermahnte sich für die Schule bereit zu machen. Der restliche Tag war nicht besonders erfolgreich verlaufen. Georgia konnte sich nicht auf den Unterricht konzentrieren. Selbst in Englisch, sonst immer ihr bestes Fach, konnte sie nicht auf die einfachsten Fragen antworten.

Zum Glück sagte ihr Alice, die neue Mitschülerin, ein. Die beiden Mädchen verbrachten die Mittagspause miteinander und zu ihrer Freude entdeckte Georgia, dass auch Alice eine Pferdenärrin war – und dass sie sogar ein eigenes Pferd hatte, das bei ihrem Vater in Devon stand. Als der Schultag endete, waren sie dicke Freundinnen. Zu gerne hätte Georgia

Alice von Remora erzählt, aber es war schon ein Trost, mit ihr über Pferde reden zu können.
Obwohl der Montag Russells Fußballtag war, ging Georgia nicht direkt nach Hause. Sie beschloss Mr Goldsmith zu besuchen. Er freute sich sie zu sehen und machte ihr einen besseren Tee als das letzte Mal. Georgia hatte vier Schokoladenkekse gegessen, bevor ihr aufging, wie gierig sie ihm vorkommen musste.
»Entschuldigung«, sagte sie. »Ich habe letzte Nacht nicht viel Schlaf bekommen und ich bin immer am Verhungern, wenn ich müde bin.«
»Dachte mir doch, dass du ein bisschen blass aussiehst«, sagte Mr Goldsmith. »Ich will ja nicht neugierig sein, aber ist alles in Ordnung?«
Georgia musste wieder daran denken, dass sie Mr Goldsmith als ihren Verbündeten angesehen hatte, und sie beschloss mit ihm über Russell zu reden. Sie blieb allerdings etwas vage.
»Haben Sie Feinde?«, fragte sie.
»Was für eine seltsame Frage«, meinte Mr Goldsmith. »Nein, Feinde nicht direkt. Ich würde allerdings sagen, ich habe Rivalen. Du weißt schon, Leute, die auf Auktionen gegen mich steigern – andere Händler. Das ist aber eine freundliche Art von Rivalität. Wenn wir uns treffen, verstehen wir uns ganz gut.«
Das war in der Tat ein Unterschied, fand Georgia. Die Bezirke von Remora waren eher Rivalen, auch wenn sie sich als Widersacher bezeichneten. Andrerseits schien Niccolò di Chimici mit den Leuten verfeindet zu sein, zu denen sie sich zugehörig fühlte. Und mit den Stravaganti ebenfalls. Aber wie stand es mit Gaetano und seinem Bruder? Sie waren doch eher wie Freunde. Auf jeden Fall mehr als ihr so genannter Stiefbruder. Sie seufzte auf.

»Ojemine!«, sagte Mr Goldsmith. »Nimm lieber noch mal einen Keks.«
Darüber musste Georgia lächeln. »Ich habe nicht viele Freunde«, vertraute sie ihm an. »Zumindest nicht hier.«
»Ich auch nicht«, sagte Mr Goldsmith. »Aber man braucht nicht viele Freunde, weißt du, solange die wenigen, die man hat, gute Freunde sind.«
Georgia beschloss ihn ein wenig mehr ins Vertrauen zu ziehen.
»Kennen Sie eine italienische Stadt, wo jedes Jahr so ein besonderes Pferderennen stattfindet?«, fragte sie.
Zu ihrer Überraschung bejahte er. »Meinst du Siena? Da gibt es jeden Sommer ein Rennen, das Palio heißt – zwei, glaube ich, um genau zu sein. Und wenn es irgendwo Rivalität gibt, dann dort!«
»Erzählen Sie mir bitte mehr von dem Palio«, bat ihn Georgia.
»Also, Siena liegt in der Toskana, nicht weit von der Gegend entfernt, wo dein kleines Pferd herstammen muss. Die Stadt ist in viele Abschnitte aufgeteilt – siebzehn, soviel ich weiß – und das Rennen findet um eine Art Piazza mitten im Zentrum statt. Diese Tradition reicht viele Jahrhunderte zurück und die Stadt sieht sehr mittelalterlich aus. Fast keine Autos, enge Gassen, kaum moderne Gebäude, zumindest nicht in der Innenstadt.«
Das ist es, dachte Georgia. Wenn Luciens Bellezza wie Venedig aussieht, dann muss Remora Siena sein.
»Waren Sie schon dort?«, fragte sie.
»Beim Palio? Nein«, erwiderte Mr Goldsmith. »Aber in Siena war ich schön öfters. Eine wunderschöne Stadt. Sie würde dir auch gefallen, wenn du Pferde magst.«
Und schon redeten sie übers Reiten und Georgia erzählte

ihm vom Reitstall und von Jean. Sie war viel besserer Laune, als sie den Laden verließ. Als er daher sagte: »Auf Wiedersehen und viel Glück mit deinen Feinden«, brauchte sie einen Moment, um sich zu erinnern, wie ihr Gespräch eigentlich angefangen hatte. Und erst, als sie beinahe zu Hause war, fiel ihr ein, dass sie ja gar nicht erzählt hatte, dass sie einen Feind hatte. Sie lächelte. Mr Goldsmith war auf jeden Fall ein Freund.

Diego freute sich seinen neuen Freund Enrico zu treffen. Seine derzeitige Aufgabe war so langweilig. Eigentlich war er es gewohnt, den ganzen Tag auf den Beinen zu sein, vorzugsweise im Freien, Pferde zu versorgen, sie zu reiten, sie manchmal in die Stadt oder auf weiter weg gelegene Weiden zu bringen. Doch zur Zeit verbrachte er die meiste Zeit damit, das kleine Wunder zu bewachen. Das konnte ja nichts dafür. Er mochte das kleine schwarze Fohlen sehr. Und es war ja auch etwas Wunderbares – da gab es keinen Zweifel. Aber er konnte nicht einsehen, warum man so ein Geheimnis aus der Kleinen machen musste.

Diego stammte nicht aus Remora; er war in Santa Fina geboren und aufgewachsen. Er hatte die Stellata als Junge wohl ein paar Mal gesehen, aber die Stadtpolitik interessierte ihn nicht. Ihm gefielen längere Pferderennen, bei denen es geradeaus ging und man auf den Ausgang Wetten abschließen konnte. Für die Art der Remaner hatte er nichts übrig. Alles auszuhandeln und vorherzubestimmen – das machte es ja für einen gewöhnlichen Burschen unmöglich, gewinnen zu können.

Enrico stimmte ihm zu. »Die sind doch alle verrückt da unten in der Stadt«, sagte er in freundlichem Plauderton und machte es sich neben Diego auf dem Heuballen bequem. »Und so verschlossen«, fügte er mit einem kurzen Seitenblick auf den Stallknecht hinzu.

»Das ist typisch remanisch«, sagte Diego und nickte. »Die würden noch ihre eigene Mutter verleugnen, wenn sie könnten. Damit ihre Rivalen nicht von dieser Information profitieren.«

»Sind sie wirklich allesamt so schlimm?«, fragte Enrico. »Oder sind manche schlimmer als andere? Wie steht's zum Beispiel mit dem Widder?«

»Tja, der Widder!«, sagte Diego geheimnisvoll und tippte sich an den Nasenflügel. »Darüber könnte ich dir einiges erzählen.«

»Ach, mach es doch«, sagte Enrico. »Es würde mir meinen Herrn vom Hals schaffen. Er ist überzeugt, dass sie bei der diesjährigen Stellata einen Trumpf im Ärmel haben.«

Diego zögerte. Dann zuckte er mit den Achseln. Das versteckte Fohlen konnte ja nichts mit dem Rennen zu tun haben. Obwohl es schneller wuchs als jedes normale Fohlen und zum Rennen groß genug sein würde, würde man dem Reiter des Widders niemals ein geflügeltes Pferd erlauben. Was konnte es also schon ausmachen, seinem neuen Freund davon zu erzählen?

»Die haben allerdings ein Ass im Ärmel«, sagte er.

Bei Georgias nächstem Besuch in den Stallungen des Widders war von Cesare und Lucien nichts zu sehen, doch Paolo erwartete sie.

»Wir müssen darüber reden, warum du hier bist«, sagte er und führte sie ins Wohnhaus. »Und über unsere Bruderschaft. Wie findest du dich in Remora zurecht?«

»Gut, danke«, sagte Georgia. »Also, es gibt noch eine Menge

Sachen, die ich nicht verstehe. Aber Cesare hat mir das meiste gut erklärt und daheim habe ich mir eine Art Stadtplan gemacht, damit ich die Bezirke überblicke. Es ist eine sehr komplizierte Stadt, nicht?«

»Komplex zumindest«, sagte Paolo, »und zwar nicht nur in Bezug auf den Stadtplan. Bestimmt hat dir Cesare auch von den Rivalitäten zwischen den Bezirken erzählt?«

»Ja, das versuche ich mir auch zu merken«, sagte Georgia.

»Die Chimici machen sich diese Rivalitäten zu Nutze, weißt du«, sagte Paolo.

Sie saßen allein in der gemütlichen Küche. Georgia fragte sich, wo wohl der Rest der Familie war, und Paolo erzählte, dass Teresa mit den Kindern ihre Eltern im Bezirk der Löwin besuchte. Ohne sie war es so unnatürlich still. Und Georgia war zu schüchtern, um nach den Besuchern aus Bellezza zu fragen.

»Sie haben gestern gesagt, dass es vielleicht an der Zeit ist, die alten Feindseligkeiten zu begraben«, sagte sie jetzt. »Finden Sie es in Ordnung, dass wir uns mit den Söhnen des Herzogs angefreundet haben?«

»Ich denke schon. Ich glaube nicht, dass sie euch ausbeuten wollen.«

Er sah sie eindringlich an und sie erkannte, dass dieser breite, kräftige Mann mit den zupackenden Händen wahrscheinlich ebenso scharfsinnig war wie Herzog Niccolò selbst.

»Ich muss Ihnen was erzählen«, sagte Georgia. »Die beiden – Gaetano und Falco – wissen über mich Bescheid. Und über Luciano auch. Er hat es zugegeben. Aber nur weil ich so dumm war und mich zuerst verplappert habe«, setzte sie gerechterweise hinzu.

Paolo sah nachdenklich aus. »Und was werden sie deiner Meinung nach mit dem Wissen anstellen?«, fragte er.

»Ich bin sicher, dass sie es ihrem Vater nicht sagen«, erklärte sie rasch. »Sie haben feierlich gelobt es nicht zu tun – bei ihren Waffen haben sie das geschworen und Luciano musste ihr Blut mit den Lippen berühren.« Beim Gedanken daran schüttelte sie sich etwas.

»Dann hast du bestimmt Recht. Aber wir müssen abwarten, was sie sonst mit dem Wissen anstellen.«

Etwas hinderte Georgia daran, Paolo zu erzählen, dass Falco es dazu benutzen wollte, in ihre Welt zu gelangen. Und in den Tagen, die folgten, fragte sie sich häufig, ob es wohl besser gewesen wäre, ihn einzuweihen. Doch jetzt fand sie es noch zu früh. Es war ja noch nichts endgültig beschlossen.

Doch Paolo wollte über etwas anderes reden. »Die Dinge mit den Chimici spitzen sich zu«, sagte er. »Sie haben in allen nördlichen Städten das Sagen, mit Ausnahme einiger weniger. Bellezza widersteht noch, wie du weißt, und das ist einer der Gründe, warum der Herzog die junge Duchessa zur Stellata eingeladen hat. Wir wissen nicht so recht, was er vorhat, und sie wird gut von ihren Freunden bewacht werden, aber wir müssen alle auf der Hut sein. Er wird wohl vorhaben die junge Frau davon zu überzeugen, dass es weise ist, die zwei Familien zusammenzuführen.«

»Und sie ist aber nicht beeinflussbar?«, fragte Georgia. Hier lag ihre Chance, mehr über das Mädchen herauszufinden, während Lucien nicht anwesend war.

»Wohl kaum«, sagte der Stallmeister lächelnd. »Ich halte es für unwahrscheinlich, dass eine Tochter von Duchessa Silvia und von Rodolfo, einem der Größten unserer Bruderschaft, etwas anderes sein kann als starrköpfig und schlau.«

»Kennen Sie sie?«, fragte Georgia.

»Nein, aber ich kenne ihre Eltern«, erwiderte Paolo. »Und der Apfel fällt nicht weit vom Stamm, wie wir hier in Talia sagen.«

»Bei uns sagt man das auch.« Georgia wurde zum ersten Mal klar, was der Ausdruck bedeutete. Von einem Apfelbaum fielen keine Aprikosen; Kinder waren ihren Eltern ähnlich. Sie kam sich allerdings nicht sehr wie Maura vor. Maura konnte nicht einmal Pferde besonders leiden. Vielleicht ähnelte sie darin ihrem Vater, den sie ja kaum gekannt hatte. Und was war mit Russell? Sein Vater war doch ganz in Ordnung – vielleicht war seine Mutter ganz schrecklich gewesen? Aber vielleicht hatte es auch etwas damit zu tun, wie er aufgewachsen war.

Georgia war plötzlich verwirrt. »Was meinen Sie, warum ich hier bin?«, fragte sie jetzt.

»Ich weiß es nicht«, erwiderte Paolo. »Wir wissen nie, wen der Talisman findet, wenn wir einen mit in die andere Welt nehmen, und wir wissen auch nicht, was der Gefundene machen soll. Rodolfo war der Ansicht, dass Luciano vielleicht hergebracht wurde, um die Duchessa zu retten, aber er hat einen hohen Preis dafür bezahlt, wie du vielleicht weißt.«

Georgia nickte. »Aber ich dachte, er hat sie dann doch nicht retten können? Die Chimici haben sie doch umgebracht, oder?«

Die Antwort war Schweigen, doch dann hörte Georgia ein gedämpftes Dröhnen von der Straße.

»Was ist das?«, fragte sie.

»Einige Fragen lassen sich leichter beantworten als andere«, sagte Paolo. »Das ist der Klang der Trommler des Widders, die für die Stellata proben. Bis das Rennen stattfindet, wirst du sie jetzt öfters hören. Komm, wir gehen hinaus und du wirst schon sehen.«

Die Trommeln wurden lauter, sobald sie das Haus verlassen hatten. Georgia erkannte die kleine Gasse wieder, die auf den Platz mit dem silbernen Brunnen führte. Als sie dort ankamen, staunte sie. Die Piazza del Fuoco war voll mit wirbelnden rotgelben Fahnen, auf denen das Emblem des silbern gekrönten Widders zu sehen war. Zwei junge Männer warfen ihre Fahnen in komplizierten Figuren zum Klang eines Trommlers in die Luft.

Die Trommeln, die in allen Bezirken in den kommenden Wochen Tag und Nacht übten, sollten sich tief in Georgias Bewusstsein eingraben, sodass sie sie hörte, wo immer sie sich gerade befand, ob das nun in Remora oder in London war, im Bett oder in der Schule, beim Schlafen oder Wachen. Es war der Klang der Stellata. Jeder Bezirk hatte eine Gruppe junger Menschen, die dafür verantwortlich war, während der Prozession, die vor dem Rennen um den Platz ziehen würde, ein herrliches Spektakel zu liefern. Die Trommler und Fahnenträger würden jeder Gruppe voranschreiten, erklärte Paolo, und es war eine große Auszeichnung, dafür ausgewählt zu werden.

»Ist denn Cesare nicht dabei?«, fragte sie. Das war vielleicht die Erklärung für seine Abwesenheit.

»Nein. Cesare ist dieses Jahr zum ersten Mal unser Reiter. Aber er ist letztes Jahr bei der Parade mitmarschiert.«

Die Fahnenträger und Trommler verließen den Platz und schlängelten sich durch die engen Gassen des Bezirks, wobei der Klang mal lauter, mal leiser wurde. Kleine Kinder rannten hinterher, verzaubert von dem Lärm und den Farben. Paolo und Georgia blieben jedoch auf dem Steinrand des Brunnens sitzen.

Es war ein idyllischer Anblick. Die leuchtende Sonne, der blaue Himmel, das sanft plätschernde Wasser und die malerische Umgebung erinnerten Georgia an die Reise-Sendungen im Fernsehen. Doch sie wusste, dass unter der Oberfläche Remoras mehr lauerte und dass der Schein trog. Sie konnte sich immer noch nicht vorstellen, dass sie eine der wichtigsten Spielfiguren im talianischen Machtkampf sein sollte. Ein bisschen war es, als würde man ein Computerspiel bekommen, ohne die Regeln zu kennen.

»Immer wieder erwähnen Sie die ›Bruderschaft‹ und alle Stravaganti, von denen ich gehört habe, außer mir, sind Männer«, sagte sie jetzt. »Sie, Senator Rodolfo, Doktor Dethridge – selbst Luciano. Bin ich die einzige weibliche Stravagante?«

»Nein, in Giglia gibt es eine sehr angesehene Stravagante namens Giuditta Miele. Sie ist Bildhauerin. Und zumindest eine gibt es in Bellona, aber ich weiß nicht, wie sie heißt. Allerdings bist du die erste weibliche Stravagante, die aus eurer Welt in unsere kommt. Ich muss zugeben, ich war zuerst überrascht, vor allem weil du – wenn du mir verzeihst – eher wie einer unserer jungen Männer aussiehst. Aber der Talisman sucht sich nicht leichtfertig jemanden aus. Sie bringen uns immer den Menschen, den wir am dringendsten brauchen.«

Wenn ich nur wüsste, wozu, dachte Georgia.

Die Manusch befanden sich im Bezirk der Löwin. Nicht in den Stallungen, sondern in einem Haus in der Nähe, wo eine alte Manusch-Frau lebte, die Grazia hieß. Sie hatte, was ungewöhnlich für ihresgleichen war, einen Remaner geheiratet und ihrem Erbe entsagt. Sicher, sie erhob sich morgens immer noch und wandte das Gesicht der Sonne zu. Und wenn es Nacht wurde, verabschiedete sie sich gleichermaßen. Aber sie wohnte jetzt in einem Haus und hatte das fahrende Leben aufgegeben.

Inzwischen war sie, wenn auch noch hoch gewachsen und schön von Gestalt, eine weißhaarige Frau. In den ersten Jahren ihrer Ehe hatte Grazia mit ihrem Mann in einer Hängematte auf der Loggia des Hauses geschlafen, damit ihre Kinder auch sicher unter den Sternen empfangen würden. Diese Kinder – vier Söhne und drei Töchter – waren inzwischen alle erwachsen und hatten selbst Kinder und alle außer einer Tochter hatten sich wieder der Lebensweise der Manusch zugewandt. Das lag wohl an dem Stern, unter dem sie geboren waren.

Aurelio und Raffaela brachten Grazia Nachrichten von ihren Kindern aus allen möglichen Gegenden Talias und wurden darum immer, wenn sie nach Remora kamen, herzlich willkommen geheißen. Der Bezirk der Löwin war mit Romula verbunden, der Stadt im Süden Talias, die bisher noch nicht in die Fänge der Chimici gefallen war. Dort hatte Grazia auch ihren Mann kennen gelernt, als sie dereinst auf einer Wanderschaft vorbeigekommen war. In der Drachenstadt war die Liebe zwischen der schönen jungen Manusch und dem Besucher aus dem Bezirk der Löwin entbrannt. Eine Liebe, die mächtig genug war, um sie in den Mauern des Hauses ihres Mannes festzuhalten, selbst nach seinem Tod.

Doch immer noch hielt Grazia die großen Feierlichkeiten der Manusch ein und das bevorstehende Fest der Göttin war das größte von allen. Die Stellata bedeutete auch ihr fast nichts, obwohl sie am Tag des Rennens den Anhängern der Löwin zujubeln würde. Aber da würde der Höhepunkt ihres Festes für sie und die eintreffenden Manusch schon vorüber sein. Die ganze Nacht vorher würden sie aufbleiben und die Göttin preisen, die über den Sternenhimmel regierte. Und am Morgen würden sie darauf warten, dass die Sonne, der Gefährte ihrer Göttin, sich über den Campo erhob. Sie würden ihn begrüßen, wenn seine ersten Strahlen den Himmel berührten und ihn in das Licht des Morgens tauchten.

»Phantastisch!«, sagte Enrico und er meinte es ernst. Pferde lagen ihm mehr am Herzen als fast alles andere, und als ihm Diego das wunderbare schwarze Fohlen zeigte, sah er zuerst nur seine zarte Schönheit und die unglaublichen Flügel. Doch dann gewannen seine niedrigeren Instinkte die Oberhand und er musste an die Belohnung denken, die er bekommen würde, wenn Herzog Niccolò von diesem Wunder hörte.

Und an die noch größere Belohnung, die ihn erwartete, wenn er das Fohlen für die Jungfrau entführt haben würde. Oder für die Zwillinge. Je nachdem, wer mehr Silber bot.

Kapitel 12

Die Karten der Vorsehung

Georgia fand heraus, wo Cesare den ganzen Morgen gesteckt hatte. Völlig überdreht kam er in die Stallungen zurück: Er hatte Arcangelo auf dem Übungsfeld vor den Toren der Stadt geritten.

»Er ist herrlich in Form«, schwärmte Cesare und rieb das Pferd mit Stroh trocken. »Ich glaube wirklich, dass wir eine Chance haben.«

»So die Göttin es will«, ergänzte Paolo schnell und machte die Geste, die Georgia schon zuvor gesehen hatte und die ein bisschen wie das Kreuzzeichen aussah – aber doch nicht ganz.

»Warum rufen Sie immer die Göttin an?«, fragte sie jetzt. »Es gibt doch in jedem Bezirk eine Kirche und Sie feiern die Tage der Heiligen, aber alle Leute in Remora, denen ich begegnet bin, glauben an eine ältere Religion – nicht nur die Manusch.«

»Die Talianer sind von Natur aus abergläubisch«, erwiderte Paolo. »Wir klammern uns an eine vergangene Zeit, als alle Bewohner des Mittleren Meeres eine herrschende Göttin verehrten. Als dann die neue Religion kam mit unserer Lieben Frau und ihrem Sohn, kam es uns nur natürlich vor, die beiden zu vereinen. Die von Sternen umgebene Frau, das ist sie. Sie wacht über unsere Stadt und wie wir sie nennen, kümmert sie nicht.«

Georgia fühlte sich nicht viel klüger als vorher. Sie wandte sich einer Sache zu, von der sie mehr verstand. »Erzählen Sie mir mehr über das Rennen«, sagte sie. »Wie läuft es ab? Es ist anscheinend nicht so, dass immer das beste Pferd gewinnt?«

»Nein, und auch nicht der beste Reiter«, sagte Cesare. »Obwohl natürlich jeder Bezirk hofft, dass er beides hat.«

»Du musst daran denken, dass wir die Stellata auf die eine oder andere Weise seit dreihundert Jahren abhalten«, sagte Paolo. »Und es besteht kein Grund zu der Annahme, dass wir sie nicht noch genauso lange weiterführen.«

Georgia dachte daran, was ihr Mr Goldsmith über den Palio erzählt hatte; wenn Remora tatsächlich Siena entsprach, dann würde das verrückte Pferderennen noch über vier Jahrhunderte länger existieren.

»Alle zwölf Bezirke haben ihren eigenen Rennstall, wie du weißt«, fuhr Paolo fort. »Und sie wählen das Pferd aus, das an der jährlichen Stellata teilnimmt. Es kann aus der eigenen Züchtung stammen oder angekauft sein, in jedem Fall aber ist es das beste Pferd, das sie sich leisten können. Und der Reiter wird ebenfalls vom Bezirk gewählt.«

»Das ist nicht immer ein Mitglied des Bezirks, wie ich«, sagte Cesare stolz, um Georgia wissen zu lassen, dass er nicht nur gewählt worden war, weil er der Sohn des Stallmeisters war. »Es ist der beste Reiter, den sie finden können.«

»In ein paar Wochen wird der Platz mit Torf bedeckt und in eine Rennbahn verwandelt«, sagte Paolo. »Viele Pferde und Reiter proben dann im Mondschein und jeder Bezirk wird sich endgültig entscheiden, wer das Rennen bestreitet. Zum jetzigen Zeitpunkt sind noch nicht viele Bezirke so sicher, wie wir es dieses Mal sind.« Stolz ließ er den Blick über seinen Sohn und Arcangelo gleiten.

»Das würde ich ja zu gerne anschauen«, sagte Georgia, dann schwieg sie verwirrt. Vater und Sohn sahen sie gleichermaßen mitleidig an. »Aber das geht ja nicht, oder? Ich kann mich ja nachts nicht in Remora aufhalten.«

»Aber es gibt andere Probeläufe, die du dir anschauen kannst«, sagte Cesare rasch. »Und beim Rennen selbst kannst du doch auch dabei sein, nicht?«

»Kommt darauf an, wann es stattfindet.« Georgia betrachtete Arcangelo und ihr fiel noch etwas ein. »Reitet ihr eigentlich ohne Sattel?«

»Ja«, bestätigte Cesare. »Wir haben Zaumzeug und Zügel, aber keinen Sattel.«

»Das Rennen geht auf unsere Vorfahren zurück, die Rasenner«, berichtete Paolo. »Sie waren große Pferdenarren und Reitersleute und sind immer ohne Sattel geritten.«

Dann entsprachen sie wohl tatsächlich den Etruskern, dachte Georgia. Laut sagte sie: »Ich bin noch nie ohne Sattel geritten, aber ich würde es gern mal versuchen.«

»Komm doch heute Nachmittag mit«, sagte Cesare. »Ich reite Arcangelo heute zwar nicht mehr, aber wir haben viele andere Pferde.«

»Darf ich?« Georgias Augen leuchteten. Doch dann erinnerte sie sich an das Versprechen, das sie Falco gegeben hatten. »Aber Luciano und ich müssen die Chimici besuchen, bevor ich heimkehre.«

»Es ist für beides Zeit«, sagte Cesare. »Sprich mit Luciano darüber. Er wird gleich hier sein; in der Kutsche dauert es länger als zu Pferd.«

»War er mit dir auf dem Übungsfeld?«, fragte Georgia. »Ich dachte, dass er sich nicht für Pferde interessiert.«

»Er und Dottore Crinamorte waren beide dort«, sagte Cesare.

Die Räder einer Kutsche ratterten über das Kopfsteinpflaster des Hofs.

»Sie sind da«, sagte Paolo. »Wenn man vom Teufel spricht . . .«

Lucien sprang aus der Kutsche und half seinem Ziehvater heraus. Georgia fand, dass er besser aussah als beim letzten Mal. Seine Augen leuchteten und seine Haltung war wachsam, als ob er auf ein Abenteuer warte.

Auch William Dethridge war erfüllt von dem Rennen. »Ah, was für ein Anblick!«, sagte er und schlug Paolo auf die Schulter. »Euer Sohn ist ein Mirakel – der reinste Zentaur.«

»Glaubst du, dass sie kommen?«, fragte Falco seinen Bruder zum fünfzehnten Mal.

»Sie haben es versprochen«, erwiderte Gaetano wie schon jedes Mal davor. Doch innerlich hoffte er, dass die jungen Stravaganti einen Weg finden würden, ihr Versprechen zu brechen. Er wusste, dass sie nicht versessen darauf waren, Falco bei seinem Plan zu helfen. Doch er selbst kam einfach nicht weiter mit seinem jüngeren Bruder; Falco war entschlossener, als es Gaetano je an ihm erlebt hatte. Und die Zeit wurde allmählich knapp: Gaetano stand kurz vor seinem Besuch in Bellezza und er hatte schreckliche Angst, dass Falco die jungen Stravaganti überreden könnte, ihm in seiner Abwesenheit zu helfen.

»Selbst wenn sie kommen«, sagte er so liebevoll wie möglich, »musst du deinen Plan aufgeben. Er ist verrückt. Warum willst du das Leben, das du kennst, und alle, die dich lieben, aufgeben und in eine andere Welt reisen, in der du ein Fremder bist? Du weißt ja nicht mal genau, ob dir die Ärzte der Zukunft helfen können. Selbst Luciano und Georgia waren sich da nicht sicher.«

»Und was möchtest du?«, fragte Falco verbittert. »Dass ich hier bleibe und wie unser Onkel werde? Dann würde ich sicher Diener brauchen, die mich im Palast herumtragen, weil ich mindestens so dick werden würde wie er. Meine Krücken würden mich nicht mehr tragen.«

»Sicher können wir doch einen anderen Weg finden, um Vaters Pläne zu umgehen?«, bat Gaetano. »Du könntest mit nach Bellezza kommen und dort mit mir und meiner Duchessa leben.«

»Wie ich gehört habe, gibt es in Bellezza keine Pferde«, sagte Falco mit zitternder Lippe.

»Aber es gibt mich«, sagte Gaetano und nahm seinen Bruder in den Arm. »Mich, der dich liebt und auf dich aufpasst. Wer würde das in der Welt der Stravaganti tun?«

»Aufpassen kann Georgia auf mich«, sagte Falco trotzig. »Ich mache es, Gaetano. Lass es mich nicht ohne deinen Segen durchführen.«

Gaetano hielt Falco eine lange Zeit im Arm, dann sah er ihm in die Augen und seufzte. »Also gut. Wenn du so überzeugt davon bist und ich nichts sagen oder machen kann, was dich davon abbringt, dann muss ich mich fügen. Aber wie sehr werde ich dich vermissen, mein Falconcino!«

Als Herzog Niccolò eintrat, fiel ihm die ernste Stimmung seiner Söhne nicht auf. Dazu war er selbst zu angeregt.

»Gaetano, ich habe die Antwort des Regenten«, sagte er und seine dunklen Augen leuchteten. »Sie wollen deinen Antrag anhören. Du musst sofort nach Bellezza!«

Oben in seinem Zimmer nahm William Dethridge ein kleines Päckchen aus der Jackentasche, das in schwarze Seide gehüllt war. Er wickelte es aus und breitete die schwarze Seide auf einer Kommode aus, die in der Zimmerecke stand. Dann mischte er die Karten in seiner Hand und teilte sie kreisförmig auf dem Seidentuch aus. Dabei begann er mit der Neun-Uhr-Position und fuhr gegen den Uhrzeigersinn fort. Die erste Karte, die er aufdeckte, war die Prinzessin der Vögel, unmittelbar gefolgt vom Prinzen der Schlangen. Dethridge hielt inne, ehe er fortfuhr.

»Das ist wohl die Maid aus Anglia und einer der jungen Adligen«, murmelte er. Der Kreis wuchs weiter.

Die Fische-Zwei, der Magier, die Salamander-Zwei, die Vogel-Zwei, der Ritter (aha, das wird wohl der junge Cesare sein), dann der Turm, die Schlangen-Zwei, die Sternschnuppen und schließlich Prinzessin und Prinz der Fische.

In die Mitte des Kreises legte Dethridge die dreizehnte Karte. Es war die Göttin.

Er lehnte sich zurück und überdachte das Muster. Es war höchst selten, dass so viele Trümpfe und Bild-Karten nacheinander fielen. Und alle Zahlenkarten waren Zweien. Er hatte keine Ahnung, was das bedeuten mochte. Aber die Prinzessin der Fische war die junge Duchessa von Bellezza und er freute sich sie an der Seite ihres eigenen Prinzen zu sehen. Er hatte die Karten teilweise deshalb ausgelegt, um sich über ihr Schicksal zu informieren. Die Sternschnuppen stellten eindeutig das Rennen dar, aber warum lag Cesare neben dem Turm? Und war es beruhigend, dass die Göttin im Mittelpunkt lag und alles kontrollierte?

Dethridge beschloss dieses Blatt mit Paolo zu besprechen und Rodolfo über seine Spiegel zu erreichen. Er hatte keine Ahnung, wen die Karte des Magiers darstellte, aber je eher die Stravaganti alle beieinander waren, desto besser.

»Was soll das heißen, er ist weg?«, fragte Lucien.

Es war ihm und Georgia nicht leicht gefallen, die Schwelle des päpstlichen Palastes in Remora zu überschreiten. Es war, als würde man das feindliche Lager betreten, auch wenn es sich um ein kühles und anmutiges Gebäude aus Marmor und

Spiegeln handelte. Lucien war nach seiner Zeit in Bellezza mit Eleganz vertraut, doch Georgia kam sich unbehaglich und fehl am Platze vor und schämte sich ihrer einfachen Kleider. Der Lakai des Papstes war eindeutig der Ansicht, dass sie eine Art Diener von Lucien war, und sie kam sich noch unbedeutender vor.

Falcos Blick leuchtete auf, als sie in ein kleines Vorzimmer geführt wurden, wo er am Fenster saß. Er begrüßte die beiden herzlich, wobei er Georgia mit ihrem Jungennamen ansprach, solange der Lakai noch anwesend war. Doch kaum hatte sich der Mann zurückgezogen, platze Falco mit der Nachricht heraus, dass sein Bruder bereits abgereist war.

»Er ist vor einer Stunde nach Bellezza gefahren«, berichtete er aufgeregt. »Um die Duchessa zu treffen.«

»Warum denn jetzt schon?«, wollte Lucien argwöhnisch wissen.

Falco seufzte. »Ich kann es euch ja genauso gut sagen. Es wird bald genug herauskommen, wenn sie verheiratet sind.«

Georgia sah, wie die Farbe aus Luciens Gesicht wich, bis er so marmorweiß aussah wie die Apollo-Statue, die hinter ihm in einer Nische stand. Doch dann kehrte das Blut schlagartig in seinen Kopf zurück und er wurde zornesrot.

»Was soll das heißen?«, fragte er. »Wer heiratet wen?«

Falco war betroffen. »Gaetano die Duchessa natürlich«, sagte er unsicher. »Der Regent hat unseren Antrag erhalten und mein Bruder wird ihn der Duchessa selbst vortragen, bevor er sie zur Stellata hierher bringt.«

»Niemals!«, rief Lucien aus. »Arianna würde niemals einen di Chimici heiraten. Da muss ein Irrtum vorliegen!«

Jetzt war es an Falco, rot zu werden. »Und warum sollte sie nicht? Wir sind eine der ältesten Familien in Talia und wir haben uns mit Herzögen und Fürsten im ganzen Norden zusammengetan. Um genau zu sein, meine Familie ist in sechs Städten an der Regierung.«

»Ein sehr guter Grund, aus Bellezza nicht die siebte zu machen«, fauchte Lucien. »Komm, Georgia. Es war Irrsinn, herzukommen. Zwischen den Chimici und uns kann es keine Geschäfte geben. Wie du siehst, sind sie an nichts anderem interessiert als daran, ihr Nest auszupolstern.«

»Wartet!«, rief Falco, als er sah, dass Lucien Georgia schon mitnehmen wollte.

Georgia war genauso betroffen wie die beiden Jungen. Luciens Ausbruch machte eindeutig klar, wie er zu Arianna stand, und das war schon schlimm genug. Aber Falcos unglückliches Gesicht zu sehen machte es unmöglich, einfach zu gehen.

»Einen Augenblick«, sagte sie und legte Lucien die Hand auf den Arm. Es war das erste Mal, dass sie ihn berührte.

»Ich bin sicher, dass Luciano deine Familie nicht beleidigen wollte«, sagte sie zu Falco. Sie spürte, wie sich Luciens Muskeln unter ihrer Hand anspannten. »Und ich bin auch sicher, dass sich ein Missverständnis, falls es eines gegeben hat, aufklären lässt. Aber eine Duchessa muss so einen Antrag doch zumindest anhören?«, wandte sie sich an Lucien. »Also, das hier ist zwar nicht meine Welt, aber nach meinen Erfahrungen in Talia kann man doch nicht einfach sagen: ›Vergiss es‹, wenn man von dem Mitglied einer adligen Familie einen Heiratsantrag bekommt.«

Sie spürte, wie sich Lucien langsam entspannte. »N-nein, wohl nicht«, gab er missmutig zu.

»Und wenn es dich beruhigt«, sagte Falco ängstlich, »ich glaube nicht, dass er sie heiraten will. Ich glaube, er zieht unsere Cousine Francesca vor – als sie klein waren, haben sie immer gesagt, dass sie heiraten wollen, wenn sie groß sind.«

Lucien lachte verbittert. »Francesca di Chimici? Da wirst du feststellen müssen, dass sie bereits verheiratet ist – infolge der Machenschaften deiner Familie. Das heißt, wenn sie die junge Frau ist, die Rinaldo di Chimici bei der Wahl zur Duchessa gegen Arianna aufgestellt hat.«

»Rinaldo ist auch ein Vetter von mir«, sagte Falco steif. »Ich mag ihn zwar nicht besonders, aber er gehört zur Familie und ich kann meine Verwandten schließlich nicht auswählen.«

»Da hat er Recht«, sagte Georgia. »Das kann keiner von uns. Sei gerecht, Luciano – Falco kann doch nichts dafür, was seine Familie macht oder wer dazugehört.«

»Aber Gaetano wird doch tun, was euer Vater von ihm verlangt, oder?«, fragte Lucien.

»Das weiß ich nicht«, sagte Falco ruhig. »Ich mache es ja auch nicht, oder?«

Es entstand ein angespanntes Schweigen, doch dann schien sich Lucien wieder in den Griff zu bekommen. »Ich weiß, dass wir erwogen haben dir zu helfen«, sagte er schließlich. »Aber ich bin nicht glücklich darüber. Ich weiß nicht mal, ob das, was du vorhast, überhaupt möglich ist. Und es ist auf jeden Fall gefährlich. Du müsstest außerdem akzeptieren, dass du deine Familie nie mehr wiedersiehst. Ich weiß nicht, ob du ganz und gar verstehst, was das bedeutet.«

»Ich habe seit unserer Reise nach Belle Vigne an fast nichts anderes gedacht«, sagte Falco.

»Aber darüber nachzudenken ist eine Sache«, fuhr Lucien fort. »Es zu erleben würde viel schlimmer sein.«

»Es würde sich jedoch von deiner Erfahrung unterscheiden«, sagte Falco, »denn du bist hier ungewollt hängen geblieben. Ich wähle die andere Welt freiwillig.«

»Das stimmt«, sagte Georgia. »Das ist doch wirklich was anderes, Luciano ?«

»Vielleicht schon«, antwortete er gedehnt. »Aber ich will, dass du richtig darüber nachdenkst. Wenn du in meine alte Welt reist – und noch wissen wir nicht, ob das klappt –, dann bist du in einem fremden Land und schlimmer dran als ein Emigrant. Denk daran, dass ich Bellezza recht gut kannte, ehe ich für immer dort blieb. Du kommst in eine Welt, die sich so von dieser unterscheidet, wie du es dir überhaupt nicht vorstellen kannst. Eine Welt, in der Pferdegalopp als langsames Tempo angesehen wird, wo man Talia der Länge nach in wenigen Stunden durchreisen könnte, wo man über eine Maschine mit jemand sprechen kann, der am anderen Ende der Welt lebt.«

»Aber gerade, weil es in eurer Welt solche Wunder gibt – Magie würde ich es nennen –, will ich ja dorthin«, rief Falco. »Wenn so vieles so schnell gemacht werden kann, dann kann man mich doch sicher heilen?«

»Möglicherweise«, sagte Lucien. »Aber was dann? Du hättest deine Familie und deine Freunde für immer verloren.«

»Für meine Familie wäre es besser, mich zu verlieren«, sagte Falco. »Ich weiß, dass sie mich lieben, sogar mein Vater. Aber jedes Mal, wenn er mich ansieht, sehe ich das Mitleid in seinem Blick – die Erinnerung an den, der ich einmal war. Von Gaetano habe ich mich schon verabschiedet. Er ist der Einzige, der weiß, was ich vorhabe, und unser Abschied war bitter. Aber wie ich euch schon sagte, ich habe mich entschieden. Ich möchte, dass ihr mir helft in Georgias Welt zu reisen.«

»Ein geflügeltes Pferd?«, sagte Herzog Niccolò. »Das ist doch absurd. Ein Ammenmärchen.«

»Würde ich Euch anlügen, Herr?«, sagte Enrico. »Ich habe die Kleine mit eigenen Augen gesehen und sie ist so ein hübsches kleines Stutfohlen, wie man es sich nur wünschen kann.«

»Und geboren im Widder, sagst du?« Der Herzog verstand sofort, was das bedeutete. Wenn es sich herumsprach, dass dem Widder so ein gutes Omen beschert worden war, dann würde die Unterstützung der Öffentlichkeit auf die Seite dieses Bezirks schwenken und es schwierig machen, mit den Reitern der anderen Bezirke Abmachungen für das Rennen zu treffen. Die Remaner waren ein abergläubischer Haufen. Die vom Widder würden ihre Nachricht zweifellos bis kurz vor dem Rennen geheim halten.

»Ja, im Widder geboren, aber mit ihrer Mutter nach Santa Fina gebracht, wo die beiden sich jetzt befinden«, sagte Enrico.

Herzog Niccolò erinnerte sich an das schwarze Fohlen mit der Decke und fluchte verhalten. Er war dem Geheimnis bis auf wenige Zentimeter nahe gekommen und doch musste er sich von einem schmuddeligen, kleinen Schnüffler melden lassen, was vor seiner Nase gewesen war.

»Ihr müsst es nur sagen, Herr, und das geflügelte Pferd gehört Euch. Samt dem ganzen Glück, das es umgibt.«

»Und du bist sicher, dass es echt ist?«, fuhr der Herzog beharrlich fort. »Nicht irgendwelche Vogelflügel, die jemand auf ein junges Pferd geklebt hat?«

»Ich habe es gestern Nacht sogar fliegen gesehen. Immer um den Stallhof herum, als Roderigo dachte, dass keiner außer seinem getreuen Knecht Diego in der Nähe sei. Aber Diego ist mein Freund und ich hatte mich hinter ein paar Heuballen versteckt. Natürlich hatten sie es an einer langen Leine festgemacht, aber die könnte sich doch vielleicht in einem Baum verfangen und reißen? Dann wüssten sie nicht, wo das Fohlen abgeblieben wäre, oder? Sie würden nicht mal wissen, dass es gestohlen worden ist.«

Selbstverständlich war das Pferd echt. Niccolò hatte es im Grunde gewusst, auch wenn er die Geschichte des Spions in

Frage gestellt hatte. Jeder, der irgendwie mit Remora zu tun hatte, kannte die Geschichte von den geflügelten Pferden. Aber es verunsicherte den Herzog, zu erfahren, dass eines in seiner Zeit geboren war, in dem Bezirk, der die engste Verbindung mit Bellezza hatte. Er mochte es nicht, wenn Dinge passierten, die er nicht unter Kontrolle hatte. Aber es gab etwas, das er tun konnte, um die Lage wieder in den Griff zu bekommen.

»Wie viel?«, fragte er.

»Du brauchst einen Talisman«, sagte Lucien.

Es war das erste Mal, dass er dieses Problem ansprach, und Georgia erkannte, was das bedeutete: Sie würden Falco tatsächlich mitnehmen in ihre Welt. Nein, korrigierte sie sich, in meine Welt. Falco hatte Recht gehabt, sich so auszudrücken; Lucien war inzwischen Talianer.

»Wie kann ich einen bekommen?«, fragte Falco, ohne auch nur zu wissen, was das Wort wirklich bedeutete.

»Georgia muss dir einen mitbringen«, sagte Lucien. »Es muss ein Gegenstand aus der anderen Welt sein, der von dort hierher gebracht wird. Wenn du dann für eine Stravaganza bereit bist, musst du ihn in den Händen halten und in Talia einschlafen und an den anderen Ort denken. Dann solltest du in Anglia aufwachen, in England, meine ich, im einundzwanzigsten Jahrhundert. Was dann allerdings mit dir geschieht, weiß allein die Göttin. Dafür ist dann wohl Georgia zuständig.«

Beide Jungen sahen sie an, als könne sie alle Probleme lösen. »Was soll der Talisman denn für ein Ding sein?«, fragte sie. »Meiner ist ein Pferd und du, Luciano, hast gesagt, deiner sei ein Notizbuch gewesen. Aber beides war aus Talia. Ich weiß gar nicht, nach was ich in England suchen soll.«

»Darf ich das Pferd mal sehen?«, fragte Falco.

Zögernd zog Georgia die kleine Figur des geflügelten Pferdes aus der Tasche und zeigte es ihm.

»Ein *cavallo alato!*«, rief er erregt aus. »So etwas gab es bei den Rasennern. Es ist einfach herrlich!«

Georgia und Lucien warfen sich einen Blick zu.

Um ihn abzulenken, sagte Lucien: »Rodolfos Talisman kommt aus der anderen Welt. Es ist ein Silberring, den ihm Doktor Dethridge mitgebracht hat.«

Eine Idee begann in Georgias Kopf Gestalt anzunehmen. »Aber ich war der Ansicht, dass ich aus meiner Welt nichts als meinen eigenen Talisman mitbringen dürfe«, sagte sie jetzt.

Lucien zuckte mit den Schultern. »Das sind die Bestimmungen. Aber Doktor Dethridge hat Rodolfos Talisman hergebracht. Und den von Paolo und von Giuditta Miele. Und die Talismane zahlloser anderer Stravaganti, die aus Talia in die andere Welt reisen. Das ist so üblich. Ich werde gerade ausgebildet, damit ich eines Tages in der Lage bin, auch Talismane auszulegen. Es ist eine schwer wiegende Verantwortung.«

»Wow!«, entfuhr es Georgia. »Willst du sagen, dass Doktor Dethridge, der die Kunst der Stravaganza erfunden hat, der Einzige ist, der jemals Talismane von meiner in diese Welt gebracht hat, und dass du es noch lernst, und trotzdem erwartest du, dass ich einen kleinen Gegenstand suche und Falco mitbringe – einfach so? Wird das nicht das gesamte Raum-Zeit-Kontinuum-Dingsbums durcheinander bringen?«

Lucien lächelte ihr zu und sie wusste, dass sie tun würde, was immer er wollte. »Ich hab es immer mit *Raumschiff Enterprise* verglichen«, sagte er. Dann seufzte er. Manchmal kam es ihm vor, als seien hunderte von Jahren verstrichen, seit er das erste Mal in Rodolfos Dachgarten gestanden und bemerkt hatte, dass er keinen Schatten hatte. Rodolfo fehlte ihm sehr. Und Arianna auch.

Schnell sagte er: »Es würde ja nur einmal zum Einsatz kommen, wenn Falco wirklich entschlossen ist, ein ›Transfigurierter‹ zu werden, wie Doktor Dethridge das nennt. Nur die eine Reise – keine Rückfahrkarte.«

»Halt doch mal«, wandte Georgia ein. »Muss nicht der Talisman die richtige Person finden? Können wir Falco einfach etwas geben und hoffen, dass es ihm bei der Stravaganza hilft?«

Lucien machte ein ernstes Gesicht. »Wir können nicht sicher sein.« Er wandte sich an Falco. »Verstehst du? Ob es funktioniert oder nicht, ist keinesfalls gewiss. Selbst wenn dir Georgia etwas bringt, musst du akzeptieren, dass es dich vielleicht nicht aus Talia wegbringt.«

Falco nickte. »Das Risiko gehe ich gern ein.«

»Sollten wir nicht noch jemand fragen?«, wandte Georgia ein. »Zum Beispiel Doktor Dethridge? Oder du könntest versuchen Senator Rodolfo zu erreichen?«

Luciens Gesicht verfinsterte sich. Er glaubte eigentlich nicht, dass Arianna ernsthaft erwog einen Chimici zu heiraten, aber er war verletzt, dass weder sie noch Rodolfo ihn von dem Antrag in Kenntnis gesetzt hatten. Deshalb beschloss er niemand von Falcos Vorhaben zu erzählen. »Nein«, sagte er. »Das nehmen wir selbst in die Hand. Schließlich sind wir beide Stravaganti.«

»Und ich bin bald auch einer«, sagte Falco und lächelte sein engelhaftes Lächeln. »Wenigstens für kurze Zeit. Ich gehe auf einen herrlichen Flug und dann hänge ich meine Flügel wieder an den Nagel. Und Georgia kümmert sich um mich.«

Georgia war am Dienstag frühzeitig aus der Schule zurückgekommen; sie war müde und kaputt. Maura machte sich solche Sorgen um sie, dass Georgia beschloss die nächsten zwei

Nächte nicht zu reisen. Sie hatte es satt, ständig müde zu sein, und es dauerte nicht mehr lange bis zu den Ferien. Dann würde es einfacher sein und Lucien hatte ihr versichert, dass es sehr gut möglich war, dass sie durch die Pause überhaupt keine Zeit in Talia verlieren würde.

Sie hatte jedoch die Rechnung ohne Russell gemacht. Solange sie jede Nacht gereist war, hatte sie immer sehr auf das geflügelte Pferd geachtet, hatte es von den Kleidern, die sie tags trug, in ihre Nachtklamotten gesteckt und umgekehrt. Aber Dienstagabend war sie völlig erschöpft gewesen und sie hatte ja gewusst, dass sie es in dieser Nacht nicht brauchen würde. Daher hatte sie es in ihrer Jackentasche auf dem Wäschekorb im Badezimmer gelassen. Und Mittwochmorgen war es weg.

Kapitel 13

Die Brautwerbung

Georgia war vor Schreck wie gelähmt. Zunächst versuchte sie sich einzureden, dass Maura das Pferd an sich genommen habe, aber die Jacke lag immer noch auf dem Korb und war nicht in der Waschmaschine. Und Maura war schon zur Arbeit gegangen – nicht ohne Georgia streng einzuschärfen sich beim Arzt einen eiligen Termin geben zu lassen. Das Haus war ruhig und schwieg mit der bedrohlichen Stille, die auf einen Sturm folgt. Ralph war auch zur Arbeit gegangen und Russell in die Schule.

Georgia saß auf dem Rand der Badewanne, die zerkrumpelte Jacke auf den Knien, und hatte tatsächlich das Gefühl, dass sie krank war. Niemand anders als Russell konnte das geflügelte Pferd genommen haben. Georgia wusste, dass es sinnlos war, aber sie ging doch hinüber und versuchte die Tür seines Zimmers zu öffnen. Sie war verschlossen.

Wie betäubt ging Georgia nach unten und machte sich einen Teller Cornflakes zurecht, weil sie Angst hatte, dass sie ohnmächtig würde, wenn sie nicht irgendetwas aß. Aber sie bekam das Essen kaum herunter. Dann rief sie beim Arzt an, dort gab man ihr erst für die Mittagszeit einen Termin.

Sie duschte kurz, während sich ihre Gedanken überschlugen. Was sollte sie machen, wenn Russell sich weigerte das Pferd zurückzugeben? Oder noch schlimmer: Wenn er es beschädigte oder wegwarf? Bei dem Gedanken daran, dass Russell die kleine, geflügelte Figur unter einem seiner Dockers Größe sechsundvierzig zermalmen konnte, drehte sie das Wasser so stark auf, dass es sie fast verbrühte.

Gut, es war eine Sache, dass sie beschlossen hatte, ein paar Tage nicht nach Talia zu reisen. Aber der Gedanke daran, dass sie vielleicht gar nicht mehr zurückkonnte – dieser Gedanke war eine ganz andere Sache. Und was würde dann mit Falco?

Georgia hatte in letzter Zeit viel über Falco nachgedacht. Was er von ihr und Lucien verlangte, war sicher gefährlich und womöglich sogar falsch. Aber sie hatte sich eingebildet, dass es vielleicht der Grund war, warum sie in Talia gelandet war, der Grund dafür, dass der Talisman überhaupt in ihre Hände gelangt war. Sie glaubte nicht wirklich, dass sie dazu bestimmt war, dauerhaft eine Stravagante zu werden so wie Lucien. Und sie kam sich auch nicht besonders begabt vor und hatte nicht das Bedürfnis, die geheimnisvollen Künste und Fertigkeiten der Stravaganti zu lernen.

Nein, sie hatte das Gefühl, dass sie für eine bestimmte Aufgabe in Talia ausersehen war, und das konnte sehr gut die Errettung Falcos sein. Ohne den Talisman würde sie allerdings gar nichts vollbringen können. Es war entsetzlich. Wie lange würde Paolo brauchen, um festzustellen, dass sie nicht nach Talia zurückkehrte? Würde er ihr vielleicht einen neuen Talisman bringen können? Georgia hatte keine Ahnung, ob so etwas erlaubt oder überhaupt möglich war – sie hatte das Gefühl, dass sie verrückt werden würde, wenn sie noch länger im Haus blieb.

»Seine Exzellenz, Prinz Gaetano von Giglia!«, verkündete der Lakai der Duchessa.

Gaetano wurde in einen großen Empfangssaal geführt, dessen lange Fenster auf den Kanal hinausgingen. Am hinteren Ende befand sich ein hölzernes Podest, auf dem ein kunstvoller Mahagoni-Thron stand. Daneben, auf einem viel weniger üppigen Stuhl, saß ein Mann, der in Schwarz gekleidet war und volles silber-schwarzes Haar hatte. Das war eindeutig der Regent Rodolfo, Vater und Ratgeber der jungen Duchessa und selbst ein mächtiger Stravagante.

Gaetano merkte, wie er beim Anblick eines der ärgsten Feinde seines Vaters solches Herzklopfen bekam, dass er die zarte Gestalt auf dem Thron kaum richtig ansehen konnte.

»Principe«, erklang eine liebliche, singende Stimme, »Bellezza heißt Euch willkommen. Ich hoffe, dass Ihr im Palazzo des Botschafters gut untergebracht seid? Darf ich Euch meinen Vater vorstellen, Senator Rodolfo Rossi, den Regenten der Stadt?«

Rodolfo tat dem jungen Chimici die Ehre, sich zu erheben, und kam ein paar Schritte auf ihn zu, ehe er sich verbeugte.

Gaetano erwiderte die Höflichkeiten, dann kniete er vor der Duchessa nieder und küsste ihr die Hand, die sie ihm entgegenhielt. Sie bat ihn sich zu erheben und er blickte durch eine silberne Maske in ihre veilchenblauen Augen. Gaetano war in Palästen und Schlössern aufgewachsen, daher waren ihm Förmlichkeiten und höfische Etikette nicht fremd und er ließ sich nicht davon einschüchtern. Doch als er dem Anlass seiner Reise nun gegenüberstand, merkte er, wie er rot wurde und wie ein Stallbursche zu stammeln begann.

Sie war schön; so viel konnte er trotz der Maske sehen. Schlank und groß, mit glänzenden rotbraunen Haaren, die kunstvoll auf ihrem Haupt zusammengesteckt waren und die hübsche Form ihres Kopfes erkennen ließen. Einige widerspenstige Locken hatten sich gelöst und hingen ihr in die Stirn und über den Nacken, sodass sie natürlicher wirkte – trotz der Steifheit ihres Kleides. Und diese Augen! So groß und glänzend und von einer so ungewöhnlichen Farbe, die zu den dunklen Amethysten passten, die sie im Haar und um den Hals trug.

Er dachte flüchtig an Luciano. Doch dann erinnerte er sich, wozu er gekommen war. Er nahm sich zusammen und die übrige Zeit der Audienz verging unter Galanterien. Dazu wurde Gebäck gereicht, das ein Diener hereinbrachte und auf einen niedrigen, runden Messingtisch stellte, zusammen mit einem süßen hellen Schaumwein, den Gaetano noch nie gekostet hatte. Derselbe Diener brachte einen Stuhl für den prinzlichen Gast und schon bald plauderten die drei mühelos über Remora und das Sternenrennen.

»Ich habe einen Freund von Euch in Remora kennen gelernt, Euer Gnaden«, sagte Gaetano zu der Duchessa. »Und von Euch natürlich auch, soviel ich weiß«, fuhr er, an Rodolfo gewandt, fort. »Einen jungen Mann namens Luciano.«

Er wurde belohnt, indem er sah, wie eine leichte Röte über das Gesicht der Duchessa zog.

»In der Tat«, sagte der Regent. »Er ist mein Schüler und entfernt mit uns verwandt. Geht es ihm gut? Und sein Ziehvater, mein guter Freund Dottore Crinamorte, habt Ihr den auch getroffen?

»Ja, beiden geht es gut«, erwiderte Gaetano. »Ich lernte sie im Bezirk des Widders kennen, im Haus des Stallmeisters, zusammen mit Lucianos Freund Giorgio.«

Rodolfo ließ bei dieser Bemerkung keine Regung erkennen und das Gespräch wandte sich der bevorstehenden Reise in die Stadt anlässlich des Rennens zu. Auch wurde bei dieser ersten Begegnung der tiefere Grund für den Besuch des jungen Prinzen nicht berührt. Gaetano kehrte in Rinaldos frühere Gemächer zurück und seine Gedanken arbeiteten fieberhaft. Die Duchessa zu heiraten wäre wohl kaum unangenehm. Aber ob sie ihn überhaupt wollte? Es war ja offensichtlich, wem sie eigentlich zugetan war. Aber vielleicht war sie in ihrer Wahl genauso wenig frei wie er?

Mr Goldsmiths Lächeln beim Eintreten Georgias verwandelte sich schnell in ein besorgtes Stirnrunzeln.
»Schön dich zu sehen! Aber warum bist du nicht in der Schule? Bist du krank?«, fragte er.
Es hatte nur dieses teilnahmsvollen Blickes bedurft, da brach Georgia schon in Tränen aus. Mr Goldsmith war bestürzt; er reichte ihr sein sauberes weißes Taschentuch und drängte sie sich in sein kleines Büro hinten im Laden zu setzen. Er hängte sogar sein »Geschlossen«-Schild an die Tür, obwohl die Geschäfte nicht gerade gut liefen und er es sich nicht leisten konnte, auf Kunden zu verzichten.
Er brachte Georgia eine Tasse Tee und bedauerte, dass er diesmal keine Kekse habe. Als sie an dem heißen Getränk nippte, fühlte sie sich gleich besser; eigentlich weinte sie nicht so leicht, höchstens, wenn Russell mal wieder ungewöhnlich gemein zu ihr war.
»Jetzt erzähl mir aber, was los ist«, sagte Mr Goldsmith, der es nicht gewohnt war, weinende Mädchen vor sich zu haben.
»Es geht um Russel«, sagte Georgia leise. »Meinen Stiefbruder. Ich glaube, er hat mir das Pferd geklaut.«
Sie machte ein so tieftrauriges Gesicht, dass Mr Goldsmith verstand, dass er den Verlust nicht einfach abtun durfte. Ob-

wohl es sich ja nur um eine Museumskopie handelte, die theoretisch einigermaßen leicht zu ersetzen war.
»Oje«, sagte er. »Das ist ja schlimm. Warum glaubst du, dass er es war?«
Georgia setzte ihm die Situation auseinander und der alte Mann verstand, dass sie ihm damit eine ganze Menge über ihr Familienleben verriet. Aber er wurde das Gefühl nicht los, dass da noch mehr dahinter steckte.
»Ich brauche das Pferd«, sagte Georgia. »Ich kann Ihnen nicht erklären, warum – Sie würden mir sowieso nicht glauben –, aber ich brauche es, um etwas zu erledigen, was ich versprochen habe. Und zwar genau dieses geflügelte Pferd – nicht irgendeines.«
Mr Goldsmith spürte, dass sie kurz vor einem hysterischen Anfall stand. »Dann müssen wir einfach erreichen, dass Russell es dir zurückgibt, nicht? Ich nehme mal an, es bringt nicht viel, dass du ihn einfach darum bittest? Wahrscheinlich müssen wir davon ausgehen, dass er es überhaupt nur getan hat, um dich – wie heißt es doch? – anzuätzen. So sagt ihr doch? Guter Ausdruck. Ich weiß, was mit meinen Gemälden geschehen würde, wenn man sie anätzen würde. Aber wie wäre es denn, wenn du einfach zu deinen Eltern gingest und ihnen erzähltest, was deiner Meinung nach geschehen ist? Sie lügt er doch nicht so einfach an?«
Georgia musste zugeben, dass er wahrscheinlich Recht hatte. Dann fiel ihr der Arzttermin ein und sie musste sich beeilen.

Doktor Dethridge legte seine Karten erneut aus – genau so, wie sie das letzte Mal gefallen waren. Er hatte lange über der Bedeutung des Musters gebrütet und jetzt beschloss er es Rodolfo zu zeigen. Er benutzte seinen Handspiegel, um Kontakt mit ihm aufzunehmen und ihm einen Blick auf die Karten zu ermöglichen.

»Gott zum Gruße, Meister Rudolphe!«, sagte Dethridge. »Was haltet Ihr von dieser Anordnung?«

»Ich halte sie für äußerst bemerkenswert, alter Freund«, erwiderte Rodolfo, während er die Symbole und Zahlen eingehend betrachtete. »Ich habe nämlich bei Neumond genau dieselben Karten gelegt.«

»Die Göttin erscheint an Neumond nicht ohne guten Grund«, überlegte Dethridge.

»Vielleicht nimmt sie regen Anteil an unseren Vorhaben?«, schlug Rodolfo vor.

»Dann müssen wir hoffen, dass ihr Einmischen zu einer guten Wendung für uns führt«, sagte Dethridge.

Lucien war nicht überrascht, dass Georgia am nächsten Tag nicht in Remora auftauchte. Schließlich hatte er ihr ja geraten einmal eine Pause einzulegen. Aber Falco war eindeutig enttäuscht, als Lucien allein im päpstlichen Palast auftauchte.

»Es gibt auch Dinge, die wir ohne Georgia besprechen können«, sagte Lucien sanft.

Doch Falco nickte nur und Lucien hatte den Eindruck, als ob er plötzlich weit weniger interessiert sei. Das war etwas Neues! Hing Falcos Wunsch, in die neue Welt zu reisen, mit dem Verlangen zusammen, in Georgias Nähe zu sein? Das Thema war allerdings zu heikel, um auf der Stelle weiter nachzubohren. Lucien beschloss auf die praktischen Dinge einzugehen und sich dieses Problems erst später anzunehmen.

»Auf beiden Seiten müssen Vorbereitungen getroffen werden«, sagte er in sachlichem Ton. »Georgia kann zwar die äußeren Umstände für dein neues Leben arrangieren und dir einen Talisman besorgen. Aber du musst planen, wie du deine

Familie verlässt. Du weißt ja, dass dein Körper, wenn du in meine alte Welt reist und dort über Nacht bleibst, hier während des Tages wie im Tiefschlaf liegt?«

»Ja, das hast du schon erzählt«, sagte Falco. »Und wenn ich fortbleibe, dann sieht es aus, als hätte ich *Morte Vivenda.* Bis ich dann eines Tages tatsächlich sterbe. Was meinst du, wie lange das dauert?«

Lucien schüttelte den Kopf. Es verwunderte ihn, wie besonnen der Dreizehnjährige über sein Schicksal reden konnte.

»Ich habe keine Ahnung. Bei mir dauerte es mehrere Wochen, aber wie ich dir ja gesagt habe, wurde ich künstlich am Leben gehalten. Vielleicht ist es nach ein paar Tagen vorbei. Aber um was es mir geht: Es sollte einen Grund für deinen Tod geben. Wir möchten doch nicht, dass dein Vater argwöhnt, was wirklich geschehen ist.«

»Ich werde darum bitten, nach Santa Fina zurückzudürfen«, sagte Falco. »Ich kann sagen, dass es wegen Gaetanos Besuch in Bellezza ist und dass ich bis zum Rennen in der Sommerresidenz sein möchte. Von dort kann ich leichter entkommen; die Dienerschaft ist nicht so aufmerksam wie mein Vater.«

»Trotzdem, wir brauchen immer noch eine Todesursache«, beharrte Lucien.

»Darüber habe ich auch schon nachgedacht«, sagte Falco. »Ich glaube, es wäre am einfachsten, wenn ich vorgebe, dass ich mich umbringen wollte.«

Auf seinem Rückweg in den Widder-Bezirk war Lucien tief in Gedanken. Doch schnell verflogen alle Sorgen um Falco, als er die Kutsche sah, die vor den Ställen stand. William Dethridge beugte sich aus dem Fenster und winkte ihm zu.

»Beeile dich, junger Luciano. Wir haben Nachricht aus Santa Fina. Das Wundertier ist verschwunden!«

Gaetano war am gleichen Abend zu einem festlichen Diner in den Palast der Duchessa geladen. Er war der Ehrengast und saß zu ihrer Rechten, während Rodolfo an ihrer anderen Seite saß. Doch was den jungen Chimici besonders verblüffte, war die Tatsache, dass seine andere Tischpartnerin seine Cousine Francesca war. »Seid gegrüßt, lieber Vetter«, sagte sie und musste über seine offensichtliche Überraschung lächeln. »Wusstet Ihr nicht, dass ich inzwischen Bürgerin von Bellezza bin?«

Gaetano war absolut ratlos. Er hatte die Gerüchte um Francesca gehört, hatte jedoch nicht erwartet ihr in der Stadt zu begegnen. Sie war noch hübscher, als er sie in Erinnerung hatte – mit ihrem schwarz glänzenden Haar und ihren blitzenden dunklen Augen. Er ergriff die ihm dargebotene Hand und küsste sie, dann nahm er all seinen Mut zusammen und erkundigte sich nach ihrem Wohlergehen. Francesca war in roten Taft gekleidet, der leicht raschelte, wenn sie sprach. Gaetano hatte das Gefühl, einen tiefen Zug des roten bellezzanischen Weins genommen zu haben, dabei war sein Glas noch völlig unberührt.

»Wie ich sehe, genießt Ihr die Familienzusammenführung«, sagte eine wohlklingende, spöttische Stimme hinter ihm und mit Schrecken stellte Gaetano fest, dass er der Duchessa den Rücken zugekehrt hatte.

»Vergebt mir, Euer Gnaden«, sagte er, wandte sich seiner Gastgeberin rasch zu und wurde bis unter die Haarwurzeln rot. »Es hat mich in der Tat überrascht, meine Cousine hier anzutreffen – so sehr, dass mich meine Erziehung im Stich gelassen hat. Ich hoffe, Ihr fühlt Euch gut?«

»So gut wie noch nie«, sagte die Duchessa und lächelte ihm voller Belustigung zu.

In dem Moment schoss Gaetano die erstaunliche Erkenntnis

durch den Kopf, dass dieses schöne junge Mädchen über ihn und seine Jugendliebe Francesca nur allzu gut Bescheid wusste und dass man sie bewusst zusammengeführt hatte. Doch warum sollte man das tun? Um ihn auf die Probe zu stellen? Um ihm nahe zu legen aus Liebe zu heiraten? Er blickte an der Duchessa vorüber und merkte, dass Rodolfo ihn mit demselben amüsierten Ausdruck betrachtete. Diese beiden waren ein gefährliches Paar, da gab es keinen Zweifel.

Während des restlichen Banketts widmete sich Gaetano ganz seiner Gastgeberin, obwohl er das Rascheln an seiner rechten Seite und das Lachen Francescas, wenn sie sich kokett mit ihrem anderen Nachbarn unterhielt, stets wahrnahm. Immer wieder machten sich seine Gedanken selbstständig: War Francesca verheiratet? Und wenn dem so war, wo war ihr Gatte? Gaetano war ziemlich sicher, dass es nicht der Herr an ihrer anderen Seite war, der ihm noch sehr jung vorkam. Er fand es auf jeden Fall sehr schwer, sich auf den eigentlichen Anlass seiner Reise zu konzentrieren.

Am nächsten Morgen war eine Privataudienz bei der Duchessa vorgesehen, bei der er förmlich um ihre Hand anhalten sollte. Beide wussten um den Grund seines Besuches und er fragte sich, wie die Sache wohl ausgehen würde. Wurde von ihm erwartet, dass er seine unsterbliche Liebe bekundete? Er konnte sich schon so richtig vorstellen, wie sie ihn prüfend ansehen würde. Und der Herzog, sein Vater, hatte ihm keinerlei Ratschläge erteilt, wie man um eine Dame freite.

Als sich die Duchessa aus ihrem Sessel erhob, stand der Rest der Gesellschaft ebenfalls auf. Sie ging voran in einen anderen Saal, wo bereits Musik gemacht wurde und kleine Gruppen von Stühlen um niedrige Tische aufgestellt waren. Sie bat Gaetano sie zu entschuldigen, während sie kurz mit dem Admiral der bellezzanischen Flotte reden musste, und er war für sich.

Francesca hatte sich an einem kleinen Tisch am anderen Ende des Saales niedergelassen und er merkte, wie es ihn dorthin zog. Es konnte doch niemand etwas dagegen haben, dass er sich zu seiner Cousine setzte? Vor allem, wo er doch hier sonst keine Menschenseele kannte.

»Was behauptest du da?«, sagte Ralph. »Russell hat irgendein Spielzeug von dir gestohlen? Ist das wirklich so schlimm?«

Georgia biss sich auf die Lippe. »Kein Spielzeug«, sagte sie, wobei sie versuchte ruhig zu bleiben. »Es ist eine kleine Figur aus einem Antiquitätenladen, auf die ich extra gespart hatte.«

»Es ist ja eigentlich egal, worum es sich handelt«, sagte Maura mit einer Lehrerinnenstimme. »Ralph, ich bin sicher, du stimmst mir zu, dass Russell das Eigentum anderer respektieren sollte.«

Es war Mittwochabend und sie saßen zu viert um den Küchentisch. Georgia hatte um ein Familientreffen gebeten und Maura hatte sofort erkannt, dass etwas ganz und gar nicht stimmte. Der Familienrat wurde nur äußerst selten einberufen und nur wenn eine wichtige Entscheidung gefällt werden musste.

»Wer sagt denn, dass ich das blöde Pferd genommen habe?«, sagte Russell aufsässig. »Wieso käme ich überhaupt dazu? Sie hat es wahrscheinlich einfach selbst verschlampt.«

Ralph wechselte sofort die Seiten. »Georgia behauptet, dass du es genommen hast«, sagte er scharf. »Und sie meint, dass du das gemacht hast, um sie zu ärgern.«

Russell zuckte mit den Achseln. Schlechter Schachzug. Beide Eltern waren verärgert.

»Nun? Hast du es genommen?«
Russell schwieg sich aus. Georgia hielt den Atem an. Wenn Russell es abstritt, konnte sie dann verlangen, dass sein Zimmer durchsucht wurde? Würde Ralph da mitmachen? Er schien sie jetzt zu unterstützen, aber sie wusste ja, wie schnell Erwachsene in einer Auseinandersetzung von einer Seite auf die andere wechseln konnten. Russells Reaktion konnte ihre ganze Zukunft bezüglich Remora bestimmen.

Roderigo war außer sich vor Schuldgefühlen. Das geflügelte Pferd war seiner Obhut anvertraut gewesen und nun war es verschwunden. Er führte Diego vor, der den beiden ehrenwerten Besuchern aus Bellezza die Geschichte um ihr Verschwinden noch einmal erzählen musste. Der Sohn des Stallmeisters vom Widder war bereits in Santa Fina und suchte die Nachbarschaft nach einer Spur des schwarzen Fohlens ab.

»Die Longe ist an einem Baum hängen geblieben«, erzählte Diego, der ganz verbittert aussah. Er hatte den Bericht schon mehrmals wiederholt und war immer noch der Ansicht, dass er einen Unfall beobachtet hatte. Im Hinterkopf hatte er jedoch ein bohrendes Gefühl, weil er wusste, dass er das geflügelte Pferd nicht geheim gehalten hatte, wie es ihm aufgetragen worden war.

»Das war gestern Abend«, fuhr er fort. »Ich hatte sie wie gewöhnlich draußen zum Üben und ließ sie an der Longe fliegen. Die hat sich auf einmal in einem hohen Baum am Rand der Koppel verfangen und ist gerissen. Ehe ich was unternehmen konnte, war das Fohlen weg.«

»Ich habe überall Männer auf die Suche geschickt«, sagte Roderigo, der am Boden zerstört war. »Wir finden sie bestimmt bald wieder. Sie fliegt sicher zu ihrer Mutter zurück.«

»Wenn sie nicht vorher von jemand anderem gefunden wird«, unkte Lucien.

»Lasst uns zu der Stute gehen«, sagte Dethridge und die beiden Stravaganti traten in den Stall, um Sternenlicht zu besuchen. Sie stand ganz still in ihrer Box.

»Sie frisst nicht«, sagte Roderigo und schüttelte den Kopf.

Dethridge ging auf die graue Stute zu, kraulte ihr die Ohren und flüsterte ihr etwas zu. Sternenlicht warf den Kopf hoch und sah aus, als könnte sie seine Worte verstehen.

»Es war doch nur ein Scherz«, murmelte Russell mürrisch. »Ich wollte es ihr sowieso zurückgeben.«

»Geh und hol es auf der Stelle«, sagte Ralph streng.

Während Russell aus dem Zimmer war, entschuldigte sich Ralph bei Georgia. Er war offensichtlich sehr erleichtert, dass sein Sohn seine Tat eingestanden hatte – wenn auch nicht so erleichtert wie Georgia. In diesem Moment hätte sie Russell beinahe alles vergeben, solange er nur ihren Talisman zurückbrachte.

Doch das Gefühl wandelte sich rasch, als sie sah, was er in der Hand hielt, als er wieder ins Zimmer kam.

»Es tut mir Leid«, sagte er und täuschte Zerknirschung vor. »Es ist wohl ein bisschen lädiert.«

Das kleine etruskische Pferd lag mit abgebrochenen Flügeln auf seiner Hand.

Gaetanos entscheidendes Treffen mit der jungen Duchessa fand nicht in ihrem Staatssaal im herzoglichen Palast statt, sondern auf dem Dachgarten ihres Vaters. Der Diener des Regenten, Alfredo, führte den Chimici nach oben auf die Terrasse, die wie ein schwebender Garten hoch über der Stadt wirkte. Es fiel Gaetano sofort auf, dass sich die Terrassen meilenweit in die Ferne erstreckten, weiter, als es tatsächlich möglich war. Doch seine Ehrfurcht wurde durch die Tatsache gedämpft, dass der Stravagante nicht in der Nähe zu sein schien. Sein Treffen mit der Duchessa würde also privater Natur sein.

Arianna saß auf einer Steinbank und streute einem herrlichen Pfau Körner hin. Sie war in schlichte grüne Seide gekleidet und trug eine einfache Seidenmaske. Schmuck fehlte ganz und das Haar fiel ihr locker auf die Schultern. Sie sah so viel jünger aus als sonst – wenn sie auch die Herrscherin über einen bedeutenden Stadtstaat war. Plötzlich tat sie Gaetano Leid.

Bei seiner Begrüßung erhob sie sich und der Pfau lief davon; Gaetano hörte ihn kurz darauf aus der Ferne schreien.

»Guten Morgen, Principe«, sagte Arianna. »Hoffentlich habt Ihr das Diner gestern genossen?«

»Sehr sogar«, erwiderte er, obwohl er sich an keine der Speisen erinnern konnte. Es ging ihm flüchtig durch den Kopf, dass das sehr untypisch für ihn war.

»Ich hoffe auch, dass es Euch eine Freude war, Eure Cousine wieder zu treffen«, fuhr die Duchessa fort. »Ich war nicht sicher, ob sie meine Einladung annehmen würde. Ihr wisst vielleicht, dass sie bei der Wahl zur Duchessa gegen mich kandidiert hat.«

»So etwas habe ich vernommen«, sagte Gaetano, der alle Details am Abend zuvor von Francesca erfahren hatte. »Ich bin sicher, Euer Gnaden wissen, dass das nicht die Idee meiner Cousine war.«

»Sondern die Eures Cousins«, ergänzte die Duchessa. »Eure Familie hat vielerlei Pläne für Bellezza, nicht wahr?«

Das war kaum sehr diplomatisch gesagt, aber Gaetano hatte

schon festgestellt, dass es sich hier nicht um eine herkömmliche Werbung handelte. Direktes Vorgehen würde ihm besser anstehen als höfisches Getue.

»Euer Gnaden«, sagte er, »ich glaube, Ihr wisst, warum ich hier bin. Mein Vater hat an den Euren geschrieben und eine Verbindung unserer zwei Familien vorgeschlagen. Ich soll um Eure Hand anhalten.«

»Und das tut Ihr hiermit?«, fragte die Duchessa mit hochgezogenen Augenbrauen. »Solltet Ihr in diesem Fall nicht niederknien und ewige Liebe geloben?«

»Wie kann ich das?«, fragte Gaetano. »Ich kenne Euch nicht, und solange das der Fall ist, kann ich Euch nicht lieben oder so tun, als wäre das der Fall. Aber ich bin dazu erzogen worden, meinem Vater zu gehorchen. Und ich werde diese Ehe eingehen, wenn Ihr dazu bereit seid. Und wenn wir uns vermählen sollten, würde ich danach streben, ein guter Ehemann zu sein und mich Eurem Glück zu widmen.«

Das Betragen der Duchessa wurde freundlicher. »Ihr seid offen, Principe, und dafür mag ich Euch umso lieber. Doch wenn Ihr schon auf dem Markt der Ehe einen Handel eingehen müsst, solltet Ihr auch wissen, was Ihr Euch einhandelt.« Sie nahm ihre Maske ab. »Und während der Brautwerbung, wenn es sich denn darum handelt, finde ich, dass wir uns bei unseren Taufnamen nennen sollten. Meiner ist Arianna.«

»Ich heiße Gaetano«, sagte der junge Chimici, als er in das Gesicht der Feindin seines Vaters blickte und das, was er sah, ausnehmend schön fand.

»Es ist kaputt«, sagte Georgia und ihr wurde ganz elend.

»Ja, tut mir Leid, hab ich doch gesagt«, erwiderte Russell. »Das war aus Versehen.«

»Man kann sie doch kleben«, meinte Maura, die den Frieden gerne wieder herstellen wollte. »Ich kann die Teile zusammenfügen, sodass du die Stellen nicht mal siehst. Die Figur ist dann so gut wie neu.«

»Das hast du mit Absicht gemacht«, sagte Georgia zu Russell. »Weil du gewusst hast, dass mir das Pferd am Herzen lag.«

»Warum eigentlich, Georgia?«, sagte Russell scheinheilig freundlich. »Ich versteh nicht, warum dir das Ding so wichtig ist. Es ist doch nur so ein Nippes-Teil und du hast schließlich einen Haufen dieser Porzellanpferde – was ich sowieso kindisch finde. Vielleicht hat es ja was mit dem fiesen Typ zu tun, von dem du das Ding gekauft hast – der alte Kerl, mit dem du dich so gut verstehst?«

Maura und Ralph wurden hellhörig. »Was ist das für ein Mann, Georgia?«, fragte Maura.

»Der alte Typ aus dem Trödelladen«, erklärte Russell. »Ständig rennt sie hin und trinkt mit ihm Tee. Ich wundere mich, dass ihr das erlaubt. Meine Kumpel halten ihn für einen Perversling.«

Kapitel 14

Flügel

Die Auseinandersetzung wollte kein Ende nehmen und Russell verzog sich schließlich, hämisch vor sich hin lachend. Er hatte es geschafft, die Vorwürfe der Eltern ganz und gar auf Georgia zu lenken. Auf einmal stand sie unter dem Verdacht, eine heimliche Freundschaft mit einem alten Kinderbelästiger zu pflegen. Ein zerbrochenes Nippes-Stück war kaum ein vergleichbares Vergehen.

»Hört mal«, sagte Georgia schließlich entnervt zu Maura und Ralph, »warum kommt ihr nicht mal mit zu ihm? Er ist ein total netter, alter Herr und wir unterhalten uns über die Etrusker und das Pferderennen in Siena. Daran ist doch nichts Abartiges, oder?«

Maura seufzte. »So fängt es aber oft an, Georgia. So einer schmeichelt sich bei seinen zukünftigen Opfern ein, indem er ihnen Geschenke macht und harmlos tut.«

»Mr Goldsmith ist aber nicht ›so einer‹!«, rief Georgia. »Und geschenkt hat er mir auch nichts – nur Kekse. Warum hört ihr mir nie richtig zu? Ich habe für das Pferd gespart und es gekauft. Und jetzt hat Russell es zerbrochen und ihr bestraft ihn nicht mal. Mr Goldsmith ist mein Freund. So ungefähr der einzige, den ich habe.« Zumindest in dieser Welt, fügte sie in Gedanken hinzu.

Niccolò brachte Falco in seiner Kutsche in die Sommerresidenz zurück. Er war traurig, dass er sich schon so bald wieder von seinem jüngsten Sohn trennen musste. Aber wenn es das war, was den Jungen glücklich machte, würde er einwilligen. Und Falco schien viel fröhlicher zu sein und plauderte munter mit seinem Vater über Gaetanos Reise nach Bellezza und den Staatsbesuch der Duchessa anlässlich der Stellata.

»Glaubst du, dass sie ihn mögen wird, Papa?«, fragte er. »Ich kann mir nicht vorstellen, warum nicht – er ist doch so nett.«

»Mögen oder nicht ist unwesentlich«, sagte der Herzog. »Die Frage ist, ob ihr die anderen Bedingungen des Angebots zusagen.«

Falco kannte seinen Vater zu gut, um ihn zu fragen, was die anderen Bedingungen waren. »Glaubst du, sie freut sich auf das Rennen?«, wollte er stattdessen wissen.

»Wie könnte sie anders?«, sagte Niccolò. »Es ist der große Tag im Jahr der Remaner – für den die gesamte Stadt lebt und atmet.«

Falco hatte von seinem fünften bis zu seinem elften Lebensjahr jede Stellata miterlebt. Seit seinem Unfall hatte er es jedoch vermieden, zwölf jungen Männern dabei zuzusehen, wie sie auf herrlichen Pferden um den Campo stoben.

»Zum Rennen darf ich dich aber wieder holen, nicht wahr?«, sagte Niccolò. »Du hast gesagt, dass du es dir dieses Jahr ansehen willst, und ich bin sicher, dass es dir gut tun würde. Du kannst bei deinen Brüdern und mir und deinem Onkel und den anderen Ehrengästen auf der Tribüne sitzen.«

»Ja, Papa, ich komme«, sagte Falco, aber das Herz wurde ihm schwer, weil er wusste, dass er zum Zeitpunkt des Rennens vielleicht nicht mehr in Talia sein würde.

Raffaela war ein unerwarteter Gast in Paolos Haus, als Cesare, Lucien und Doktor Dethridge aus Santa Fina zurückkehrten. Die drei brachten keine guten Nachrichten mit. Und die Manusch-Frau schien bereits von ihren Nöten zu wissen.

»Aurelio hat mich geschickt«, sagte sie schlicht. »Er sagte, Ihr könntet vielleicht Hilfe brauchen.«

»Kann der Harfner hellsehen?«, fragte Paolo.

»Er kann sehen, was andere nicht sehen«, erwiderte Raffaela, »obwohl er nicht sehen kann, was andere sehen.«

»Erzähle es ihr«, sagte Lucien. »Den Manusch können wir vertrauen.«

»Uns ist etwas Wertvolles verloren gegangen«, sagte Paolo. »Ein ganz besonderes Pferd. Das Fohlen ist erst eine Woche alt, aber schon größer als ein gewöhnliches Pferd in dem Alter. Es hat die Gabe, fliegen zu können.«

Raffaela wurde sehr still. »Ein fliegendes Pferd?«, sagte sie voller Ehrfurcht. »So etwas habt Ihr?«

»Wir hatten es«, erwiderte Cesare traurig.

»Es war unser gutes Omen«, ergänzte Paolo. »Im Widder geboren und dazu ausersehen, uns Glück zu bringen – so hofften wir. Jetzt liegen die Dinge anders. Jemand hat das Glück vielleicht gestohlen.«

»Dann wird es demjenigen zum Unglück werden«, sagte Raffaela. »Wenn Ihr erlaubt, werde ich die Nachricht unter unseren Leuten verbreiten. Wir sind über die ganze Gegend verstreut; vielleicht hat jemand etwas beobachtet.«

»Woher kennst du diese Art von Pferd?«, wollte Lucien wissen.

»Wir kennen uns mit allen möglichen Pferden aus«, sagte Raffaela. »Das fliegende Pferd ist auch für die Manusch ein gutes Omen.«

Cesare zögerte. »Verzeih mir, dass ich frage«, sagte er. »Aber wenn deine Leute das fliegende Pferd auch so schätzen, würden sie es dem Widder denn trotzdem zurückbringen?«

Raffaela sah ihn ernst an. »Wir sind schließlich keine Diebe. Wir stehlen auch keine gewöhnlichen Pferde. Das Pferd mit Flügeln wäre für uns ein heiliges Wesen und wir würden es seinen ursprünglichen Wächtern zurückbringen.«

»Entschuldige«, sagte Cesare. »Ich möchte dir gerne trauen, aber ich mache mir solche Sorgen um Merla. Ich habe bei ihrer Geburt geholfen.«

»Ich verstehe dich«, sagte Raffaela. »Mir würde es genauso gehen.«

Es war nicht leicht gewesen, das geflügelte Pferd zu stehlen. Enrico hatte sich gegen Mitternacht wieder in den Büschen versteckt, während Diego das Fohlen hoch über dem Stall kreisen ließ. Die Longe war diesmal länger als zuvor und sie verwickelte sich leicht in den Baumkronen. Bei einer solchen Gelegenheit war Enrico aus seinem Versteck gekrochen und hatte die Leine durchtrennt, wobei er den Teil ergriffen hatte, an dem das geflügelte Pferd hing.

Das Fohlen hatte heftiger an der kürzeren Longe gezerrt, die es auf einmal in seinem Radius einengte, weshalb es schwieriger gewesen war, das Pferd vom Stall fortzuziehen. Enrico musste es ja von weit unten führen, bis sie auf einem freien Feld ankamen. Erst dort konnte er das Fohlen langsam heranziehen, bis es wieder auf festem Boden stand. Gleichzeitig war es praktisch unmöglich gewesen, das Pferd an dem sternlosen Himmel richtig zu sehen. Doch auf dem Boden faltete es die kräftigen schwarzen Schwingen zusammen und stand fröstelnd da, während Enrico beruhigend auf es einredete und eine warme Decke über die verräterischen Flügel legte.

Am Tag zuvor hatte sich Enrico recht gemütlich in Santa Fina eingerichtet. Die Empfehlung des Herzogs hatte ihm Einlass in die Sommerresidenz der Chimici verschafft, wo er einen sehr bequemen Raum vorfand und so viel zu essen und trinken bekam, wie er wollte. Er schmuggelte das schwarze Fohlen in eine Box im Stall und freundete sich rasch mit Nello, dem Stallknecht des Herzogs, an. Nello kannte seinen Herrn nur zu gut. Als daher mitten in der Nacht ein Fremder auftauchte, der ein offensichtlich gestohlenes Pferd dabeihatte, stellte er keine weiteren Fragen. Auch nicht, als er sah, was für ein Pferd es war. Die anderen Bediensteten verhielten sich gleichermaßen diskret und schwiegen über den neuen Besuch; es zahlte sich nicht aus, zu viele Fragen zu stellen, wenn es um die Angelegenheiten des Herzogs ging.

Am Morgen danach erkundete Enrico den Palast und staunte über die vielen Gemächer und die Weitläufigkeit der Treppenhäuser.

»Dia!«, rief er bei sich aus. »Ich hatte ja keine Ahnung, wie reich diese Chimici sind.«

An diesem Tag summte der Palast wie ein Bienenkorb. Die Nachricht war eingetroffen, dass der Herzog seinen jüngsten Sohn für ein paar Wochen herbringen würde. Alle liebten Falco wegen seines freundlichen Naturells, seines engelhaften Aussehens und seiner persönlichen Tragik.

Enrico sah von der Loggia über dem Haupteingang aus, wie die Kutsche auf der Straße auftauchte. Er beschloss sich lieber zu verdrücken, bis der Herzog seinen Sohn einquartiert hatte, und begab sich wieder zu den Stallungen hinaus, um nach seinem Schatz zu sehen. Im Grunde seines Herzens war er nicht wild darauf, Falco überhaupt über den Weg zu laufen. Nello hatte ihm genau von dem Unfall erzählt und Enrico, der jemanden umbringen konnte, ohne mit der Wimper zu zucken, war seltsam empfindlich, wenn es um Krankheit und Behinderungen ging, vor allem bei Kindern.

Georgia lag auf ihrem Bett und hielt das kaputte Pferd umklammert. Heiße Tränen brannten ihr auf den Wangen. Ihre Welt war in den vergangenen vierundzwanzig Stunden zusammengebrochen. Zum millionsten Mal wünschte sie sich, dass sie Dienstagnacht gereist wäre, statt sich zu drücken. Jetzt wusste sie nicht, ob sie je wieder nach Talia kommen würde. Und Russell war mit seinem gemeinen Trick davongekommen und verbreitete auch noch üble Gerüchte über eine ganz unschuldige Freundschaft. Wie schaffte er das? Er war im Unrecht, da gab es keinen Zweifel, aber jetzt stritten Ralph und Maura unten über sie! Wie sie Russell hasste.

Sie dachte an Gaetano und Cesare und Lucien und wie respektvoll und freundschaftlich sie mit ihr umgingen. Das traf auch auf Falco zu. Ja, es könnte sogar sein, dass das auf Falco in besonderem Maße zutraf . . . Und dann gab es da noch ihre neue Freundin Alice in der Schule. Sie aßen jetzt regelmäßig zusammen Mittag und hatten sich auch nach der Schule ein paar Mal getroffen. Es war schön, wieder eine Freundin zu haben. Nur Russell – Russell war ihr einfach verhasst! Und jetzt konnte sie wahrscheinlich nicht mal mehr Mr Goldsmith besuchen!

Plötzlich wünschte sich Georgia eine Chimici zu sein – mit all dem Geld und der Macht, die dazugehörten und die es erlaubten, seine Feinde loszuwerden. In diesem Moment hätte sie keinen Augenblick gezögert Russell einen Mörder auf den Hals zu schicken. Doch schon im nächsten Augenblick war sie entsetzt über ihre Gedanken. So war das also, wenn man so war wie der Herzog! Der einzige Unterschied zwi-

schen ihnen war, dass er tatsächlich die Macht und die Mittel hatte. Georgia schämte sich.
Es klopfte. »Georgia«, rief ihre Mutter leise, »kann ich reinkommen?«

»Mein Herr!«, flüsterte es plötzlich hinter dem Herzog, der seine ganze Willenskraft aufbieten musste, um sich gelassen umzuwenden.

»Ah!« Niccolò stieß scharf die Luft zwischen den Zähnen aus, als er sah, wer dastand. »Du wirst immer besser.«

»Tut mir Leid, wenn ich Euch erschreckt habe, Herr«, sagte Enrico. »Aber ich dachte, Ihr würdet vielleicht wieder abreisen. Und ich wollte doch nicht, dass Euch entgeht, was ich Euch zu zeigen habe.«

Er ging voran in die Ställe und führte ihn zur hintersten Box. Dort stand mit hängenden Flügeln und schwärzer als die dunkelsten Schatten das geflügelte Pferd.

»Du hast es geschafft!«, sagte der Herzog mit leuchtenden Augen. »Das kleine Wunder.«

Er trat vor und streichelte dem Fohlen die Nase. Es schnaubte traurig vor sich hin.

»Nello!«, rief der Herzog. »Komm mal her.«

Sein Stallbursche trat aus der Dunkelheit.

»Euer Gnaden?«, sagte er und verbeugte sich.

»Was kannst du für das Kleine hier tun?«, fragte Niccolò.

»Es bläst ein wenig Trübsal, mein Herr«, sagte Nello.

»Nur natürlich«, stimmte Enrico zu. »Die Mutter fehlt ihm.«

»Aber es wird sich schon daran gewöhnen«, meinte Nello. »Keine Sorge, Herr. Ich werde mich darum kümmern, als sei es mein eigenes Kind.«

»Ich ebenfalls, Herr«, versprach Enrico.

Der Herzog sah die beiden Männer an und ein Schauer überlief ihn. Aber auf ihren Sachverstand in Bezug auf Pferde konnte er sich verlassen.

»Wenn doch Georgia nur hier wäre«, sagte Cesare unglücklich.

»Was könnte sie denn tun, dessen wir nicht fähig wären?«, fragte Dethridge.

»Wahrscheinlich nichts«, sagte Cesare. »Ich würde ihr nur gerne das mit Merla erzählen.«

»Aber der Übergang hat sich doch eingespielt, nicht?«, sagte Lucien. »Seit ihrer ersten Stravaganza haben die Zeiten in den beiden Welten doch übereingestimmt. Wenn sie heute nicht hier ist, dann ist in ihrer Welt wahrscheinlich erst eine Nacht vergangen.«

»Nicht unbedingt«, sagte Paolo. »Sie könnte morgen zurückkommen und plötzlich vier Jahre älter sein. Aber wahrscheinlich hast du Recht.«

Weder Lucien noch Cesare waren erfreut über die Vorstellung, dass Georgia älter als sie zurückkommen könnte.

Die Stimmung in den Stallungen des Widders war trostlos. Den ganzen Nachmittag hatten sie Santa Fina abgesucht und waren erst spät nach Remora zurückgekommen. Am nächsten Morgen wollten sie mit ihrer Suche fortfahren. Keiner glaubte wirklich daran, dass Merlas Verschwinden ein Unfall gewesen war oder dass man sie durch die Landschaft irrend finden würde. Und selbst wenn sie umherirrte – bestand dann nicht die Möglichkeit, dass ein zufälliger Finder sie einfach behielt, um seinem eigenen Haus Glück zu bescheren?

Wenn sie jedoch gestohlen worden war, dann musste das doch bedeuten, dass das Geheimnis des Widders bekannt war.

»Ihr seid sicher, dass keinem von euch etwas in Gegenwart der Chimici rausgerutscht ist?«, fragte Paolo.

»Ganz sicher«, erwiderte Cesare. »Wir haben eigentlich überhaupt nicht über Pferde geredet, oder?«

»Nein«, sagte Lucien. »Und selbst wenn, dann glaube ich trotzdem nicht, dass einer der beiden Prinzen etwas zu Herzog Niccolò gesagt hätte.«

»Du scheinst diese Chimici ja schon beinahe zu schätzen«, sagte Dethridge. »Hast du vergessen, was sie dir angetan haben? Und der Duchessa?«

»Wie könnte ich?«, sagte Lucien. »Ich lebe jeden Tag mit dem Ergebnis ihrer Taten. Aber die beiden jüngeren Söhne sind ganz anders als ihr Vater. Und als ihr Vetter vor allem. Ich glaube, beide machen sich nicht viel aus den Plänen der Familie.«

»Und doch würde der Ungestaltete eine Ehe mit der jungen Arianna eingehen, um seinem Vater zu gehorchen«, sagte Dethridge.

»Sieh an«, sagte Lucien gelassener, als er sich fühlte. »Ihr wisst also davon?«

Sein Ziehvater blickte verlegen drein. »Verzeih mir, Luciano. Meister Rudolphe hat es mir erzählt. Ich wollte nicht davon sprechen, aber du schienst dir so sicher, dass der junge Adlige dein Freund sei. Ich kann nur eins sagen – er ist der Sohn seines Vaters und wird tun, was man von ihm verlangt.«

»Und was ist mit Arianna?«, fragte Lucien. »Was, meint Ihr, wird sie machen? Sich an den Sohn verkaufen und ihre Stadt an den Vater? So etwas würde sie doch nie tun. Sie ist die Tochter ihrer Mutter.«

»Na also«, sagte Maura. »Wir stellen es in den Backofen zum Trocknen und morgen ist es fast wie neu.«

Georgias Pferd war wieder im Vollbesitz seiner Flügel und die

Klebestellen konnte man nicht mal sehen. Maura hatte ihre Sache gut gemacht.
»Nein«, sagte Georgia. »Es verlässt nicht mein Zimmer.«
Ihre Mutter seufzte. »Wie du willst. Aber es braucht länger, um hart zu werden, wenn du es nicht an einen warmen Ort stellst.«
»Es kann auf der Fensterbank trocknen«, sagte Georgia. »Dann warte ich eben. Russell bekommt es nicht mehr in die Finger. Du hast doch gesehen, dass er es mit Absicht kaputtgemacht hat.«
Das stimmte. Die Flügel hatten ausgesehen, als hätte sie jemand säuberlich von dem Pferderücken abgebrochen. Doch Maura wollte einfach nicht glauben, dass Russell zu solchen Aggressionen fähig war. Sie wollte eine heile Familie und konnte es nicht ertragen, dass sich ihre Tochter und ihr Stiefsohn hassten.
»Du wirkst im Moment so unglücklich, Georgia«, sagte sie jetzt. »Würdest du gerne eine Weile verreisen?«
Georgia sah ihre Mutter erstaunt an. Dr. Kennedy hatte sie für gesund genug erklärt morgen wieder zur Schule zu gehen. »Bist nur ein bisschen kaputt; das kommt gegen Ende des Schuljahrs vor. Zu viele Hausaufgaben«, war seine Diagnose gewesen.
»Und die Schule?«
»Nein, die paar Tage kannst du noch gehen«, sagte Maura. »Ihr bekommt ja keine Hausaufgaben mehr auf. Aber Alices Mutter hat mich gefragt, ob du Alice gern begleiten würdest, wenn sie am Sonntag zu ihrem Vater nach Devon fährt. Alice hat gefragt, ob du mitdarfst. Und sie hat da unten sogar ein Pferd.«
»Das weiß ich«, erwiderte Georgia automatisch, während ihre Gedanken kreisten. Es würde herrlich sein, der Atmosphä-

re hier im Haus zu entkommen. Und die Aussicht, mehr Zeit mit Alice zu verbringen, war verlockend. Vor allem gefiel ihr die Vorstellung, dass Alice sie eingeladen hatte. Sie waren doch immerhin erst ganz kurz befreundet. Aber würde sie in der Lage sein, von Devon aus nach Remora zu reisen? Obwohl – sie wusste ja nicht mal, ob sie mit dem zerbrochenen Talisman überhaupt reisen konnte.

»Wann hast du denn die Mutter von Alice gesehen?«, fragte sie, um Zeit zu gewinnen.

»Sie hat mich bei der Arbeit angerufen«, sagte Maura. »Alice hat sich Sorgen gemacht, als du heute nicht in die Schule gekommen bist. Sie wollte dich selbst einladen, aber sie hat Angst gehabt, dass du vor den Ferien vielleicht gar nicht mehr kommen würdest.«

»Ich würde sehr gerne fahren«, sagte Georgia.

Maura seufzte vor Erleichterung. Damit war mal ein hormongeplagter Teenager für eine Weile aus dem Haus. Und vielleicht konnte sie Ralph überreden mit Russell zu sprechen, während Georgia fort war. Und außerdem würde Georgia diesen seltsamen Mann, von dem Russell erzählt hatte, nicht mehr besuchen. Zumindest nicht, bevor Maura ihn sich mal gründlich angesehen hatte.

Falco humpelte das große Treppenhaus der Sommerresidenz hinunter. Den ganzen Morgen hatte er auf einen Besuch von Lucien und, wie er hoffte, Georgia gewartet. Aber keiner war gekommen. Der Palast war verlassen und still und Falco verlor allmählich den Mut. Hilflos sah er die Treppe hinunter und betrachtete die vielen Stufen, die er noch vor sich hatte, dann blickte er zurück, um zu sehen, wie viele er schon geschafft hatte. Aus dem Augenwinkel sah er einen blauen Umhang, der hinter einer Säule verschwand. Er hatte ihn schon ein paar Mal bemerkt; außer ihm und der Dienerschaft war also noch jemand im Hause.

Doch dann fing die Glocke an der großen Tür zu läuten an und der Lakai ließ Lucien herein. Der junge Stravagante nahm zwei Stufen auf einmal und stand im Nu vor dem Jungen.

»Es tut mir Leid, dass ich nicht eher gekommen bin«, sagte er. »Aber ich war den ganzen Tag in der Stadt und musste etwas erledigen. Wo können wir ungestört reden?«

Am Donnerstag nahm Georgia das geflügelte Pferd vorsichtig von der Fensterbank und betrachtete es. Es war gut getrocknet. Behutsam hüllte sie es ein und steckte es in die Tasche. Sie würde es heute mit in die Schule nehmen und am Abend wollte sie probieren, ob es sie nach Remora bringen würde.

Alice wartete im Schulzimmer schon auf sie und sie freute sich offensichtlich, als sie sah, dass Georgia gesund wirkte. Und Georgia fühlte sich wirklich viel besser. Sie hatte erwartet, dass sie vor lauter Sorgen nicht schlafen würde, aber überraschenderweise hatte sie tief und fest geschlafen und war jetzt fitter als seit langem.

»Du kommst doch mit nach Devon?«, flüsterte Alice, während der Lehrer die Anwesenheit überprüfte. »Meine Mutter hat gestern Abend mit deiner gesprochen.«

Georgia nickte. »Ja. Vielen Dank. Das wird toll. Darf ich mal auf deinem Pferd reiten?«

»Na klar«, sagte Alice. »Wir können uns doch abwechseln.«

»Alice?«, flüsterte Georgia. »Kannst du eigentlich ohne Sattel reiten?«

Alice konnte gerade noch nicken, ehe sie von Ms Yates ermahnt wurden nicht zu schwatzen.

Lucien sah sich in dem langen Ballsaal erstaunt um. Am hinteren Ende standen Musikinstrumente, die in Stoffbahnen gehüllt waren, und hunderte von Spiegel reflektierten ihre beiden Gestalten, wie sie dort in der Mitte standen.

»Gibt es keinen etwas . . . kleineren Raum?«, fragte Lucien.

»Lass nur«, sagte Falco. »Hier kommt nie einer herein, außer bei großen Festen.« Er hinkte durch den Saal.

»Hier im Fenster ist es ganz gemütlich«, rief er zurück.

Lucien wurde plötzlich von einer Welle des Mitleids für den Jungen ergriffen, der aus diesem weitläufigen und trostlosen Gebäude sein Heim gemacht hatte. Sie ließen sich hinter den geisterhaften Umrissen von Harfe und Cembalo nieder und redeten leise über Georgia und Falcos Flucht.

»Ich finde«, sagte Lucien, »du solltest vorher einen Probelauf machen.«

»Was ist das?«

»Wie die Probeläufe für die Stellata, eine Art von Vorübung«, erklärte Lucien. »Erst mal muss Georgia dir einen Talisman bringen und du versuchst mit ihr zurückzureisen. Dann ist in ihrer Welt gerade Morgen und du kannst dir ansehen, ob sie dir gefällt. Ich würde eine so wichtige Entscheidung nicht treffen, ohne zu wissen, wie es dort ist. Es ist so ungeheuer anders als hier.« Er machte eine Handbewegung durch den leeren Ballsaal.

»Ich will es ja anders als hier«, sagte Falco. »Ich mache es auf jeden Fall. Wann kommt sie wohl wieder her?«

Doch Lucien musste zugeben, dass er keine Ahnung hatte. Und zum ersten Mal machte er sich Sorgen um sie.

Kapitel 15

Ein Geist im Palast

Gaetano war zu verwirrt, um seinen Aufenthalt in Bellezza zu genießen. Kein Zweifel, die Stadt war sehr schön. Sosehr er auch sein Giglia liebte – er musste doch zugeben, dass Bellezza eindrucksvoll war. Der Regent hatte seine älteren Brüder, Egidio und Fiorentino, gebeten ihm alles zu zeigen und die beiden Männer verbrachten den ganzen Tag damit, den jungen Chimici durch die Kanäle zu stochern und ihm Geschichten aus ihren Tagen als Mandoliers zu erzählen.

Sie waren erstaunlich lustige Gesellschafter, übersprudelnd vor Gelächter und Anekdoten und kein bisschen wie ihr einschüchternder jüngerer Bruder.

Gleich am ersten Tag, als Egidio die Mandola lenkte, bedeutete ihm Fiorentino an einem der Fähranleger anzuhalten. »Dort steht eine Frau und winkt uns«, sagte er. »Sie scheint wohl anzunehmen, dass wir eine Fähre sind.«

Gaetano hielt die Hand schützend über die Augen. Selbst aus diesem Abstand und obwohl die Frau die Sonne im Rücken hatte, konnte er erkennen, dass es sich um seine Cousine Francesca handelte. Die beiden Mandoliers waren nicht abgeneigt eine schöne junge Frau an Bord zu nehmen, vor allem, als Gaetano erklärte, dass sie mit ihm verwandt war.

»Was macht Ihr drei denn hier?«, wollte Francesca wissen, nachdem sie vorgestellt worden war und Gaetano es ihr auf den Kissen der Mandola bequem gemacht hatte. »Du siehst aus wie ein Vergnügungsreisender, Gaetano.«

»Nein, nein«, sagte Fiorentino. »Dann hätte er einen jüngeren Mandolier. Mein Bruder und ich haben uns schon lange aus dem Geschäft zurückgezogen, aber wir können immer noch genug, um einen Ehrengast der Stadt herumzuführen.«

»Ich würde gerne selbst mehr von der Stadt sehen«, sagte Francesca. »Mein Cousin, der Botschafter, hat mich zu meiner Hochzeit letztes Jahr hergeholt und ich habe erst sehr wenig von der Stadt gesehen außer den Hauptsehenswürdigkeiten: der Basilika und dem Markt auf der Holzbrücke. Die meiste Zeit bin ich im Palazzo meines Mannes eingesperrt gewesen und habe nur meine Zofe zur Gesellschaft gehabt.«

»Nicht mal Euren Ehemann?«, fragte Egidio, der den Hintergrund dieser Ehe wohl kannte.

»Nein«, sagte Francesca. »Ratsherr Albani ist in den Süden gefahren, um nach seinen Weinbergen bei Cittanuova zu sehen.«

Sie fügte nicht hinzu, dass sie von Rinaldo di Chimici verlangt hatte ihre Ehe mit dem ältlichen Albani annullieren zu lassen und dass sie keine Minute in Bellezza bleiben würde, wenn ihr Gatte nicht aus ihrem Umkreis verschwinden würde. Es stimmte, dass Albani im Süden Weinberge besaß; sie waren in schlimmem Zustand, weil die Pflanzen von einem Pilz befallen waren. Deshalb hatte Albani auch in die Vermählung mit der Chimici-Braut eingewilligt, denn sie brachte ihm eine große Mitgift. Es war allerdings schwieriger, als sich Francesca vorgestellt hatte, aus dieser erzwungenen Ehe wieder auszusteigen, denn Albani war schlau genug, die Mitgift nicht mehr herauszurücken.

Für die Chimici war das Ganze eine delikate Angelegenheit. Francesca hatte angenommen, dass sie, gleich nachdem die

Farce der herzoglichen Wahl vorüber war, nach Bellona zurückkehren könnte, aber sie hatte eine Botschaft von keinem Geringeren als Herzog Niccolò erhalten, dass sie in der Stadt bleiben müsse, bis die Auflösung der Ehe erreicht worden sei. Die Familie musste das Gesicht wahren und den Anschein aufrechterhalten, dass sie aus eigenem Interesse nach Bellezza gekommen war.

»Nur zu gerne zeigen wir Euch die Stadt zusammen mit dem Principe«, sagte Egidio.

Gaetano wollte gar nicht länger darüber nachdenken, woher Francesca gewusst haben konnte, dass er zu dieser Zeit auf dem Kanal war, und warum sie ohne Gesellschaft ihren Palazzo hatte verlassen können. Er freute sich einfach über ihre Anwesenheit. Und so verbrachte er seine Tage in den folgenden Wochen damit, mit Francesca und den Rossi-Brüdern die Stadt zu Land und zu Wasser zu erkunden.

Sie besuchten die Inseln und er schenkte seiner Cousine Spitze und Glaswaren und erwarb für sich selbst einen schönen neuen Dolch. Sie aßen köstliches Gebäck auf Burlesca und besuchten die Glasbläser auf Merlino. Gaetano sah sich die berühmteste Glasmaske der Stadt im großen Schausaal an und las die Geschichte dazu: Wie ein remanischer Prinz mit der damaligen Duchessa getanzt hatte, während sie das gläserne Original trug, wie sie dabei ausrutschte und die Maske ihr das Gesicht zerschnitt. Seit jener Zeit mussten in Bellezza alle unverheirateten Frauen über sechzehn eine Maske tragen.

»Das ist das einzig Gute an meiner elenden Heirat«, flüsterte Francesca. »Ich muss keine Maske mehr tragen. Ich weiß nicht, wie die Duchessa das aushält. Was nützt es einem Mädchen, wenn es schön und jung ist und herrliche Kleider und Juwelen hat und keiner sein Gesicht sehen kann? Ich nehme an, dass sie bald heiraten wird und dann ist Schluss mit der Maske.«

Diese Unterhaltung war Gaetano sehr unangenehm. Er wusste nicht, ob er Francesca erzählen konnte, warum er in Bellezza war, oder ob er ihr sagen sollte, dass ihm die Duchessa fast jeden Abend lächelnd gegenübersaß, ganz ohne ihre Schönheit zu verhüllen.

»Das muss unser Großonkel gewesen sein«, stellte Francesca fest, während sie die Beschriftung der Maske lasen.

Das holte Gaetano aus seinen Überlegungen zurück. Er und Francesca waren Chimici. Einer ihrer Vorfahren hatte mit der Duchessa getanzt. Gaetano hatte keine Ahnung, ob Arianna eine ihrer Nachkommen war, aber er wusste von der Familienüberlieferung, dass die damalige Duchessa von Bellezza den jungen Prinzen von Remora vergiftet hatte. Er wünschte sich jetzt, dass er bei der Geschichte besser aufgepasst hätte. Kein Wunder, dass es eine Fehde zischen den Chimici und Bellezza gab.

Die Frage war nur, konnte eine Hochzeit zwischen ihm und Arianna dieser Fehde ein Ende setzen?

»Nein, Junge, du musst versuchen darauf sitzen zu bleiben!«, sagte William Dethridge lachend.

Er und Cesare hatten ein Geheimnis: Sie brachten Lucien das Reiten bei. Zumindest versuchten sie es. Es lag ihm gar nicht und er wurde ziemlich oft abgeworfen. Doch sie übten auf einem Feld, das weich mit Heu gepolstert war, und es geschah ihm nichts, abgesehen von ein paar blauen Flecken und verletztem Stolz. Er wollte nicht, dass Georgia davon erfuhr, daher hatte er beschlossen seine Stunden früh am Morgen und spät am Abend zu nehmen.

Lucien war zu diesem Entschluss gekommen, als er Cesare eines Morgens bei einem der Proberennen für die Stellata ohne Sattel hatte reiten sehen. Er hatte den Jungen um die Leichtigkeit beneidet, mit der er auf dem Pferd saß, um sein Verschmelzen mit Arcangelo, dem herrlichen Braunen.

»Wenn ich noch im einundzwanzigsten Jahrhundert leben würde«, hatte Lucien zu seinem Ziehvater gesagt, »dann würde ich mich darauf freuen, nächstes Jahr meinen Führerschein zu machen. Ihr wisst schon, für das Fahren in der pferdelosen Kutsche, von der ich Euch erzählt habe. Mein Vater hatte mir ja schon ein paar Stunden auf dem Übungsplatz gegeben. Das ist nun alles vorbei – ich habe nicht mal ein Fahrrad. Deshalb sollte ich wohl lieber lernen mit talianischen Verkehrsmitteln umzugehen.«

Dethridge hatte geschwiegen. Er hörte Lucien selten von der verlorenen Zukunft mit all ihren Maschinen reden und nahm ihn einfach in die Arme. »Dann sollst du das Reiten lernen«, sagte er nur.

Und so hatten die Stunden angefangen, nachdem auch Cesare eingeweiht worden war. Sie fingen an mit Sattel, obwohl Lucien gerne ohne Sattel reiten und es Cesare an Grazie und Geschick gleichtun wollte.

»Versuche nicht zu rennen, bevor du gehen kannst«, warnte ihn Cesare.

»Ich würde mich ja gerne mit Trab begnügen!«, keuchte Lucien, der auf dem Rücken einer sanften braunen Stute durchgeschüttelt wurde, die sie für ihn ausgesucht hatten und die Dondola hieß.

»Zage nicht«, sagte Dethridge. »Wir machen schon noch einen Reitersmann aus dir.«

Georgia wusste nicht, was sie an dem Nachmittag, als sie aus der Schule kam, machen sollte. Nach Hause wollte sie nicht gehen, denn wahrscheinlich war Russell dort, aber seit Rus-

sells gemeinen Anschuldigungen hatte sie auch Hemmungen, in den Antiquitätenladen zu gehen. Sie hatte überlegt, woher ihr Stiefbruder wohl von ihren Besuchen bei Mr Goldsmith wusste. Doch schließlich sagte sie sich, dass Russell eigentlich nicht beim Laden herumlungern konnte, daher besuchte sie den alten Herrn dann doch.
Er war gerade dabei, einer Dame im Tweedkostüm zwei grüne Vasen zu verkaufen, daher wartete sie und blätterte ein paar ältere Ausgaben einer Zeitschrift durch, die auf einem Marmortischchen in einer Ecke lagen. Mr Goldsmith war äußerst guter Laune, als er die Geldscheine in seine Kasse legte. Es war sein erster Verkauf seit Tagen.
»Du siehst ja wieder besser aus, meine Liebe«, sagte er.
»Es geht mir auch gut«, berichtete Georgia. »Der Arzt hat gesagt, es sei nur Erschöpfung.«
»Und hast du dein Pferdchen wieder gefunden?«
»Russell hat es gehabt«, sagte Georgia finster. »Sie haben ihn gezwungen es rauszurücken, aber er hatte die Flügel abgebrochen. Sehen Sie.«
Sie holte das geklebte Pferd hervor und wickelte es aus. Mr Goldsmith betrachtete die Flügel.
»Das hat aber jemand sehr gut geklebt«, sagte er.
»Meine Mutter«, sagte Georgia, aber sie konnte ihm natürlich nicht erzählen, dass sie noch nicht wusste, ob das Pferd tatsächlich wieder in Ordnung war.
»Du hast also mit deinem Stiefbruder Recht gehabt?«, fragte Mr Goldsmith. »Was haben deine Eltern dazu gesagt?«
»Nichts!«, sagte Georgia verbittert. »Ich hab jetzt den Ärger am Hals, nicht er.«
»Wieso hast du Ärger bekommen?«, wollte Mr Goldsmith wissen.
Georgia zögerte. »Es ist nicht so wichtig«, sagte sie. »Eigent-

lich bin ich gekommen, um Ihnen zu sagen, dass das Pferdchen wieder aufgetaucht ist und dass ich eine Weile in Ferien gehe. Ich glaube, unsere Eltern wollen Russell und mich eine Weile trennen.«

»Deine Besuche werden mir fehlen«, sagte Mr Goldsmith, »aber das klingt ja ganz gut.«

»Ja, und ich darf ein richtiges Pferd reiten – das von meiner Freundin – in Devon.«

Rodolfo hatte einen seiner Spiegel auf den Großen Kanal gerichtet. Er verfolgte eine Mandola, die von seinem Bruder gesteuert wurde und den jungen Chimici und seine Cousine beförderte. Er lächelte, als er sah, wie die beiden jungen Leute die Köpfe zusammensteckten und Gaetano Francesca auf die Sehenswürdigkeiten aufmerksam machte.

»Es funktioniert doch gut, nicht wahr?«, sagte eine Stimme hinter ihm.

Er drehte sich zu Arianna um und lächelte jetzt ihr zu. »Ich habe dich gar nicht gehört. Muss wohl das Alter sein.«

Arianna, die durch den Geheimgang gekommen war, legte die Hand auf Rodolfos Schulter. »Aber nein«, sagte sie. »Die beiden sehen doch glücklich aus, nicht?«

»Das ist ein gefährliches Spiel, das du da spielst«, schalt Rodolfo.

»Ich?« Arianna sah ihn mit großen Augen an. »Was könnte natürlicher sein für den Principe als die Zeit mit der einzigen Verwandten zu verbringen, die er in Bellezza hat?«

Rodolfo zog eine Augenbraue hoch. »Weißt du, du wirst deiner Mutter mit jedem Tag ähnlicher.«

Und Arianna wusste nicht so recht, ob das ein Kompliment war oder nicht.

Georgia lag da, hielt das geklebte Pferd fest und dachte an Remora, wagte jedoch nicht einzuschlafen. Sie hatte furchtbar Angst, dass es mit der Stravaganza nicht klappen könnte. Doch als sie merkte, dass sie eindöste, machte sie ein feierliches Versprechen. »Wenn ich nach Remora zurückkehre, tue ich so bald wie möglich, was Falco wünscht – bevor Russell den Talisman noch mal in die Finger bekommt.«

Als Georgia die Augen öffnete, sah sie das Sonnenlicht durch die Lücken zwischen den Dachziegeln auf den goldenen Staub im Heuboden des Widder sickern. Sie hörte das Scharren der Pferde auf dem Steinboden unter ihr und das Mahlen ihrer Zähne in den Futterkrippen. Sie war zurück!

Staunend sah sie das kleine Pferd in ihrer Hand an. Es war so winzig und zerbrechlich und doch hatte Russells Zerstörungswut seiner Zaubermacht nichts anhaben können.

Georgia klopfte sich das Stroh von den einfachen remanischen Kleidern, stieg eilig die Leiter hinunter und stürzte in Paolos Haus, getrieben von der bangen Frage, wie viel Zeit seit ihrem letzten Besuch vergangen war.

Doch es schien niemand zu Hause zu sein. Georgia war enttäuscht und fühlte sich im Stich gelassen. Noch nie war das Haus leer gewesen, als sie ankam.

Völlig verunsichert saß sie an dem geschrubbten Küchentisch. Wo steckten Lucien und Dethridge und die anderen? Doch dann hörte sie aus einer Ecke ein Geräusch. Die Zwillinge schliefen in einer großen Holzwiege. Zumindest Teresa musste also irgendwo in der Nähe sein. Georgia sprang auf und rannte in den Hof. Friedlich fütterte Teresa die Hühner, zusammen mit den drei Kleinen, die jedes Mal vor gespieltem Schreck aufschrien, wenn eine der Hennen nahe bei ihren Füßchen etwas aufpickte.

Teresa sah auf und lächelte. Wie immer spürte Georgia, dass sich ihr Herz zusammenzog, wenn sie an Cesares Familie dachte. Auch wenn sie nicht unbedingt fünf jüngere Geschwister wollte – es lag einfach in der Art, wie sie sich alle gegenseitig akzeptierten und hinnahmen.

Was Teresa wohl von ihr hielt? Wusste sie, dass Georgia ein Mädchen war? Oder eine Stravagante? Georgia war nicht mal sicher, ob Teresa wusste, dass ihr Mann zu der Bruderschaft gehörte. Sie nahm Georgia immer herzlich und gastfreundlich auf und behandelte sie wie einen weiteren geschätzten Besucher neben Lucien und Doktor Dethridge.

»Guten Morgen, Giorgio«, sagte Teresa jetzt. Geschickt hielt sie den Hahn von den Kleinen fern und sah darauf, dass alle Hennen ihren gerechten Anteil bekamen. »Hast du mal ausgeschlafen?«

»Guten Morgen«, sagte Georgia. »Ich weiß gar nicht so recht, was heute für ein Tag ist?«

Teresa sah sie ziemlich neugierig an. »Donnerstag«, sagte sie.

Also waren in Remora auch zwei Tage vergangen, genau wie in ihrer eigenen Welt. Der Übergang hatte sich demnach nicht verschoben. Georgia konnte es kaum erwarten, herauszufinden, was in Remora am Dienstag und Mittwoch passiert war.

»Wo sind denn die anderen?«, fragte sie beiläufig.

»Auf der Rennbahn«, erwiderte Teresa und lächelte. »Du wirst Cesare zurzeit kaum irgendwo anders antreffen, bis die Stellata vorbei ist.«

Und Lucien auch nicht?, dachte Georgia, doch ehe sie fragen konnte, hörte sie die Pferde eintreffen.

»Da sind sie ja«, sagte Teresa und ihr Blick wurde lebhaft. »Bestimmt haben sie Hunger.«

Rasch streute sie die restlichen Körner aus, dann scheuchte sie die kleinen Mädchen ins Haus. Georgia hob Marta auf den Arm und nahm Emilia bei der Hand. Dankbar lächelte Teresa ihr zu. Doch als sie im Haus waren, sagte sie: »Geh nur zu ihnen, wenn du magst. Ich komme schon zurecht.«

Georgia rannte zum Stall hinüber und stieß fast mit Lucien zusammen, der gerade heraustrat. Er war verschwitzt und lachte. Als er sie sah, leuchtete sein Gesicht auf. »Georgia!«, rief er und nahm sie bei den Händen. »Gott sei Dank bist du zurück.«

Georgia zuckte zusammen, als ob seine Berührung sie verbrannt hätte. Dann nahm sie sich zusammen und lächelte zurück. »Es tut mir so Leid, dass ich nicht eher kommen konnte. In der ersten Nacht war ich zu müde und dann hat mein Stiefbruder den Talisman kaputtgemacht. Ich dachte schon, ich könnte nie mehr kommen.«

Plötzlich hätte sie am liebsten vor Freude auf dem Kopfsteinpflaster getanzt. Sie war wieder in Remora, Russell hatte es nicht geschafft, ihr das, was ihr zurzeit am wichtigsten war, zu verderben! Und Lucien freute sich sie zu sehen. Doch dann sah sie, wie sein glücklicher Ausdruck verschwand. Auch die anderen, die gerade aus dem Stall kamen, reagierten ähnlich – ein kurzes Lächeln, gefolgt von einer tiefen Besorgnis, die sich auf ihren Gesichtern abzeichnete.

»Was ist los?«, sagte Georgia voller Unruhe.

»Merla ist verschwunden«, berichtete Lucien leise. »Wir glauben, dass sie gestohlen wurde.«

Später am Tag erkundigte sich Paolo, ob Georgia nicht mehr so müde sei.

»Nein, vielen Dank«, sagte sie. »Aber nicht deshalb konnte ich nicht eher kommen. Mein Stiefbruder hat mir den Talisman geklaut und ihn zerbrochen.«

Paolo war entsetzt. »Weiß er denn, wozu er ist?«

»Nein. Er macht einfach gerne Sachen kaputt. Er hat gewusst, dass mir das Pferdchen wichtig ist, und hat es getan, um mich zu ärgern.«

»Ist er krank im Kopf?«, wollte Paolo wissen.

»So können Sie es ausdrücken«, pflichtete Georgia ihm bei. »Egal, was dahinter steckt, es ist schrecklich, mit ihm unter einem Dach zu leben.«

Paolo war nachdenklich. Georgia konnte sehen, dass er zu verstehen versuchte, wie sich jemand aus der Familie so verhalten konnte. Sie war sicher, dass Cesare niemals so gemein zu seinen kleinen Halbgeschwistern sein würde.

»Er macht dich unglücklich«, sagte Paolo. »Vielleicht ist das der Grund, warum dich der Talisman gefunden hat. Luciano hatte einen kranken Körper, aber du bist unglücklich in der Seele. Es macht dich unseren Nöten gegenüber aufgeschlossen.«

»Vielleicht«, sagte Georgia.

Paolo nahm ihre Hand. »Denke daran, nichts währt ewig. Weder die guten, noch die schlimmen Dinge.«

Falco nahm erneut das einsame Leben auf, das er vor der Begegnung mit Gaetano geführt hatte. Er hatte nichts zu tun, als alleine durch den Palast zu streichen und auf Besuche von Lucien und von Georgia zu hoffen. Er saß in der Bibliothek und las, bis sein Körper zu steif wurde, dann machte er sich auf seine schmerzhaften Ausflüge durch den großen Palast. Immer wieder kam es ihm so vor, als sei er nicht ganz allein. Er spürte, dass er beobachtet wurde, und wenn er sich manchmal schnell genug umdrehte, war er überzeugt einen Hauch von Blau zu erhaschen. Es kam ihm allmählich so vor, als würde er von einem Spuk verfolgt.

Und doch, auf eine andere Weise hatte er das Gefühl, selbst der Spuk zu sein. Nachdem er nun endgültig beschlossen hatte Talia zu verlassen, kam er sich im eigenen Heim nur noch wie ein Gespenst vor, das unsichtbar von Raum zu Raum schwebte. Wenn er noch viele Tage auf diese Weise zubringen musste, würde er womöglich immer durchsichtiger werden, bis es zu spät für eine Stravaganza war.

Seine Tagträumereien wurden unterbrochen vom Läuten der Türglocke und zu seiner Freude waren beide jungen Stravaganti gekommen, um ihn zu besuchen.

»Falco!«, rief Georgia aus, kaum dass sie allein waren. »Luciano hat mir von seiner Idee erzählt. Bist du zu einer Probereise bereit?«

»Zu allem«, erwiderte Falco. »Ich werde nämlich verrückt, wenn wir nicht bald etwas unternehmen.«

»Dann komm heute Abend mit«, sagte Georgia. »Komm mit mir zurück, wenn ich gehe.«

»Was ist mit dem Talisman?«, fragte Lucien.

»Das habe ich mir überlegt«, sagte Georgia. »Wie wäre es mit meinem Augenbrauenring?«

Beiden Jungen sagte der Vorschlag zu. Es war etwas aus der anderen Welt, aber Georgia hatte es nicht heimlich mitgebracht; der Ring war aus Silber und klein genug, dass Falco ihn unbemerkt in der Hand halten konnte.

»Aber warum heute Abend?«, wollte Lucien wissen. »Du hast doch bei dir daheim gar nichts vorbereitet.«

»Stimmt schon«, erwiderte Georgia. »Aber er muss ja nicht den ganzen Tag bleiben – ich meine, die ganze Nacht. Wenn ich es schaffe, ihn aus meinem Zimmer zu schmuggeln, kann er ein paar Stunden in die Schule mitkommen und sehen, ob er da klarkommt.«

»Mit in die Schule?« Lucien konnte sich den blassen, verkrüppelten Falco einfach nicht im fröhlichen Treiben der Barnsbury-Gesamtschule vorstellen. »In was für Kleidern? Er kann doch nicht einfach mit in den Unterricht. Und was ist, wenn seine Krücken nicht mitreisen? Dann kann er doch gar nicht gehen.«

Georgia zog die Stirn kraus. Das stimmte allerdings; die Sache musste wohl doch besser geplant werden.

»Wir könnten noch einen Abend warten. Dann wäre es Samstag, wenn wir zurückkommen. Ich kann ihm etwas zum Anziehen vorbereiten und Krücken organisieren. Ich glaube, wir haben Spazierstöcke in unserem Schirmständer. Aber länger können wir mit unserer Probereise nicht warten, denn am Sonntag fahre ich nach Devon und dorthin kann ich ihn nicht mitnehmen. Es wäre unmöglich, ihn meiner Freundin Alice zu erklären.«

»Und wann machen wir dann die endgültige Reise?«, fragte Falco tonlos.

»Erst, wenn ich zurück bin«, sagte Georgia bestimmt. »Ich weiß nicht mal, ob ich selbst von Devon aus reisen kann. Was meinst du, Luciano?«

»Das weiß ich auch nicht. Rodolfo war der Ansicht, dass ich von Venedig aus nicht nach Bellezza reisen könnte, aber versucht habe ich es nicht. Ich glaube, das ging nicht, weil ich außerhalb von England war. Rodolfo meint, dass der Übergang nur zwischen England und Talia funktioniert, wegen Doktor Dethridge. Aber ob du unbedingt in London sein musst, weiß ich nicht.«

»Ist Devon in einem anderen Land?«, fragte Falco und Georgia wurde klar, wie sehr sie ihm helfen musste, wenn er schließlich in ihrer Welt war.

»Falco wird mir in England wohl zur Lebensaufgabe«, sagte sie verzagt, als sie mit Lucien in die Kutsche stieg, um nach Remora zurückzufahren.

»Da hast du allerdings Recht«, bestätigte Lucien. »Bist du sicher, dass du die Sache durchziehen willst? Er wird ziemlich von dir abhängig sein – vielleicht über Jahre.«

»Es kommt doch auch darauf an, was das Sozialamt mit ihm macht, oder?«, sagte Georgia. »Erst mal müssen sie Pflegeeltern für ihn finden – wenn wir Glück haben, fällt er in den Bereich von meiner Mutter. Auf Dauer werden sie aber Adoptiveltern für ihn suchen. Er ist doch erst dreizehn. Trotzdem, du hast Recht – Falco wird mich wohl eine ganze Zeit lang benötigen.«

Kapitel 16

Die erste Reise

Es war ein Glück, dass der Unterricht am letzten Schultag in der Barnsbury-Gesamtschule schon mittags endete. Die Schüler aalten sich alle in der Aussicht auf sieben Wochen Freiheit. Fast die Hälfte konnte sich auf Ferien in sonnigen Gefilden freuen; die anderen waren einfach nur glücklich faule Tage im englischen Sommer zu verbringen – selbst diejenigen, die lange Leselisten für die Prüfungen im nächsten Jahr zu bewältigen hatten.

All das Gerede über Sommerpläne ließ Georgia an ihre eigenen denken. Sie hatte vierzehn Tage mit Alice in Devon vor sich und unmittelbar danach wollte sie Falco bei seiner Stravaganza helfen. In der zweiten Augusthälfte war vorgesehen, dass sie mit Ralph und Maura nach Frankreich fuhr – ohne Russell zum Glück. Das Positivste an dem Sommer war nämlich, dass Russell in den ersten fünf Wochen in einem Supermarkt arbeiten und dann mit seinen Freunden zwei Wochen nach Griechenland fahren würde.

Jetzt zählte sie die Tage an ihren Fingern ab: Am fünfzehnten August fand die Stellata statt. So viel wusste sie bereits. »Sie ist immer an diesem Tag«, hatte Paolo ihr erzählt. »Der Tag der Jungfrau, auch wenn ihn die Manusch den Tag der Göttin nennen.« Das würde ein Freitag sein und Georgia wollte ihn unbedingt miterleben, auch wenn es Probleme ge-

ben könnte, weil das Rennen gegen sieben Uhr abends stattfand und es da schon dämmrig werden würde.
Der Frankreichaufenthalt sollte am Wochenende nach der Stellata beginnen; Georgia hatte Glück mit Ralphs Arbeit. Er musste in einem alten Haus neue Leitungen installieren und konnte keinesfalls losfahren, bevor diese Arbeit abgeschlossen war. Die Einzelheiten der Ferienplanung hatten sich erst vor kurzem ergeben, denn Maura hatte so lange an Ralph herumgenörgelt, bis er einem Termin zugestimmt hatte. Dann hatte sie eine Reise gebucht, die jemand anders abgesagt hatte – eine Woche im Languedoc.
Den Nachmittag verbrachte Georgia in ihrem Zimmer und bereitete die Probe-Stravaganza vor, die sie für diese Nacht geplant hatten. Sie zerbrach sich den Kopf, welche Kleidergröße Falco wohl hatte. Für einen Dreizehnjährigen war er schmächtig, aber sie beschloss, er könne wohl ein altes T-Shirt und eine Jogginghose von ihr anziehen. Und er hatte kleine Füße; er würde sicher in ihre Turnschuhe passen. Sehr schick würde er natürlich nicht aussehen, aber wenigstens würde er nicht besonders auffallen, abgesehen von seinem Gang natürlich.
Georgia hatte zwei Spazierstöcke aus dem Schirmständer stibitzt und die vielen Schirme, Fahrradpumpen und sogar ein altes Plastikschwert von Russell so verteilt, dass ihr Fehlen nicht weiter auffiel. Die Stöcke sahen allerdings nicht wie Gehhilfen für einen Jungen aus. Krücken wären besser gewesen, aber Georgia hatte keine Ahnung, wie sie an welche kommen sollte. Die Stöcke versteckte sie hinten in ihrem Schrank.
Blieb die schwierige Frage nach der Unterwäsche. Georgia hatte keine Ahnung, was Talianer unter ihren Kleidern trugen, und sie wollte eigentlich auch nicht gerne fragen. Sie

selbst trug unter ihren remanischen Jungenkleidern immer gerade das, was sie nachts anhatte – sie hatte sich sogar angewöhnt ganz leichte Hemden und Hosen anzuziehen, damit ihr in der remanischen Sonne nicht zu heiß wurde.
Aber sie konnte Falco kaum eine von ihren Unterhosen anbieten. Es ging nicht anders, sie musste ein Paar von Russells Boxershorts klauen. Das war ein heikles und schwieriges Unterfangen, weil Russell nämlich zu Hause war. Zweimal ging sie an den Schrank mit der frischen Wäsche, doch Russell hing bei seiner Zimmertür herum und sie musste so tun, als hole sie Handtücher oder Wäsche für sich selbst.
Er starrte sie mit unverhohlener Verachtung an. »Was stöberst du hier dauernd rum?«, fragte er sie beim zweiten Mal.
»Ich packe für Devon«, sagte Georgia abweisend. »Was geht dich das überhaupt an?«
»Ah, natürlich«, sagte er. »Die neue Freundin. Noch so eine Pferdenärrin. Da könnt ihr euch ja gemeinsam aufgeilen, wenn ihr auf euren Pferden sitzt.«
Georgia sah ihn nur verächtlich an. Doch kurz danach hörte sie ihn nach unten gehen und rannte noch mal zum Schrank. Sie musste ein neues Exemplar suchen, dessen Gummizug noch eng war, denn Russell war viel dicker als der zarte Falco. Ihr Herz klopfte heftig, während sie die Shorts aus dem Schrank zerrte und sie danach bei den Stöcken versteckte. Was um Gottes willen würde Russell sagen, wenn er je herausfinden würde, dass sie ein Paar seiner Boxershorts hatte! Zum Glück hatte sie keine Zeit, lange darüber nachzudenken, denn ein Blick auf die Uhr sagte ihr, dass sie zu spät zu ihrer Geigenstunde kommen würde. Eilig rannte sie mit Geigenkasten und Notentasche durch die Straßen.
Als sie sich dem Haus der Mulhollands näherte, verlangsamte sie ihr Tempo. So viel war seit der letzten Woche geschehen!

Bis jetzt war ihr noch nicht der Gedanke gekommen, wie seltsam es sein würde, Luciens Mutter gegenüberzutreten. Vicky Mulholland öffnete ihr mit der üblichen freundlichen Begrüßung, doch diesmal sah Georgia sie genauer an und suchte nach Anzeichen von Trauer hinter dem Lächeln.
Als die Stunde vorüber war, lud Vicky sie zu ihrer Überraschung zu einer Tasse Tee ein. »Das war meine letzte Stunde heute«, sagte sie. »Alle meine anderen Freitagsschüler fahren schon in die Ferien, sobald die Eltern Zeit haben.«
Georgia blieb gerne noch ein bisschen; sicher würden sie über Lucien reden? Sie betrachtete sein Foto, als Vicky ein Tablett mit Bechern und Keksen hereinbrachte.
»Du hast meinen Sohn doch ein bisschen gekannt, nicht?«, sagte Luciens Mutter.
»Ja. Aus dem Schulorchester.« Georgia nahm dankbar einen Schluck Tee und überlegte, wie viel älter Lucien inzwischen schon aussah. »Es tut mir so Leid, was passiert ist.«
Es folgte eine Pause. Georgia musste daran denken, was Lucien ihr erzählt hatte: Dass er manchmal für ein paar Augenblicke in seine alte Welt zurückreisen konnte. Er sagte, seine Eltern hätten ihn dabei gesehen, und Georgia fragte sich, was Vicky bloß dachte, wenn ihr verstorbener Sohn auf unerklärliche Weise auftauchte. Bestimmt hatte sie doch zuerst gedacht, dass sie Halluzinationen hatte? War sein Anblick für die trauernde Mutter gut oder schlimm gewesen? Doch Georgia wusste, dass sie darauf wohl nie eine Antwort bekommen würde. So etwas würde ihre Geigenlehrerein ihr gegenüber bestimmt nicht erwähnen.
»Findest du es albern, dass ich sein Bild immer noch aufgestellt habe?«, fragte Vicky plötzlich.
»Aber nein, natürlich nicht«, sagte Georgia. »Er fände es bestimmt schön.«

Vicky sah sie etwas befremdet an. »Das glaube ich auch«, sagte sie leise. »Er fehlt mir so sehr.«

Lucien machte Fortschritte beim Reiten. Er lernte bereits von Schritt in Trab überzugehen, doch hinterher tat ihm alles weh und er war kaputt. Dondola war ein sanftes Pferd und Dethridge ein geduldiger Lehrer. Von Cesares Können war Lucien jedoch noch weit entfernt. Der junge Talianer flog auf Arcangelo ohne Sattel um die Rennbahn und Lucien war nicht der Einzige, der ihm mit einer Mischung aus Bewunderung und Neid zusah. Die Stallmeister der anderen Bezirke waren alle anwesend, schauten ihren eigenen Reitern zu und verglichen sie mit der Konkurrenz.

Lucien blieb nach seiner Reitstunde am Rennplatz und schaute den anderen so lange zu, dass er immer noch dort war, als Georgia auftauchte.

»Er ist doch einfach erstaunlich, was?«, sagte er.

»Ganz toll«, stimmte Georgia ihm zu. »Und er harmoniert so gut mit Arcangelo. Es wird schwer sein, die beiden zu schlagen.«

Cesare stieg ab und kam auf sie zu. Er war verschwitzt und lächelte.

»Willst du es jetzt mal versuchen, Georgia?«, fragte er.

Lucien sah zu, während Georgia eine Runde auf dem großen Braunen machte. Sie konnte gut reiten, kein Zweifel. Ohne Sattel ritt sie nicht schneller als einen flotten Trab, doch sie saß sicher und erreichte eine ganz schöne Geschwindigkeit. Als sie zu Lucien zurückkam, glühte sie vor Stolz.

»Lass uns irgendwo miteinander reden«, sagte er.

Sie setzten sich auf eine grasbewachsene Böschung mit Blick auf die Rennbahn. Dahinter lagen die Wiesenflächen mit den Herbstzeitlosen, aus denen laut Cesare der Safran gewonnen wurde, für den Remora so berühmt war. Sie guckten schon mit den Blütenstängeln aus dem Gras hervor. Cesare hatte ihnen erzählt, dass die Stadt in zwei Monaten von einem Meer goldener und violetter Blüten umgeben sein würde.

»Willst du heute tatsächlich die Probereise machen?«, fragte Lucien.

»Ich glaube, es ist die einzige Möglichkeit, herauszufinden, ob es überhaupt funktioniert«, sagte sie. »Ich hab schon ein paar Vorbereitungen getroffen.«

»Es ist gefährlich für dich, stimmt's?«, fragte er. »Ich meine, wenn ihn jemand bei dir im Zimmer findet.«

»Schon«, sagte sie. »Aber eine andere Möglichkeit gibt es doch nicht, oder?«

Lucien schüttelte den Kopf. »Ich kann mir einfach nicht vorstellen, dass sich Falco in einen Jungen aus dem einundzwanzigsten Jahrhundert verwandelt.«

»Du scheinst es doch gut hingekriegt zu haben, dich in einen aus dem sechzehnten Jahrhundert zu verwandeln«, erwiderte Georgia ruhig.

Lucien schwieg eine Weile. »Kann ich dich mal was fragen?«, sagte er dann.

Georgia nickte.

»Gehst du eigentlich noch zur Geigenstunde bei – du weißt schon, bei meiner Mutter?«

»Ja. Ich war heute gerade da.«

»Und . . . redet sie jemals von mir?«, wollte er wissen.

»Im Allgemeinen nicht, aber heute hat sie mich auf dich angesprochen.«

Lucien fuhr sich mit beiden Händen durchs Haar. »Können wir Falcos Familie so etwas antun?«, fragte er. »Ich hatte ja keine Wahl. Aber er plant so ganz kühl seinen Vater, seine

Schwester und seine Brüder zu verlassen. Was ist mit ihnen? Und wie wird es ihm bekommen? Du weißt ja, dass ich ein paar Mal daheim war, um meine Eltern zu sehen. Das ist echt hart.«

»Ich weiß«, sagte Georgia. »Ich an seiner Stelle würde es bestimmt nicht schaffen. Aber er ist ein außergewöhnlicher Mensch. Und er ist nun mal fest entschlossen.«

Für Falco vergingen die Stunden bis zur Dunkelheit im Schneckentempo. Er erwartete Lucien und Georgia kurz vor der Abenddämmerung. So aufgeregt, wie er war, konnte er sich nicht aufs Lesen konzentrieren. Er schleppte sich hinaus zu den Ställen, um mit Nello zu reden. Der war ziemlich überrascht und etwas besorgt den jungen Adligen dort zu sehen.

Aber es beruhigte Falco, bei den Pferden zu sein. Sein dringendster Wunsch war, wieder reiten zu können – und nicht nur als nutzloser Mitreiter. Um das zu erreichen, war er gewillt, alles in Talia aufzugeben.

Er humpelte durch Boxen, redete mit allen Tieren und streichelte ihnen das weiche Maul. Er kannte sie noch alle bei Namen – Fiordiligi, Amato, Caramella – und sie erinnerten sich an ihn und wieherten ihm zu.

»Was ist das da drüben für ein Pferd?«, fragte er Nello und kniff die Augen zusammen, um das schwarze Tier im Dunkel des Stalls erkennen zu können. Es hatte eine Decke über dem Rücken.

»Ach, das ist eine neue Stute, die wir für Euren Vater einreiten«, sagte Nello nervös und versuchte Falco aus dem Stall zu locken. »Ich würde nicht zu nahe rangehen. Sie ist ziemlich überspannt.«

Falco folgte dem Stallknecht in die Sonne hinaus, doch im Gehen hörte er die fremde Stute wiehern – ein klagender und lang gezogener Klang, den er für den Rest des Tages nicht vergessen konnte.

Im Bezirk der Löwin hob der blinde Manusch den Kopf, als lausche er einem Klang aus der Ferne.

»Was ist los?«, wollte Raffaela wissen.

»Etwas in der Stadt geht nicht mit rechten Dingen zu«, sagte Aurelio. »Es geht über die normalen Händel und Verschwörungen, die mit dem Rennen einhergehen, hinaus. Wenn jemand dem Widder das fliegende Pferd gestohlen hat, dann versucht er das Glück zu stehlen. Und die Göttin ist verstimmt.«

»Was wird sie machen?«, fragte Raffaela.

Aurelio wandte ihr seine dunklen, blicklosen Augen zu. »Abwarten. Aber dem Glücksdieb wird es zum Bösen geraten.«

Die Zeit für Falcos Experiment rückte näher. Er hatte die Dienerschaft informiert, dass seine zwei Freunde über Nacht bleiben würden. Zimmer, die an seines angrenzten, wurden vorbereitet, und die drei nahmen im Speisezimmer der Familie das Abendessen ein. Es war kein so großer Saal wie derjenige, in dem Gaetanos Geburtstagfeier abgehalten worden war, aber er war groß genug, um Georgia in Staunen zu versetzen. Was würde Falco, der an Paläste mit endlosen Zimmerfluchten gewöhnt war, von ihrem Haus halten?

Sie und Lucien hatten versucht ihm vom Leben im einundzwanzigsten Jahrhundert zu erzählen, hatten es dann aber schnell wieder aufgegeben. Falco konnte sich einfach keine Vorstellung von Wagen machen, die ohne Pferde fuhren. »Wenn sie nicht vorgespannt werden, schieben sie dann den Wagen von hinten?«, fragte er ungläubig. Schließlich erschien es ihnen einfach besser, ihn erst bei seiner Probereise mit Autos zu konfrontieren.

Georgia aß wenig und alle drei waren bemüht, die bevorstehende Reise voranzutreiben. Nachdem es in Talia dunkel wurde, hatten sie nur wenige Stunden. Falco entließ die Diener und Georgia und Lucien kamen mit ihm in sein Zimmer. Dort löste Georgia den Ring aus ihrer Augenbraue. Sie reichte ihn dem Jungen, der ihn verwundert von allen Seiten betrachtete, ehe er ihn an den kleinen Finger steckte.

Hinter einer Trennwand zog er sich um. Er tauchte wieder auf und sah in seinem weißen Nachtgewand lächerlich jung und zart aus. Er setzte sich ans Fußende seines riesigen Bettes.

»Was soll ich jetzt machen?«, fragte er.

Georgia setzte sich neben ihn. »Es ist ganz einfach und doch schwierig. Du musst versuchen einzuschlafen und dabei an meine Heimat in England zu denken, wo der Ring herstammt. Ich erzähle dir davon, damit du es dir vorstellen kannst. Komm, leg dich ins Bett. Ich lege mich neben dich.«

Mit einiger Mühe kletterte der Junge in das hohe Bett und Georgia legte sich neben ihn auf die Brokatdecke.

»Das ist jetzt wie eine Gutenachtgeschichte«, sagte sie. »Ich beschreibe dir mein Haus und mein Zimmer. Und denke bitte daran, was ich dir über das Aufwachen in meiner Welt gesagt habe. Wenn alles richtig klappt, bin ich auch da. Wenn ich noch schlafe, weckst du mich einfach.«

Sie holte ihren eigenen Talisman hervor.

»Luciano«, sagte Falco, »verlass uns nicht.«

»Nein«, beruhigte ihn Lucien und ließ sich in einem Stuhl am Bett nieder. »Ich bleibe.« Er wusste, dass es eine lange Nacht werden würde.

Die Sonne strömte in Georgias Zimmer und fiel auf ihr Gesicht. Sie lag auf ihrem Bett, in T-Shirt und Hose, und

schmiegte sich an den knochigen Rücken des jungen Chimici.
»Falco«, flüsterte sie, »geht es dir gut?«
Er drehte sich zu ihr um und der Blick seiner großen Augen huschte durchs Zimmer.
»Wir haben es geschafft!«, sagte er. Vorsichtig streifte er den Ring vom Finger und Georgia befestigte ihn wieder in der Augenbraue.
Dann sprang sie vom Bett, weil sie ihn möglichst rasch in seine englischen Kleider stecken wollte. Sie zeigte ihm alles, einschließlich der Unterwäsche, die ihn ziemlich verwirrte. Dann gab sie ihm die Stöcke.
»Ich ziehe mich im Badezimmer an«, sagte sie. »Und während ich weg bin, ziehst du diese Sachen hier an und versteckst dein Nachthemd in meinem Bett. Ich schließe hinter mir ab.«
Falco nickte nur und sie raffte ihre Kleider zusammen und ging.
Es war frühmorgens am Samstag und die anderen waren noch nicht auf. Eilig duschte sie, kleidete sich an und kehrte in ihr Zimmer zurück. Sie konnte es nicht riskieren, vorher anzuklopfen, deshalb schloss sie einfach auf und trat ein, wobei sie hoffte, dass Falco schon bekleidet war.
Zu ihrer Verwunderung sah sie einen ganz normalen Jungen auf ihrem Bett sitzen. Gewiss, er sah verwirrt aus und hatte das T-Shirt falsch herum angezogen. Aber eigentlich war er ungewöhnlich hübsch. Und sah nicht unbedingt aus, als käme er aus einer anderen Dimension.
»Du siehst toll aus, Falco«, flüsterte sie.
Er bemühte sich zu lächeln. »Es tut mir Leid«, sagte er, »aber ich muss mich mal erleichtern.«
»Aber sicher«, erwiderte Georgia. »Das Badezimmer ist die erste Tür rechts. Aber du musst ganz leise sein.«

Der Gedanke, dass Russell auf dem Flur mit Falco zusammentreffen könnte, war nicht zu ertragen. Sie reichte Falco die Stöcke und er stand auf, zögerte aber.
»Ich brauche aber kein Bad«, sagte er.
Georgia verfluchte sich, dass sie ihm am Abend zuvor so etwas Entscheidendes nicht erklärt hatte. Ausführlich und gleichzeitig behutsam, um ihn nicht verlegen zu machen, erklärte sie ihm, wie moderne Sanitäreinrichtungen funktionierten. Er bekam große Augen.
Sie begleitete ihn zur Tür und passte auf, während er ins Badezimmer hinkte. Sie hatte ihm zwar das Türschloss beschrieben, aber solange er sich im Bad aufhielt, war ihr Körper starr vor Angst. Das ganze Unterfangen schien ihr auf einmal unmöglich – und das hier war ja nur der Probedurchlauf.
Dann hörte sie die Klospülung und kurz darauf kam Falco heraus. Die erste Hürde hatten sie genommen.

Zu seiner eigenen Verblüffung gelang es Lucien, etwas in einem Stuhl zu dösen. Als er erwachte, war das Zimmer von Mondlicht überflutet und er hatte einen steifen Hals. Er stand auf, streckte sich und spähte auf das Bett. Falco lag wie im Schlaf, seine schwarzen Locken ringelten sich über das Kopfkissen. Von Georgia war keine Spur.

Lucien starrte den schlafenden Jungen an. Er sah absolut normal aus, doch der Stravagante wusste, dass er jemanden betrachtete, der nicht mehr da war. Er bekam schreckliches Heimweh.

»Was hast du heute vor, Georgia?«, fragte Maura. »Ich habe mir überlegt, ob du für deine Reise noch einkaufen musst?«

»Nein, vielen Dank, Mum«, erwiderte Georgia. »Ich hab schon alles, was ich brauche. Ich wollte heute ins Britische Museum.«
Von Russell kam ein verächtliches Schnauben.
»Was meintest du eben, Russell?«, fragte Ralph.
»Nichts; mir sind nur die Cornflakes in den falschen Hals gekommen«, erwiderte Russell scheinheilig.
»Ist das für die Schule?«, fragte Maura.
»Ja«, log Georgia. »Für Geschichte – Leben in der Antike. Ich wollte noch ein paar Aufzeichnungen machen, bevor ich wegfahre.«
»Streberin«, flüsterte Russell im Schutz der Geräusche des Tischabräumens.
Wenigstens bietet er nicht an mitzukommen, dachte Georgia, nicht mal, um mich zu ärgern. In ein Museum zu gehen kam für Russell nicht in Frage. Trotzdem, sie musste herausfinden, was er und ihre Eltern vorhatten. Falco aus dem Haus zu schmuggeln würde die schwierigste Aufgabe sein.
Doch sie hatte Glück. Russell und Ralph hatten schon ihre Sportsachen an und wollten in ein Fitnessstudio. Maura hatte vor sich in dem kleinen Zimmer zu vergraben, das sie und Ralph als Büro nutzten, um die Steuererklärung vorzubereiten.
»Das hab ich schon ewig vor mir hergeschoben«, sagte sie schuldbewusst.
Georgia wartete, bis die Männer gegangen waren, dann machte sie ihrer Mutter eine Tasse Kaffee und brachte sie ihr ins Büro. Maura saß mit zerzaustem Haar da und kaute auf dem Ende ihres Bleistifts, während sie auf den Taschenrechner einhackte.
»Ich geh gleich, Mum«, sagte Georgia. »Ich komm erst nach dem Essen zurück.«

Maura lächelte dankbar. »Danke für den Kaffee, Georgia. Komm, ich geb dir etwas Geld.« Sie nahm einen Zwanziger aus ihrem Geldbeutel. »Für dein Essen und die Fahrt«, sagte sie.
Georgia hatte das Gefühl, dass Maura eine ganze Weile nicht mehr aus dem Büro auftauchen würde, deshalb wagte sie es, Falco nach unten zu lotsen. Er war überraschend beweglich. Nach den großen, weiten Treppenhäusern in Santa Fina ließ er sich nicht von zwei Treppen in einem Londoner Reihenhaus unterkriegen.
Sie hatte ihm ihren Plan auseinander gesetzt: Sie wollten nach einem etruskischen Pferd suchen, das ihrem Talisman glich. Aber der Nebeneffekt sollte sein, Falco einen Vorgeschmack auf Londons Innenstadt zu geben.
Und er rastete fast schon aus, bevor sie auch nur aus dem Gartentor waren. Zwei ganz normale Autos fuhren vorbei und er sprang erschrocken zurück. Georgias Versuche, Autos und Verkehr zu beschreiben, hielten der Wirklichkeit einfach nicht stand. Mit so etwas hatte er nicht gerechnet. Was ihn jedoch überhaupt nicht beunruhigte, war das Fehlen seines Schattens. Das war ja schließlich erwartungsgemäß – war er doch jetzt ein Stravagante.
Es dauerte eine Ewigkeit, zur U-Bahn-Station zu gehen. Georgia hatte sich vergewissert, dass es eine Haltestelle mit Fahrstuhl war, damit Falco nicht Rolltreppe fahren musste, aber sie hatte nicht damit gerechnet, dass er so oft stehen bleiben musste, weil er Angst vor dem Verkehr hatte. Schließlich bugsierte sie ihn in ein Café.
»Du musst ja sowieso etwas essen«, sagte sie.
Sie bestellte Tee und Brote mit Ei. Falco, der beides nicht kannte, verschlang die Mahlzeit. Der Imbiss schien ihm gut zu tun. Der weitere Weg verlief einfacher, auch wenn Falco

auf dem Bahnsteig zurückwich, als die U-Bahn ratternd einfuhr. Georgia stellte fest, wie bemerkenswert die normalen Gegebenheiten ihres Lebens waren, wenn man sie durch die Augen des sechzehnten Jahrhunderts sah.

Beim Umsteigen am Leicester Square mussten sie Rolltreppe fahren, allerdings nur eine kurze, und das schaffte Falco ohne Probleme. Aber er war schon erschöpft, als sie in Goodge Street in den Aufzug stiegen – und von dort war es immer noch ein strammer Fußweg.

Als sie an der Ecke Gower Street und Great Russell Street ankamen, seufzte Falco erleichtert auf. »Wir sind da – gut! Ich glaube nicht, dass ich noch viel weiter gehen könnte.«

Georgia stellte fest, dass er den hübschen Kunstbuchladen, der an der Ecke war und »Britisches Museum« hieß, für ihr Ziel hielt. Was würde er nur denken, wenn er das richtige Museum sah?

»Noch ein kleines Stückchen«, sagte sie aufmunternd und führte ihn an den schwarzen Geländern vorbei. Dann standen sie plötzlich vor den Toren und Falco sah das Museum und die ganze Säulenpracht. Ihm blieb die Luft weg.

»Aber das ist ja der reinste Palast!«, rief er aus. »Was für ein mächtiger Fürst lebt denn hier?«

»Keiner«, sagte Georgia, »aber ich freue mich, dass du beeindruckt bist.« Sie führte Falco über den Vorplatz, der voller Touristen und Tauben war. Bei dem riesigen Bronzekopf an der einen Seite blieb er lange stehen.

»Ist das ein Fragment?«, fragte er. »Die ursprüngliche Statue muss ja enorm groß gewesen sein. Wo ist der Rest?«

»Es gibt keinen Rest«, erklärte ihm Georgia. »Der Bildhauer hat ihn so gemacht.«

Es lag noch ein weiter Weg über die vielen Stufen bis zum Eingang vor ihnen und Falco war völlig erschöpft, als sie

oben ankamen. Als Georgia ihm sagte, dass der Gegenstand, den sie suchten, im ersten Stock war, ging er trotzdem widerspruchslos auf die breite Marmortreppe zu.
»Warte mal«, sagte sie schnell. »Es muss doch einen Aufzug geben; so was haben sie heute immer.«
Einer der Wärter hörte sie und kam auf die beiden zu. »Die Aufzüge sind dort drüben, Miss, direkt vor dem großen Innenhof. Aber möchtest du nicht vielleicht einen Rollstuhl für deinen Freund? Die gibt es hier drüben.«
Er führte sie um eine Ecke, hinter der sich reihenweise gefaltete Rollstühle befanden, die man sich einfach ausleihen konnte.
»Wie viel macht das?«, fragte Georgia zaghaft. Wie gut, dass ihr Maura wenigstens etwas Geld gegeben hatte.
»Nichts, Miss«, sagte der Wärter lächelnd. »Bringt ihn einfach zurück, wenn ihr fertig seid.«
Er zog einen Stuhl heraus, faltete ihn auf und zeigte ihnen, wie die Bremsen funktionierten. Falco war begeistert. Sorgsam nahm er die Spazierstöcke zwischen die Beine.
»Fährt der jetzt von alleine?«, fragte er.
Georgia fiel ein, dass sie ihm von elektrischen Rollstühlen erzählt hatte. »Nein, dieser nicht«, sagte der Wärter. »Schau mal, du musst die Räder mit den Händen drehen oder deine Freundin schiebt dich an den Griffen hier.«
»Ich schiebe ihn«, sagte Georgia bestimmt. »Vielen Dank für Ihre Hilfe.«
Während sie sich entfernten, hörte Georgia, wie er leise zu einem der anderen Wärter sagte: »Der arme Junge. Warum er wohl keinen eigenen hat? Er kann doch kaum gehen.«
Rasch schob Georgia Falco auf den Aufzug zu. Es war ein sehr schmaler und nachdem sie eingestiegen waren, war kaum noch Platz für weitere Personen. Zum Glück stieg auch

sonst niemand ein. Nachdem sie ein paar Mal hin- und hergefahren waren, weil das Erdgeschoss verwirrenderweise mit zwei und der erste Stock mit sechs bezeichnet wurden, kamen sie auf den oberen Galerien an. Georgia schob Falco aus dem Aufzug und hielt an, um ihm ins Gesicht zu sehen. Während sie auf und ab gefahren waren und Georgia wegen der missverständlichen Bezeichnungen vor sich hin gemurrt hatte, war kein Ton von ihm gekommen. Jetzt bemerkte sie, dass er ganz weiß und verschreckt aussah.

»Ach, das ist nichts Schlimmes, Falco. Nur wieder eine von unseren Maschinen. Du weißt doch, die Dinger, die einen von Ort zu Ort transportieren. Hier werden sie ständig benutzt. Sie sind überhaupt nicht gefährlich.«

Um ihn abzulenken, schob sie ihn weiter, und sie kamen an ein Fenster, von dem man auf den großen Innenhof sah. »Die Königin von Saba«, verkündete ein Plakat über einer Tür und die Leute strömten hinein.

»Ist das ihr Palast?«, flüsterte Falco mit erstauntem Blick.

»Nein«, erklärte Georgia. »Das ist eine Sonderausstellung über sie. Ich frage den Wärter mal eben, wo die Etrusker sind.«

Sie mussten über eine lange Galerie, die von vielen Vitrinen mit alten Münzen gesäumt wurde. Mehrmals blieb Falco stehen und wunderte sich über die großen Messingwaagen, die man zum Wiegen von Münzen genommen hatte. »Solche habe ich in Giglia auch schon gesehen«, sagte er. »Das Vermögen meiner Familie stammt aus Bankgeschäften, weißt du.«

Dann erreichten sie Saal 69 und standen vor einer Furcht erregenden Marmorgruppe von Männern, die auf einen Stier einstachen. Ein kleiner Hund sprang an dem Tier hoch und leckte die marmornen Blutstropfen auf, die aus seiner Dolch-

wunde strömten. Falco starrte das Standbild eine Ewigkeit an.
»Mithras«, sagte Georgia. »Römisch, zweites Jahrhundert nach Christus.«
»Das Gleiche steht auch in unserem Palast in Santa Fina«, sagte Falco mit leiser Stimme. »In einem Hof – ich zeige es dir, wenn du das nächste Mal da bist. Wir nennen es natürlich remanisch.«
Schließlich erreichten sie Saal 72, *Italien vor dem Römischen Reich,* und sie machten sich auf die Suche nach dem geflügelten Pferd. Falco wollte sich hier jetzt selbst rollen, daher bewegten sich die beiden in verschiedene Richtungen. Plötzlich rief Falco: »Georgia – komm und sieh dir das hier mal an!«
Sie eilte hinüber, um zu sehen, was er entdeckt hatte. Es waren vier Bronzefiguren von Knaben mit ihren Pferden, alle ungefähr zehn Zentimeter hoch. Auf dem Etikett stand: *Vier Bronzestatuetten von Knaben, die von ihren Pferden absteigen; Beiwerk einer Urne aus Campanien. Etrusko-campanisch, um 500–480 v.Chr. Wahrscheinlich in Capua entstanden. Die Knaben scheinen an einem urtümlichen griechischen Rennen teilgenommen zu haben, bei dem die Reiter abstiegen und das letzte Stück laufend neben ihren Pferden zurücklegten.*
Die Knaben waren alle nackt und hatten die Haare in sehr mädchenhaftem Stil zurückgebunden, aber sie waren athletisch und muskulös und ritten ohne Sattel. Alle stiegen nach rechts ab.
»Sind sie nicht wundervoll?«, sagte Falco. »Weißt du, dass die Stellata von so einem Rennen abstammen soll? Dieses Rennen unserer Vorfahren – der Rasenna, wie wir sie nennen – fand auf einer Geraden statt und auf dem letzten Stück sind die

Reiter abgestiegen. Gewinner waren Ross und Reiter, die die Ziellinie als Erste überquert haben.«

Doch das geflügelte Pferd fanden sie dann an einem anderen Platz im gleichen Saal. Es war keine Figur, sondern ein Bild auf einer schwarzen Schale. Und unter einer Museumstafel mit den geschichtlichen Daten der Etrusker fanden sie noch eine ähnliche Zeichnung: die Darstellung von zwei geflügelten Terracotta-Pferden, die Seite an Seite nahe beieinander standen – ein Fundstück aus Tarquinia.

Nachdem sie an einem Stand vor dem Museum Hotdogs und Pepsi zu sich genommen hatten, machten sich Georgia und Falco auf den mühsamen Rückweg. Der talianische Junge war vollkommen überwältigt von den Erlebnissen des Tages und so erschöpft, dass Georgia ihn entkleiden und in sein Nachtgewand stecken musste. Stillschweigend ließ sie ihm Russells Boxershorts an. Falco hatte keine Mühe, auf Georgias Bett einzuschlafen, nachdem sie ihm den Ring gegeben hatte. Sie sah zu, wie er verschwand, wobei er zunächst verblasste und durchsichtiger wurde. Sie wagte nicht mitzukommen und hoffte nur, dass er auch alleine sicher zurückreisen würde.

Lucien wachte durch ein Geräusch vom Bett her auf, obwohl es noch Nacht war. Falco saß kerzengerade vor ihm. Er blickte an dem Spitzenbesatz seines Nachthemds hinunter und fing an zu zittern. Lucien setzte sich neben ihn und legte ihm den Arm um die Schultern.

»Wie ist es gewesen?«, fragte er.

»Es war . . . unbeschreiblich«, sagte Falco. »Eine Welt voller Wunder.« Er drehte an dem Silberring an seinem Finger.

»Und ist es dir dort gesundheitlich besser gegangen?«, wollte Lucien wissen.

»Es war, wie du gesagt hast«, erwiderte Falco. »Mein Bein blieb unverändert. Aber ich habe mich die meiste Zeit ziemlich kräftig gefühlt. Und ich bin sicher, dass dieser Ort die Magie besitzt, die ich brauche, damit ich gesund werde.«

»Nicht Magie – Wissenschaft«, sagte Lucien im Dunkeln und erinnerte sich, wie er einst das Gleiche zu Rodolfo gesagt hatte. Nur dass er sich jetzt nicht mehr ganz so sicher war.

Kapitel 17
Die Transfiguration

Es fiel Georgia schwer, dazusitzen und zuzusehen, wie Falco aus dem Zimmer verschwand. All ihre Instinkte riefen ihr zu ihren Talisman hervorzuholen und ihm nachzustürzen. Aber sie wusste, dass Lucien ihn in Santa Fina erwarten würde, und sie selbst wagte es nicht, schon am Nachmittag zu verschwinden. Sie konnte Maura auch schon rufen hören. Sie würde also bis zum Abend warten müssen, bevor sie herausfinden konnte, was in Santa Fina passiert war.

»Ah, Georgie«, sagte Maura und steckte den Kopf zur Tür herein. »Ich dachte doch, dass ich dich gehört habe. Wie war's denn im Britischen Museum?«

»Schön«, sagte Georgia. »Ich hab mir viele Notizen gemacht.« Sie schwenkte ihr Heft unbestimmt in Mauras Richtung.

»Warum hast du denn die alten Spazierstöcke von Oma hier?«, fragte Maura stirnrunzelnd. Georgia erschrak schuldbewusst. Die Stöcke lehnten noch am Bett.

»Ich hab sie für ein Kreativprojekt gebraucht, das wir in Englisch machen«, sagte sie rasch und staunte selbst darüber, mit welcher Leichtigkeit ihr die Lüge über die Lippen kam. »Wir sollen in den Ferien eine Hausarbeit über Richard den Dritten machen – wie er als Krüppel die Dinge sieht.« Zum Glück war das tatsächlich ihr Shakespeare-Stück auf der Prüfungsliste.

»Behinderter«, rügte Maura automatisch. »Ist schon in Ordnung. Aber du hättest vorher fragen können.«
»Tut mir Leid«, sagte Georgia. »Ich wusste nicht, dass es dir was ausmacht.«
»Es macht mir nichts«, erwiderte Maura. »Aber übertreibst du nicht ein bisschen? Erst römische Geschichte und jetzt Englisch. Heute ist der erste Ferientag, denk dran!«
»Und morgen fahre ich zwei Wochen nach Devon. Ich will doch nicht dort mit Alice Hausaufgaben machen!«
Maura sah sie prüfend an. »Nein, wohl nicht.« Dann sagte sie plötzlich: »Du trägst deinen Augenbrauenring ja gar nicht. Hast du ihn satt?«
»Nein. Er hat nur ein bisschen gejuckt, deshalb hab ich gedacht, ich nehm ihn mal eine Weile raus.«
»Sieht nett aus ohne«, sagte Maura. »Und vielleicht solltest du ihn in Devon sowieso nicht tragen. Sonst hält dich Alices Vater noch für einen Punk. Dein Haar ist auch gewachsen. Es wundert mich, dass du es vor dem Besuch bei Alice nicht noch hast schneiden lassen.«
Georgia seufzte. »Ich mach den Ring wieder rein, wenn es nicht mehr juckt. Und ich glaube kaum, dass er Alices Vater überhaupt auffällt. Und solange ich weg bin, ist mir mein Haar ziemlich egal. Es ist niemand da, der mich groß ansieht, außer ihm und Alice. Ich lass es schneiden, wenn ich zurück bin.«

Merla ließ die Flügel hängen. Sie hatte nicht genug Bewegung und ihre Mutter fehlte ihr ebenfalls. Weil sie so schnell wuchs, brauchte sie Sternenlichts Milch zwar nicht mehr, aber sie fraß trotzdem nicht richtig und wirkte sehr mager.

»Du musst sie nachts rausnehmen«, sagte Nello zu Enrico, der immer noch im Palast wohnte.

Enrico war zu demselben Schluss gekommen. Es war zwar riskant, aber was nützte einem ein geflügeltes Pferd, wenn es nicht fliegen konnte?

»Heute Abend versuche ich es«, sagte er.

Georgia packte ihre Sachen fertig und wollte früh zu Bett gehen. Aber Russell machte ihr einen Strich durch die Rechnung. Er hing auf die Art in seiner Tür herum, die sie so fürchtete. Es bedeutete, dass er nichts zu tun hatte und nach dem geringsten Anlass suchte, um sie zu piesacken. Und wie es schien, hatte er etwas im Hinterhalt.

»Wo hast du denn den neuen Freund aufgetrieben?«, fragte er wie nebenbei.

Georgia erstarrte. »Keine Ahnung, was du meinst«, sagte sie so ruhig wie möglich.

»Maz hat dich gesehen. An der U-Bahn-Station. Mit so 'nem Spastiker. Was ist das nur mit dir? Du scheinst immer bloß Missgeburten anzuziehen. Wahrscheinlich, weil du selbst so abartig bist.«

Georgia ging nicht darauf ein. Das war eine Taktik, die manchmal half. Vielleicht wurde es Russell dann langweilig und er ließ sie in Ruhe.

»Maz hat gesagt, dass er noch ein Kind war«, fuhr er unbeirrt fort. »Ein verkrüppeltes Kind. Was Maura wohl dazu sagen würde? Schmierige alte Männer und abartige Freaks. Was kommt als Nächstes?«

Falco hatte lange gebraucht, um wieder einzuschlafen, nachdem er nach Santa Fina zurückgekehrt war. Er wollte Georgias Ring anbehalten, aber Lucien nahm ihn ihm weg.

»Du willst doch nicht noch einmal in England landen. Ich bleibe jetzt bei dir, bis du eingeschlafen bist, dann gehe ich in mein Zimmer.«

Georgia hatte gehofft, dass sie in Talia in Falcos Palast aufwachen würde, weil sie ja das letzte Mal von dort gereist war. Aber ihr geflügeltes Pferd trug sie zu ihrem üblichen Eingangsort, dem Heuboden im Widder.

Daher musste sie ein Pferd von Paolo leihen und nach Santa Fina hinausreiten. Die beiden Diener im Palazzo, die ihr Pferd versorgten und sie einließen, machten gleichermaßen verwunderte Gesichter. Sie hatten geglaubt, dass der junge Remaner über Nacht im Palast geblieben sei, und konnten nicht verstehen, wieso er auf einmal auf einem Pferd dahergeritten kam. Doch der Hausdiener ließ Georgia zu ihrem Zimmer hinaufsteigen und sie öffnete die Trenntür zu Falcos Raum. Er schlief noch. Blass und erschöpft lag sein Gesicht auf seinen Kissen.

Die Tür zum nächsten Raum öffnete sich und Lucien trat ein. Er hatte dunkle Ringe unter den Augen, aber als er Georgia sah, lächelte er.

»Du hast es geschafft!«, sagte er. »Falco hat mir alles erzählt. Er fand es ganz herrlich.« Lucien reichte ihr den Silberring.

»Auch den Verkehr?«, fragte Georgia, während sie den Ring wieder anbrachte.

»Auch den Verkehr.«

Georgia setzte sich in einen Sessel. Sie war plötzlich ganz erschöpft. »Wir haben jetzt wohl zwei Wochen Zeit«, sagte sie, »wenn ich Glück habe und von Alice aus jede Nacht herkommen kann. Nach dem Rennen würde er sowieso nach Giglia zurückkehren. Und nachdem Russell meinen Talisman schon einmal kaputtgemacht hat, traue ich mich nicht, es länger als nötig aufzuschieben. Uns bleiben also zwei Wochen, um ihm alles beizubringen, was er über das Leben im einundzwanzigsten Jahrhundert wissen muss.«

»Das schaffen wir«, sagte Lucien. »Wir machen es gemeinsam.«

Die nächsten beiden Wochen waren die hektischsten in Georgias Leben. Am nächsten Tag fuhr sie mit Alice in der Eisenbahn nach Devon. Alices Vater Paul holte sie mit seinem Landrover ab.

Er war ein netter, bärtiger Mann, freundlich und witzig. Wenn Georgia nicht die Paläste in Talia gekannt hätte, hätte sie sein Anwesen in Ehrfurcht versetzt, aber so kam es ihr normal vor. Es war ein großes Bauernhaus aus roten Ziegeln, mit Nebengebäuden und Ställen und einer Pferdekoppel. In den Ställen stand Alices Pferd, eine große braune Stute namens Trüffel.

Noch bevor sie auspackten, gingen die Mädchen sie besuchen.

»Die ist ja toll«, sagte Georgia neidisch. Es war ja schön und gut, die Pferde im Widder-Stall in Talia reiten zu dürfen, aber im richtigen Leben würde sie wohl nie ein Pferd besitzen. Und da war Alice, ein Mädchen ihres Alters, die ein eigenes Pferd hatte, das sie die ganzen Ferien über reiten konnte – und jedes Wochenende, wenn sie wollte.

Der Stall hatte noch einen zweiten Bewohner. »Darf ich vorstellen? Conker«, sagte Paul. In der Box neben Trüffel stand ein Wallach, der dem remanischen Arcangelo ziemlich ähnlich war.

»Wo kommt der denn her?«, fragte Alice, die genauso überrascht war wie Georgia.

»Er gehört meinem Nachbarn«, klärte Paul sie auf. »Du

weißt doch, Jim Gardiner, weiter unten an der Straße. Er ist in Ferien und wollte Conker in einem Mietstall unterstellen, aber ich hab ihm angeboten auf ihn aufzupassen, wenn die Freundin meiner Tochter ihn reiten dürfte. Das hab ich doch gut gemacht, oder? Du würdest doch gerne reiten, solange du hier bist, Georgia? Alice hat erzählt, dass du ziemlich gut bist. Glaubst du, dass du mit ihm fertig wirst?«

Georgia war sprachlos vor Freude und konnte nur nicken. Das war ja wie im Himmel.

Die Mädchen gewöhnten sich einen gemütlichen Rhythmus an. Georgias Zimmer lag neben dem von Alice und zu ihrer Erleichterung fand sie heraus, dass ihre Freundin keine Frühaufsteherin war. Das bedeutete, dass Georgia nach ihrer Rückkehr aus Talia noch ein paar Stunden Schlaf bekommen konnte.

Wenn die zwei Mädchen dann morgens nach unten kamen, war Paul schon seit Stunden zu seiner Arbeit als Rechtsanwalt in die benachbarte Stadt gefahren. Georgia und Alice machten sich ein kombiniertes Frühstück und Mittagessen aus Pfannkuchen, Obst und Eiern und dann verbrachten sie den restlichen Tag mit Reiten.

Stundenlang ritten sie mit Trüffel und Conker in die Heide, und wenn sie genug hatten, ließen sie die Pferde grasen, während sie selbst sich auf den weichen Torfboden setzten und dicke Stullen verspeisten, die sie in ihren Satteltaschen mitgebracht hatten.

Es war ein verzauberte Zeit. Die Tage waren lang und sonnig und die Mädchen erzählten sich endlos von ihren Familien. Alice berichtete von der Ehe ihrer Eltern. Sie hatten sich an der Universität kennen gelernt. Ihre Mutter, Jane, war politisch aktiv und Vorsitzende des Studentenbundes gewesen. Und keiner hatte je erwartet, dass sie sich mit Paul zusammentun würde, dem einzigen Sohn aus einer gutbürgerlichen Mittelklasse-Familie.

»Sie haben sich schon bald nach meiner Geburt getrennt«, erzählte Alice. »Und als meine Großeltern gestorben sind, ist mein Vater nach Devon zurückgezogen. Ich kenne das Haus hier schon, solange ich denken kann.«

»Verstehen sie sich noch, deine Eltern?«, fragte Georgia.

»Inzwischen gar nicht mal so schlecht«, sagte Alice. »Beim letzten großen Streit ging es um meine weiterführende Schule. Dad wollte, dass ich auf ein Mädcheninternat hier in der Nähe ginge und Mum war dagegen. Ihre Tochter und ein Privatinternat – auf keinen Fall. Sie ist jetzt Stadträtin in der Labour-Partei, verstehst du. Sie bestand darauf, dass die örtliche Gesamtschule gut genug sei; Mum und ich waren inzwischen nach Barnsbury gezogen. Es gab einen Riesenkrach, und als ich schließlich an der Internatsschule anfing, redeten sie kaum noch miteinander. Aber zufällig gefiel es mir dort überhaupt nicht und so hat Mum schließlich ihren Willen durchgesetzt und mich auf die Barnsbury-Gesamtschule gesteckt.«

»Und war ihre Entscheidung richtig?«, fragte Georgia.

»Na ja, ist doch nicht so schlecht, oder? Das Schwierige ist nur, dass ich das Gefühl habe, zwei verschiedene Leben zu führen.«

»Das trifft aber wohl auf jeden zu, dessen Eltern sich getrennt haben.«

»Schon, aber wenn du an Scheidungskinder in unserer Klasse denkst – Selina, Julie, Tashi oder Callum zum Beispiel –, die haben wenigstens beide Eltern in London. Wenn sie ein Wochenende bei ihren Vätern sind, ist das nicht so ein Umstand. Ich brauche Stunden, um herzukommen, und mein Wochenende besteht nur aus einem ganzen Tag. Aber ich bin so gern hier. Es hält mich davon ab, durchzudrehen, wenn ich in der Stadt bin. Eigentlich würde ich am liebsten ganz hier wohnen, aber das würde Mum nie erlauben. Deshalb komme ich mir so anders als die anderen vor; mein Vater ist nicht so wie die Väter von den anderen in der Schule. Ich würde sterben, wenn sie wüssten, wie unser Leben hier aussieht. Du bist die Einzige aus der Klasse, die ich jemals mitgebracht habe.«

Georgia fühlte sich geehrt. Vielleicht war es ja für sie leichter, weil sie sich an ihren Vater kaum erinnern konnte. Sie erzählte Alice auch von ihrer Familie, vor allem von Russell. Alice kannte ihn natürlich, zumindest vom Sehen, und sie überraschte Georgia ziemlich mit der Auskunft, dass es einige Mädchen in ihrer Klasse gab, die für ihn schwärmten.

»Aber er ist doch ein Ekel!«, sagte Georgia. Dann dachte sie darüber nach. Sie sah Russell immer nur mit abfälligem Gesichtsausdruck und hassverzerrten Zügen. Wenn er lächelte, sah er vielleicht gar nicht so schlecht aus. Er war groß und gut gebaut und hatte dichtes braunes Haar und braune Augen. Sie musste zugeben, dass er äußerlich nicht hässlich war. Aber ihr würde er immer so vorkommen, weil er charakterlich so verquer war. Er war das genaue Gegenteil von Gaetano, der ziemlich hässlich, aber so liebenswürdig war, dass jeder ihn mochte, der ihn kannte.

Am Spätnachmittag ritten die Mädchen dann langsam zur Farm zurück und übten auf der Koppel ohne Sattel zu reiten. Georgia konnte es zunächst besser als Alice, weil sie es in Remora bereits geübt hatte. Doch auch Alice wurde rasch besser. Ohne Sattel zu reiten, war völlig anders als mit einem. Zu Anfang war es unbequem, aber dann fühlte man sich viel mehr eins mit dem Pferd. Diese totale Einheit von Tier und Reiter hatte Doktor Dethridge wohl als Zentaur bezeichnet.

Georgia wollte am liebsten nur noch so reiten, wenn es um Tempo ging. Was Jean wohl sagen würde, wenn sie das für ihre Reitstunden vorschlagen würde?

In Talia verbrachte Lucien viel Zeit damit, Falco zu besuchen. Auch er entwickelte einen bestimmten Rhythmus, wie Georgia in Devon. Die frühen Morgenstunden verbrachte er mit seinen heimlichen Reitstunden, dann holte er Georgia im Widder ab. Meistens nahmen sie die Kutsche nach Santa Fina und verbrachten die Zeit mit Falco, um ihn auf die große Veränderung in seinem Leben vorzubereiten.

Kein Talianer hätte verstanden, worum es in den Lektionen ging.

»Du musst in die Schule gehen«, sagte Georgia. »Und wenn du in meiner Nähe wohnst, dann wird das meine Schule sein, auf der auch Luciano war.«

»Du kommst in die neunte Klasse«, sagte Lucien. »Dann hast du ein ganzes Jahr, bevor du dich für deine Wahlfächer entscheiden musst. Du hast also erst mal alle Fächer.«

Georgia zählte sie an den Fingern auf: »Englisch – das wird kein so großes Problem werden, denn du hast die Sprache ja verstehen und sprechen können, als du drüben warst. Und lesen tust du auch ständig.«

Falco nickte. »Weiter«, sagte er.

»Dann Mathe, Chemie, Physik und Biologie.«

»Ein bisschen Mathematik und Astrologie habe ich gelernt«, sagte Falco. »Und ein bisschen Anatomie, aber vor allem, um zu zeichnen.«

»Ach so, ja«, sagte Lucien. »Du kannst auch Kunst als Schulfach nehmen und Musik.«

»Was ist mit Sprachen?«, fragte Georgia. »Kannst du Französisch? Oder besser, gibt es überhaupt so ein Land wie Frankreich in dieser Welt?«, wandte sie sich an Lucien.

»Sie meint Gallia«, erklärte Lucien.

»Ich kann Gallisch«, sagte Falco. »Reicht das?«

»Das ist ziemlich ähnlich, soviel ich weiß«, meinte Lucien. »So ähnlich wie Talianisch und Italienisch.«

»In Klasse elf kannst du dann Italienisch wählen«, sagte Georgia. »Das könnte zum Beispiel eins deiner Wahlfächer werden. Informatik wird das große Problem werden.«

»Was ist das?«, wollte Falco wissen.

Den restlichen Tag verbrachten sie mit dem Versuch, dem jungen Talianer Computer begreiflich zu machen. Er konnte sich einfach nichts darunter vorstellen.

Dann waren da noch das Fernsehen, Mobiltelefone, Fußball, Fastfood, das moderne Geld, elektrisches Licht, CDs, Gameboys, Mikrowellen, Flugzeuge. Falcos Augen wurden immer größer. Auch stellten sie fest, dass es große Probleme in Geschichte und Geografie geben würde. Sie hatten vier Jahrhunderte, von denen er nichts wusste, und standen am Beginn eines neuen. Und Falcos geografisches Wissen von Talia drehte sich um das, was er das Mittlere Meer nannte, und es beruhte auf Globen, die er daheim in Giglia hatte.

Andrerseits war er klug und hatte eine schnelle Auffassungsgabe. Sport würde nicht in Frage kommen, bis sein Bein gerichtet wäre, daher konnte er zusätzliche Zeit in der Bücherei verbringen und aus Büchern und dem Internet lernen. Das Internet fand Falco natürlich auch schwer zu verstehen. Wie Rodolfo, dem Lucien das einmal erklären wollte, stellte sich auch Falco ein großes Spinnennetz vor und konnte nicht fassen, dass jeder es zu Auskünften anzapfen konnte.

»Ist es nicht den Mächtigen vorbehalten?«, fragte er einmal. Sowohl Georgia als auch Lucien überlegten, dass Niccolò di

Chimici, sollte es je ein talianisches Äquivalent zum weltweiten Netz geben, das bestimmt unter seine Kontrolle bringen wollte. Aber sie sprachen den Gedanken vor Falco nicht aus.

Als sie eines Tages auf dem Rückweg nach Remora waren, schnitt Lucien ein Problem an, das ihn schon die ganze Zeit beschäftigt hatte, seit Falco sie um ihre Hilfe gebeten hatte.

»Du redest immer so, als würde er irgendwo in Islington wohnen, aber wo denn nur?«, fragte er Georgia. »Was wird mit dem behinderten Jungen aus Talia geschehen, der plötzlich aus dem Nichts auftaucht?«

Georgia überlegte, wie viel sie Lucien von ihrem Plan schon mitgeteilt hatte. »Du weißt doch, dass meine Mutter Sozialarbeiterin ist? Sie ist genau genommen Leiterin der Abteilung, die sich um Pflegestellen und Adoption kümmert. Ich versuche es so zu deichseln, dass sie ihm ein Zuhause besorgt. Am besten wäre es, so zu tun, als habe er das Gedächtnis verloren. Dann ist es doch egal, ob er von den Behörden Fragen gestellt bekommt, die er nicht beantworten kann.«

Falco wurde auf einmal von seltsamen Träume heimgesucht. Immer wieder war er plötzlich in einem Tunnel, in dem ein fauchender Drache auf ihn zustürzte. Er steckte in einer winzigen Kapsel, die mit unheimlicher Geschwindigkeit auf und ab schwebte. Und dann war er mit einem Mal am oberen Ende eines silbern schimmernden Treppenhauses, das unter ihm wegsackte. Seine Stöcke entglitten ihm und er stürzte kopfüber hinterher. Dann wachte er schweißgebadet und in Panik auf.

Und wenn es ihm gelang, danach wieder einzuschlafen, setzte oft ein anderer Traum ein. Da hörte er einen klagenden Schrei und ein Rauschen wie von riesigen schlagenden Flügeln. Aber er wusste, dass das Geräusch nicht von einem Vogel kam, auch wenn er kurz vor Ende des Traums noch einen Blick auf schwarzes Gefieder erhaschte.

Gaetano führte in Bellezza immer noch ein Doppelleben. Die Abende verbrachte er meistens mit der jungen Duchessa, der er den Hof machen sollte, und jeden Tag war er mit der Cousine zusammen, die er immer noch genauso liebte wie damals, als sie als Kinder miteinander gespielt hatten.

Doch seine Gefühle für Arianna wandelten sich. Und ihr ging es genauso. Er war ein liebenswerter und geistreicher Gesellschafter, sehr klug und unterhaltend. Je mehr Zeit sie mit ihm verbrachte, desto weniger hässlich kam er ihr vor. Ja, sie freute sich sogar auf die Abende mit ihm. Und sosehr sie Lucien auch vermisste, so wohltuend war es doch, mit einem Talianer aus einer Herzogfamilie zusammen zu sein, der wusste, was es bedeutete, eine Rolle in der Gesellschaft spielen zu müssen. Immer wieder musste sie daran denken, dass sein Vater ja angeblich für den Mord an ihrer Mutter verantwortlich war.

Und auch Gaetano konnte das nie vergessen. Er kannte das Gerücht, dass Herzog Niccolò jemanden beauftragt hatte Ariannas Mutter in die Luft zu sprengen. Genau das war es ja, was die Heiratspläne seines Vaters jetzt so empörend machte.

»Was haltet Ihr von dem jungen Spross aus der Familie unserer Feinde?«, fragte eine Besucherin Rodolfos eines Abends beim Diner. Sie war gekleidet, wie es bei talianischen Witwen üblich war: in dunkle Farben und einen zarten Schleier. Doch ihr kobaltfarbenes Kleid war stilvoll geschnitten und sie trug ein Saphirarmband.

Der Regent war nervös. »Du weißt doch, dass du mich hier nicht besuchen solltest, Silvia«, sagte er leise. »Das ist zu riskant.«

»Ich habe ihn auf dem Kanal mit der törichten jungen Frau gesehen, die bei der Wahl gegen Arianna angetreten ist«, sagte Silvia und überging seine Bemerkung einfach. »Aber inzwischen scheint er der Duchessa auch viel Aufmerksamkeit entgegenzubringen.«

»Er ist ein prächtiger junger Mann«, sagte Rodolfo. »Nicht wie sein Vater oder sein Vetter, der Botschafter. Aber ich glaube, er folgt noch immer den Anweisungen seiner Familie statt seinem Herzen.«

Silvia neigte den Kopf. »Vielleicht ist es das, was Menschen seines Standes – und Ariannas Standes – tun sollten. Es steht mehr auf dem Spiel als schwärmerische Liebe.«

»Willst du ernsthaft vorschlagen, sie solle ihn erhören?«, fragte Rodolfo.

»Ich schlage nur vor, dass ihr beide, du und sie, sorgfältig nachdenken solltet, ehe ihr ihn abweist«, erwiderte Silvia. »Mir haben die Chimici nie einen Ehevertrag angeboten. Es könnte doch ein interessanter Weg sein.«

An einem Freitag, fast zwei Wochen, nachdem sie nach Devon aufgebrochen war, nahm Georgia mit Alice den Zug nach Paddington. Georgia war am nächsten Tag für eine Reitstunde eingetragen und wollte sie nicht versäumen; sie hatte sie schon um ein Wochenende verschieben müssen. Es war Anfang August und wieder daheim zu sein war merkwürdig. Maura und Ralph und Russell arbeiteten noch und deshalb fuhren die Mädchen mit der U-Bahn nach Islington. Dort umarmten und verabschiedeten sie sich vor der Station. Am Sonntag wollten sie sich wieder treffen.

Georgia schloss das leere Haus auf. Es fühlte sich völlig fremd an – weder wie Devon noch wie Remora. Georgia kam sich wie eine Besucherin vor. Schweigend ging sie hinauf in ihr Zimmer und betrachtete ihre Poster und ihr Pferdebild, bis sie spürte, wie allmählich die Normalität zurückkehrte. Sie beschloss noch in dieser Nacht ein Datum für Falcos Stravaganza festzulegen.

Niccolò di Chimici suchte Enrico in den Stallungen von Santa Fina auf. Meistens fand man ihn tagsüber, wie er mit Nello tratschte.

»Wie geht es dem neuen Pferd?«, fragte der Herzog die beiden.

»Sie macht sich ganz gut«, sagte Nello.

»Viel besser, seit ich sie nachts fliegen lasse«, fügte Enrico hinzu. »Sie ist inzwischen nicht mehr an der Longe. Ich reite sie. Dia, das ist vielleicht ein Erlebnis!«

»Das bezweifle ich nicht«, sagte der Herzog. »Vielleicht bleibe ich mal über Nacht hier und mache selbst einen Reitversuch.«

»Ähm, sie verträgt noch nicht sehr viel Gewicht«, warf Enrico ein, »sie wächst ja noch. Mit so einem dürren Hänfling wie mir geht das schon, aber ein so stattlicher, gut gebauter Herr wie Euer Gnaden ist vielleicht noch ein bisschen viel für sie.«

»Lassen wir das jetzt«, sagte Niccolò. »Ich wollte über etwas anderes mit dir reden. Man hat mir zugetragen, dass mein Sohn hier fast jeden Tag Besuch empfangen hat. Ich will, dass du herausfindest, was sie hier machen und warum er sich ihnen anschließt.«

Enrico nickte. »Ich weiß, wer sie sind, Herr. Sie gehören zum Widder, aber zumindest der eine kommt aus Bellezza. Es handelt sich um Luciano, den Schüler des Regenten.«

»Ah, ja«, sagte Niccolò. »Ich habe ihn kennen gelernt, als

mich meine Söhne zum Widder mitgenommen haben, um den Zingaro spielen zu hören. Sein Vater ist ein ältlicher Anglianer. Der andere ist so eine Art Stallknecht, glaube ich.«

»Oha«, sagte Enrico. »Sie behaupten jetzt also, dass der Bellezzaner der Sohn des alten Dottore ist. Das war er aber nicht, als er in Bellezza eintraf. Da hieß es, er sei ein entfernter Cousin des Regenten. Den Jungen umgibt eine Art Geheimnis. Eines, an dem der Neffe Eurer Gnaden so interessiert war, dass ich den Jungen damals für ihn entführen musste.«

»Also wirklich, das Mädchen ist richtig begabt«, sagte Jean zu ihrer Geschäftspartnerin Angela im Reitverein.

Sie sahen zu, wie Georgia ohne Sattel um einen der Sandplätze ritt.

»Wo hat sie denn das gelernt?«, wollte Angela wissen.

»Sie sagt, sie hat zwei Wochen lang in Devon geübt«, erwiderte Jean.

»Dabei sieht es aus, als ob sie es schon länger macht«, meinte Angela.

»Stimmt«, sagte Jean. »Sie sieht aus, als ob sie fliegt.«

Es war Montag, der vierte August – der Tag der Transfiguration. Georgia war ziemlich sicher, dass in Talia der gleiche Tag war; der Übergang zwischen den beiden Welten hatte sich über drei Wochen nicht verändert – entgegen der steten Warnung Luciens, dass so etwas passieren konnte. Falco hatte am Tag zuvor von seinem Vater Besuch gehabt und der Herzog würde wohl nicht an zwei Tagen hintereinander in die Sommerresidenz reiten.

Georgia hatte dieselben Kleider wie beim letzten Mal bereitgelegt, doch hatte sie diesmal alle Etiketten herausgeschnitten. Sie wollte Falco außerdem eine alte Reisetasche borgen und hatte im Kaufhaus eine Packung Boxershorts in kleiner Größe besorgt. Sie wusste, dass er die von Russell aufbewahrt hatte – wie eine wichtige Reliquie –, aber sie waren eigentlich viel zu groß für ihn.

Sie hatte ständig geplant und vorbereitet und jetzt war es Zeit, zu handeln. Vorher beschloss sie allerdings noch Mr Goldsmith in seinem Antiquitätenladen zu besuchen.

Er freute sich, sie zu sehen, war jedoch etwas zurückhaltend.

»Ich hatte unerwarteten Besuch, während du fort warst«, sagte er. »Deine Mutter ist vorbeigekommen.«

Georgia bedeckte das Gesicht mit den Händen. Sie war gleichzeitig wütend und peinlich berührt. »Das gibt es doch nicht«, murmelte sie.

»Keine Sorge«, sagte Mr Goldsmith. »Sie wollte eben mal wissen, wer ich bin. Aber sie war hinterher wohl beruhigt, sonst wärst du ja heute nicht da.«

Georgia schüttelte den Kopf. »Sie hat nichts zu mir gesagt. Hoffentlich war sie nicht unhöflich zu Ihnen?«

»Keineswegs – sie war sehr nett. Aber sie hat gesagt, sie würde gerne wissen, wann du vorhast zu mir zu kommen. Gehe ich recht in der Annahme, dass sie nicht weiß, dass du heute hier bist?«

»Sie weiß es nicht«, sagte Georgia. »Sie kann mir doch nicht vorschreiben, wen ich besuche und wen nicht – und wann.«

»Sie fühlt sich doch nur verantwortlich für dich, Georgia«, sagte Mr Goldsmith sanft. »Man kann heutzutage nicht vorsichtig genug sein.«

Plötzlich entdeckte Georgia etwas in der Ecke des Ladens hinter Mr Goldsmiths Kasse.

»Krücken!«, rief sie aus. »Ich wusste doch, dass ich irgendwo welche gesehen hatte! Gehören die Ihnen?«

»Die sind noch vom letzten Jahr«, sagte der alte Herr. »Ich habe sie sechs Wochen lang gebraucht, nach meiner Hüftgelenksoperation. Immer nehme ich mir vor sie ins Krankenhaus zurückzubringen. Danke, dass du mich daran erinnert hast.«

»Nein, bitte nicht zurückbringen!«, sagte Georgia schnell. »Kann ich sie eine Weile ausleihen? Für ein Schulprojekt; ich hab überall nach welchen gesucht. Ich könnte sie danach für Sie im Krankenhaus abgeben.«

»In Ordnung«, sagte Mr Goldsmith. »Abgemacht. In der orthopädischen Station des Bartolomäus-Krankenhauses.«

Er reichte ihr die Krücken. Jetzt hatte Georgia alles, was sie brauchte, um den Plan in der Nacht durchzuführen.

»Ich muss Ihnen noch von meinem Besuch im Britischen Museum erzählen«, sagte sie.

Falco war seit Stunden bereit. Er hatte eine Flasche mit Gift bereitgestellt, die er dem Gärtner Tage zuvor entwendet hatte. Den Inhalt hatte er sorgfältig weggeschüttet, aber die Flasche roch immer noch stark und ein Tropfen der Flüssigkeit war noch darin.

Innerlich hatte er sich von dem Palast in Santa Fina verabschiedet, indem er durch alle Lieblingsgemächer und durch die Alleen im weitläufigen Park gewandert war. In dem Hof mit der Statue des sterbenden Stiers war er stehen geblieben. »Mithras«, hatte er gemurmelt, denn er erinnerte sich an den Namen, den Georgia ihm in dem Museum in der anderen Welt vorgelesen hatte. Ein schneller Tod, dachte er. Ein Messer im Hals – nicht wie die zähe Ungewissheit, die vor ihm lag. Würde es wehtun, in dieser Welt zu sterben, wenn er in der anderen lebte? Er traute sich nicht Luciano danach zu fragen.

Es kam ihm wie eine Ewigkeit vor, bis die beiden Stravaganti eintrafen. Sie gingen das, was er tun musste, in allen Einzelheiten durch. Georgia sah müde aus. Die Anstrengungen zeigten sich auf ihrem Gesicht. Auch Lucien war gedämpfter Stimmung. Er hatte so lange über die Pläne nachgedacht, dass er mittlerweile überhaupt nicht mehr wusste, ob das, was sie da vorhatten, klug war.

Die Diener kamen mit neuen Kerzen herauf und die drei Freunde wussten, dass es an der Zeit war. Falco legte sich mit der leeren Flasche in der einen und Georgias Ring in der anderen Hand aufs Bett. Wieder schmiegte sie sich an ihn und sie warteten darauf, einzuschlafen.

Aber der Schlaf wollte einfach nicht kommen. Lucien saß mit geschlossenen Augen neben dem Bett, in seinen eigenen Gedanken verloren. Es war schon tiefe Nacht, als Falco sein Gemach zum letzten Mal sah und endlich die Augen schloss. Plötzlich war die Atmosphäre verändert und Lucien sah auf. Georgia war verschwunden. Er trat ans Bett und bemerkte, dass Falco schlief. Die Glasflasche war ihm aus der Hand geglitten. So sollten die Diener ihn am nächsten Morgen finden. Lucien zog sich in sein Gemach zurück und es war ihm, als hörte er Flügelschlagen vor seinem Fenster, während er langsam einschlief.

»Das war es also«, sagte Falco, sobald er in Georgias Zimmer erwachte. Sie setzte sich auf und sah ihn an.

»Da, nimm den Ring an dich«, sagte er und öffnete die Hand. »Und gib ihn mir ja nicht zurück, auch nicht, wenn ich dich darum bitte.«

Kapitel 18

Rivalen

In mancher Hinsicht war es leichter als das letzte Mal. Es waren noch Ferien und keiner erwartete, dass Georgia zum Frühstück nach unten kam. Als sie dann hinunterging, waren alle aus dem Haus und sie fand nur eine Nachricht mit der Bitte vor, um sechs Uhr mit dem Abendessen anzufangen. Sie rannte hinauf und holte Falco. Er hatte sich zu seinen Sachen noch eine Baseballkappe aufgesetzt.

»Steht dir gut«, sagte sie. »Aber du musst sie andersrum tragen.«

Gemächlich nahmen sie ihr Frühstück ein. Falco war an allen Küchenmaschinen interessiert und ließ sich von Georgia zeigen, was sie machen konnten. Es war herrlich, Mikrowelle und Kessel und Toaster richtig zeigen zu können, statt sie nur beschreiben zu müssen. Das hatte allerdings zur Folge, dass das Frühstück üppiger ausfiel. Falco war von den Lebensmitteln in den Schränken fasziniert und wollte so viel probieren wie möglich. Vor allem schmeckten ihm Erdbeermarmelade und Orangensaft, aber auch Speck und Croissants.

Georgia konnte ihm auch die Spülmaschine vorführen.

»Habt ihr deshalb keine Bediensteten?«, fragte Falco. »Weil eure Maschinen kochen und Getränke zubereiten und auch noch abwaschen?«

»Ja, das ist ein Grund dafür«, bestätigte Georgia. »Aber wir könnten es uns auch nicht leisten, Bedienstete zu zahlen. Maschinen sind billiger.«
»Ihr bezahlt eure Bediensteten in eurer Welt?«, fragte Falco.
»Ihr denn nicht?«, fragte Georgia erstaunt zurück.
Sie starrten sich verwundert an. Es schien unfassbar, dass sie Freunde waren – so unterschiedlich waren ihre Welten.

Als Lucien erwachte, hörte er das Getrappel von Schritten und gedämpfte Stimmen. Nachdem er in die Kleider geschlüpft und hinausgegangen war, fand er die Dienerschaft in großer Sorge vor.

»Was ist los?«, erkundigte er sich, obwohl er es ja nur zu gut wusste.

»Wir können den jungen Herrn nicht wecken«, sagte die Haushälterin. »Er ... er hat eine Tinktur getrunken – wir wissen nicht recht, was es ist.«

»Habt ihr nach dem Arzt geschickt?«, fragte Lucien.

»Ja, und nach dem Herzog.«

»Ich sehe ihn mir an«, sagte Lucien.

Er setzte sich an das Bett, auf dem Falco immer noch so dalag, wie Lucien ihn am Abend zuvor verlassen hatte. Was er wohl macht in England?, dachte er.

Als Falco alles probiert hatte, zeigte ihm Georgia das Badezimmer und erklärte ihm die Dusche, ihre elektrische Zahnbürste und sogar den Rasierapparat von Ralph.
»So was brauchst du auch in ein paar Jahren, wenn du dir keinen Bart wachsen lassen willst«, sagte sie.

Dann führte sie ihn im restlichen Haus herum und zeigte ihm, wie der Fernseher und der Computer funktionierten.
»Komm«, sagte Georgia schließlich, »wir müssen allmählich gehen. Du darfst dich nicht zu sehr an unser Haus gewöhnen. Hier kannst du nämlich nicht wohnen.«
»Können wir nicht gleich in ein Krankenhaus gehen?«, fragte Falco.
»Noch nicht«, sagte Georgia. »Du musst ja erst mal bemerkt werden. Also, du weißt noch, was ich dir über deinen Gedächtnisverlust eingeschärft habe?«
Langsam gingen sie durch die Straßen von Islington und ließen sich diesmal viel Zeit dabei, damit sich Falco an die Autos und den Lärm gewöhnen konnte. Sorgsam erklärte ihm Georgia Verkehrsampeln und Zebrastreifen, statt ihm einfach nur über die Straße zu helfen.
Falco war an allem interessiert, vor allem an den Passanten. Er fand es schwierig, Männer von Frauen zu unterscheiden.
»Sie tragen ja alle Beinkleider!«, flüsterte er.
Im Gegensatz dazu nahm von ihm keiner Notiz. Wie sie selbst in Talia festgestellt hatte, achtete fast niemand auf Schatten, und dass Falco keinen hatte, fiel an einem grauen englischen Sommertag noch viel weniger auf als in dem hellen Sonnenschein von Remora.
Als sie sich ihrem Ziel näherten, zögerte Georgia ein wenig. Sie hatte den Augenblick oft überdacht und jetzt, wo es so weit war, wurde sie sehr nervös.
»Okay«, sagte sie. »Du bleibst hier draußen und ich geh rein und sag es ihnen.«

Das Pferd des Herzogs war dunkel vor Schweiß, als er in der Sommerresidenz eintraf. Er stieg ab, warf dem Stallknecht die

Zügel zu und rannte immer über zwei Stufen auf einmal nach oben.

Lucien sprang vom Stuhl auf, als der Herzog die Tür aufstieß und auf das Bett zustürzte. Er riss seinen Sohn in seine Arme, doch der Körper des Jungen war schlaff und widerstandslos.

»Wo ist der Doktor?«, wollte Niccolò wissen. Es war schrecklich, ihn so außer sich zu sehen, und Lucien versuchte hinauszuschlüpfen, während die Diener erklärten, dass der Arzt unterwegs war.

»Warte!«, brüllte der Herzog. »Du da, Junge aus Bellezza! Bleib, wo du bist! Was weißt du von der Geschichte?«

»Ich habe heute Morgen die Unruhe gehört«, sagte Lucien wahrheitsgemäß. »Und die Diener haben mir erzählt, was geschehen ist. Auch ich habe den Sohn Eurer Gnaden zu wecken versucht, aber ihn nur so vorgefunden. Seitdem habe ich hier Wache gehalten und auf den Arzt gewartet.«

»Warst du gestern Abend hier?«, fragte Niccolò.

Lucien nickte.

»Und was ist mit dem anderen, deinem Diener?«

»Mein Freund«, verbesserte Lucien den Herzog bestimmt. »Giorgio muss zum Widder zurückgekehrt sein. Und das würde ich auch gerne machen, um ihm erzählen zu können, was geschehen ist.« Er hatte mit Georgia ausgemacht, dass sie in Remora warten sollte, sobald sie wieder eingetroffen war.

Niccolò schüttelte heftig den Kopf. »Dann geh jetzt«, sagte er. »Aber wir sprechen uns noch. Vor allem, wenn meinem Sohn etwas zustoßen sollte.«

Schweren Herzens nahm Lucien die Kutsche nach Remora zurück.

»Ein Junge, der sein Gedächtnis verloren hat?«, fragte Vicky Mulholland verständnislos.
Geduldig wiederholte Georgia ihre Geschichte. »Ja, wie ich gesagt habe. Er ist auf der Straße auf mich zugekommen, als ich hier vorbeikam. Ich hab bei Ihnen geklingelt, weil Sie die einzige Person sind, die ich hier in der Gegend kenne. Ich weiß nicht, was ich tun soll. Er sieht total verwirrt aus – weiß nicht, wer seine Eltern sind oder wo er wohnt.«
»Und du glaubst nicht, dass er nur so tut?«
»Nein. Er kommt mir ein bisschen – komisch vor. Und er ist behindert. Er hat zwei Krücken . . . So, wie es ihm geht, kommt er nicht lange alleine durch. Ob wir die Polizei anrufen sollten?«
»Warte«, sagte Vicky und fuhr sich mit den Händen durch die Haare. »Ist er noch draußen?«
»Ich hab ihm gesagt, er soll warten, während ich Hilfe hole.«
»Vielleicht sollten wir ihn erst mal reinholen, bevor wir was unternehmen«, sagte Vicky.
Jawoll!, dachte Georgia. Das war genau das, worauf sie gesetzt hatte. Sie ging mit Vicky an die Haustür und winkte Falco zu. Er stand am Gartentor, wo sie ihn zurückgelassen hatte, stützte sich auf die Krücken und sah blass und erschöpft aus. Georgia hörte, wie Vicky scharf die Luft einzog, als sie seine dunklen Locken und die feinen, schönen Züge sah.
»Magst du hereinkommen?«, fragte Vicky und Falco lächelte ihr zu.

Für Arianna war die Zeit gekommen, von Bellezza aufzubrechen. Sie sollte am zehnten August in Remora eintreffen, einen Tag bevor der Campo der Stadt in eine Rennbahn verwandelt wurde. Eine Duchessa musste allerdings stilvoll reisen –

in einer Staatskarosse, in gemäßigtem Tempo und mit Übernachtungen in Gasthöfen, damit sie nicht müde ankam. Außerdem wollte sie andere Teile von Talia sehen. Rodolfo sollte sie begleiten und Gaetano würde nebenherreiten.

Es war das erste Mal, dass Arianna die Lagune verließ – ihr erster wichtiger Staatsbesuch, seit sie Duchessa geworden war. Ihre Zofe Barbara folgte in einer zweiten Kutsche, die für die Woche der Feierlichkeiten mit Truhen voller Gewänder beladen war. Die Truhen hatten allein schon drei Mandolas gefüllt, als die herzogliche Gesellschaft zum Festland übergesetzt wurde.

Die bellezzanische Staatskarosse war auf dem Festland untergestellt und wurde selten benutzt. Arianna hatte noch nie Pferde gesehen und war sogleich höchst beeindruckt von ihrer Größe und Kraft. Gaetanos Werbung tat es in ihren Augen keinerlei Abbruch, ihn auf seinem mächtigen Braunen zu sehen, den er auf dem Weg nach Bellezza drei Wochen zuvor in den herzoglichen Ställen zurückgelassen hatte. Arianna lächelte vom Fenster der Kutsche zu ihm empor.

»Ihr scheint an Pferde gewöhnt zu sein, Principe«, sagte sie.

»In der Tat, Euer Gnaden«, antwortete er förmlich. »Und so schön Eure Stadt auch ist, Pferde sind das Einzige, was ich dort vermisst habe.«

»Ich bin froh, dass alles andere zu Eurer Zufriedenheit war«, erwiderte sie und zog die Gardine vor.

»Wie heißt du?«, fragte Vicky, nachdem sie Falco auf einen Küchenstuhl gesetzt hatte. »Kannst du dich an deinen Namen erinnern?«

»Nicholas Herzog«, sagte Falco und sprach den Namen sorgfältig aus, auf den er sich mit Georgia geeinigt hatte. Er kam

ihm nicht ganz leicht über die Lippen, aber er konnte ihn auf jeden Fall behalten.
»Nicholas«, sagte Vicky. »Kannst du uns was von dir erzählen?«
Falco schüttelte den Kopf. »Nein«, sagte er aufrichtig.
»Über deine Eltern?«
Wieder schüttelte er den Kopf.
»Wie hast du dein Bein verletzt?«, fragte sie beharrlich weiter.
»Ich glaube, es war ein Reitunfall«, sagte Falco.
»Und wie bist du hierher gekommen?«
Falco sah Georgia flehend an. »Ich kann es nicht erklären«, sagte er und spürte, wie ihm die Tränen hochstiegen.
Vicky machte ein bestürztes Gesicht. Sie hörte auf zu fragen und setzte Wasser auf. »Ich glaube, du hast Recht, Georgia«, sagte sie leise, »wir müssen die Polizei einschalten und so bald wie möglich nach seinen Eltern fahnden. Aber erst mal trinken wir Kaffee. Er sieht ja ganz erschöpft aus.«
Sie brachte ein Tablett ins Wohnzimmer, wo sich ihr Klavier und ihre Geigen befanden. Doch dann ließ sie es fast fallen, als sie hörte, wie Falco hinter ihr nach Luft schnappte. Er starrte auf das Bild auf dem Klavier. Es war zwar schon älter, aber es zeigte ganz unverkennbar den Stravagante Lucien.
Vicky stellte das Tablett ab und half Falco in einen Sessel.
»Wie ich sehe, schaust du das Bild an«, sagte sie. »Das ist mein Sohn Lucien. Er ist letztes Jahr . . . gestorben.«
»Er lebt jetzt an einem anderen Ort«, sagte Falco und Georgia trat ihm ans Schienbein.
Vicky war blass geworden und setzte sich. »Das hat ein seltsamer Mann bei der Trauerfeier auch gesagt«, murmelte sie zitternd. »Was bedeutet es nur?« Sie strich sich über die Augen. »Manchmal bilde ich mir ein, dass er tatsächlich noch in

einer anderen Welt lebt. Ich habe mir sogar eingebildet ihn gesehen zu haben.« Sie warf den beiden einen vorsichtigen Blick zu, um festzustellen, wie sie darauf reagierten.
»Ich glaube, dass ist nur so eine Redensart«, sagte Georgia schnell. »Vielleicht ist er fromm.« Und sie warf Falco einen warnenden Blick zu.

»Heute hatten wir einen ganz außergewöhnlichen Fall«, sagte Maura beim Abendessen. »Die Polizei rief wegen einem Jungen an. Er hat sein Gedächtnis verloren und scheint von seinen Eltern verlassen worden zu sein.«
»Meine Güte«, sagte Ralph. »Wie alt ist er?«
»Dreizehn«, sagte Maura. »Das behauptet er wenigstens. Ist aber klein für sein Alter. Und auch noch behindert. Muss mit Krücken gehen. Aber was ganz seltsam ist: Man hat ihn bei Georgias Geigenlehrerin Vicky Mulholland abgegeben.«
Georgia hatte das Gefühl, die Spagetti in ihrem Mund würden zu Beton. Sie schluckte heftig. Jetzt war der Zeitpunkt gekommen, wo sie mit der Sprache herausrücken musste. Aber Russell hörte zu und war nicht so geistesabwesend, wie meistens während der Mahlzeiten.
»Ach ja, genau, er ist mir über den Weg gelaufen, als ich an ihrem Haus vorbeikam«, sagte sie. »Ich habe sie gebeten die Polizei zu verständigen.«
Alle drei wandten sich ihr voller Aufmerksamkeit zu.
»Warum um alles in der Welt hast du das nicht erzählt?«, fragte Maura.
Georgia zuckte die Achseln. »War doch nichts Besonderes.«
»Was? Du findest ja wohl alle Tage ein herumirrendes Kind, was?«, sagte Ralph.
»Irgendwelche Krüppel liest sie ständig auf«, sagte Russell. »Georgia sammelt sie geradezu.«

»Behinderte Menschen, Russell«, sagte Maura scharf. »Also, wenn du es mir nur gesagt hättest, Georgie! Ich muss mich jetzt wahrscheinlich für zuständig erklären.«

»Wieso denn das? Ich kenne ihn doch gar nicht«, log Georgia. »Ich hab ihn doch nur aufgelesen und bei Mrs Mulholland abgegeben. Das ist doch kein Verbrechen, oder?«

»Nein, aber der Fall liegt kompliziert«, sagte Maura. »Verstehst du, es ist kein Kind als vermisst gemeldet, dessen Beschreibung auf ihn zutrifft, daher mussten wir ihn vorübergehend in Pflege geben. Du weißt doch, wie knapp wir in Islington mit Pflegestellen sind, und unsere Heime platzen aus allen Nähten.«

»Sag bloß nicht, dass wir ihn aufnehmen müssen«, protestierte Russell.

»Nein, Russell«, sagte Maura. »Die Mulhollands haben sich angeboten und wir haben sie als vorübergehende Pflegeeltern akzeptiert. Er wohnt bei ihnen, bis wir seine Eltern gefunden haben.«

»Was ist wohl mit ihnen los?«, fragte Ralph.

»Aller Wahrscheinlichkeit nach sind es Leute, die Asylantrag gestellt haben und ihn absichtlich ausgesetzt haben, damit er aufgenommen wird und in den Genuss ärztlicher Behandlung kommen kann. Vielleicht ist er sogar ohne Begleitung ins Land gekommen. Das wäre nicht der erste Fall dieser Art«, sagte Maura.

»Aber das ist doch völlig herzlos, das Kind einfach so zu verlassen«, sagte Ralph. »Vor allem wenn er sein Gedächtnis verloren hat.«

»Wenn das überhaupt stimmt«, sagte Maura. »Es ist wohl eher so, dass sie ihm eingeredet haben so zu tun, als habe er es verloren – als Alibi. Ich glaube kaum, dass seine Familie herzlos ist.«

Georgia wurde es allmählich unbehaglich; die Vermutungen ihrer Mutter lagen zu nahe bei der Wahrheit.

»Willkommen zurück«, sagte Paolo. »Wir haben in letzter Zeit ja nicht viel von dir gesehen.«

»Ich weiß«, sagte Georgia. »Das ändert sich jetzt wieder.«

»Wirklich?«, fragte der Stravagante. »Du scheinst dir ja ziemlich sicher zu sein. Ich weiß nicht, was du und Luciano im Schilde führt. Ich habe zwar gesagt, dass es eine gute Idee ist, sich mit der jüngeren Generation der Chimici freundschaftlich zu stellen, aber ihr müsst auch vorsichtig sein. Der Herzog ist ein mächtiger Feind.«

Glücklicherweise erübrigte sich eine Antwort, weil Lucien mit der Kutsche zurückkehrte. Er musste Paolo und Doktor Dethridge erzählen, was allem Anschein nach mit Falco geschehen war. Die vier Stravaganti schwiegen einen Augenblick und jeder dachte sich sein Teil über die Ereignisse.

»Und ihr zwei wisst gar nichts über die Gründe des Kindes?«, fragte Dethridge. »Das ist eine gar schreckliche Tat, die er begangen hat.«

»Ich glaube, er war es einfach leid, mit seiner körperlichen Behinderung zu leben«, sagte Lucien.

»Aber er hat euch nicht erzählt, was er da vorhat?«, fragte Paolo eindringlich.

Es war schwierig für Georgia und Lucien, den Fragen der beiden Männer standzuhalten und ihnen gerade in die Augen zu sehen. Schließlich ließ Paolo sie in Ruhe, aber er machte ein bedenkliches Gesicht. Erleichtert machten sich die beiden Jugendlichen in die Stadt auf.

»So eine Nacht will ich nicht noch einmal durchmachen müssen«, sagte Lucien. »Wie ging es bei dir?«

»Gut«, sagte Georgia. Doch sie sah ziemlich mitgenommen aus und fühlte sich auch so. Jetzt hatte sie schließlich auch noch ein Geheimnis vor Lucien und wusste nicht, wie er die Wahrheit aufnehmen würde.

Falco lag in Luciens altem Bett in London und konnte nicht schlafen. Er wusste einfach nicht, wie er die Anspannung loswerden sollte. So viel war ihm seit seiner zweiten Stravaganza widerfahren. Er hatte keine Ahnung gehabt, dass Georgia geplant hatte ihn zu Luciens Eltern zu bringen, aber er mochte sie. David war kein bisschen wie Falcos richtiger Vater und machte ihm überhaupt keine Angst. Er hatte dem Vorschlag, den verirrten Jungen in Pflege zu nehmen, sofort zugestimmt, kaum dass seine Frau davon angefangen hatte. Und es war wunderbar, wieder eine Art von Mutter zu haben. Falco hatte das Gefühl beinahe ganz vergessen.

Trotzdem hatte er Schuldgefühle, dass er hier war und nicht Lucien. Und das Herz wurde ihm schwer bei der Vorstellung, wie seine Familie in Remora, in Giglia und in Bellezza jetzt leiden würde. Plötzlich wurde er von Heimweh nach Talia überfallen.

Falco seufzte und schloss die Augen. Am Fußende seines Bettes hing ein Spiegel und reflektierte schwarze Locken auf einem Kopfkissen – nicht zum ersten Mal.

»Du hast *was* gemacht?«, sagte Lucien entgeistert.

Er hatte alles über Falco in London wissen wollen und Georgia, die eigentlich nicht vorgehabt hatte ihn über diesen Teil ihres Plans zu informieren, fand seine Fragen zu drängend, um zu schweigen. Zum Glück befanden sie sich auf dem öffentlichen Campo delle Stelle. Sie kauften Zitronenbrause bei einem Stand und setzten sich auf die Steinbank, die um die schlanke Säule in der Mitte des Platzes lief.

Lucien schien so aufgebracht, dass Georgia es schon bereute. Sie wollte, dass er sie bewunderte, auch wenn sie keine Chance auf eine tiefer gehende Beziehung hatte, und jetzt sah es so aus, als hätte sie alles verdorben.

»Ich kann es nicht glauben«, sagte er schließlich. »Meine Eltern! Sie haben noch nie darüber geredet, jemand in Pflege zu nehmen.«

»Also, die Sache war nicht gerade so geplant«, sagte Georgia. »Sie haben es eben angeboten, weil das Sozialamt keinen anderen Platz für ihn finden konnte.«

»Mir scheint es aber doch ziemlich geplant gewesen zu sein«, sagte Lucien bitter. »Du hast nie erwähnt, dass meine Eltern ins Spiel kommen sollten.«

»Macht es dir was aus?«, fragte Georgia nervös.

»Nein«, erwiderte Lucien nach einer Pause. »Eigentlich nicht. Es kommt nur so unerwartet. Wie bist du darauf gekommen?«

»Ich habe doch mit deiner Mutter gesprochen. Du fehlst ihr immer noch so sehr. Falco hat ja ein Zuhause gebraucht und ich hatte das Gefühl, dass sie einen Sohn brauchte, den sie bemuttern kann.«

»Du bist ja die reinste Kummerkastentante!«, sagte Lucien, aber er brachte ein schwaches Lächeln zu Stande. »Ich weiß, dass es selbstsüchtig von mir ist, aber ich will nicht ersetzt werden, nicht mal von Falco.«

Georgia drückte seine Hand. »Das wirst du doch auch nicht«, sagte sie. »Du bist nicht zu ersetzen.«

Sie gingen an den Stand und brachten ihre hölzernen Becher zurück – in Talia gab es keine Einweg-Sachen.

»Man kann sich gar nicht vorstellen, dass der Platz in einer

Woche eine Rennbahn ist, nicht?«, sagte Georgia, um bewusst das Thema zu wechseln. »Und dass Cesare und die anderen hier entlanggaloppieren.«

»Und dass alle vom Widder aufmarschieren, um ihm und Arcangelo zuzujubeln«, sagte Lucien. »Die ganze Familie wird da sein.«

»Schaust du auch zu?«, fragte Georgia.

»Ja«, erwiderte Lucien mit leichtem Unbehagen. »Ich glaube, Doktor Dethridge und ich sitzen bei Rodolfo und der Duchessa auf der päpstlichen Tribüne.«

»In der Königsloge sozusagen«, sagte Georgia. »Wie kommt es, dass du mit dem Adel auf Du und Du stehst, während ich nur ein einfacher Stallbursche bin?«

»Zufall«, sagte Lucien. »Oder Schicksal. Du musst eben mit den übrigen Remanern vom Campo aus zusehen. Ist wahrscheinlich viel lustiger.«

»Pass auf!«, sagte Georgia plötzlich. »Fische!«

Luciens Hand griff nach seinem Dolch am Gürtel. Die drei jungen Männer, die näher kamen, trugen tatsächlich die blau-rosa Farben aus dem Bezirk der Fische und sahen nicht gerade freundlich aus. In den Tagen, die dem Rennen vorausgingen, wurden die Feindschaften zwischen den Bezirken immer ausgeprägter. Und Lucien und Georgia waren in der Minderheit. Erleichtert sahen sie, wie sich die Fische davonmachten.

Sie drehten sich um und erblickten Cesare und Paolo. Die Fische hatten es sich wohl überlegt, ob sie es mit vier Widdern aufnehmen wollten, vor allem, da einer der beiden neu Hinzugekommenen kräftig gebaut war.

»Das war Glück«, sagte Paolo. »Aber ich bringe Besorgnis erregendere Nachrichten als Fische –vor allem, wenn es sich um solche Heringe wie diese handelt. Herzog Niccolò will euch beide im päpstlichen Palast sehen. Und er duldet keinen Aufschub.«

Im päpstlichen Palast führte Rinaldo di Chimici ein äußerst ungemütliches Gespräch mit seinem Onkel. Er hatte dem Herzog nie erzählt, dass er den jungen Bellezzaner hatte entführen lassen, weil der Plan so sehr daneben gegangen war. Rinaldo hatte den Fehlschlag damit wettgemacht, dass er die Nachricht von einem viel besseren Coup nach Giglia vermelden konnte: die von der Ermordung der Duchessa. Doch jetzt setzte ihn der Herzog ziemlich unter Druck, ihm alles über Luciano zu erzählen.

»Du hast ihn in Händen gehabt und wieder entkommen lassen?«, fragte Niccolò ungläubig. »Obwohl du gewusst hast, dass er ein Stravagante aus einer anderen Welt ist?«

»So lautete der Verdacht, Onkel. Aber wenn er das war – und ich selbst habe ihn ohne Schatten gesehen –, dann ist er das jetzt nicht mehr. Irgendwas muss an den Plänen des alten Zauberers Rodolfo schief gegangen sein. Wie ich gesagt habe, bei der Vorladung vor Gericht hatte der Junge plötzlich wieder einen Schatten.«

»Und was war mit dem Buch?«, fragte Niccolò. »Du hast gesagt, dass er ein Notizbuch hatte, das er nie aus den Augen ließ und das mit seinen magischen Kräften zu tun hatte.«

Rinaldo rückte ungemütlich auf dem Stuhl hin und her. »Das habe ich noch, Onkel, aber wir konnten nichts damit anfangen und auch nichts daraus ersehen. Ich vermute, wir sind einem Trick aufgesessen.«

»Und dann hast du ihn entkommen lassen?«, fragte Niccolò.

»Wir konnten ihn nicht ewig festhalten«, sagte Rinaldo.

»Du hättest ihm die Kehle durchschneiden sollen, solange er in deinen Händen war«, sagte Niccolò. »Wenn du das getan hättest, würde mein Junge jetzt nicht bewusstlos da oben liegen.«

Ein Lakai trat ein. »Die jungen Männer, nach denen Ihr geschickt habt, sind hier, Euer Gnaden.«

»Du kannst gehen, Rinaldo«, sagte der Herzog eisig.

Lucien erschrak, als er seinen alten Gegner, den Botschafter, durch die Tür kommen sah. Georgia hatte Rinaldo noch nie gesehen und wusste nichts von seinen Machenschaften. Sie sah nur einen etwas schwächlichen und unruhigen jungen Mann, der in einer Wolke von Duft an ihnen vorbeiging.

Während der nächsten zwanzig Minuten fragte der Herzog sie unbarmherzig nach Falco aus. Warum sie ihn so oft besucht hatten? Worüber sie geredet hatten? Was sie vom Geisteszustand seines Sohnes hielten?

Niccolò war mit ihren Antworten keineswegs zufrieden. Das war nur natürlich, denn Lucien und Georgia mussten ihm ja Lügen auftischen, um Falcos Wünsche zu respektieren. Aber es war sehr schwierig, dem Herzog etwas vorzumachen. Sie hatten das Gefühl, dass sie Glück hatten, unversehrt zu entkommen, abgesehen von seinen Drohungen.

»Versucht auf keinen Fall Remora zu verlassen«, sagte er kalt. »Ich lasse die Tore der Stadt für euch sperren. Und wenn mein Sohn nicht gesund wird, dann könnt ihr vielleicht nie mehr hinaus.«

Als Lucien und Georgia gegangen waren, barg er den Kopf in seinen Händen.

Der Reiter aus Remora hatte sich nicht geschont. Er wechselte viele Male während der Reise die Pferde und stieg mitten in der Nacht vor dem Gasthof in Volana ab. Der verschlafene Gastwirt war äußerst unsicher, ob er den jungen Prinzen wecken durfte, doch er ließ sich schließlich überzeugen, dass es sich um eine dringende Angelegenheit handelte. Minuten später setzte sich Gaetano in seinem Bett auf und rieb sich die Augen, während er zu begreifen versuchte, was für eine Nachricht ihm der Bote da überbrachte.

Eine elegante Kutsche fuhr in den frühen Morgenstunden des Mittwochs durch das Sonnentor. Die Gardinen waren vorgezogen, sodass die beiden Insassen nicht gesehen werden konnten, aber auf dem Dach war eine Menge Gepäck aufgetürmt und neben dem Kutscher saß ein Lakai in schmucker Livree. Er war hoch gewachsen und dünn und hatte rotes Haar, was in Talia eine seltene und daher geschätzte Farbe war.

Die Kutsche ratterte durch die menschenleeren Kopfsteinpflastergassen, bis sie den Bezirk des Widders erreichte. Vor einem hohen Haus in der Via di Montone, der Straße des Widders, hielt sie an, und der rothaarige Diener sprang herab. Die Gardinen wurden zurückgezogen und das Fenster heruntergelassen, damit er mit seiner Herrschaft reden konnte.

Dann betätigte er den Türklopfer und trat in das Haus, um zu überprüfen, ob alles in Ordnung war. Erst nachdem das Haus gründlich untersucht worden war und als geeignet angesehen wurde, half er einer Reisenden aus der Kutsche. Sie war eine schöne Frau mittleren Alters mit schlanker Figur in einem grauen Reisekleid aus Samt. Dazu trug sie einen Schleier. Ihr folgte eine Zofe mit verschiedenen kleineren Koffern und Taschen, die ihr der Diener galant abnahm. Unbemerkt betraten die drei das Haus. Nur zwei Tauben und eine graue Katze, so schlank wie die elegante Fremde, sahen ihnen zu.

Die nächste Woche verging wie im Flug für Falco. Als Erstes hatte er einen Termin bei einem Arzt. Frau Dr. Kennedy war

etwas überrascht, dass er in Begleitung von Vicky Mulholland kam, doch die war mit dem Sozialamt übereingekommen, dass der Junge möglichst rasch untersucht werden solle. Auch Maura war mitgekommen. Die beiden Frauen kannten sich ein wenig.
Die Ärztin untersuchte Falco, den sie Nicholas nannte, gründlich. Über seine Kinderkrankheiten konnte er ihr jedoch keine Auskunft geben.
»Also«, sagte die Ärztin, als sie fertig war und ein Formular ausfüllte, das Maura ihr ausgehändigt hatte. »Auf eine Weise bist du ziemlich gut in Form. Du bist wohl genährt und Herz und Lunge sind gesund. Du solltest für dein Alter ein paar Kilo mehr wiegen, aber du bist noch etwas zu klein und wirst wahrscheinlich bald in die Höhe schießen. Das eigentliche Problem ist natürlich dein Bein. Du sagst, dass du dich an keine Einzelheiten des Unfalls erinnern kannst, außer dass es ein Reitunfall war. Das Bein hat einen komplizierten Bruch, der schlecht eingerichtet wurde.«
»Können Sie etwas machen?«, fragte Falco. Allein deswegen war er ja auf die Reise gegangen.
»Ich nicht«, sagte Frau Dr. Kennedy und musste lächeln, als sie sein niedergeschlagenes Gesicht sah. »Aber ein Orthopäde kann da schon helfen.« Sie wandte sich an Maura. »Ich werde um einen möglichst raschen Termin im Bartolomäus-Krankenhaus bitten. Ich denke, es ist äußerst wahrscheinlich, dass er einen größeren chirurgischen Eingriff braucht und hinterher Krankengymnastik.«
»Und glauben Sie, dass er dann wieder richtig gehen kann?« Vicky stellte die Frage, die Falco nicht zu äußern gewagt hatte.
»Versprechen kann ich nichts, Mrs Mulholland«, sagte die Ärztin. »Ich bin keine Spezialistin auf dem Gebiet. Aber war-

ten wir ab, was die Chirurgen sagen. Ich rufe die Sekretärin von Mr Turnbull an und erkundige mich, wie schnell sie ihn sehen können. Es handelt sich um einen ungewöhnlichen Fall, und das verkürzt die Wartezeit bestimmt.«

»Was für ein Glück«, sagte Maura. »Wir wissen ja, wie das mit Kassenpatienten läuft.« Dann biss sie sich auf die Lippe, und als sie sah, wie Vicky schmerzlich das Geicht verzog, hätte sie sich am liebsten noch die Zunge abgebissen. Natürlich wusste Vicky mehr über Ärzte und Krankenhäuser, als Maura jemals wissen wollte.

Tatsächlich bekam Falco innerhalb einer Woche einen Termin im Bartolomäus-Krankenhaus. Die Schwester sah seine Krücken, die Eigentum des Krankenhauses waren, doch sie sagte nichts. Er wurde gewogen und gemessen, dann bekam er die Krücken zurück und wurde schon bald zu Mr Turnbull hineingerufen. Auch diesmal waren seine Pflegemutter und die Sozialamtsbeauftragte dabei. Obwohl Maura Abteilungsleiterin war, kümmerte sie sich ganz persönlich um diesen Fall. Falco war beinahe zur Berühmtheit geworden. Sein Foto war mehrfach in der Tageszeitung erschienen – mit den Schlagzeilen »IST DIES IHR SOHN?« oder »TRAGÖDIE UM VERLASSENEN JUNGEN«. Das Sozialamt konnte es sich nicht leisten, dass bei seiner Behandlung etwas schief ging.

Georgia nahm Falco mit in den Laden von Mr Goldsmith. Der Junge aus Talia war begeistert von all den alten Dingen, die er dort sah – Schnupftabakdosen und Uhren, Suppenterrinen und Walzen von mechanischen Klavieren. Der alte Antiquitätenhändler betrachtete Falcos Krücken neugierig, dann sah er Georgia an. Aber das war etwas, das sie an ihm schätzte: Gewisse Dinge hinterfragte er einfach nicht.

»Das ist mein Freund Nicholas«, sagte sie. »Und das ist Mr

Goldsmith.« Im Stillen dachte sie: Auch er ist ein Freund. Und dann gab es noch Alice. Insgesamt hatte sie drei in dieser Welt.

Mr Goldsmith war ein wenig wie Doktor Dethridge, fand sie. Er und Falco verstanden sich sehr gut und schon bald untersuchten sie gemeinsam das Innere einer alten Standuhr.

In Remora versammelte sich der Clan der Chimici. Gaetano hatte sich bei der Duchessa gleich am nächsten Morgen, nachdem die Botschaft gekommen war, entschuldigen lassen. Sie war etwas pikiert, dass er sie alleine weiterreisen lassen wollte, doch als sie seinen offensichtlichen Kummer über das Schicksal seines Bruders sah, hatte sie Mitleid.

Gaetano hatte den Boten nach Bellezza weitergeschickt und auch Francesca würde in wenigen Tagen nachkommen. Weitere Boten waren vom Herzog nach Giglia geschickt worden und hatten die restlichen Familienmitglieder herbeigeholt. Falcos ältere Brüder Luca und Carlo und seine Schwester Beatrice hatten alles stehen und liegen lassen und sich sogleich nach Remora aufgemacht.

Der bewusstlose Körper des Jungen war von Santa Fina in den Pfleghof des päpstlichen Palastes in Remora gebracht worden, der sich gegenüber der Kathedrale im Bezirk der Zwillinge befand. Der Papst zelebrierte jeden Tag in der Kathedrale eine Messe für ihn und die Bevölkerung von Remora betete für ihn.

Falco litt nun offiziell unter dem, was als *Morte Vivenda* bezeichnet wurde, und es bestand sehr wenig Hoffnung, dass er wieder zu sich kommen würde. Die Spur der Giftflasche führte zu dem Gärtner von Santa Fina und der war hart bestraft worden. Vor dem päpstlichen Pfleghof sammelten sich die Leute und legten Gaben für die Göttin nieder. Auf den Resten ihres Tempels stand nämlich das Hospital.

Der Herzog verbrachte fast die ganze Zeit am Bett seines Sohnes. Er aß nicht und schlief nicht, außer wenn ihn seine Tochter Beatrice dazu überredete. Eines Tages schickte er seine Dienerschaft aus, um nach den Manusch zu suchen und den blinden Harfner zu bitten unter dem Fenster seines Sohnes zu spielen.

Aurelio kam und spielte tatsächlich – die traurigsten und klagendsten Weisen, die man je in Remora gehört hatte – und die Leute, die draußen standen, vergossen Tränen. Doch diesmal sammelte Raffaela kein Geld.

Für Lucien und Georgia war es eine angespannte Zeit. Die Drohung des Herzogs hing über ihnen und sie machten sich auch Sorgen um Falco. Georgia konnte Lucien versichern, dass es ihm in der anderen Welt gut ging, aber keiner von ihnen hatte erwartet, dass sein Körper in Talia so lange weiterleben würde.

Gaetano kam drei Tage, nachdem sein Bruder bewusstlos aufgefunden worden war, in Remora an und ging direkt in den Pfleghof, um ihn zu besuchen. Erst nach ein paar schrecklichen Stunden machte er sich zum Widder auf. Er fand Lucien und Georgia und Cesare im Hof bei den Ställen. Zunächst sagte keiner etwas, sie umarmten sich nur stumm.

»Ich hatte nicht erwartet, dass er es so schnell machen würde«, flüsterte Gaetano. »Um ehrlich zu sein: Obwohl er sich von mir verabschiedet hatte, habe ich gehofft, dass er es überhaupt nicht tun würde. Wart ihr alle bei ihm? War es einfach?«

»Ich war nicht dort«, sagte Cesare. »Ich bin ja kein Stravagante. Aber es tut mir aufrichtig Leid.«

»Wir waren da«, sagte Lucien. »Georgia hat sich in der anderen Welt um alles gekümmert.«

»Er ist in guten Händen«, sagte sie.

»In den allerbesten«, ergänzte Lucien. »Er lebt bei meinen eigenen Eltern.«

Gaetano erschrak, dann umarmte er Lucien. »Dann sind wir Brüder«, sagte er.

Lucien holte tief Luft. »Wie geht es der Duchessa?«, fragte er.

»Bestens!«, sagte Gaetano. »Sie ist wirklich ein erstaunliches Mädchen. In ein paar Tagen trifft sie ein.«

Und Georgia fragte sich, wessen Herz wohl schneller schlug – ihres oder Luciens.

Kapitel 19

Ein rutschiges Pflaster

Es war spät am Abend, als die Staatskarosse von Bellezza durch das Sonnentor ratterte. Eine ansehnliche Menge von Remanern, in erster Linie aus dem Widder, stand zur Begrüßung da und winkte mit den Fahnen des Bezirks, mit dem schwarz-weißen Banner der Stadt und mit ein paar wenigen bellezzanischen Fahnen, die mit Masken geschmückt waren. Gaetano stand mit seinen älteren Brüdern und seinem Onkel am Tor, als Abordnung der Familie di Chimici. Herzog Niccolò konnte nicht dazu überredet werden, den Pfleghof zu verlassen, nicht mal für eine so wichtige Besucherin.

Herolde spielten eine Willkommensfanfare und im Hintergrund konnte man das schwache Dröhnen von Trommeln hören, da die Mitglieder der anderen Bezirke wie üblich für die Parade vor dem Rennen übten. Rodolfo – ganz in Schwarz gekleidet – stieg aus der Kutsche und half Arianna herab, damit sie die förmliche Begrüßung durch den Papst entgegennehmen konnte.

Ein Seufzen ging durch die Menge. Sie war genauso schön, wie man berichtet hatte, auch wenn es bedauerlich war, dass man ihr Gesicht hinter der Maske nicht ganz sehen konnte. Doch sie war hoch gewachsen und graziös. Ein Schwall kastanienbrauner Locken türmte sich locker auf ihrem Haupt und zu Ehren von Remora trug sie ein Kleid aus schwarzer und weißer Seide – was die Bürger zu schätzen wussten.

Die junge Duchessa machte einen Knicks vor dem Papst und küsste seinen Ring, um ihren Respekt vor der Kirche zu zeigen. Auch das wurde von den Remanern mit Befriedigung wahrgenommen. Doch der Papst zog sie rasch wieder hoch und stellte sie seinen drei Neffen vor. Die Menge klatschte, als sich die drei hübschen jungen Adligen aus Giglia ihrerseits nacheinander über die Hand der Duchessa beugten. Doch es entging ihnen nicht, dass sie am längsten mit dem jüngsten Bruder redete, der ja nun wirklich nicht der hübscheste war.

Das fiel auch Lucien auf, der bei den Anhängern des Widders stand. Er hatte Arianna fast einen Monat lang nicht gesehen und er wusste nicht, wann er Gelegenheit haben würde, sie allein zu sprechen. Man führte sie jetzt fort zum päpstlichen Palast im Zwillingsbezirk, den er selbst zur Zeit mied, so gut es ging. Und dabei redete sie immer noch mit Gaetano. Lucien war unglücklich. Er mochte Gaetano wirklich – aber doch nicht so sehr wie Arianna.

Die große schwarze Gestalt hinter Arianna drehte sich in diesem Moment um und sah Lucien direkt an. Der Stravagante Rodolfo hatte gespürt, dass dort einer aus der Bruderschaft stand, und jetzt sah er, dass es sein Lieblingsschüler war. Er nickte und lächelte Lucien ganz flüchtig zu, doch das war genug, um den Jungen aufzuheitern. Rodolfo war hier und alles würde gut werden.

»Sie sehen gut aus, nicht?«, sagte eine leise Stimme nahe bei seinem Ohr und er drehte sich zu einem wohl bekannten Gesicht hinter einem Schleier um.

»Silvia!«, stieß Lucien hervor. »Ich wusste nicht, dass Ihr kommen würdet.«

»Sie wissen es auch nicht«, sagte sie lächelnd. »Glaubst du, dass sie sich freuen?«

»Aber das ist doch gefährlich?«, flüsterte Lucien. »Es wimmelt nur so von Chimici, wie Ihr seht, und der Herzog ist in unberechenbarer Stimmung.«

»Ich habe von seinem Jungen gehört«, sagte Silvia. »Es ist doch seltsam, dass jemand, der den Tod eines anderen anordnen kann, als ob er sich neue Schuhe bestellt, so ein liebender Vater ist.«

»Er ist mein Freund«, sagte Lucien.

»Herzog Niccolò?«, fragte Silvia.

»Nein, sein jüngster Sohn Falco. Ich glaube, ich stehe auf Niccolòs nächster Schuhbestellung.«

Es war Georgia schwer gefallen, an diesem Abend Remora zu verlassen und sich auf London einzustellen, weil sie wusste, dass Lucien wieder mit seiner berühmten Arianna vereinigt werden würde. Es wäre schon schwer genug gewesen, wenn der alte Lucien in London eine Freundin gefunden hätte. Aber dieser neue Lucien in seinen Samtkleidern und mit seinen adligen Freunden lebte in einer Welt, die für Georgia letztlich immer unerreichbar war. Und jetzt, wo die Duchessa eingetroffen war, hatte ihr trautes Zusammensein sicher ein Ende.

Die letzte Woche in Remora war ziemlich zum Fürchten gewesen – so sehr, dass sie daran gedacht hatte, ihre nächtlichen Reisen einzustellen. Schließlich hatte sie ja erledigt, was sie sich vorgenommen hatte. »Nicholas Herzog« war wohlbehalten in ihrer Welt gelandet, wurde von den Mulhollands versorgt, war in der Obhut eines Arztes und plante seine neue Zukunft.

Doch Falcos Körper in Remora lag im Sterben. Daran zweifelte inzwischen niemand mehr in der Stadt. Der Herzog war außer sich vor Kummer und verbrachte weiterhin jede nur mögliche Stunde am Krankenbett seines Sohnes. Und Georgia konnte gar nicht anders, als jede Nacht nach Remora zurückzukehren, hin- und hergerissen zwischen dem privaten Drama der Familie di Chimici und der allgemeinen Erregung, die sich in der Stadt mit dem Näherrücken des Rennens breit machte.

Ihre zwei engsten Freunde in Remora waren in beide Ereignisse verwickelt. Cesare konnte seine Begeisterung über das Rennen nicht verbergen; er redete über nichts anderes, wenn er täglich mit Georgia übte, ohne Sattel zu reiten. Er berichtete ihr von den heimlichen Abmachungen zwischen den Reitern und von den vielen Ritualen, die das große Rennen begleiteten.

Lucien war unverhohlen beunruhigt darüber, was ihm und Georgia widerfahren könnte, falls Falco sterben sollte. Und dieser Moment rückte immer näher. Die Ärzte von Remora waren ratlos, denn es hatte gar keine Vergiftungssymptome gegeben. Und niemand mochte sich wirklich vorstellen, dass ein Mensch, der noch so jung war, sein Leben dahingab. Selbstmord kam in Talia so selten vor, wie Mord an der Tagesordnung war.

Georgia und Lucien durften den Pfleghof nicht besuchen, obwohl sie es versucht hatten. Der Herzog bewachte seinen Sohn finster. Daher unterhielten sich die beiden in Paolos Küche und Georgia berichtete Lucien alles, was sie über den Fortschritt des Jungen in London wusste.

Der blühte richtiggehend auf. Georgia besuchte die Mulhollands jetzt regelmäßig, was niemand befremdlich fand, da sie ja den Jungen aufgelesen hatte. Es war allerdings ziemlich schwierig für sie, ihn Nicholas zu nennen. Er hingegen gewöhnte sich gut an seine neue Identität. Die Mulhollands hatten ihm eine neue Garderobe gekauft und er trug sogar einige der Sachen auf, aus denen Lucien herausgewachsen war.

Georgia hatte Falco auch mit Alice bekannt gemacht, die Georgias Freundschaft mit einem jüngeren Jungen nicht ganz verstand.

»Du fühlst dich wohl verantwortlich für ihn, weil du ihn gefunden hast«, sagte sie.

»Da hast du Recht«, sagte Georgia. »Verantwortlich ist genau der richtige Ausdruck.«

Falco kam auch zu den O'Gradys zu Besuch und Georgia nahm ihn sogar in den Reitverein mit, als sie am Samstag zur Reitstunde ging. Es war eine der seltenen Gelegenheiten, bei denen ihre Mutter sie hinfuhr, und zum Glück fand Maura nichts dabei, dass der einsame Junge sich mit Georgia angefreundet hatte. Außerdem hoffte sie auf den therapeutischen Effekt des Kontaktes mit Pferden.

»Vielleicht erinnert er sich wieder an seinen Unfall«, sagte sie zu Georgia.

Falco war begeistert mit Pferden zu tun zu haben. Das war ein Aspekt seines neuen Lebens, den er voll und ganz verstand. Obwohl er nicht reiten konnte, führte ihn Jean durch die Ställe und machte ihn mit allen Pferden bekannt, die gerade in den Boxen standen. Eine schwarze Stute namens Amsel hatte es ihm besonders angetan.

»Meinen Sie, dass ich herkommen und auf ihr reiten kann, wenn meine Operation vorbei ist, Mrs O'Grady?«, wollte Nicholas von Maura wissen.

»Nicht gleich danach«, sagte Maura. »Du weißt doch, dass du sechs Wochen lang in Gips bist. Aber wenn du dich erholt hast, dann können wir mal mit deinen Pflegeeltern über Reitstunden reden.«

»Wir würden uns freuen, wenn du kommst«, sagte Jean, obwohl sie sich nicht vorstellen konnte, dass dieser schwer behinderte Junge jemals wieder reiten könnte.

Als Georgia am Morgen nach der Ankunft der Duchessa nach Remora kam, traf sie in Paolos Küche auf eine Unbekannte. Eine sehr elegante Dame mittleren Alters, die verschleiert war, unterhielt sich mit Doktor Dethridge und es war eindeutig, dass sie alte Freunde waren. Ein schlaksiger rothaariger junger Mann, wohl der Diener der Dame, stand hinter ihrem Stuhl.

»Ah, willkommen«, sagte Dethridge. »Ich möchte dich Signora Bellini vorstellen. Silvia, das ist der junge George – einer von uns.«

Die Fremde bot Georgia ihre kühle, perfekt gepflegte Hand und sah sie durchdringend an.

»Aha«, sagte sie, »du bist also der neue Stravagante. Mein ... Rodolfo hat mir erzählt, dass du ein Mädchen bist.«

Georgia spürte, wie sie rot wurde. So fehl am Platz war sie sich in ihren einfachen Stallknecht-Kleidern noch nie vorgekommen wie unter dem veilchenblauen Blick dieser Dame.

»Oh ja, ich sehe, dass du dich verkleidet hast«, fuhr Silvia fort. »Sehr klug in dieser Stadt. Ich sollte vielleicht dieselbe Taktik anwenden. Obwohl ich das sozusagen ja schon mache.«

Georgias Gedanken überschlugen sich. Sie versuchte zu überlegen, wie diese offensichtlich bedeutende Frau in das Bild passte. Hatte sie wirklich »mein Rodolfo« gesagt? Wer hatte das Recht, so intim von diesem Mann zu reden? Und warum benötigte sie eine Tarnung?

In dem Moment kamen Lucien, Paolo und Cesare vom Rennplatz zurück. Es hatte zur regnen angefangen und das Pflaster war rutschig. Cesare war besorgt darüber, denn heute war der wichtige Tag, an dem die Rennbahn auf dem Campo mit Torferde bestreut wurde.

»Das ist nur ein Schauer«, beruhigte ihn sein Vater. »Die Rennbahn wird schon gut werden.«

»Wie ich sehe, hast du Silvia kennen gelernt«, sagte Lucien zu Georgia und wieder wunderte sie sich, wie unbefangen er mit den bedeutenden Menschen in Talia umging.

»Wann gehst du zu Arianna?«, wollte Silvia von ihm wissen – eine Frage, an der Georgia ebenfalls interessiert war.

»Ich weiß noch nicht«, erwiderte Lucien.

Es klopfte an der Tür und beide jungen Stravaganti erschraken, obwohl es kaum wahrscheinlich war, dass die Duchessa von Bellezza den Bezirk des Widders aufsuchen würde.

Paolo öffnete und dort stand eine Gestalt, von der Georgia sogleich wusste, dass es sich um Rodolfo handeln musste. Sie erkannte in ihm sogar den Fremden, der zu Luciens Trauerfeier gekommen war. Der große, schlanke Mann mit dem silbern durchzogenen Haar und den vornehmen Zügen trat ein und nahm Paolo herzlich in den Arm. Dethridge wurde ebenfalls umarmt und schließlich Lucien. Der Besucher sah seinem Schüler lang und forschend ins Gesicht.

»Es tut meinem Herzen gut, dich zu sehen«, hörte Georgia ihn leise sagen und sie bemerkte, wie bewundernd Lucien seinen Meister ansah.

Was mache ich hier?, dachte sie und kam sich klein und unbedeutend vor. Doch dann wandte sich der große Mann ihr zu und nahm ihre Hand. Sie fühlte, wie seine dunklen Augen sie mit festem Blick ansahen, ein Blick, der ihre tiefsten Geheimnisse zu erahnen schien.

»Du musst Georgia sein«, sagte er. »Es ist eine Ehre, dich kennen zu lernen.«

»Fünf Stravaganti in einem Zimmer«, sagte jemand mit leiser Stimme. »Wir sollten uns alle geehrt fühlen.«

Nun war es an Rodolfo, sich zu wundern. Zu ihrem Erstaunen sah Georgia, wie sein ruhiges Betragen sich plötzlich ins Gegenteil wandelte, als die geheimnisvolle Silvia vortrat.

Und dann umarmten sich die beiden. Aber das entsprach eigentlich nicht der talianischen Sitte und plötzlich wusste Georgia, wer die Dame war.

Sie sah, dass Lucien nachsichtig über das Paar lächelte, das sich immer noch umarmt hielt.

»Ich sollte ja sehr böse mit dir sein«, sagte Rodolfo leise. »Aber wie kann ich das, wo es mich doch mit solcher Freude erfüllt, dich hier vorzufinden.«

»Ich glaube, du solltest mich der jungen Dame noch einmal richtig vorstellen«, sagte Silvia.

»Georgia«, sagte Rodolfo, der die Hand der schönen Unbekannten immer noch in seiner hielt, »ich möchte dich meiner Frau vorstellen: Silvia Rossi, ehemals Duchessa von Bellezza und Mutter unserer Arianna.«

Im päpstlichen Palast hatte Rinaldo di Chimici erneut eine ungemütliche Audienz bei einem seiner Onkel. Papst Ferdinando war zwar nicht so Furcht einflößend wie Herzog Niccolò, aber als Oberhaupt der Kirche und Fürst von Remora ebenfalls sehr mächtig.

»Die Ehe ist ein Sakrament«, sagte Ferdinando kühl. »Man kann sie nicht so leichtfertig wieder auflösen.«

»In der Tat nicht, Eure Heiligkeit«, sagte Rinaldo. »Aber an dieser Geschichte bin ich zum Teil schuld. Diese Ehe wurde möglicherweise zu leichtfertig geschlossen. Ich habe sie eingefädelt.«

Der Papst wusste nur allzu gut Bescheid, dass seine Nichte von Rinaldo und von Herzog Niccolò in die Ehe gezwungen worden war. Doch wenn sie tatsächlich Duchessa von Bellezza geworden wäre, hätte sie bestimmt einen Weg gefunden, ihren alten bellezzanischen Gatten zu ertragen. Daher war der Papst unwillig, sie so einfach zu entbinden, nur weil der Plan schief gegangen war. Immerhin oblag es ihm, das Sakrament der Ehe aufrechtzuerhalten.

»Aus welchem Grund sucht die junge Frau denn die Auflösung der Ehe?«, fragte er daher.

Rinaldo zögerte. Wenn sein Onkel Francesca als »die junge Frau« bezeichnete, gab es nicht viel Hoffnung, dass er auf die Familienbande pochen konnte.

»Sie ... er ... soviel ich weiß, ist die Ehe nicht vollzogen, Eure Heiligkeit«, sagte er und merkte zu seinem Ärger, dass er rot wurde.

»Seit wann?«

»Seit fast einem Jahr, Eure Heiligkeit. Und sie liebt ihn nicht.«

»Nun, wenn sie ihn in ihr Bett ließe, würde sich das vielleicht ändern«, sagte der Papst. »Ein Kind – das würde Grund genug sein, bei ihrem Mann zu bleiben.«

Rinaldo gingen die Argumente aus und er fühlte sich äußerst unbehaglich. Wenn Francesca Duchessa geworden wäre, hätte er selbst einen viel besseren Stand in der Familie gehabt.

»Wenn er dazu fähig ist, Eure Heiligkeit«, murmelte er jetzt.

Ferdinando di Chimici war kein schlechter Mensch. Er war schwach und genießerisch, aber er wollte eigentlich nicht, dass eine seiner Nichten an einen Mann gefesselt war, den sie nicht liebte, vor allem wenn keine Kinder kamen. Außerdem glaubte er nicht, dass sein Bruder, der Herzog, noch Interesse an Albani hatte, nachdem das bellezzanische Komplott danebengegangen war. Und vielleicht war es sinnvoll, Francesca für eine andere Familienverbindung zur Verfügung zu haben. Ferdinando würde sich selbst bemühen ihr das nächste Mal einen angenehmeren Mann zu suchen.

»Also gut«, sagte er gereizt und wies seinen Schreiber mit einer Geste an den notwendigen Erlass zu erstellen. Er drückte seinen Siegelring mit den Symbolen der Lilie und der Zwillinge in das weiche rote Wachs und händigte das Dokument Rinaldo aus. Damit war Francesca wieder eine freie Frau.

Der Regen auf dem Campo hatte aufgehört und die Luft war frisch und sauber. Ochsenkarren strömten herbei, voller Erde aus dem umliegenden Land, und Gruppen von Männern verteilten sie mit Rechen in einem breiten Streifen um die Piazza. Andere Männer waren damit beschäftigt, hölzerne Tribünen für die wichtigsten Gäste des Rennens zu errichten. Der Großteil der Remaner würde allerdings vom Inneren der Rennbahn aus zusehen.

Die größte Tribüne wurde vor dem päpstlichen Palast errichtet und jedes Gebäude, das einen Balkon mit Blick auf die Rennbahn hatte, war bereits mit den Fahnen des Bezirks geschmückt, den die Anwohner unterstützten. Der gesamte Campo leuchtete in bunten Farben.

Enrico freute sich ganz besonders auf das Rennen. Er schloss bereits Wetten über den Ausgang ab. Zwillinge und Jungfrau hatten natürlich die geringste Gewinnquote. Die Bewohner anderer Bezirke wollten auf ihre eigenen Pferde und Reiter setzen, aber manchmal schlossen sie auch noch kleine Zusatzwetten auf die Bezirke mit den höchsten Gewinnchancen ab. Die Remaner waren praktisch veranlagt. Allerdings wollten sie nicht dabei ertappt werden, unloyal zu wirken, daher mussten solche Wetten heimlich abgeschlossen werden.

Enrico hatte es sich angewöhnt, alle Bezirke der Stadt zu durchstreifen. Er trug einen Beutel voller Halstücher in den verschiedenen Farben mit sich herum, damit er das richtige Tuch tragen konnte, je nachdem, in welchen Bezirk der Stadt er sich gerade befand. Er sah das ausschließlich als Sicherungsmaßnahme an, denn er selbst unterstützte keinen speziellen Bezirk.

Die Tage verbrachte er jetzt immer in Remora, während er abends nach Santa Fina ritt, um Merla fliegen zu lassen. Sie hatte sich an ihn gewöhnt und es schien ihr nichts auszumachen, dass er sie ritt. Enrico wollte nicht mehr Zeit als unbedingt nötig im Haus der Chimici verbringen. Was dort mit dem Jungen geschehen war, hatte ihn zutiefst beunruhigt. Irgendwie hatte er das Gefühl, als hätte er es verhindern können. Er stürzte sich unter anderem deshalb so sehr in seine Wettgeschäfte, um sich von den Gedanken an den blassen Jungen abzulenken, der bewusstlos im Pfleghof lag. Von seinem Herrn und Geldgeber sah er nichts.

Arianna konnte nicht schlafen. Sie stand auf dem Balkon ihres Zimmers im päpstlichen Palast. Der Campo lag im Mondlicht und überall am Rand standen kleine Menschengruppen um Pferde herum. Immer wieder fanden sie sich zu einer Startlinie zusammen und dann galoppierten die Pferde dreimal im Uhrzeigersinn um den runden Platz. Gelächter ertönte herauf und dennoch wirkte alles irgendwie geheimnisvoll.

Arianna beobachtete gerade eine seltsame Szene, als Rodolfo zu ihr auf den Balkon trat. Ein großes, kräftiges graues Pferd, das nicht so aussah, als könnte es an der Stellata teilnehmen, trug zwei Menschen, einen Mann und eine Frau. Sie waren fremdartig gekleidet, obwohl die Farben ihrer Gewänder im Mondschein blass wirkten.

»Wer sind denn die?«, fragte Arianna, während sich das Paar auf die Startlinie zugbewegte.

»Sie sehen wie Manusch aus«, sagte Rodolfo. »Die fahrenden Leute. Sie sind zum Fest ihrer Göttin hergekommen. Es findet am selben Tag wie das Rennen statt.«

Wieder schloss sich ein improvisiertes Rennen zusammen. Der große Graue gewann um eine Halslänge, wobei er die beiden Reiter mit solcher Leichtigkeit trug, als seien sie nur eine Person. Nachdem sie abgestiegen waren und die Frau den Mann vom Platz führte, zog Arianna die Luft ein.

»Er ist ja blind!«, sagte sie.

»Manusch können auf mehr Arten sehen als andere Leute«, sagte Rodolfo. »Aber ist es nicht Zeit für dich, schlafen zu gehen?«

»Ich konnte nicht schlafen«, antwortete Anrianna. »Glaubst du, dass es richtig war, herzukommen?«

»Uns wird bestimmt nichts geschehen, falls du das meinst«, sagte Rodolfo. »Wie auch immer die Lage vorher war, Niccolò ist inzwischen viel zu sehr durch die Krankheit seines Sohnes abgelenkt, um Ärger zu machen.«

»Und wenn er schon vorher etwas angezettelt hat?«, fragte Arianna.

»Du meinst Gaetano? Macht er dir Ärger?«

Arianna zuckte mit den Achseln. »Es ist schwieriger, als ich es mir vorgestellt hatte. Ich mag ihn wirklich und nun ist er so niedergeschlagen wegen seines kleinen Bruders. Es wird schwer, ihn abzuweisen.«

»Glaubst du denn, dass sein Werben ehrlich ist?«

Arianna schwieg.

»Ich habe heute Morgen Luciano gesehen«, sagte Rodolfo.

»Wie geht es ihm?«, fragte Arianna leise.

»Er ist bekümmert. Er will dich sehen. Aber er mag nicht herkommen. Herzog Niccolò hat es sich in den Kopf gesetzt, dass Liciano und der neue Stravagante etwas mit dem Selbstmordversuch seines Sohnes zu tun haben.«

»Aber das ist doch lächerlich!«, sagte Arianna. »So etwas würde Luciano doch nie machen.«

»Ich dachte, du möchtest ihn vielleicht an einem unverfänglichen Ort treffen«, sagte Rodolfo. »Daher habe ich Gaetano vorgeschlagen morgen mit uns nach Belle Vigne zu fahren. Luciano kommt auch hin.«

Georgia fand es schwierig, sich in London zu beschäftigen. Sie schlief viel und holte nach, was sie in den vielen Stunden in Remora versäumt hatte. Wie Lucien im vergangenen Sommer sagte sie sich bereits, dass sie die Besuche nicht so weiterführen konnte, wenn sie im September wieder zur Schule gehen würde. Und darüber wurde sie sehr traurig. Talia würde sie sich nur als gelegentliche Belohnung leisten können, um Cesare und seine Familie zu besuchen. Lucien würde nach dem Rennen ja sicher mit Arianna und Rodolfo nach Bellezza zurückkehren und dort könnte sie ihn nicht besuchen. Ihr Talisman brachte sie nur nach Remora und die Reise von dort nach Bellezza schaffte man nicht an einem Tag. Gaetano und seine Familie würden nach Giglia zurückkehren, sobald Falco gestorben war, und auch dieser Ort war zu weit weg, wenn auch nicht ganz so weit wie die Stadt der Masken.

Sie hatte also nur noch eine Woche, die sie mit ihren Freunden in der Stadt verbringen konnte. Jetzt, wo alle Stravaganti beieinander waren, wenigstens alle, von denen sie wusste, hatte sie das Gefühl, dass sich eine Krise anbahnte. Georgia hatte allerdings keine Ahnung, was für eine. Hatte es mit der Gefahr zu tun, in der sie und Lucien schwebten?

Um sich selbst machte sich Georgia keine allzu großen Sorgen; sie konnte immer nach Hause reisen, solange sie ihren Talisman hatte. Aber Lucien konnte in Talia umgebracht werden, wenn Herzog Niccolò beschließen sollte seinen Sohn auf diese Weise zu rächen. Und dann hätte sie ihn zum zweiten Mal verloren.

Bei solchen Gedanken brach ihr der kalte Schweiß aus und sie wurde nur noch ungeduldiger, nach Remora zurückkehren, um herauszufinden, was dort los war. Sie wollte auch nach der Duchessa fragen. Wenn Silvia die Fürstin war, die Herzog Niccolò angeblich hatte ermorden lassen, wieso tauchte sie dann kühl und gelassen in Remora auf? Und warum herrschte ihre Tochter in Bellezza?

Die bellezzanische Kutsche war startbereit, als Georgia das nächste Mal in Remora auftauchte.

»Steig ein«, sagte Lucien und winkte ihr zu. »Wir fahren nach Belle Vigne.«

Dethridge saß in aufgeräumter Stimmung in der Kutsche.

»Zur rechten Zeit, junger George«, sagte er. »Wir besuchen die Reste einer rasennischen Siedlung. Und vielleicht treffen wir auf andere, die auch dorthin reisen!«

Lucien lächelte in seiner Ecke der Kutsche vor sich hin und Georgia merkte, wie ihr der Mut sank.

Und tatsächlich, in Belle Vigne hielt die Kutsche neben einer anderen mit dem Wappen der giglianischen Chimici – einer Lilie und einem Duftflakon. Während Georgia den grasbewachsenen Hügel hinaufstieg, den sie zuletzt mit Gaetano und Falco erklommen hatte, entdeckte sie oben einige Gestalten. Rodolfo, Gaetano und eine schlanke junge Frau, die nur Duchessa Arianna sein konnte.

Georgia blieb etwas zurück, während Dethridge auf Arianna zuschritt und sie umarmte. Lucien war direkt hinter ihm, doch seine Begrüßung der Duchessa fiel um einiges förmlicher aus. Lucien nickte Gaetano zu, dann zog er Georgia in die Gruppe.

»Und das hier ist Giorgio«, sagte er.

Georgia war verwundert, dass er ihren männlichen Namen benutzte, doch dann bemerkte sie, dass ein weiteres Familienmitglied der Chimici anwesend war. Während sie Arianna die Hand reichte, begriff sie, dass Gaetano Dethridge und Lucien seinem älteren Bruder Luca vorstellte. Doch es war schwierig, sich auf etwas anderes zu konzentrieren, während sie von diesen veilchenblauen Augen beobachtet wurde. Arianna trug eine hell türkisfarbene Maske – die erste, die Georgia sah. Sie passte ausgezeichnet zu ihrem eleganten Kleid.

»Giorgio«, sagte die Duchessa mit heller Stimme. »Ich habe schon viel von dir gehört.«

»Ich auch«, sagte Luca, trat vor und nahm Georgias Hand. Er ähnelte seinem Vater viel mehr als Gaetano. Hoch gewachsen und breitschultrig, mit schwarzem Haar und einem ausdrucksvollen, klugen Gesicht, war jeder Zoll von ihm der Herzog, der er eines Tages werden sollte. »Wie ich höre, stehst du meinem Bruder Falco sehr nahe.«

»Das ist richtig«, sagte Georgia. »Er war – ist – ein guter Freund.«

»Und doch behauptet mein Vater, dass auch du kein Licht auf diese schreckliche Tat werfen kannst?«

»Nur das, was ich dem Herzog schon gesagt habe – dass Falco sehr unter seinen Behinderungen litt.«

Gaetano kam ihr zu Hilfe. »Lass den Jungen in Ruhe, Luca. Er kann dir doch nur sagen, was du schon längst weißt. Falco hat seine Schmerzen nicht mehr ausgehalten – seine Schmerzen und den Verlust seiner Freiheit.«

»Aber er hat doch zwei Jahre lang damit gelebt«, wandte Luca ein. Georgia sah, dass er wirklich bekümmert war. »Warum jetzt auf einmal?«

»Vielleicht, weil Vater etwas mit ihm vorhatte, das er nicht ertragen konnte?«, sagte Gaetano ruhig.

»Was denn?«

»Da musst du schon Vater fragen.«

Rodolfo kam, um Luca und Gaetano ein Fundstück zu zeigen, und Dethridge hakte sich bei Georgia unter. Sie verstand, wofür der ganze Ausflug geplant worden war: um Lucien und Arianna etwas ungestörte Zeit miteinander zu verschaffen. Georgia versuchte nicht in ihre Richtung zu sehen, aber sie hörte ihre Stimmen hinter sich und fand es schwierig, sich auf die freundlichen Ablenkungsversuche von Doktor Dethridge zu konzentrieren. Schließlich blieb er stehen und sah sie fest an.

»Das ist nicht gut«, sagte er und schüttelte sein graues Haupt. »Einige Dinge dürfen nicht sein. Du wirst fürwahr noch enden wie der arme junge Falco, wenn du dich nicht entscheidest, in welcher Welt du leben willst.«

Georgia erschrak. Wusste Dethridge, was Falco gemacht hatte? Oder verglich er sie einfach nur mit einem blassen, leblosen Jungen, weil es das war, was ihre Gefühle für Lucien aus ihr gemacht hatten? Man war sich bei ihm nie sicher. Er war der einzige Mensch außer Lucien, der die schreckliche, unumkehrbare Transfiguration von einer Welt in eine andere gemacht hatte, daher konnte es sein, dass er Verdacht geschöpft hatte. Aber das, was er ihr auf den Kopf zugesagt hatte, war schlimm genug.

»Ich weiß«, sagte sie leise. »Es ist ein hoffnungsloser Fall. Aber ich kann nichts dafür.«

Dethridge tätschelte ihr die Hand.

»Wie war die Reise?«, fragte Lucien.

»Sehr unterhaltsam«, sagte Arianna. »Ich habe Volana gesehen und Bellona und Giglia. Und jetzt noch Remora. Was für eine faszinierende Stadt!«

»Wir müssen jetzt doch nicht über Städte plaudern, Arianna«, sagte Lucien. »Die anderen können uns nicht hören. Du hast mir gefehlt. Ich kann es nicht ertragen, dass wir nur in Gesellschaft all dieser Menschen zusammen sein können.«

»Duchessas verbringen nun einmal nicht viel Zeit allein, das weißt du doch gut«, erwiderte Arianna.

»Und haben Duchessas so viel Gesellschaft, dass sie ihre Freunde nicht vermissen, wenn sie nicht bei ihnen sind?«, sagte Lucien lächelnd.

Sie lächelte zurück. »Nein, so ist es nicht. Aber du warst ja auch nicht gerade ein Einsiedler. Du scheinst dich doch sehr gut mit dem neuen Stravagante zu verstehen. War es angenehm, jemand aus deiner alten Welt zu finden?«

»Nicht nur«, erwiderte Lucien. »Sie hat ein paar schmerzliche Erinnerungen zurückgebracht.«

Arianna versteifte sich neben ihm. »Sie?«, sagte sie ungläubig.

»Ja. Hat Rodolfo dir das nicht erzählt? Georgia geht auf meine alte Schule und ich kannte sie von früher.«

»So sehen Mädchen in deiner Welt also aus!«, sagte Arianna mit einer Mischung aus Neugier und Verachtung.

»Nicht alle, nein«, sagte Lucien pikiert. »Georgia ist ein bisschen anders als die meisten Mädchen. Und weil sie ihr Haar so kurz trägt, haben wir beschlossen sie als Jungen laufen zu lassen.«

»Das habt ihr auch gut hingekriegt«, sagte Arianna. »Das musst du von mir abgeschaut haben.«

Das brachte lebhafte Erinnerungen an ihr erstes Zusammentreffen zurück, als Arianna sich als Junge verkleidet hatte und Lucien wütend gegenüberstand – so wie jetzt offensichtlich.

»Komm«, sagte sie. »Ich darf meine Gastgeber nicht vernachlässigen.« Und die restliche Zeit verbrachte sie damit, Gaetano und Luca di Chimici zu unterhalten.

Georgia und Lucien waren beide niedergeschlagen, als sie in den Widder zurückkehrten. In der Kutsche hatten sie sich nicht viel zu sagen gehabt und Doktor Dethridge hatte während des größten Teils der Reise vorgegeben zu schlafen. Einige Zeit nach ihrer Rückkunft ins Haus des Widder-Stallmeisters klopfte es polternd an der Tür.

Rodolfo kam mit großen Schritten in Paolos Küche. Seine Augen funkelten und Georgia fand ihn ziemlich beängstigend, fast so wie den Herzog.

Sein Zorn schien sich allerdings nur gegen Lucien zu richten.

»Was hast du gemacht?«, fragte er. »Nein, sag es mir nicht. Ich *weiß*, was du gemacht hast. Du hast dich mit einem behinderten Jungen angefreundet und jeden Tag in seiner Gesellschaft verbracht. Und auf einmal fällt er in eine geheimnisvolle Ohnmacht, nachdem er angeblich Gift geschluckt hat.«

»Das habt Ihr doch bereits gewusst«, sagte Lucien ruhig.

»Aber inzwischen habe ich ihn *gesehen«*, sagte Rodolfo. »Luca hat mich mitgenommen, um seinen Vater am Krankenbett zu treffen, denn der Herzog wollte nicht zu mir kommen. Hast du geglaubt, ich würde nicht erkennen, dass es der Körper eines Menschen ist, der sich in einer anderen Welt befindet?«

Dann fuhr er Georgia an. »Und du, du musst einen Talisman aus deiner Welt mitgebracht haben. Hast du überhaupt eine Ahnung, wie gefährlich das für einen ungeübten Stravagante ist?«

Er durchmaß die Küche.

»Dich kann ich ja verstehen«, sagte er zu Georgia. »Ein Neuankömmling, der sich von den Bitten eines kranken Jungen beeindrucken lässt. Ich nehme an, du hast ihn mitgenommen, um ihn zu heilen. Aber Luciano – nach allem, was ich dir beigebracht habe. Wie konntest du nur so unverantwortlich handeln?« Er wandte sich wieder zu Georgia um.

»Es gibt nur eine Lösung. Du musst ihn auf der Stelle zurückbringen!«

Kapitel 20

Fliegende Farben

Georgia erwachte in ihrer Welt und war total verstört. Sie hatte schon fast erwartet, dass Rodolfo mit ihr zurückreisen würde, so wütend, wie er war. Die Vorstellung, dass der schwarz gekleidete Mann in ihrem Zimmer auftauchen könnte, machte sie völlig fertig. Doch dann beruhigte sie sich. Rodolfo war nicht da, und selbst wenn er mitgekommen wäre, hätte er es leicht mit Russell aufnehmen können. Das Spektakel hätte sich vielleicht sogar gelohnt.

So schnell wie möglich wollte Georgia jetzt zu Falco. Doch als sie sich seinem Haus näherte, stellte sie fest, dass sie nicht wusste, was sie sagen sollte. Wie konnte sie ihn dazu überreden, nach Talia zurückzukommen – gerade jetzt, wo er endlich auf der Warteliste für eine Operation stand? Und wie würden es die Mulhollands ertragen können, einen zweiten Jungen zu verlieren?

Sie respektierte Rodolfo, aber sie fand, dass er in dieser Sache nicht Recht hatte. Dennoch wurde sie ganz mutlos bei dem Gedanken, dass sie ihm die Stirn bieten musste. Einerseits waren da Rodolfo und der Herzog, der verrückt war vor Schmerz, und beide wollten Falco zurück. Andrerseits konnte sie sich nicht vorstellen, wie das möglich sein sollte. Hatte sie ihre Aufgabe in Remora so gründlich missverstanden?

»Hallo, Georgia«, sagte Falco und ließ sie herein. »Wie geht's?«
Er sah schon besser aus als jemals in Talia. Er aß anständig und es gefiel ihm, Teil einer normalen Familie zu sein. Ja, er wurde zusehends ein Junge aus dem einundzwanzigsten Jahrhundert.
»Nicht gut«, sagte sie. »Können wir reden?«
»Vicky ist fort«, sagte Falco. »Sie ist bei Freunden und probt mit ihrem Streichquartett.«
»Rodolfo hat herausgefunden, wobei wir dir geholfen haben«, berichtete sie.
»Und er ist nicht erfreut?«
»Das ist schwer untertrieben!«
Falco machte ein verängstigtes Gesicht, obwohl er Rodolfo gar nicht kannte. »Er kommt doch nicht her, oder?«
»Das glaube ich nicht«, sagte Georgia. »Sonst wäre er schon letzte Nacht gekommen. Er war so wütend, dass ich fast damit gerechnet habe.«
»Aber wozu?«, wollte Falco wissen. »Was könnte er denn tun?«
Georgia zögerte. »Er will, dass du zurückkommst.«
Falco wurde aschfahl. »Das mache ich nicht«, sagte er heftig. »Ich habe das alles doch nicht durchgemacht, um jetzt wieder zurückzugehen.«
»Vielleicht solltest du es dir überlegen«, sagte Georgia. »Halt, lass mich ausreden«, fuhr sie rasch fort, denn Falco wollte schon Protest einlegen. »Du weißt ja nicht, welche Auswirkungen es auf deine Familie hat. Sie sind alle in Remora – Gaetano und alle anderen – und dein Vater verlässt dein Bett nicht eine Minute.«
Falcos sah sie verstört an und Tränen traten ihm in die Augen. »Aber das kann ich nicht«, flüsterte er. »Es war zu

schlimm beim ersten Mal. Es wird für alle nur viel schlimmer, vor allem für Vater, wenn ich zurückkehre und dann wieder verschwinde.«

»Rodolfo will, dass ich dich überrede für immer zurückzukehren«, erklärte Georgia.

»Dann musst du den Talisman vernichten«, sagte Falco bestimmt.

Georgia sah ihn erstaunt an.

»Nimm den Ring und schmelze ihn ein – oder wirf ihn weg«, beharrte er.

»Du bist ganz erstaunlich, weißt du das?«, sagte Georgia. »Meinst du das ernst? Ich könnte den Ring behalten, falls du deine Meinung änderst.«

»Ich möchte einfach nicht die Möglichkeit haben, meine Meinung zu ändern«, sagte Falco. »Und wenn du ihn loswirst, kann ich das nicht tun.«

Früh am Morgen war Cesare mit Arcangelo für den zweiten Probedurchlauf auf dem Rennplatz. Beim ersten Durchlauf am Abend zuvor war er nervös gewesen und der Widder war Neunter geworden. Aber heute war es anders. Er hatte einen klaren Kopf, war voller Schwung und freute sich auf den Ritt.

Er trug die rot-gelben Farben des Widders und um ihn herum waren die anderen Reiter in den Farben ihrer Bezirke. Einige der Pferde waren erst nach dem Mondscheinrennen ausgewählt worden und einige der Reiter sogar noch später. Daher hatte Cesare einen Vorteil, denn er und Arcangelo hatten schon wochenlang gemeinsam auf der Übungsbahn geprobt.

»Den musst du schlagen«, sagte Enrico zu Riccardo, dem Stallmeister der Zwillinge, als Cesare Arcangelo zwischen den Seilen durchführte.

»Glaubst du? Gestern war er nicht besonders schnell.«

»Da hat er sich nur eingelaufen«, sagte Enrico. »Vertrau mir – die beiden sind die Besten auf dem Campo.«

»Aber das ist doch nichts, was unser Leichtgewicht nicht schlagen könnte?«, meinte Riccardo.

Alle Reiter, die schon mal bei einer Stellata geritten waren, hatten Spitznamen. Der Zwillings-Mann hieß Leichtgewicht und der Jungfrau-Reiter Cherubino. Paradoxerweise war er der älteste Reiter am Ort, der schon in fünfzehn vorausgegangenen Rennen mitgeritten war. Er war dreiunddreißig, wenn er auch immer noch das runde Kindergesicht hatte, das ihm seinen Namen eingebracht hatte. Zwei weitere Reiter außer Cesare waren Anfänger und warteten noch auf ihre Spitznamen; sie ritten für die Löwin und den Wassermann.

Emilio, Stallmeister der Jungfrau, sah zusammen mit Enrico und Riccardo von den Holztribünen aus zu, die inzwischen um den ganzen Platz aufgestellt waren. Er war geneigt zuzustimmen, dass der Widder dieses Jahr ein gutes Gespann hatte, wenn er auch zuversichtlich war, dass der eine oder andere Pakt, den er geschlossen hatte, Cherubino und der Jungfrau den Sieg sichern würden. Es sei denn, die Zwillinge hatten noch mehr Geld ausgegeben.

In den vergangenen zwanzig Jahren war die Stellata vierzehn Mal von den Zwillingen oder der Jungfrau gewonnen worden. Doch selbst die ausgefuchstesten und kostspieligsten Bündnisse konnten den Sieg nicht garantieren und andere Bezirke, die die Familie Chimici nicht so unterstützten, hatten immerhin auch sechs Rennen gewonnen. Der Widder hatte jedoch seit einer Generation nicht mehr gesiegt. Und das letzte Mal war das mit Paolo gewesen.

Die Vorzeichen standen gut für den Widder. Sie hatten ein hervorragendes Tier und der Reiter war der Sohn ihres letzten

Siegers. Und sie hatten ein heimliches Glücksomen, von dem nur das Haus des Stallmeisters wusste – die Geburt eines geflügelten Pferdes. Cesare klammerte sich an diesen Gedanken, auch wenn Merla inzwischen verschwunden war. Er versuchte zu vergessen, dass der Widder unter normalen Umständen inzwischen die Nachricht von Merla verbreitet hätte, um ihr Glück in der Stadt bekannt zu machen.

Die Pferde hatten Aufstellung genommen und waren bereit. Das zwölfte Pferd, Rincorsa, das in diesem Durchlauf für die Waage startete, kam angaloppiert und das Rennen begann mit einem fliegenden Start. Der Skorpion war mit Celeste am besten weggekommen und führte in der ersten Runde, doch Cesare überholte seinen Reiter Razzo nach der Hälfte der zweiten Runde und blieb bis zum Schluss in Führung.

Er strahlte vor Freude, als Paolo beim Ziel auf ihn zukam, um ihn zu umarmen. Alle Zuschauer aus dem Widder eskortierten Pferd und Reiter unter Liedern und skandierten Gesängen in ihren Bezirk zurück. Als Arcangelo noch auf einer kleinen Koppel herumgeführt wurde, um sich abzukühlen, traf Georgia ein.

»Ach, ich hab es verpasst!«, sagte sie enttäuscht. »Wie ist es gelaufen?«

»Er hat gesiegt«, sagte Paolo stolz.

»Das bedeutet gar nichts«, warf Cesare bescheiden ein. »Jeder weiß doch, dass die Probeläufe nicht zählen. Nur das Rennen selbst.« Aber dennoch strahlte er von einem Ohr zum anderen.

»Es ist ein Jammer, dass sich der Herzog nicht um das Rennen kümmert«, sagte Enrico, der sich mit Riccardo in eine Taverne zurückgezogen hatte.

»Das kann man ihm doch nicht vorwerfen«, sagte Riccardo.

»Er ist auch nur aus Fleisch und Blut wie wir und es heißt, der Junge liegt im Sterben.«

Enrico schauderte. Daran wollte er lieber nicht denken. »Ich glaube, es bleibt uns überlassen, den Gegner außer Gefecht zu setzen.«

Riccardo zuckte mit den Schultern. »Und an was hast du da gedacht?«

Enrico tippte sich an den Nasenflügel. »Überlass das mal mir«, sagte er.

Lucien und Dethridge stießen zu der Frühstücksfeier, die im Widder stattfand. Jeder wusste zwar, dass es nur ein Probelauf gewesen war, aber alle in Paolos Haus waren freudig erregt. Selbst die Kinder ließen sich anstecken. Die kleinen Mädchen hatten winzige rot-gelbe Fähnchen und wedelten sie begeistert herum.

»Widder, Widder, Widder!«, riefen sie. »Wir sind die Besten!«

»Ich glaube, heute Morgen ist Cesare der Beste«, sagte Teresa und lächelte ihm zu.

Cesare sonnte sich im Lob seiner Familie. Der Sieg im Probelauf war ein Vorgeschmack darauf, was es hieß, die Stellata zu gewinnen, und er konnte es kaum erwarten, das Gefühl zu wiederholen.

Die fröhliche Stimmung, die Cesares Sieg ausgelöst hatte, lenkte Georgia von ihren Problemen mit Rodolfo ab. Allerdings nicht sehr lange. Sobald sie mit Lucien allein war, erzählte sie ihm, was Falco gesagt hatte.

Lucien grämte sich über Rodolfos Vorwürfe, doch als er von Falcos Entschluss hörte, fühlte er sich besser.

»So ein mutiger Junge«, sagte er. »Und ich finde, wir müssen zu ihm halten.«

Georgia nickte. »Es braucht allerdings ziemlichen Mut, um

Rodolfo die Stirn zu bieten«, sagte sie. »Es bedeutet, dass wir fest daran glauben müssen, dass wir Recht haben und er Unrecht.«

»Er kennt Falco eben nicht«, sagte Lucien. »Er versteht nicht, was das für den Jungen bedeutet. Aber ich habe ihm schon einmal nicht gehorcht. Ich bin über Nacht in Bellezza geblieben – um das Feuerwerk zu sehen, bei dessen Herstellung ich ihm geholfen habe.«

»Und war er damals sehr böse auf dich?«, fragte Georgia.

»Nein, er sagte, dass es wohl ein Wink des Schicksals gewesen sei oder so. Weil ich die Duchessa vor einem Anschlag retten konnte.«

»Aber jeder hat dann so getan, als sei sie ermordet worden?«

»Nein, das war später – beim zweiten Anschlag. Statt ihrer wurde eine andere Frau umgebracht und Silvia beschloss damals einfach, dass sie genug hatte. Sie glaubte besser gegen die Chimici vorgehen zu können, wenn sie aus dem Untergrund arbeitete. Sie ist in der bellezzanischen Politik ziemlich aktiv, seit Arianna Duchessa ist.«

»Stell dir doch bloß vor die beiden als Eltern zu haben!« Arianna tat Georgia fast Leid.

»Das tue ich oft«, sagte Lucien. »Beide sind ganz außergewöhnlich, aber man kommt ihnen lieber nicht in die Quere. Arianna mag sie beide.« Er seufzte.

»Glaubst du, Rodolfo hat Doktor Dethridge und Paolo erzählt, was wir gemacht haben?«

»Das hat er in der Tat«, sagte ein wohl bekannte Stimme. William Dethridge war mit Paolo aus den Ställen gekommen, um sie zu suchen. »Ihr habt versucht das arme Kind zu transfigurieren.«

»Das hättet ihr nicht unternehmen dürfen, ohne vorher mit uns zu sprechen«, sagte Paolo streng. »Es ist nicht nur viel zu gewagt für einen ungeübten Stravagante. Habt ihr auch an die Konsequenzen gedacht, die es für euch haben kann? Wenn Falco stirbt, was hier wohl demnächst eintreten wird, dann sinnt der Herzog auf Rache. Und sein Blick wird sich als Erstes auf den Widder richten. Dort findet er Anhänger von Bellezza und von meiner Familie, ganz zu schweigen von einigen Stravaganti. Eure Tat hat die gesamte Bruderschaft in Gefahr gebracht.«

Ohne zu wissen, welche Gewitter sich über dem Widder zusammenbrauten, hatte sich Cesare zum Campo begeben und sah sich die Rennbahn an. Es hatte jetzt seit ein paar Tagen nicht mehr geregnet und die Bedingungen schienen gut. Wenn nicht gerade Probeläufe stattfanden, ergriffen Gruppen von Remanern die Gelegenheit, »die Bahn zu treten«. Sie stampften die Erde fest, sodass sie zu einer kompakten Oberfläche für das Rennen wurde. Cesare nickte einer Gruppe von Schützen zu, die gerade damit beschäftigt war.

»Gut geritten!«, riefen sie ihm zu. Ihr Pferd Alba war in dem Lauf am Morgen mit seinem Reiter Topolino Dritter geworden, daher waren sie ganz zufrieden.

»Wirklich gut geritten«, sagte ein Mann in einem blauen Umhang. Er trug die Farben des Widders, doch Cesare kannte ihn nicht. Das war aber nicht weiter überraschend; um die Zeit des Rennens kamen alle möglichen Leute nach Remora zurück, um ihren Bezirk zu unterstützen – selbst wenn sie seit Jahren nicht mehr in der Stadt wohnten.

»Darf ich dich zu einer Erfrischung einladen?«, sagte der Mann freundlich. »Ich würde gerne alles über dich und dein Pferd wissen – Angelo, nicht wahr?«

»Arcangelo«, sagte Cesare stolz. »Das beste Pferd, das wir seit Jahren im Widder haben. Mit einer Ausnahme«, fügte er traurig hinzu.

Aber er ließ sich von dem Fremden einladen. Und er bemerkte auch nichts Ungewöhnliches an dem Geschmack des Getränks, das er bekam – war er doch zu sehr damit beschäftigt, von den bisherigen Erfolgen seines Wallachs zu erzählen.

»Ein bisschen zu früh am Tag, um betrunken zu sein, was?«, sagte einer der anderen Gäste, als der Kerl in dem blauen Umhang den jüngeren Mann hinausbegleitete und ihn sichtlich stützen musste.

»Komisch«, sagte der Wirt. »Vor allem weil der Junge doch nur eine Zitronenlimonade hatte.« Doch dann kam ein Schwall fremder Besucher herein und forderte Wein, daher dachte er nicht weiter darüber nach.

Eine Postkutsche brachte Francesca nach Remora, da Signor Albani nicht begütert genug war, um einen eigenen Wagen zu halten. Doch das machte ihr nichts aus. Sie begab sich direkt in den Pfleghof und ließ ihr Gepäck von einem Träger in den päpstlichen Palast bringen.

Dass der Papst sie willkommen heißen würde, bezweifelte sie nicht. Die Chimici hielten zusammen, vor allem bei Familienkrisen.

Gaetano sprang auf, als sie eintrat, und sein Kummer ließ kurz etwas nach, als er sie sah.

»Wie geht es ihm?«, fragte Francesca.

»Wie du sehen kannst.« Gaetano machte eine Geste zum Bett hin, wo der dünne, fast durchsichtige Körper seines Bruders lag. Niccolò saß an seinem üblichen Platz neben dem Bett und hielt die Hände seines Sohnes. Francesca war entsetzt über das unrasierte Gesicht und die blutunterlaufenen Augen des Herzogs.

»Sieh mal, wer gekommen ist, Vater«, sagte Gaetano sanft. »Es ist Francesca aus Bellezza.«

Der Herzog erhob sich so weit, dass er sie begrüßen konnte, und ließ die Zunge über die trockenen Lippen gleiten.

»Danke, meine Liebe. Wie gut von dir zu kommen. Nicht dass du irgendwas tun könntest. Das kann keiner mehr.« Er strich sich mit der freien Hand über das Gesicht.

Beatrice kam geschäftig herein. »Oh, Francesca, wie gut, dass noch eine Frau da ist!«, sagte sie. »Du hilfst mir mit Vater, nicht? Vater, hör mal, jetzt, wo Francesca bei uns ist, kannst du doch in den Palast gehen und dich etwas ausruhen. Du weißt doch, dass wir dich gleich benachrichtigen, wenn eine Veränderung eintritt.«

Gaetano wollte einwenden, dass seine Cousine doch eben erst eingetroffen sei und von der langen Fahrt ermüdet sein musste, aber Francesca kam ihm zuvor.

»Ich bleibe gerne mit dir bei ihm und passe auf, Beatrice«, sagte sie. Und zu Gaetanos Verwunderung erhob sich Niccolò und legte Falcos Hand in die von Francesca.

»Ich glaube, ich werde tatsächlich etwas ruhen«, sagte er. »Du bist ein gutes Mädchen, Francesca. Und du, Beatrice, versprichst mir, dass du Gaetano sofort zu mir schickst, wenn sich etwas tut?«

»Sollte ich dich nicht in den Palast begleiten, Vater?«, fragte Gaetano.

»Nein. Du musst hier bleiben, falls er die Augen aufschlägt. Es ist ja nur um die Ecke. Ich gehe alleine.«

Damit verließ er den Pfleghof und schritt durch die kleine Gruppe von Leuten, die nach wie vor einen Rosenkranz beteten, oder kleine Gaben für die Göttin darbot.

»Was willst du damit sagen: Er ist nicht hier?«, fragte Paolo.

»Cesare ist nicht hier«, sagte Teresa. »Er muss unten auf dem Campo sein.«

»Aber es ist fast Zeit für den nächsten Probelauf«, sagte Paolo. »Er muss doch hier sein, damit er Arcangelo an den Start reiten kann.«

Doch in den Stallungen war von Cesare keine Spur. Keiner hatte ihn seit dem Frühstück gesehen. Paolo brachte Arcangelo selbst zum Campo hinunter, wobei ihm die übliche Menge der Anhänger aus dem Widder folgte. Lucien und Georgia begleiteten ihn, obwohl es für Georgia eigentlich schon zu spät war, um immer noch in Talia zu sein. Doch unten an der Piazza war Cesare auch nicht.

Eine Gruppe von Schütze-Anhängern, die bei Alba und ihrem Reiter standen, traten auf Paolo zu und waren verdutzt Arcangelo ohne Reiter zu sehen. Als er sie flüsternd ausfragte, bestätigten sie, dass sie Cesare vor einiger Zeit auf dem Campo gesehen hatten.

»Er wollte mit einem Mann in einem blauen Umhang eine Erfrischung zu sich nehmen«, sagte einer von ihnen. »Er war ein Widder – zumindest hat er Widderfarben getragen.«

Lucien erschrak. Ein Mann in einem blauen Umhang konnte nur eines bedeuten – und das war keine gute Nachricht.

»Ich habe den Verdacht, dass Cesare entführt worden ist, flüsterte er Georgia zu.

»Die Pferde an die Startlinie«, rief der Platzwart.

»Oje, was wird Paolo machen?«, fragte Georgia. Die Pferde und Männer, die sich alle drängend an den Start begaben, hielten kurz inne.

»Der Widder fällt aus«, verkündete der Platzwart. »Die anderen elf bitte an die Startlinie. Nehmt eure Plätze für den dritten Probelauf ein.«

Und der fand diesmal tatsächlich ohne den Widder statt.

Cesare erwachte mit fürchterlichen Kopfschmerzen. Er hatte

keine Ahnung, wo er sich befand oder wie er da hingekommen war. Er lag in einem unmöblierten, heißen und staubigen Zimmer mit hohen, vergitterten Fenstern. Er reckte sich, um hinauszusehen, und stellte fest, dass er irgendwo auf einer Höhe war und von oben über Hügel und Wälder blickte. Irgendwie kam ihm die Aussicht bekannt vor, aber er war zu benommen, um draufzukommen, wo er sich befand.

Am Licht erkannte er, dass er Stunden bewusstlos gewesen sein musste und dass es Zeit für den abendlichen Probelauf war. Verzweifelt lief Cesare in dem Raum auf und ab. Als er an der Tür rüttelte, stellte er fest, dass sie von außen verriegelt war. Er saß wie eine Maus in der Falle.

»Georgia«, sagte Ralph am nächsten Tag. »Da ist heute Abend eine Sendung im Fernsehen, die dich vielleicht interessiert. Es geht um Pferde.«

Georgia war fast nicht dazu in der Lage, einen Blick in die Zeitung werfen, die er ihr hinhielt. Immer noch war sie wie gelähmt von den Ereignissen in Remora letzte Nacht. Es war eine große Schande für einen Bezirk, nicht an einem der Probeläufe teilzunehmen, aber Paolo hatte keinen Ersatzreiter zur Verfügung. Er selbst war zu groß und inzwischen auch zu schwer, um bei der Stellata zu reiten; er war ja erst fünfzehn gewesen, als er vor fünfundzwanzig Jahren den Sieg für den Widder errungen hatte. Und es sah jetzt tatsächlich so aus, als ob Cesare entführt worden sei.

Georgia hatte gewagt so spät zurückzukommen, weil sie wusste, dass sich keiner darum kümmern würde, wenn sie am nächsten Morgen nicht pünktlich zum Frühstück kam. Daher war sie überrascht Ralph noch vorzufinden. Er erklärte ihr, dass er auf eine wichtige Lieferung von Ersatzteilen war-

tete. Und jetzt wedelte er mit dem Fernsehteil der Zeitung vor ihren Augen herum.
Doch plötzlich wurde sie aufmerksam. *PALIO*, stand dort in der Zeitung. *Dokumentation über das verrückteste Pferderennen der Welt. Kanal IV, 20 Uhr.*
»Dachte ich mir doch, dass dich das interessiert.« Ralph freute sich über ihre Reaktion.
»Und wie!«, sagte Georgia. »Hast du vielleicht eine leere Kassette, mit der ich das aufnehmen kann? Ich würde das nämlich gerne aufheben.«
»Ja«, sagte Ralph. »Du kannst *Vier Hochzeiten und ein Todesfall* überspielen. Das will ich nie mehr sehen.«
»Mach keine Witze«, erwiderte Georgia grinsend. »Maura würde mich umbringen. Sie ist verrückt nach diesem Film.«
»War nur Spaß«, sagte Ralph. »Nimm doch das Band mit der Oscar-Verleihung; das will sie sicher nicht noch mal sehen.«
»Ich würde gern Fal . . . Nicholas dazu einladen«, sagte Georgia. »Du weißt doch, dass er auch ganz versessen auf Pferde ist.«
»Gute Idee«, sagte Ralph. »Wir können es alle zusammen auf dem großen Bildschirm im Wohnzimmer ansehen.«
So hatte sich das Georgia nicht ganz vorgestellt. Sie musste Falco warnen keine Vergleiche mit der Stellata anzustellen; es würde für sie beide schwierig werden.

»Erst Merla und jetzt Cesare«, sagte Paolo. »Dahinter müssen doch die Chimici stecken.«

»Ich stimme Euch zu«, sagte Rodolfo, der ins Haus des Stallmeisters gerufen worden war. »Obwohl es mich doch überraschen würde, wenn sich der Herzog fortbewegt hätte, während sein Sohn noch in Gefahr schwebt. Ich dachte, er sei ganz allein damit beschäftigt.«

»Es sind genug andere Familienmitglieder in der Stadt«, warf Paolo ein.

»Was habt ihr jetzt vor?«, fragte Teresa besorgt. Die kleineren Kinder waren alle im Bett und sie konnte sich an den Gesprächen über ihren Stiefsohn beteiligen.

»Ich glaube nicht, dass sie ihm etwas tun werden, Teresa«, sagte Paolo. »Bestimmt halten sie ihn nur gefangen, bis das Rennen vorbei ist.«

»Aber was unternehmt Ihr wegen dem Rennen?«, fragte Lucien.

»Ich glaube, es gibt nur eine Lösung«, sagte Paolo. »Georgia muss für den Widder reiten.«

Ahnungslos von den Plänen, die in Remora für sie geschmiedet wurden, sah Georgia den Dokumentarfilm über den Palio. Sie und Falco saßen völlig gebannt mit einer großen Schüssel Popcorn auf dem Sofa. Ralph saß im Sessel bei ihnen, während Maura im Büro Berichte schrieb und Russell demonstrativ in sein Zimmer gegangen war, um ein Video über Kampfsport anzusehen.

»Sieht ja ziemlich brutal aus«, sagte Ralph und runzelte die Stirn über den verrückten Galopp mit den peitschenschwingenden Jockeys um den muschelförmigen Campo in Siena.

»Sie reiten ohne Sattel, Georgia«, flüsterte Falco, »genau wie unsere Reiter.«

»Es sieht so viel schwieriger aus, als wenn ich ohne Sattel reite«, meinte Georgia. Ob die remanische Stellata wohl auch so schnell und wild war wie der Palio? Alle Jockeys waren viel älter als Cesare und sie waren offensichtlich Profis und kamen fast alle nicht aus Siena selbst.

Als Ralph Falco nach Hause gebracht hatte, beschloss Georgia früh zu Bett zu gehen. Sie wollte rechtzeitig zum nächsten Probelauf in Remora sein; es war ihr völlig unklar, was Paolo nun vorhatte. Gerade, als sie sich eine heiße Schokolade machte, kam Russell herunter, um den Kühlschrank zu plündern.

»Ich verstehe nicht, wie du es mit diesem Jungen aushalten kannst«, sagte er und schüttelte sich übertrieben. »Mit seinem verkrüppelten Bein. Das ist ja widerlich.«

Maura, die gerade in die Küchentür trat, war entsetzt.

»Das meinst du doch nicht ernst, Russell?«, sagte sie.

»Nee, nur ein Scherz«, erwiderte er schnell.

»Also, das war nun wirklich nicht witzig.« Maura war noch nie so aufgebracht über ihren Stiefsohn gewesen.

Russell warf Georgia einen giftigen Blick zu und verschwand.

»Komm, meine kleine Schönheit«, flüsterte Enrico Merla mitten in der Nacht zu. »Wir gehen zu einem ganz besonderen Ereignis.«

Die schwarze Stute, die inzwischen ganz ausgewachsen war, flog mit kräftigem Flügelschlag nach Remora, angetrieben von dem Mann, an den sie sich mittlerweile gewöhnt hatte. Sie flogen weiter, als sie es gewöhnlich taten, und es machte ihr Spaß, die Flügel richtig zu gebrauchen.

Während sie immer weiter durch die sternenklare Nacht gen Süden flogen und über die Mauern einer großen Stadt kamen, regte sich eine Erinnerung in Merla. Sie wollte nach Westen abdrehen, doch ihr Reiter hielt sie fest auf Kurs, ins Herz der Stadt. Dann zügelte er sie sanft, bis sie anhielt und in der Luft über einem weiten Kreis schwebte. Merla hatte keine Ahnung, was ihr Reiter wollte; doch sie spürte, dass Menschen, die sie mit Liebe behandelt hatten, irgendwo in der Nähe waren.

Cesare hatte eine elende Nacht hinter sich. Er wusste, dass er immer noch hier in diesem Raum festsitzen würde, wenn das morgendliche Proberennen anfing. Er hatte geträumt, dass unmittelbar vor seinem Fenster ein Pferd gewiehert hatte. Das musste aber ein Traum gewesen sein, denn so hoch oben konnte sich ja kein Pferd aufhalten. Außer Merla, dachte er, und döste wieder ein, um zu träumen, dass Arcangelo das Rennen ohne ihn gewann. Es war nicht unmöglich, dass ein Pferd die Stellata *scosso* gewinnen konnte, ohne Reiter. Aber es durfte nicht ohne Reiter starten.

Cesare hörte, wie Riegel zurückgeschoben wurden, und rannte zur Tür, aber zwei bullige Männer, die er noch nie gesehen hatte, versperrten ihm den Weg hinaus. Einer stellte ihm einen Korb mit Brötchen und Obst und einen Becher Milch hin. Dann war Cesare auch schon wieder allein. Er konnte zwar seinen Hunger lindern, aber nicht seine Seelenpein.

»Ich möchte, dass du Arcangelo für den Widder reitest«, sagte Paolo, der mit Cesares Rennkleidern auf dem Heuboden auf Georgia gewartet hatte. »Das kannst du doch inzwischen, nicht? Ohne Sattel reiten, meine ich?«

»Na ja«, sagte Georgia und schluckte.

»Und du hast auch schon so ein großes Pferd geritten?«, fragte er beharrlich weiter.

Georgia musste an Conker denken. Sie nickte.

»Dann lege bitte diese Kleider an und komm raus in den Hof«, sagte Paolo. »Wir müssen hinunter zur Rennbahn.«

Die Nachricht von einem übernatürlichen Ereignis hatte sich rasch in Remora verbreitet. Der gesamte Campo war voller Leute, die nach oben starrten. Sie standen in Gruppen herum und es waren viel mehr als sonst zu einem morgendlichen Probelauf zusammenkamen.

Die hohe, schlanke Säule, die aus dem Brunnen in der Mitte des Platzes aufstieg, war nämlich nicht mehr ohne Schmuck. An ihrer Spitze, weit höher, als mit einer Leiter zu erreichen war, flatterten die rosa-weißen Farben der Zwillinge vom Hals der Löwin.

»Das ist ein Vorzeichen«, sagten die Remaner und machten die Glückshand. »Das heißt doch sicher, dass die Zwillinge gewinnen?«

»Ist ja nichts Neues«, sagten andere. »Aber wie ist das Halstuch da hingekommen?«

»Das muss die Göttin gewesen sein«, sagte eine Stimme und der Ruf »Dia! Dia!« hallte über den Platz.

»Die Göttin – oder ein fliegendes Pferd«, sagte jemand.

Und so setzte das Gerücht ein, dass Remora wieder ein geflügeltes Pferd hatte.

Kapitel 21

Auf zum Sieg

Wir haben keine Zeit, uns jetzt darüber Gedanken zu machen«, sagte Paolo und sah kaum zu der Säule mit dem flatternden Halstuch hin. »Also, du hast verstanden, dass heute keine Peitschen benutzt werden dürfen? Du musst nur die drei Runden um den Platz auf dem Pferd überstehen. Und es ist egal, welchen Platz du am Ende machst.«

Es war gut, dass er das gesagt hatte, denn Georgia wurde Letzte. Aber sie blieb oben und es war ein ganz knappes Rennen, bei dem alle Pferde nah beieinander blieben. Der Wassermann hatte mit einem Pferd namens Uccello um eine Länge gewonnen. Der junge Reiter war berühmt dafür, dass er immer Hunger hatte, und zu seinem Pech hatte man ihn gesehen, wie er kurz vor dem Aufsteigen ein Frühstück verschlungen hatte. Ab jetzt hieß er auf immer und ewig »Salami«.

Auch Georgia bekam einen Spitznamen, der nicht besonders schmeichelhaft war. Sie hatte ja noch nie einen Vorlauf gesehen und man musste ihr alles zeigen – wo man wartete, wann man aufstieg und was zu tun war. Deshalb wurde sie »Zonzo« genannt, was auf Talianisch so viel wie »Dummkopf« hieß, aber es war doch ein recht liebevoller Name und alle waren nett zu ihr, selbst die feindlichen Reiter.

Die Nachricht, dass Cesare verschwunden war, hatte sich rasch in Remora verbreitet und keiner bezweifelte, dass er von der Bildfläche entfernt worden war. So etwas war schon öfters passiert.

»So ein Pech für den Widder«, sagte Riccardo zu Enrico, während sie dem vierten Probelauf zusahen.

»Schrecklich«, stimmte ihm Enrico zu. »Einen Vorlauf zu verpassen ist ein schlechtes Omen. Davon erholen sie sich nicht.«

Aber wenigstens hatte der Widder wieder einen Reiter. Die Reiter mussten ihre Namen bei der Rennleitung nicht vor dem Morgen des eigentlichen Rennens angeben. Danach war dann keine Änderung mehr möglich. Wenn Cesare danach entführt worden wäre, hätte der Widder ganz aus der Stellata ausscheiden müssen. Aber Enrico wollte ja nicht, dass der Widder ausfiel; er wollte nur nicht, dass er gewann.

Obwohl Georgia während des Laufs selbst völlig in Panik war, fühlte sie sich in Hochstimmung, nachdem er vorüber war. Es war nicht so schlimm gewesen, wie sie befürchtet hatte. Das Rennen war viel weniger grausam als der Palio, den sie im Fernsehen gesehen hatte. Aber es war ja nur ein Probelauf. Beim richtigen Rennen konnte es anders werden.

Arianna hatte dem Vorlauf mit Rodolfo von ihrem Balkon aus zugesehen.

»Was ist denn da los?«, fragte sie ihn. »Das ist doch die Stravagante dort auf dem Pferd, kein richtiger Reiter.«

»Cesare wird vermisst«, sagte Rodolfo. »Wir glauben, dass er entführt wurde. Paolo hat entschieden, dass Georgia ihn vertritt.«

»Aber sie scheint ja nicht besonders damit zurechtzukommen«, sagte Arianna. »Das ist doch genau das Ergebnis, das Herzog Niccolò glücklich macht – der Bezirk von Bellezza wird Letzter.«

»Das an sich würde ihn nicht glücklich machen, nur wenn die Jungfrau oder die Zwillinge gewinnen. Denk daran, das Rennen soll doch die Vormachtstellung der Chimici über ganz Talia beweisen«, sagte Rodolfo.

Arianna seufzte. »Warum hast du mir eigentlich nicht erzählt, dass der remanische Stravagante ein Mädchen ist?«

»Soviel ich weiß, habe ich dir gar nichts erzählt, außer dass ein neuer Stravagante angekommen ist. Ist das wichtig?«

»Wusstest du, dass sie mit Luciano befreundet war?«

»Doktor Dethridge hat mir erzählt, dass sie von derselben Schule kommt wie Luciano. Dethridge meint, dass die Schule auf dem Fleck steht, wo sich sein altes Laboratorium befand.«

»Was hältst du von ihr?«, fragte Arianna.

»Zurzeit bin ich sehr böse auf sie und auf Luciano, wegen Falco. Aber sie ist mutig und loyal und gerne bereit zu tun, worum man sie bittet.«

»Findest du sie hübsch?«

Rodolfo antwortete nicht direkt. Er sah Arianna eindringlich an, aber es war schwer, hinter der kunstvollen Maske ihre Gedanken zu lesen.

»Das ist doch alles in ein paar Tagen vorüber«, sagte er. »Dann sind wir drei, du und Luciano und ich, wieder in Bellezza. Dieser Monat wird schnell vergessen sein.«

»Du findest sie also hübsch«, sagte Arianna bekümmert.

»Nicht auf die gleiche Art wie dich«, erwiderte Rodolfo. »Junge Frauen aus der Zukunft in der anderen Welt scheinen nicht auf diese Art schön zu sein, wenn man Georgia als typisches Beispiel nimmt. Aber sie ist doch ganz ansehnlich.«

»Ich mag sie aber nicht ansehen«, sagte Arianna vor sich hin.

Und falls Rodolfo sie gehört hatte, zog er es vor, nicht zu antworten.

Cesare plante seine Flucht. Er war nicht zuversichtlich, dass es klappen würde, aber er musste sich etwas ausdenken, um wegzukommen, sonst würde er noch verrückt. Während der letzten paar Male, als ihm sein Essen gebracht wurde, war nur ein einzelner Mann gekommen, der allerdings bewaffnet war. So verzweifelt Cesare fliehen wollte, wusste er doch, dass es reine Kraftverschwendung sein würde, sich auf jemand zu werfen, der größer und stärker war und zudem einen Dolch trug.

Der Plan, den er sich stattdessen zurechtgelegt hatte, war schwierig durchzuführen. Er hatte beschlossen nichts von dem zu essen oder zu trinken, was sie ihm brachten. Der Hunger nagte an seinem Magen, seine Kehle war ausgetrocknet und die schiere Langeweile seiner Gefangenschaft machte es praktisch unmöglich, nicht ständig an Essen zu denken. Aber eines war ihm noch wichtiger, nämlich auf dem Campo delle Stelle zu sein. Daher biss er die Zähne zusammen und stieß die Gefäße auf dem staubigen Boden um, damit er nicht in Versuchung kam.

Georgias Nerven lagen blank. Paolo brachte sie in den Widderbezirk zurück und sprach alles durch, was in den folgenden anderthalb Tagen passieren würde. Am Abend würde ein weiterer Probedurchgang stattfinden, gefolgt von einem großen Festmahl, das auf sämtlichen Straßen der Bezirke abgehalten wurde, und die meisten Remaner würden die ganze Nacht aufbleiben und trinken und über das Rennen reden. Kurz nach Sonnenaufgang würden alle Reiter an einer Messe in der Kathedrale teilnehmen und dann, nach dem letzten Proberennen, würden ihre Namen der Rennleitung offiziell bekannt gegeben werden. Das eigentliche Rennen würde dann am Abend stattfinden.

»Das klingt ja so, als ob ich die ganze Zeit hier sein muss«, sagte Georgia beunruhigt.

»Tja«, erwiderte Paolo. »Nach Einbruch der Dunkelheit müsstest du tatsächlich ziemlich lange hier bleiben. Kannst du das einrichten?«

»Ist das auch sicher?«, fragte sie, weil sie sich plötzlich Sorgen machte, dass sie wie Lucien für immer in Talia festsitzen könnte.

»Ich glaube schon«, meinte Paolo. »Ich werde mich mit Doktor Dethridge und Rodolfo besprechen. Aber ich glaube, das Risiko müssen wir eingehen. Vielleicht ist ja das Rennen der Grund, warum du den Weg hierher gefunden hast.«

Ein Risiko, das ich eingehen muss, dachte Georgia. Laut sagte sie: »Habe ich jetzt Zeit, nach Hause zu reisen? Ich muss ein paar Vorkehrungen treffen.«

Sie kletterte auf »ihren« Heuboden, wie sie ihn jetzt bei sich nannte, und nahm ihren Talisman heraus. Doch schlafen schien unmöglich. Wenn Paolo Recht hatte und das der Grund war, warum sie nach Remora gebracht worden war – um in der Stellata zu reiten und dafür zu sorgen, dass der Bezirk des Widders nicht der öffentlichen Schmach anheim fiel –, dann war es also doch nicht ihre Aufgabe gewesen, Falco zu helfen. Vielleicht hatte Rodolfo Recht und sie sollte ihn lieber zurückholen? Aber ging das überhaupt noch? Gaetano hatte ihnen berichtet, wie dünn und schwach sein Bruder geworden war. Er wurde nur noch dadurch am Leben erhalten, dass man ihm Milch und Honig aus einem Löffel in den Mund rinnen ließ.

Rodolfo suchte Lucien im Widder auf. Sie hatten noch nie eine solche Auseinandersetzung gehabt und beide fühlten sich unwohl dabei.

»Luciano«, sagte Rodolfo, »wir müssen noch mal über Falco reden. Ich weiß, dass Georgia wegen dieses Rennens andere Dinge im Kopf hat – und das ist ja auch wahrlich wichtig –, aber sie muss Falco in seinen Körper zurückbringen, solange es noch möglich ist. Ich glaube nicht, dass er noch viel länger durchhält.«

»Ihr versteht die Situation nicht«, erwiderte Lucien. »Sie ist inzwischen viel komplizierter. Falco wohnt bei meinen Eltern.«

Rodolfo sah ihn verwundert an. »Kompliziert ist ja gar kein Ausdruck dafür«, sagte er. »Wer hat denn diese Idee gehabt?«

»Georgia«, berichtete Lucien. »Sie hat in der anderen Welt die Organisation übernommen. Vielleicht hat sie sogar geglaubt, dass Falco der Grund war, warum sie hergebracht worden ist.«

Rodolfo überlegte. »Sie ist ja schließlich eine Stravagante«, sagte er. »Es wäre verwunderlich, wenn sie sich in so einer Sache täuschen würde. Aber sie hat noch nicht so viel Übung wie du. Und so etwas kann das Übergangsportal destabilisieren. Weißt du noch, wie die Zeit in der anderen Welt einen Sprung nach vorne machte, als du transfiguriert wurdest? Und wie haben wir uns angestrengt, um den Übergang stabil zu halten. Wir haben es sogar geschafft, die drei Wochen schließlich aufzuholen, sodass wir wieder das gleiche Datum haben. Wer weiß, was geschieht, wenn Falco hier stirbt? Was ist, wenn er heute stirbt? Die andere Welt könnte noch einen Satz nach vorne machen und Georgia könnte eine alte Frau sein, ehe sie wieder hier wäre. Dabei brauchen wir sie morgen ja gesund und munter für das Rennen.«

»Was für ein Durcheinander«, sagte Lucien und fuhr sich mit den Händen durchs Haar. »Ich weiß nicht, warum alles so kompliziert geworden ist. Angefangen hat es, als wir uns mit den Chimici angefreundet haben.«

»Und wie kam es eigentlich dazu?«, fragte Rodolfo.

Lucien dachte eine Weile nach. »Es waren die Manusch«, sagte er. »Wir haben gemeinsam ihre Musik gehört und damit hat alles angefangen.«

»Mit den Zingari? Dann kann ich mir nicht vorstellen, dass es falsch war«, sagte Rodolfo. Er seufzte tief auf. »Ich muss noch mal mit Georgia reden, aber der Zeitpunkt ist im Augenblick nicht gerade günstig. Da steckt nämlich vielleicht mehr dahinter, als ich weiß.«

Und er legte Lucien den Arm um die Schulter.

Georgia tauchte mitten in der Nacht in ihrem Zimmer auf. Wieder gab es einiges zu planen – wie sie sich Zeit verschaffte, um in Remora sein zu können, wie sie ungesehen aus dem Haus gelangen könnte und wie sie Falco überreden könnte ihrem Plan zuzustimmen. Morgen war Freitag. Da alle bei der Arbeit waren, konnte sie den ganzen Tag fortbleiben, ohne dass jemand misstrauisch wurde. Aber sie brauchte auch einen Plan für den Abend und den nächsten Tag. Da würden die Familienmitglieder schließlich erwarten, dass sie zu Hause war.

Leise stand sie auf und knipste die Schreibtischlampe an. Sie nahm ein Stück Papier und schrieb eine Nachricht für Maura auf. Dann schlich sie nach unten und legte den Zettel auf den Küchentisch, wo ihre Mutter ihn beim Frühstück finden würde. Der nächste Schritt war viel schwieriger. Sie würde zum Haus der Mulhollands gehen und Falco dazu bringen müssen, sie einzulassen – mitten in der Nacht. Und ihr Mut verließ sie fast bei dem Gedanken, im Stockfinsteren durch die Londoner Straßen gehen zu müssen.

In Remora waren die Vorbereitungen für eine der wichtigsten Festnächte des Jahres voll im Gang. In der folgenden Nacht würde zwar nur ein einziger Bezirk schmausen und feiern, aber am Vorabend der Stellata konnten noch alle Bezirke voller Hoffnung sein. Überall waren die Straßen mit langen Klapptischen und Bänken bestückt, in jeder Küche blubberten Töpfe mit Soßen, während die Frauen den Pastateig kneteten und in hundert verschiedenen Formen zuschnitten. Ganze Wagenladungen brachten Salat und Gemüse auf die Märkte und das Grünzeug verschwand fast schon, ehe es auf den Ständen ausgelegt werden konnte. Fässer mit Bier und Wein wurden durch die Straßen auf die zentralen Plätze eines jeden Bezirks gerollt und standen für die ausgelassenen Feiern der Nacht bereit.

Das vornehmste Mahl würde auf dem Platz vor der Kathedrale abgehalten werden, der auch der Haupttreffpunkt der Zwillinge war, und diesem Mahl würde der Papst beiwohnen. Aber jedes Mitglied aus jedem Bezirk würde an seinem Stellata-Festessen mit gleicher Freude teilnehmen.

Im päpstlichen Palast berieten sich die Chimici, wie sie sich an diesem Abend verhalten sollten. Ursprünglich war geplant gewesen, dass Herzog Niccolò und der Großteil seiner Kinder am Tisch der Jungfrau essen und danach den Zwillingen einen förmlichen Besuch abstatten würden – wobei Carlo und Beatrice möglicherweise in dem Bezirk der Jungfrau zurückbleiben wollten. Aber inzwischen wusste niemand, ob Niccolò lange genug aus dem Pfleghof herausgelockt werden konnte, um überhaupt an der einen oder der anderen Feier teilzunehmen.

Die Duchessa, die ja zu Gast war, würde mit ihrem Vater und dem Papst in den Zwillingen speisen. Jemand aus der Familie musste ihr Gesellschaft leisten und dieser Jemand war natürlich Gaetano.

Rinaldo würde sein Mahl beim Steinbock einnehmen, zusammen mit seinem Bruder Alfonso, dem Herzog von Volana.

Es trafen auch bereits andere Familienmitglieder der Chimici ein, um dem Rennen beizuwohnen. Francescas Bruder Filippo kam, um Bellona zu vertreten, und die beiden würden beim Mahl in der Waage anwesend sein, während die zwei jungen Prinzessinnen Lucia und Bianca aus Fortezza den Stier-Bezirk besuchten. Selbst der alte Fürst von Moresco und sein unverheirateter Sohn Ferrando hatten die Reise nach Remora gemacht und waren rechtzeitig angekommen, um dem Festschmaus im Skorpion beizuwohnen.

»Die Stadt wimmelt nur so vor Chimici«, sagte Rodolfo, als er Ariannas Zimmer im päpstlichen Palast betrat.

»Aber das wussten wir doch«, sagte Arianna. »Sie sollen alle beim Sieg ihrer Familie anwesend sein und der schmählichen Niederlage Bellezzas zusehen. Um nichts anderes geht es doch bei diesem Besuch.«

»Es ist nicht nur das, Arianna«, erinnerte sie Rodolfo. »Allmählich ist der Zeitpunkt gekommen, da du Gaetano deine Antwort geben musst.«

»Er hat mir ja noch gar nicht die Frage gestellt«, sagte sie.

Erleichtert kam Georgia an der Haustür der Mulhollands an. Es war ziemlich unheimlich gewesen, den Weg bei Nacht zu machen. Viele Straßenlaternen funktionierten nicht und fast alle Häuser waren dunkel gewesen – mit Ausnahme eines gelegentlichen rechteckigen Lichtscheins hoch oben, wo jemand lernte oder sich stritt oder einfach nicht schlafen konnte.

Einer von diesen Leuten war Falco, und das war Georgias Glück. Sie nahm eine Hand voll Kies aus den Beeten vor der Haustür und warf sie mit einem Lächeln an Falcos Fenster. Das war ein so altes Klischee aus den Abenteuergeschichten,

die sie als Kind gelesen hatte. Im richtigen Leben hatte sie so etwas noch nie gemacht. Nachdem sie ein paar Mal daneben geworfen hatte – es war schwieriger, als die Geschichten vermuten ließen –, wurde sie vom Anblick eines schwarzen Kopfes belohnt, der aus dem Fenster sah.
»Falco!«, zischte sie so laut, wie sie wagte. »Kannst du mich reinlassen?«
Es dauerte eine Weile, bis der behinderte Junge – so schnell und so leise er konnte – unten an der Haustür war. Georgia legte den Finger auf die Lippen, schlüpfte hinein und bedeutete ihm wieder abzuschließen. Leise schlichen sie nach oben, und selbst als sie in der Sicherheit von Falcos Zimmer waren, redeten sie noch im Flüsterton, damit Vicky und David sie nicht hörten.
Georgia warf einen raschen Blick auf die Tür. »Gut, dass du einen Schlüssel hast«, flüsterte sie. »Schließ uns ein.«

Der Bezirk des Widders war mit rot-gelben Bannern geschmückt, die langen Tische waren mit roten und gelben Tüchern bedeckt und an allen Häuserwänden hingen Fackeln, die entzündet werden würden, sobald sich die Dunkelheit über die Stadt gesenkt hatte. Überall war das Emblem des Widders aufgemalt und Kinder trugen kleine Helme mit Widderhörnern.

Die Babys in Paolos Haus schliefen bereits und die kleinen Mädchen hatten sich nur zu Bett bringen lassen, weil sie ihre Fähnchen mitnehmen durften. Georgia kam in ihren Reitkleidern vom Heuboden und wurde von Paolo und Teresa umarmt.

»Zeit für den Vorlauf«, sagte Paolo.

»Viel Glück«, sagte Lucien und drückte sie. In diesem Moment beschloss Georgia, dass sie mehr erreichen musste, als sich nur auf dem Pferd zu halten. Alle Hoffnungen im Widder lasteten auf ihren Schultern, und was noch bedeutsamer war: Auch Lucien wollte, dass sie erfolgreich war.

Jedermann sagte zwar, das Ergebnis eines Vorlaufs sei unwichtig, aber dieses vorletzte Proberennen umgab eine Stimmung, die alles änderte. Es war der erste Abend, an dem Georgia bewusst in Remora blieb, und sie konnte nur hoffen, dass die Vorkehrungen, die sie daheim in London getroffen hatte, funktionieren würden. Dann verdrängte sie alle Gedanken daran und konzentrierte sich auf das Rennen.

Diesmal wurde sie nicht die Letzte. Sie kam als Zehnte ins Ziel, vor Steinbock und Krebs. Alle Widder klatschten ihr zu und sie hätte es sicher als einen ziemlichen Fortschritt empfunden, wenn die Fische mit dem Reiter Il Re auf dem Pferd Noè nicht gewonnen hätten. Einige Fische-Anhänger buhten Georgia aus, als sie die Rennbahn verließ, und riefen ihr Wörter nach, hinter denen sie unanständige talianische Ausdrücke vermutete.

Aber sie wurde von einem Trupp begeisterter Widder-Anhänger in ihren Bezirk zurückbegleitet, die alle »Zonzo! Zonzo!« riefen und »Montone! Montone!«, also »Widder! Widder!«.

Arcangelo wurde zum Abkühlen auf seine kleine Graskoppel gebracht und Georgia wurde auf einmal von lauter Fremden umarmt, die ihr auf die Schultern klopften und ihr sagten, wie gut sie sich geschlagen habe. Sie hatte die Ehre des Widders gerettet, und das rechneten sie ihr hoch an.

Das war für Georgia, die nie beliebt gewesen war, ein ungewohntes Gefühl, und sie berauschte sich daran mehr als an dem roten Wein, den man ihr jedenfalls reichlich anbot. Sie wurde an den Haupttisch vor die große Kirche des Widder-Bezirks, Santa Trinità, geleitet, und zu ihrer Freude saßen Lucien und Dethridge bei ihr. Sie hatte schon befürchtet, dass die beiden von der jungen Duchessa in den Zwillingsbezirk entführt würden. Ein weiterer Gast am Präsidiumstisch war Silvia Bellini – natürlich speiste sie nirgends sonst als in dem Bezirk, der Bellezza so nahe stand.

Die Leute aus dem Widder strömten durch die Hauptstraße des Bezirks, die Via Montone. Allmählich wurden alle Plätze an den langen Tafeln eingenommen, die Fackeln wurden entzündet und das Festessen begann.

Als Erster erhob sich Paolo und bat lautstark um Ruhe.

»Montonaioli!«, sprach er die Widder-Leute an. »Ich möchte euch unseren Reiter von morgen vorstellen – Giorgio Gredi!«

Tosender Applaus.

»Er ist ganz kurzfristig für meinen Sohn Cesare eingesprungen und wir stehen für immer in seiner Schuld.« Erneuter Jubel. Dann stand der Priester von Santa Trinità auf der Treppe, die zum Kirchenportal führte, und Georgia musste zu ihm gehen und sich einen speziellen Helm überreichen lassen. Er war in den Farben des Widders und aus Metall gefertigt, ganz anders als die weiche Reitermütze, die sie in den Vorläufen getragen hatte. Georgia musste schlucken, als ihr klar wurde, dass sie diesen Helm überreicht bekam, weil alle Reiter in dem richtigen Rennen morgen Abend Lederpeitschen hatten, die sie auch gegeneinander einsetzten.

Dann erhob sich Paolo wieder und in seiner Funktion als Capitano hielt er eine Rede auf die Ehre des Bezirks und die Bedeutung der Stellata für sie alle. Entsetzt stellte Georgia fest, dass man eine Gegenrede von ihr erwartete. Noch nie hatte sie eine öffentliche Rede halten müssen! Aber es geschah etwas Erstaunliches. Paolo saß rechts neben ihr und Lucien links und neben ihm saß William Dethridge. Als sie sich erhob, um ihre Rede zu halten, wobei sie sich vom Rotwein schon etwas angeheitert fühlte, sah sie, wie Dethridge und Lucien sich bei den Händen nahmen. Lucien umklammerte mit seiner freien Hand einen Zipfel von ihrem Reitwams und Paolo tat auf der anderen Seite das Gleiche.

Als sie den Mund öffnete und anfangen wollte, spürte sie, wie sie von einer heftigen Energiewelle durchströmt wurde. Ihre Stimme erschien ihr seltsam tief und verwundert stellte sie fest, dass ihr das Reden leicht fiel. Sie drückte sich gewandt aus, obwohl sie sich später an kein einziges Wort von ihrer Rede erinnerte. Es ging jedenfalls darin um ihre Liebe zu Remora und besonders zum Widder und dass sie morgen ihr Bestes geben würde, um dem Vertrauen, das alle in sie setzten, gerecht zu werden.

Den Widdern schien die Rede zu gefallen, und als sie sich setzte, gab es donnernden Applaus. Die Stravaganti ließen sich wieder los, um mitzuklatschen, und Georgia merkte plötzlich, wie die ungewöhnliche Kraft sie wieder verließ. Silvia beugte sich von ihrem Platz neben Dethridge herüber und murmelte ihr zu: »Weißt du, die könnten es wahrscheinlich sogar schaffen, dir bis morgen einen kleinen Bart wachsen zu lassen.« Und Georgia musste lachen. Sie war unter Freunden.

Diese Nacht vergaß sie nie. Es war schon aufregend genug, nach Einbruch der Dunkelheit in Remora zu sein und die von Fackeln erleuchteten Straßen zu sehen. Aber in der wichtigsten Nacht des remanischen Jahres in das Singen und die Feierlichkeiten eingebunden zu sein und sogar als Ehrengast zu gelten und Lucien, der ihr zulächelte, an ihrer Seite sitzen zu haben – das war die reinste Seligkeit.

Mit fortschreitendem Abend wurde das Singen lauter und deftiger. Trinksprüche wurden auf Georgia, Paolo, Arcangelo, den Widder und alles andere, was den Montonaioli in den

Sinn kam, ausgebracht. Es gab einen besinnlicheren Moment, als Paolo darum bat, das Glas auf die Gesundheit von Cesare zu erheben, »wo immer er sich jetzt befindet«. Lucien fügte flüsternd hinzu: »Und auf Merla.«

Zu essen gab es reichlich: angebratenes Gemüse, das kräftig mit Knoblauch und Kräutern gewürzt war, Fisch und andere Meeresfrüchte auf einem Bett aus scharfer Kresse, Pasta in allen nur erdenklichen Formen (wobei die Form von gedrehten Widder-Hörnchen am häufigsten vorkam), Wildschweineintöpfe, Gerichte aus Spinat und Pinienkernen, gegrillte Lammkoteletts und Hähnchen, Schüsseln mit angemachten grünen, weißen und roten Bohnen, ganze Käselaibe, mild und weich oder grün geädert und scharf – die herbeigebrachten Speisen wollten nicht enden.

Als die Holzbretter, die als Teller dienten, abgeräumt wurden, entstand eine Pause und eine in einen Umhang gehüllte Gestalt schlüpfte zwischen Georgia und Lucien. Sie zog ihre Samtkapuze zurück und Georgia sah in die veilchenblauen Augen von Arianna. Sie war unmaskiert. Paolo zog die Luft ein und erhob sich auf der Stelle, um erneut einen Trinkspruch auszubringen. Er konnte nicht direkt auf Ariannas Anwesenheit anspielen – die Tatsache, dass sie unmaskiert gekommen war, ließ vermuten, dass sie unerkannt bleiben wollte – und er hatte keine Ahnung, wie sie es geschafft hatte, dem Bankett im Zwillings-Bezirk zu entkommen. Doch er erhob das Glas auf die Schirmherrin des Widders und in der Via Montone ertönte allenthalben der Ruf »Bellezza!«.

»Bellezza!«, rief auch Georgia und trank, inzwischen schon etwas benommen, aus ihrem Silberkelch.

»Danke«, sagte Arianna amüsiert. »Und danke auch dafür, dass du heute nicht Letzte geworden bist. Mir scheint, dass sich mein Bezirk morgen nicht blamieren wird.«

Georgia war fasziniert von ihr. Es lag nicht nur an ihrer Schönheit – und sie war tatsächlich schön, wenn auch auf eine extravagante, filmstarartige Weise, die nichts mit ihren Gewändern und ihrem Schmuck zu tun hatte. Die Faszination ging für Georgia von ihrer Geschichte mit Lucien aus, von dem bedeutenden Teil seines Lebens, über den Georgia nicht Bescheid wusste. Und genauso faszinierend fand Georgia, dass Arianna die absolute Herrscherin über eine Stadt war, die sich gegen die Chimici gewehrt hatte.

»Ist Rodolfo auch da?«, fragte Lucien.

»Nein«, erwiderte Arianna, ohne den Blick von Georgia zu nehmen. »Es war schlimm genug, dass ich mich entschuldigen ließ – eine plötzliche Unpässlichkeit, ihr versteht schon. Er musste als Repräsentant unserer Stadt dort bleiben. Aber ich konnte den Abend doch nicht verstreichen lassen, ohne meinem Reiter für das Rennen Glück zu wünschen!«

Nein, ich werde nicht rot, dachte Georgia, und sie stellte fest, dass Paolo wieder den Saum ihrer Bluse ergriffen hatte.

Die junge Duchessa sah Georgia jetzt direkt in die Augen. »Wir sind uns ähnlicher, als du dir vielleicht vorstellen kannst«, sagte Arianna ruhig. »Beide tragen wir eine Verkleidung und vielleicht teilen wir sogar ein Geheimnis.«

Der Freitag in Islington zog sich für Falco schrecklich in die Länge. Die ganze Zeit hatte er Angst, dass Maura anrufen und nach Georgia fragen könnte. Und er war noch nie so lange ohne Nachrichten aus Remora geblieben.

»Sollen wir einen Ausflug machen?«, fragte Vicky. »Du kommst mir ein bisschen niedergeschlagen vor.«

Falcos erster Impuls war Nein zu sagen, doch dann fand er, dass es vielleicht die beste Ausrede war, unterwegs zu sein.

Wenn er fort war, musste er Georgias Mutter wenigstens nicht anlügen. Und gleichzeitig würde er sich keine Sorgen machen müssen, dass Vicky in sein Zimmer kam. Doch es war schlimm, das Haus verlassen zu müssen und zu wissen, dass Georgias Körper schlafend auf dem Boden neben seinem Bett lag. Seine Tür ließ sich nämlich nicht von außen abschließen.

Es war ein schöner, warmer Tag und Vicky fuhr mit ihm in den Park. Der Weg war zwar nicht weit, aber zu Fuß hätte es Falco zu viel Kraft gekostet. Im Park war ein kleiner Rummel aufgebaut und obwohl ein dreizehnjähriger Junge aus dem einundzwanzigsten Jahrhundert nicht sonderlich beeindruckt gewesen wäre, fand Falco alles herrlich.

Sie fuhren mit der Geisterbahn, dem Riesenrad, der Achterbahn und dem Autoscooter. Er aß rosa Zuckerwatte und trank blaue Limonade und hatte nach dem Autoscooter schon wieder Hunger.

»Kann ich vielleicht so einen gebrannten Hund haben?«, fragte er Vicky.

Sie musste erst überlegen, doch dann holte sie ihm einen Hotdog. Sie war überrascht, dass er wusste, was das war. Nie war sie sich seiner sicher. Manchmal hatte sie den Eindruck, dass er nur so tat, als habe er das Gedächtnis verloren, doch dann wieder schien es, dass es Dinge gab, die ihm an dem Leben in London tatsächlich rätselhaft vorkamen. Daher kam sie zu dem Schluss, dass Maura O'Gradys Theorie wohl stimmte und dass er von Asylbewerbern ausgesetzt worden war.

Falco leckte sich Finger und Lippen ab und seufzte zufrieden. Es gab so viel Leckeres zu essen in seiner neuen Welt und man konnte es so schnell bekommen.

In der Nacht vor dem Tag der Göttin hatten sich die Manusch nicht schlafen gelegt. Sie hatten die Nacht mit ihrer alten Freundin Grazia aus dem Bezirk der Löwin auf dem Campo delle Stelle verbracht, und kurz bevor der Vollmond aufging, standen sie stumm da und blickten gen Osten. Weitere Gruppen bunt gekleideter Menschen hatten sich ebenfalls eingefunden.

Als der Mond erschien, fingen die Manusch an zu singen. Aurelio war nicht der einzige Musiker unter ihnen; Harfen und Flöten und kleine Trommeln begleiteten die Lobgesänge an die Göttin, die die ganze Nacht dauerten.

Die paar Remaner, die bei Morgendämmerung schon auf den Beinen waren, sahen, wie die Manusch die Arme zur aufsteigenden Sonne erhoben, und sie hörten, wie sie ihr hohes, klagendes Lied über die Göttin und ihren Gefährten anstimmten. So begann der Tag der Stellata jedes Jahr – mit einem älteren, geheimen Ritual, das nur wenige Bürger kannten, das aber alles einleitete, was an diesem Tag weiterhin geschehen würde.

Georgia hatte nicht viel mehr geschlafen als die Manusch und war erleichtert, als sie sah, dass es hell wurde. Für ihre offizielle Nacht in Remora hatte man ihr ein eigenes Zimmer in Paolos Haus zugewiesen.

»Zu gefährlich, auf dem Heuboden zu schlafen«, hatte Paolo gesagt. »Wir wollen nicht noch einen Reiter verlieren.«

Als sie nach dem ausgedehnten Straßenfest und ein oder zwei Stunden leichten Schlafes erwachte, vernahm sie die Geräusche eines Hauses voller kleiner Kinder und Gäste. Doch heute schloss sie sich nicht dem fröhlichen Durcheinander am Frühstückstisch an. Sie musste mit den anderen elf Reitern zur Messe in den Dom, und zwar nüchtern.

Georgia war es nicht gewohnt, so früh aufzustehen und ohne Frühstück loszugehen. Sie war es überhaupt nicht gewohnt, zur Kirche zu gehen. Der imposante Dom mit seinem schwarz-weißen Streifenmuster aus Marmor und dem intensiven Weihrauchgeruch war überwältigend – auf ganz andere Art als der Trubel, der am Abend zuvor um sie gemacht worden war. Was sie noch beklommener machte, war die Tatsache, dass nur die zwölf Reiter an der Messe selbst teilnahmen, wenn sich auch vor dem Dom eine Menge von Anhängern eingefunden hatte.

Georgia beobachtete die anderen Reiter genau und machte ihnen einfach alles nach. Sie hörte, wie Salamis Magen knurrte, und musste bei dem Gedanken lächeln, dass da jemand noch hungriger war als sie. Doch abgesehen von dieser kleinen Panne, war der kurze Gottesdienst feierlich. Georgia sah sich den Papst, der die Messe zelebrierte, genau an. Sie war ja mehrmals in seinem Palast gewesen, aber gesehen hatte sie den Onkel von Falco und Gaetano noch nicht. Er sah ganz anders aus als der Herzog, weichlich und korpulent, aber er wirkte nicht unsympathisch. Das war also das Schicksal, dem Falco den Tod in Remora vorgezogen hatte.

Aus dem kühlen Inneren der großen Kirche trat sie benommen in die frühe Morgensonne hinaus. Es war ihr, als ob sie in der Ferne ein leises Harfenspiel hörte. Doch dann fingen die Glocken des Doms an zu läuten und die Menge der Anhänger klatschte.

Der Tag der Stellata hatte begonnen.

Der Wächter im Palast von Santa Fina war ernstlich besorgt. Der gefangene Junge lag zusammengerollt in einer Ecke. Er hatte seit zwei Tagen nichts zu sich genommen von dem Essen, dass er ihm gebracht hatte. Offensichtlich war er krank und es war niemand im Haus, der dem Wächter sagen konnte, was er tun sollte. Enrico war in die Stadt geritten und würde erst am Nachmittag zurück sein.

Cesare spannte jeden Muskel seines Körpers an, und als der Wächter zu ihm trat, um ihn zu wecken, sprang er auf, schlüpfte ihm zwischen den Beinen durch und war schon die erste Treppe hinunter, ehe der andere reagieren konnte. Cesare rannte blindlings eine Treppe nach der anderen hinunter, wie ein gehetztes Tier, das einer Falle entkommt. Er wusste nicht, wohin er laufen musste, aber er nahm alle Kraft zusammen, um nur fortzukommen.

Nach mehreren Tagen ohne Bewegung und Essen war er geschwächt, aber der Überraschungseffekt hatte ihm geholfen, und sein zierlicher Körperbau, der einen so guten Rennreiter aus ihm machte, verschaffte ihm Vorsprung vor seinem schwerfälligen Verfolger.

Er schien sich in einem riesigen Palast zu befinden, auch wenn die Treppenhäuser, die er hinunterrannte, nicht die repräsentativen zu sein schienen. Cesare vermutete, dass er sich im Trakt der Bediensteten befand. Und als er schließlich das Erdgeschoss und den Ausgang gefunden hatte, wusste er, wo er war: im Palast der Chimici in Santa Fina.

So schnell er konnte, rannte er durch den Park und hielt erst an, als er im Schutz der Wälder ankam. Er war zerkratzt und keuchte und war ausgedörrt vor Durst, aber er war frei.

Der Vorlauf am Morgen der Stellata war für fast alle Reiter reine Formsache. Nicht so für Georgia. Sie hatte eine weitere Gelegenheit, Arcangelo um die tückische Bahn zu reiten, und sie wollte alles herausholen. Und tatsächlich wurde sie diesmal Dritte. Sieger wurde der Reiter der Löwin auf La Primavera und der bekam jetzt erst, in letzter Minute, seinen Spitznamen. »Tesoro«, ihren Schatz, so nannten ihn seine Anhänger unter vielen Küssen und Umarmungen.

»Gut gemacht!«, sagte Lucien zu Georgia und sie glühte vor Stolz über seine Anerkennung.

Anschließend mussten die Reiter sich endgültig für das Rennen registrieren lassen. »Giorgio Gredi« wurde mit den elf anderen in die Liste aufgenommen. Jetzt gab es kein Zurück mehr.

Schon bald nach dem Mittagessen wurde Georgia zu Arcangelo in das »Pferdehaus« gebracht. Er hatte sich nach seinem morgendlichen Ritt erholt und erkannte sie inzwischen schon. »Alles in Ordnung, Junge?«, flüsterte sie in seine rostrote Mähne. »Lass uns das Beste rausholen.«

Die erste Pflicht des Nachmittags bestand in einem erneuten Kirchenbesuch, diesmal in Santa Trinità, um den Segen zu bekommen. Alle Mitglieder des Bezirks, geschmückt mit roten und gelben Schärpen, drängten sich in dem kleinen Oratorium neben dem Kirchenschiff zusammen, doch die Menge wich auseinander, als Pferde und Reiter eintraten. Georgia ging neben Arcangelo auf dem roten Teppich auf den Altar zu. Der Teppich dämpfte den Klang seiner Hufe, aber es war trotzdem ein seltsames Geräusch in der Andachtsstätte. Die Menge war still und die Atmosphäre gespannt; keiner wollte das Pferd erschrecken.

Der Priester sang den Segen über Pferd und Reiter. Kurz spürte Georgia seine Hand auf ihrem Kopf. Dann wandte er sich zu dem Tier.

»Arcangelo – auf zum Sieg!«

Die Montonaioli warteten, bis das Pferd draußen im Sonnenlicht war, dann erhoben sie ihre Stimmen zu einem inbrünstigen Bittgesang.

Kapitel 22

Sternenreiter

Herzog Niccolò wurde von Trommelklängen geweckt. Wie jedermann in Remora hatte er seit Wochen mit diesem Geräusch gelebt, aber heute hatte es eine andere Qualität. Es erscholl direkt unter dem Fenster des Pfleghofs und es löste etwas Seltsames in ihm aus. Falco hatte es immer so geliebt – das Schauspiel der bunten Fahnen. Dieses Schauspiel mitzuerleben war vor seinem Unfall jedes Jahr seines kurzen Lebens ein Fest für ihn gewesen.

Der Herzog stellte fest, dass der Nachmittag der Stellata angebrochen sein musste, an dem alle Bezirke aufmarschierten. Das war der Moment, den Falco zum ersten Mal seit zwei Jahren wieder hatte genießen wollen. Niccolò trat langsam ans Fenster und sah auf den Platz hinunter, der geradezu vor Farben und Lärm explodierte.

»Das Leben geht weiter«, murmelte der Herzog bitter. Er wusste nur zu gut, was die Remaner für das alljährliche Rennen empfanden; immerhin hatte er in diesem Jahr alles Mögliche angestellt, um ihre Gutgläubigkeit und ihren Aberglauben auszunutzen. Aber das kam ihm vor wie der Plan eines anderen, der schon vor langer Zeit ausgeheckt worden war.

Er ging hinüber zum Bett und hob seinen Sohn heraus, der jetzt so leicht war, dass es ihm keinerlei Mühe machte, und trug ihn ans offene Fenster.

»Schau mal, Falco«, sagte er, »siehst du die schönen Fahnen?«

Es kam Cesare vor, als sei er seit Stunden unterwegs. Er wusste, wie weit Santa Fina von der Stadt entfernt war, aber in den umliegenden Wäldern war er noch nie gewesen und er hatte völlig die Orientierung verloren. Die Wälder waren still, der Boden unter ihm war schon weich von trockenem Laub, obwohl es erst August war. An den Büschen hingen die vertrockneten Kätzchen vom Frühjahr und die Bäume wölbten sich wie ein ewiger grüner Tunnel über dem Weg.

Aber war es der richtige Weg? Durch die Blätter konnte er den Stand der Sonne nicht genau erkennen, aber sie schien direkt über ihm zu stehen. Er hoffte, dass er sich immer noch nach Süden bewegte.

Cesare konnte nur noch daran denken, dass heute der Tag des Rennens sein musste und dass der Widder keinen Reiter hatte. Müde, hungrig und durstig schritt er weiter, auch wenn er wusste, dass er keinesfalls in der Lage sein würde, zu reiten – ob er nun rechtzeitig in Remora ankam oder nicht.

Nach dem Segen überredete Paolo Georgia sich auszuruhen, auch wenn sie anfangs zu aufgeregt sein würde, um liegen zu bleiben. Das hier war schließlich ihre einzige Gelegenheit, den großen Tag mit all seiner rituellen Pracht zu erleben, und sie wollte keine Sekunde verpassen. Aber Georgia sah ein, dass es sinnvoll war, kurz in ihre Welt zu reisen, um festzustellen, ob ihre Vorkehrungen in London funktionierten. Und nach einiger Zeit döste sie tatsächlich ein – mit dem geflügelten Pferd, ihrem Reisepass nach Hause, in der Hand.

Falco erschrak, als sich Georgia plötzlich aufsetzte und nach seiner Hand griff. Nicht dass er geschlafen hatte. Es war so schön gewesen, wach zu liegen und sie ungestört im Schein des Mondes, der durch die offenen Vorhänge fiel, anzusehen. Jetzt sah sie ihn an.

»Klappt etwas nicht?«, flüsterte er. »Was ist los in Remora?«

Sie schüttelte den Kopf. »Alles in Ordnung. Ich soll mich vor dem Rennen ausruhen. Alles ist so umwerfend: die Fahnen, die Kostüme, die Pferde. Heute Morgen bin ich im Vorlauf Dritte geworden und dann bin ich zu Arcangelos Segnung gegangen und . . .« Ihr fehlten die Worte. »Aber ich musste kurz zurück und sehen, ob hier alles läuft. Und probieren, ob es noch klappt mit der Stravaganza«, fügte sie leise hinzu.

»Hier ist alles bestens«, sagte Falco. »Ich wünschte nur, ich könnte mit dir bei dem Rennen sein.«

Georgia drückte seine Hand. »Das ist der schwerste Teil für dich, ich weiß«, sagte sie. »Halte noch ein wenig durch, und wenn ich zurückkomme, erzähle ich dir alles. Aber ich muss wieder weg.«

Damit legte sie sich zurück und konzentrierte sich auf das Zimmer in Paolos Haus.

Bald verriet ihr regelmäßiger Atem, dass sie eingeschlafen war, und Falco konnte seine Wache wieder aufnehmen. Es dauerte Stunden, ehe auch er die Augen schloss; im Geiste durchlebte er jeden Augenblick des großen Tages des Rennens, das er nie mehr sehen würde.

Georgia stand auf den Stufen vor der großen Kirche und sah den Fahnenträgern beim Schwingen der rot-gelben Fahnen zu. Wie alle Mitglieder des Widders stieß sie einen Schrei aus, als die Fahnenträger die Flaggen mit den schweren Stäben paarweise hoch über die Menge warfen und jeweils die Fahnen des Partners auffingen, nachdem sie sich in der Luft gekreuzt hatten.

»Die *alzata*«, sagte eine Stimme hinter ihr. Es war Paolo, der sein prächtiges Paradekostüm trug. Als Capitano würde er mit den Fahnenträgern und dem Trommler in dem Widder-Abschnitt mitmarschieren, so wie alle Hauptmänner der Bezirke. Er sprach jetzt mit einem großen, grauhaarigen Mann. Aus den Gesprächen schloss Georgia, dass es sich um den Zunftmeister der Silberschmiede handeln musste.

Jetzt stellten sie sich alle auf in ihren rot-gelben Samtkostümen mit Brokatumhängen und kunstvollen, federgeschmückten Hüten. Paolo hatte außerdem noch silberne Sporen und ein Schwert. Später würden dann der Festwagen mit dem Bild eines Widders und ein Widder-Bewohner, der Arcangelo führte, zu ihnen stoßen. Auch Georgia musste sich der großen Prozession anschließen. Sie würde ihren Helm tragen und als Ersatz ein Paradepferd reiten; Arcangelo durfte kein Gramm seiner Energie damit verschwenden, dass er sie vor dem Rennen über den Campo trug. Doch erst mal setzte sich nun das Fußvolk in Bewegung, um sich zu den anderen Bezirken zu gesellen, die auf dem Platz hinter dem päpstlichen Palast das Fahnenschauspiel vollzogen.

Von Lucien war nichts zu sehen, aber Georgia entdeckte Dethridge in der Menge – mit einer Dame, die in roten Samt gekleidet war und darüber einen gelben Seidenumhang trug. Das war wohl Silvia.

Enrico stand auf der Piazza di Gemelli – dem Platz der Zwillinge – und sah dem Fahnenschauspiel zu. Er glaubte, das Gesicht des Herzogs in einem Fenster des Pfleghofs gesehen zu haben. Er hatte etwas gehalten, das wie eine Puppe oder Statue aussah. Doch dann ging Enrico mit einem Schauer auf, dass es der bewusstlose Körper des jungen Prinzen gewesen sein musste.

Was für ein Wahnsinn, dachte er bei sich. Berührte es den Herzog jetzt eigentlich noch, wer das Rennen gewann? Vielleicht sollte er selbst lieber noch etwas mehr von dem Geld ausgeben, das ihm sowohl der Papst als auch der Herzog gegeben hatten, und mit dem Reiter der Zwillinge, Leichtgewicht, einen gesonderten Pakt abschließen? Sein scharfer Blick hatte ihn bereits erspäht und die rosa-weißen Tücher in der wechselnden Farbpalette entdeckt.

Der Papst führte die Duchessa an ihren Platz zwischen Rodolfo und Gaetano auf der Tribüne der Zwillinge. Luca di Chimici war bereits dort – Carlo repräsentierte die Familie auf der Tribüne der Jungfrau –, aber es gab noch mehrere leere Plätze, unter anderem die der übrigen Besucher aus Bellezza. Der auffälligste Platz jedoch war der des Herzogs. Niemand wusste, ob er rechtzeitig zum Rennen auftauchen würde.

Es war ein heißer und sonniger Nachmittag und Barbara stand mit einem weißen Sonnenschirm hinter der Duchessa. Arianna trug schneeweiße Seide und eine Maske, die am Rand mit Pfauenfedern geschmückt war. Es war eine taktvolle Wahl, die mit den rosa-weißen Farben der Zwillinge um sie her harmonierte und keinen der anderen Bezirke vorzog. Nur Arianna und ihre Zofe wussten, dass sie heimlich unter dem bauschigen weißen Seidenrock leuchtend rot-gelbe Strumpfbänder trug.

Die Stimmung war insgesamt angespannt. Die diplomatischen Folgen von Falcos Krankheit waren nicht wirklich zu übersehen und selbst Rodolfo, wie immer in schwarzen Samt gekleidet und nicht mit Farben geschmückt, schien nervös.

»Was ist los?«, flüsterte ihm Arianna zu. »Wo ist er?«

»Irgendwas stimmt nicht«, erwiderte er leise. »Es wäre mir lieber, Georgia würde nicht bei dem Rennen mitmachen. Sie sollte den Jungen zurückholen. Und um Cesare mache ich mir auch immer noch Sorgen.«

»Was ist mit Luciano? Wo ist er?«, wollte Arianna wissen.

Rodolfo seufzte. »Ich weiß es nicht.« Er schüttelte den Kopf. »Da stimmt auch etwas nicht. Er ist unglücklicher als je seit seiner Transfiguration – und daran bin zum Teil ich schuld.«

»Da kommt ja Dethridge«, sagte Arianna und der Doktor nahm seinen Platz auf der Tribüne der Zwillinge mit viel Verbeugungen und Handküssen ein. Aber er kam alleine.

Lucien war ruhelos. Während Georgia beim Segen war, hatte er sich in den Stallungen des Widders aufgehalten. Er hatte ein drängendes Gefühl, dass er heute am falschen Ort war, egal, wo er sich befand. Er zögerte, so früh schon auf den Campo zu gehen, auch wenn er die Prozession, die dem Rennen vorausging, gerne gesehen hätte. Aber er wollte nicht auf die Tribüne der Zwillinge, wo aller Augen auf der Familie di Chimici liegen würden. Wenn er erst einmal dort war, umringt von all den Würdenträgern, dann gab es kein Entkommen mehr.

Bei Entkommen musste er an Cesare denken, der mit Sicherheit bis nach dem Rennen irgendwo eingesperrt war. Lucien musste an seine eigene Entführung vor einem Jahr denken. Aber bestimmt war Cesare nicht in der gleichen Gefahr wie er damals. Der Remaner würde freigelassen werden und die einzige Folge würde seine Enttäuschung sein, das diesjährige Rennen verpasst zu haben. Luciens Leben hatte sich hingegen endgültig verändert.

Trotzdem, jede Stunde, die Cesare in Gefangenschaft verbrachte, ließ Lucien noch einmal durchleiden, was er in den Händen des Chimici-Botschafters und seines Schnüfflers im blauen Umhang durchgemacht hatte. Es schien mehr als wahrscheinlich, dass sich Cesare in den Händen desselben Spions befand. Und dann fiel Lucien etwas ein, das Falco geäußert hatte, ehe er auf die Reise gegangen war. »Es kommt mir ständig so vor, als sei noch jemand im Palast«, hatte er gesagt. »Jemand, der mich beobachtet.«

Lucien wusste plötzlich, was er zu tun hatte. Er rannte los, um festzustellen, ob er die Pferde einspannen lassen könnte, doch alle Stallknechte waren auf der Piazza del Fuoco und alleine schaffte er es nicht. Dondola stand in ihrer Box und fraß gelassen ihr Heu und Lucien wusste, wie man sie sattelte und ihr das Zaumzeug anlegte. Ungeschickt kletterte er über einen Schemel auf ihren Rücken. Dann ritt er in nördlicher Richtung durch die verlassenen Straßen des Widder-Bezirks davon.

Der Widder führte die Prozession an – als derjenige Bezirk, dessen Tierkreiszeichen das erste im astrologischen Jahr war. Der Trommler schlug den Rhythmus für den Schritt, der dann von allen anderen Bezirken aufgenommen wurde, und die Fahnenträger senkten die Fahnen und traten durch das Tor unter der Tribüne der Preisrichter auf den kreisrunden Platz.

Sie zogen langsam zur Tribüne der Jungfrau, wo sie das erste zeremonielle Fahnenschwingen vorführten. Georgia und ihr Paradepferd mussten anhalten. Weil ein großer Festwagen zwischen ihnen stand, konnte sie das Schauspiel der Montonaioli nicht sehen, abgesehen von der *alzata,* bei der die Fahnen hoch in die Luft flogen und unter dem Jubel der Menge wieder herabtrudelten.

Das ist ja der reine Wahnsinn, dachte Georgia und betrachtete die Menge. Das gesamte Innere des Platzes war dicht mit Remanern gefüllt. Einige Stadtbewohner, die schon am frühen Morgen gekommen sein mussten, um den besten Platz zu ergattern, standen auf der kreisförmigen Steinbank um den Brunnen. Die Farben der Zwillinge flatterten noch immer von der Spitze der Säule – als gutes Omen für die Chimici.

Georgias Blick schweifte von der Menge über die Rennstrecke zur Tribüne der Löwin, vor dem ihr Teil der Widder-Prozession angehalten hatte. Zu ihrer Überraschung sah sie unter den roten und schwarzen Schärpen die kunterbunten Kleider der Manusch. Aurelio und Raffaela saßen bei einer alten Frau und Georgia lächelte zu ihnen hinüber. Sie konnte sich eigentlich nicht recht vorstellen, dass es zu dem spartanischen Lebensstil der Manusch passte, das Rennen von einer bequemen hölzernen Tribüne aus zu beobachten.

Verzückt sah Arianna von ihrem Ehrenplatz aus zu. Ein solches Spektakel gab es in ihrer Wasserstadt höchstens beim Karneval. Rodolfo war allerdings immer noch beunruhigt. Er achtete nicht auf den Umzug, sondern ließ den Blick über den Himmel gleiten oder sah über die Schulter zum Pfleghof, der halb verdeckt hinter dem päpstlichen Palast lag. Nach einer Weile merkte Arianna, dass er im Schutz seines Umhangs einen Handspiegel hervorgeholt hatte. Und sie wusste, dass dies nicht aus Eitelkeit geschah.

Cesare war am Ende seiner Kräfte, als er an einen rasch dahinfließenden Strom kam. Dankbar schöpfte er Wasser mit den Händen und trank, bis sein Durst gestillt war. Er hatte nichts, worin er sich einen Vorrat hätte mitnehmen können, doch er befeuchtete sich noch Gesicht und Haar und tränkte sein Halstuch, damit es ihm für die restliche Wanderung Kühle spendete. Seine nächste Aufgabe bestand darin, den Fluss zu überqueren und den Weg auf der anderen Seite fortzusetzen, der sich dort einladend zwischen den Bäumen dahinschlängelte.

Es lagen mehrere große, abgeschrägte Findlinge im Wasser, die ihm als Tritt dienen konnten, doch als er die Probe mit einem Ast machte, merkte er, dass das Wasser in der Mitte des Flusses tief war. Er machte wieder einen Schritt zurück aus dem Wasser und setzte sich seufzend an einem Baum auf den Boden.

Lucien ritt nach Santa Fina. Er genoss es, sein Pferd mit jedem zurückgelegten Meter besser zu beherrschen. Solange er noch auf der Strada delle Stelle war, ritt er im Schritt dahin, doch kaum hatte er das Sonnentor hinter sich und die Straße wurde zur Landstraße, trieb er Dondola zu einem leichten Galopp an. Sie war überrascht und erfreut über den Auslauf und trug ihn nur zu gerne mit rascher Geschwindigkeit nach Santa Fina.

Schon bald tauchte der große Palast vor ihnen auf. Zum ersten Mal konnte Lucien das Gebäude beim Näherkommen richtig sehen; sonst hatte ihn die Kutsche immer direkt durch das riesige Tor in den Hof gefahren. Heute war das Tor geöffnet und die Dienerschaft schien genauso aufgeregt wie bei seinem letzten Besuch an jenem Morgen, als man Falco mit der Giftflasche entdeckt hatte.

Einer der Diener erkannte ihn, als er von Dondolas Rücken sprang.

»Oh, Signore », sagte er. »Es tut mir Leid. Ich muss dieses Tor bewachen. Könnt Ihr das Pferd selbst nach hinten in den Stall bringen?«

»Aber ja«, erwiderte Lucien. »Was ist denn los?«

Der Mann murmelte etwas Unverständliches und es war klar, dass er keine Auskunft geben wollte. Lucien brachte Dondola in die Stallungen. Sie lagen völlig verlassen da. Er stellte die Stute in eine Box und gab ihr Heu und Wasser.

»Ich bin bald wieder zurück«, sagte er zu ihr. »Ich will mich nur mal umsehen. Ich bin sicher, dass Cesare hier irgendwo steckt.«

Und Merla, die seine Stimme erkannte oder vielleicht den Namen des Jungen, der in der Nacht ihrer Geburt anwesend gewesen war, stieß ein lang gezogenes Wiehern aus.

Arianna merkte plötzlich, wie Rodolfo neben ihr erstarrte.

»Was ist los?«, flüsterte sie.

Der Umzug hatte sich inzwischen um den gesamten Platz geschlängelt. Georgia befand sich vor der Tribüne der Zwillinge und die Prozession der Zwillinge selbst hatte die Tribüne der Widder erreicht. Zwei kleine Jungen, echte Zwillinge, spielten auf dem Festwagen unter einer riesigen Löwin aus Pappmaschee, die auf einem Teppich aus rosa-weißen Papierrosen errichtet war. Teresa erfreute sich an dem Anblick und musste an ihre eigenen kleinen Zwillinge denken, die im heimischen Bezirk zurückgeblieben waren.

Rodolfo wechselte einen Blick mit Dethridge und beide machten Paolo, der stolz an der Tribüne vorbeimarschierte, ein heimliches Zeichen. Die Gedankenverbindung zwischen den dreien war fast sichtbar.

Der Trupp der Fische hatte gerade den Campo betreten, gefolgt von dem letzten Festwagen, der die Stellata selbst trug, ein Banner, das mit silbernen Sternen übersät war und auf dem eine Frau in Blau abgebildet war.

Die Menge brach in Jubel aus, als sie das Banner erblickte. Die Menschen lösten ihre bunten Schärpen und Halstücher und winkten der bemalten Seidenstandarte zu. Während der Lärm wieder aufbrauste, zeigte Rodolfo Arianna, was er in seinem Spiegel sehen konnte. Ein junger Mann mit langen schwarzen Locken, der die rot-gelben Farben des Widders trug, klammerte sich an den Rücken eines schwarzen Pferdes. Er sah aus, als sei er kein geübter Reiter. Doch ehe das Bild verblasste, konnte Arianna noch erkennen, dass er ohne Sattel zu Pferde saß – zwischen einem riesigen Paar schwarzer Schwingen – und dass das Pferd hoch über den Baumwipfeln kreiste.

Mit einem Ruck wachte Cesare auf. Am Licht konnte er sehen, dass es inzwischen später Nachmittag war; grünliches Sonnenlicht fiel schräg zwischen den Bäumen durch. Der Hunger nagte an ihm, doch er zwang sich ins Wasser zu steigen und die tückischen Steine zu überqueren.

Nach einem Drittel des Weges verließ ihn der Mut. Die Steine waren glitschig und auch die größeren kippelten ein wenig, wenn er den Fuß darauf setzte. Mit jedem Schritt war er in Gefahr, in das reißende Wasser zu rutschen. Vor ihm lagen mehrere Steine und er wusste nicht, welche davon sicher und welche gefährlich waren.

Cesare blieb stehen und konnte mit einem Mal weder vor noch zurück, denn er war sich auch gar nicht mehr sicher, welche Steine bisher stabil gewesen waren. Zudem war ihm schwindelig. Eine schwarze Libelle flog herbei und flirrte vor seinem Gesicht herum. Ihre Flügelpaare schillerten im Licht; sie erinnerte ihn an Merla. Indem er sich auf das schimmernde Insekt konzentrierte, ließ das Schwindelgefühl etwas nach. Die Libelle flog ihm voraus und ließ sich auf einem honigfarbenen Stein nieder.

Den Blick fest auf sie gerichtet, bewegte Cesare einen Fuß nach vorn und setzte ihn auf diesen Stein. Er trug. Die Libelle schwirrte weiter und setzte sich auf den nächsten Stein; sie verharrte einen Moment, kehrte dann zu Cesare zurück und flog erneut auf den Stein vor seinen Füßen.

»Das ist der richtige, du hübsches Wesen, ja?«, murmelte Cesare und machte den nächsten Schritt. Stein um Stein und einen waghalsigen Schritt um den anderen geleitete die Libelle ihn über den Fluss. Als er das andere Ufer erreichte und festen Boden unter den Füßen hatte, schlug das Insekt dreimal mit den sirrenden Flügeln und verschwand in den Baumwipfeln.

»Danke!«, rief Cesare und sah ihr nach. Und da entdeckte er Merla, die selbst langsam über den Bäumen kreiste und einen Reiter auf dem Rücken trug.

Lucien blickte durch die Baumwipfel, die Schwindel erregend schnell unter ihm vorbeisausten. Er wusste, dass Merla noch schneller fliegen konnte, doch sie schien nach etwas Ausschau zu halten und dafür war er nur dankbar. Als er beschlossen hatte Reitstunden zu nehmen, hatte er doch nie so etwas wie das hier im Sinn gehabt. Allein schon das Aufsteigen auf das geflügelte Pferd war ein schwieriges Unterfangen gewesen; Lucien war noch nie ohne Sattel geritten und hatte immer jemand gehabt, der ihm beim Aufsitzen half. Nachdem er mehr oder weniger schief zwischen Merlas Flügeln gehangen und sich an ihrer Mähne festgeklammert hatte, hatte er seine Knie in ihre Flanken gedrückt und mit der Zunge geschnalzt.

Das schwarze Pferd hatte vom Trab zum Galopp beschleunigt, dann hatte es sich geschmeidig vom Boden gelöst und war mit wenigen kräftigen Flügelschlägen schräg in den Himmel aufgestiegen. Während Lucien die Augen schloss und ein Stoßgebet losschickte, hatte sie ihn über diese Wälder getragen.

Merla hatte anscheinend vor die Stadt anzusteuern – und beide vernahmen sie den Schrei unter sich zur gleichen Zeit. Merla hörte auf mit den Flügeln zu schlagen und schwebte majestätisch ruhig im Himmel. Ängstlich spähte Lucien über ihre Schulter hinab. Eine Lücke zwischen den Bäumen, die wie ein Haarscheitel aussah, lag unter ihnen. Lucien konnte ein blaues Band hindurchrinnen sehen. Daneben stand eine Gestalt, die auf und ab sprang und etwas Rotgelbes schwenkte.

Die Gestalt wurde größer und Lucien begriff, dass Merla im Sinken nach einem Landeplatz Ausschau hielt. Lucien schloss die Augen und betete zur Göttin. Die Bäume rauschten an seinem Kopf vorbei und er hörte es zischen, als Merla die Flügel auf dem Rücken faltete und er in eine Wolke weicher schwarzer Federn gehüllt wurde. Sie neigte den Kopf, damit er über den Hals nach unten rutschen konnte.

Lucien konnte kaum stehen, so weich waren ihm die Knie geworden. Doch dann hörte er das Unterholz knacken und Cesare kam in die Lichtung gerannt, die Merla als Landeplatz gefunden hatte.

Die beiden Jungen umarmten sich freudig.

»Cesare! Wie bin ich froh, dass ich dich gefunden habe!«

»Und du hast Merla gefunden!«

»Nur weil ich nach dir gesucht habe!«

Cesare rannte zu Merla, die auf absurd normale Pferdeart dastand und graste. Er schlang die Arme um ihren Hals und legte den Kopf an ihren. Einen Moment lang verharrten Junge und Pferd ruhig und nahmen den gegenseitigen Geruch auf.

Dann wandte sich Cesare an Lucien. »Wir müssen auf den Campo. Das Rennen fängt bald an.«

»Keine Sorge«, sagte Lucien. »Georgia wird Arcangelo reiten.«

Cesare kämpfte mit widersprüchlichen Gefühlen. Er wusste, dass der Widder auf das Rennen verzichten oder aber einen anderen Reiter laufen lassen musste. Und er wusste, dass ein Ersatzreiter längst in die Liste eingetragen sein musste und nicht mehr ausgetauscht werden konnte. Georgia war immerhin gewohnt, ohne Sattel zu reiten, und seit seiner Entführung hatte sie genug Zeit gehabt, eine Beziehung zu Arcangelo aufzubauen. Aber gleichzeitig war er bitter enttäuscht. Die Stellata fand nur einmal im Jahr statt und er hatte sich so lange darauf vorbereitet. Womöglich war er im nächsten Jahr zu groß oder zu schwer, um Rennreiter zu sein?

Cesare seufzte. »Kann Merla uns beide tragen?«, fragte er und hielt sich noch immer an ihrer Mähne fest.

Lucien schüttelte den Kopf. »Vielleicht ein kleines Stück, aber nicht die ganze Strecke in die Stadt. Aber ich habe ja ein Pferd im Palast und der liegt nur ein oder zwei Meilen nördlich von hier.«

»Dorthin gehe ich auf keinen Fall zurück«, sagte Cesare. »Da haben sie mich gefangen gehalten. Ich habe Tage gebraucht, um fliehen zu können.«

»Und was ist mit Roderigos Stall?«, fragte Lucien.

»Wunderbar! Der liegt genau im Westen von hier und Sternenlicht ist noch dort. Merla würde sie bestimmt sowieso gerne sehen und einer von uns kann dann mit ihr nach Remora reiten.«

»Dazu bin ich freiwillig bereit«, sagte Lucien. Ihm war es viel lieber, festen Boden unter den Füßen zu haben.

Merla ließ sie beide aufsitzen, wobei Cesare Lucien half und sich dann ohne Mühe vor ihn setzte. Er beugte sich vor und flüsterte Merla etwas ins Ohr. Sie breitete die Flügel aus und hatte in der Lichtung bald genug Tempo, um abzuheben. Die Jungen wussten nicht recht, ob sie genug Höhe erreichen konnte oder die Bäume auf der anderen Seite der Lichtung streifen würde, doch ihre kräftigen Muskeln und mächtigen Schwingen hoben sie rechtzeitig empor.

Georgia hatte einen Stein im Magen. Der Umzug hatte den Campo dreimal umkreist und die Stellata war über der Tribüne der Preisrichter aufgehängt worden. Die Fahnenträger hatten alle zusammen vor der Tribüne der Zwillinge ein letztes, eindrückliches Spektakel vorgeführt und voller Genugtuung festgestellt, dass die Duchessa von Bellezza aufgesprungen war und ihnen zugeklatscht hatte.

Im Hof des päpstlichen Palastes hatten die Reiter alle ihre Pferde gewechselt und jetzt saßen sie auf ihren richtigen Rennpferden. Der Reiter der Schützen, Topolino, berührte grüßend seinen Helm in Georgias Richtung und sie grüßte zurück. Den Reiter der Fische, Il Re – der König – genannt, konnte sie nicht leiden. Er warf ihr sehr unkönigliche Blicke zu und sie musste daran denken, wie er sich bei den Vorläufen verhalten hatte.

Die große Glocke des Palastes verstummte auf einmal und jetzt erst fiel Georgia auf, dass sie den ganzen Nachmittag, seit der Segnungs-Feier, geläutet hatte. Stille legte sich über den Hof.

Und nun erschien plötzlich eine hoch gewachsene bleiche Gestalt vor den Pferden. Der Mann sah seinen eigenen Reiter, Cherubino, kaum an, aber der beugte sich dennoch herunter, um sich eine Art von Segen zu holen.

»Euer Gnaden«, flüsterte Cherubino und der Herzog blieb stehen und starrte ihn an.

Nur leicht hob er die Hand. »Sieg und Freude«, sagte er tonlos, als ihm der entsprechende Spruch eingefallen war, dann verschwand er in Richtung Campo.

Ariannas Herz klopfte heftig. Sie wusste, dass das Rennen eine Farce war, so manipuliert, dass der Bezirk der Chimici gewinnen würde. Und sie wusste, dass der Grund, warum man sie dazu eingeladen hatte, darin bestand, ihr eine Demonstration der Macht der Chimici vorzuführen. Aber in wenigen Minuten würde sie zur Tribüne der Preisrichter geleitet werden, um die Reihenfolge auszulosen, in der die Pferde ihre Plätze einnahmen. Das immerhin konnte nicht manipuliert werden. Sie würde die Hand in einen Samtbeutel stecken und Holzkugeln herausfischen, die mit den Farben der einzelnen Bezirke bemalt waren. Die Reihenfolge, in der sie herauskamen, bestimmte die Startaufstellung der Pferde, angefangen an der Innenbahn der Rennstrecke.

Arianna betete um einen guten Platz für Georgia, irgendwo am Anfang. Es war vorgesehen, dass der Herzog sie zur Preisrichtertribüne führen sollte, aber der war nicht erschienen und seine Söhne flüsterten heftig miteinander, was Arianna zu überhören versuchte. Doch dann ging ein Raunen durch die Menge und Niccolò di Chimici tauchte auf, fahl wie ein Gespenst.

»Zeit für die Auslosung, Euer Gnaden«, sagte er formlos und bot ihr seinen Arm.

Man reichte Georgia eine Peitsche, als sie mit Arcangelo auf den Campo ritt. Die Reiter kamen durch einen Bogen unter der Zwillings-Tribüne herein. Die Startlinie war in der neutralen Zone, die zu der Strada delle Stelle im Norden führte; entsprechend dazu gab es auch einen neutralen Streifen im Süden. Dort saßen alle diejenigen auf reservierten Plätzen, die an der Prozession teilgenommen hatten.

Fast wie im Traum begab sich Georgia an die Startlinie vor der Richtertribüne. Sie konnte den Mann sehen, der das Startkommando geben würde; er hatte einer Art riesiger Trompete – wohl so etwas wie ein Megafon. Die Duchessa von Bellezza stand an seiner Seite. Und neben ihr erkannte

Georgia den Herzog und erschrak zutiefst über seine gespenstische Blässe.

Arianna schob ihre elegante, behandschuhte Hand in einen schwarzen Samtbeutel und zog eine rot-violette Kugel heraus. »Schütze«, sagte sie mit klarer Stimme. Der Mann mit der Trompete wiederholte es und es hallte über den geschlossenen Platz: »Schüüüttt-ze!« Topolino ritt mit Alba in die erste Startposition des Rennens.

Die Kugel mit den Farben der Schützen wurde an die erste Stelle auf ein Gestell gelegt, das wie eine Kreuzung zwischen einem siebenarmigen Leuchter und einer Reihe aus gläsernen Eierbechern aussah. Die Duchessa zog die zweite Kugel. Georgias Herz schlug zum Zerspringen. »Widder!«, erscholl es, während Georgia immer noch nicht ganz glauben konnte, dass Rot-Gelb als nächster Bezirk gewählt worden war. Sie nahm die zweite Position neben der inneren Absperrung ein – eine ausgezeichnete Position in der Reihe der Sternenreiter! Außerdem war ihr Verbündeter an ihrer Seite.

Doch als Nächstes wurden die blau-rosa Farben der Fische gezogen und Georgia war eingeklemmt zwischen ihrem engsten Verbündeten und ihrem größten Widersacher. Es kam noch schlimmer, als die rosa-weiße Kugel in den vierten Behälter gelegt wurde; die Zwillinge ritten direkt neben den Fischen und konnten sich gegen sie verbünden und ihr den Start vermasseln.

Einige der Zuschauer fingen zu stöhnen an, während die letzten Positionen vergeben wurden und sie merkten, dass ihre Bezirke an der Außenbegrenzung reiten mussten. Die Jungfrau wurde als Letzte gezogen – Nummer zwölf, Rincorsa. Damit führte sie die andern im Galopp in die Begrenzung und startete das Rennen, falls das Startkommando befand, dass der Start gültig war und niemand in falscher Position gestanden hatte. Diese Regeln hatten schon bei den Vorläufen gegolten, nur dass sich kaum einer daran gehalten hatte. Das echte Rennen wurde viel strenger bewertet.

Die Glasbehälter waren jetzt alle gefüllt und der Herzog führte die Duchessa steif zurück zur Ehrenloge vor dem päpstlichen Palast. Die Pferde wimmelten an der Startlinie durcheinander; es gab keine Startboxen und manche der Tiere standen jetzt verkehrt herum da, auch Arcangelo. Georgia ließ den Blick über die Ehrenloge gleiten. Lucien konnte sie dort nicht entdecken.

Aber es blieb keine Zeit, sich darum Gedanken zu machen. Nach zwei Fehlstarts fing das Rennen plötzlich an und Georgia konnte an nichts anderes denken als an die Hagelschläge, die von Il Res Peitsche auf ihren Helm niederprasselten. Topolino gab seinem Pferd die Sporen, um ihr Platz zu machen und sie ganz innen hinter sich reiten zu lassen, doch da schob sich Leichtgewicht auf Benvenuto zwischen sie und versperrte ihr den Weg.

Sie hatte einen verheerenden Start gehabt, aber wenigstens ließen die Fische und die Zwillinge sie jetzt in Ruhe. Sie waren wohl der Ansicht, dass sie ihr Bestes getan hatten, um sie aus dem Rennen zu halten, und konzentrierten sich jetzt auf ihren eigenen Spurt. Georgia war wütend, aber immerhin saß sie noch auf dem Pferd und Arcangelo war schnell.

Sie holte die anderen ein und nach Beendigung der ersten Runde war sie zusammen mit einem Pulk von anderen Teilnehmern an sechster Stelle. Irgendwo in ihrem Hinterkopf wusste sie, dass sie bei der südlichsten Tribüne an Paolo und den anderen vorbeigekommen war. Sie hatte eine gesamte Runde des Campo im Uhrzeigersinn vollendet und war durch alle Tierkreiszeichen geritten. Herzöge und Prinzen, Metzger und Bäcker – alles verschwamm vor ihren Augen. Georgia bemerkte niemanden und nichts mehr, außer ihrem Pferd und den anderen Teilnehmern.

Sie rasten gerade durch die zweite Runde, da durchdrang eine einzelne Stimme das anfeuernde Rufen der Menge. »Das fliegende Pferd!«, rief sie. »Das Glück des Widders kehrt zurück!«

Georgia wusste, dass es Aurelios Stimme gewesen war, und im selben Moment hörte sie das Flügelrauschen. Die Reiter gerieten aus dem Rhythmus und wurden eine Spur langsamer; Arcangelo erreichte den dritten Platz hinter dem Wassermann und den Zwillingen, als sie die Startlinie zum zweiten Mal passierten und die letzte Runde begann.

»Nicht hochsehen«, murmelte Georgia sich zu und biss die Zähne zusammen, als sie hörte, wie die Menge in einen gemeinsamen Schrei ausbrach.

Ein rosa-weißes Etwas flatterte an ihr vorbei und sie ließ immer noch nicht nach und zögerte nicht. Sie zog mit Salami gleich, der auf Uccello saß, und merkte, wie er neben ihr ins Stocken geriet; einen Moment lang sah sie seine aufgerissenen ängstlichen Augen, die zum Himmel gerichtet waren.

»Nicht . . . hinauf . . . sehen!«, keuchte sie, während sie bereits fast mit Leichtgewicht auf Benvenuto gleichzog. Der Reiter der Zwillinge hob wieder seine Peitsche, doch sie fiel nutzlos zu Boden und Georgia konnte gerade noch sehen, wie er das Zeichen der Glückshand machte.

Sie überholte ihn, den Blick fest auf die kleine schwarz-weiße Flagge gerichtet, die die Ziellinie markierte.

Dann war sie durch, zügelte den großen Rotbraunen. Sie konnte einfach nicht glauben, was sie da vollbracht hatte. Sie hatte gewonnen. Sieg für den Widder. Doch um sie herum herrschte eine unheimliche Stille. Jeder blickte zu der Säule in der Mitte des Campo hinauf. Die Farben der Zwillinge waren abgerissen worden und Cesare winkte ihr von Merlas Rücken zu, die geduldig über der Spitze schwebte. Er knotete sein verschmutztes rot-gelbes Halstuch auf und befestigte es an der Spitze der Säule.

Lebensgefährlich weit beugte er sich über die Schulter des fliegenden Pferdes herab und schrie ihr zu: »Gewonnen! Sieg und Freude!«

Und der gesamte Campo brach in Jubel aus und begann zu klatschen.

Kapitel 23

Widder in Flammen

Außer Atem kam Lucien auf Sternenlicht auf dem Campo an. Er kam natürlich viel später als Cesare auf Merla. Alle Tribünen waren jetzt leer und der Rest der Menge strömte durch das Tor unter der Zwillings-Tribüne, um in die Kathedrale zu gelangen. Er band Sternenlicht an einem Eisenring in einer der Straßen fest, die zum Domplatz führte, und eilte selbst zur Kathedrale.

»Wer hat gesiegt?«, fragte er einen vorbeikommenden Remaner, doch er konnte die Antwort in dem Lärm, der von dem schwarz-weißen Dom herüberschallte, nicht verstehen. Lucien drängte sich hinein und der Anblick, der ihn erwartete, sagte ihm alles, was er wissen musste. Das Innere erstrahlte in Rot-Gelb – es waren die Fahnen, die von den Bewohnern des Widders geschwenkt wurden.

Ganz vorne am Altar konnte er das blau-silberne Schimmern der Stellata-Fahne sehen, außerdem zwei Gestalten, beide in den Farben des Widders, die auf den Schultern der überglücklichen Montonaioli getragen wurden. Das große Kirchenschiff hallte wider vor Jubel; es gab keine Möglichkeit, Georgia und Paolo zu erreichen.

Lächelnd verließ Lucien die Kathedrale und brachte Sternenlicht nach Hause in den Widder.

Arianna war wieder im päpstlichen Palast und wusste nicht, was sie machen sollte. Eigentlich hatte ein prächtiges Bankett zu ihren Ehren stattfinden sollen, doch der Palast war geisterhaft still. Nichts hatte geklappt für die Chimici; sie hatten erwartet den Sieg der Zwillinge oder der Jungfrau zu feiern.

Nach dem Rennen war es Tradition, dass der siegreiche Bezirk wieder ein großes Fest in seinen Straßen feierte und unter den Sternen speiste. Alle anderen Bezirke würden dann im Dunkeln liegen, mit gelöschten Fackeln und Kerzen, wie in tiefer Trauer.

Jetzt standen die rosa-weiß gedeckten Klapptische auf dem Platz vor dem Dom, die schon in Erwartung der nächtlichen Feier gerichtet worden waren, beängstigend leer. Doch der Papst wollte nicht auf ein Fest verzichten; selbst wenn der Bezirk der Zwillinge um seine Feier gebracht worden war, bestand kein Grund, das Bankett im Inneren des Palasts abzublasen. Ferdinando di Chimici übernahm als zweitältestes Familienmitglied kurzerhand das Kommando. Der Herzog war mehr oder weniger unbrauchbar, und obwohl Ferdinando ihn nicht als Strategen ersetzen konnte, wusste er, was er seinen adligen Gästen schuldig war. Es oblag jetzt ihm, das Gesicht aller di Chimici zu wahren und ein so prächtiges Fest wie möglich zu feiern – auch wenn es nichts zu feiern gab.

Der Herzog war direkt nach dem Rennen in den Pfleghof zurückgekehrt, dicht gefolgt von Gaetano.

»Vater«, sagte Gaetano jetzt sanft, »kommst du nicht mit in den Palast zu dem Bankett? Du brauchst eine Erfrischung und ich kann doch bei Falco bleiben.«

»Nein«, sagte Niccolò. »Du musst hingehen. Die Duchessa mag dich, das habe ich bemerkt. Du musst dir ihre gute Stimmung zu Nutze machen und heute Abend um ihre Hand anhalten.«

Gaetano erschrak. Er war froh gewesen das Werben während Falcos schlimmer Krankheit aussetzen zu können.

»Aber Vater«, sagte er, »es kann doch nicht angehen, von Heirat zu reden, während Falco sich in diesem Zustand befindet.«

»Es wird nicht mehr lange dauern«, sagte Niccolò. »Die Ärzte sagen, dass er die Nacht nicht überlebt.«

Gaetanos Herz zog sich zusammen. Er würde um seinen Bruder trauern müssen, ohne sein tröstliches Wissen mit einem Mitglied der Familie teilen zu können – die Gewissheit, dass Falco in einer anderen Welt weiterlebte und möglicherweise sogar ganz gesund wurde.

Im Bezirk des Widders leuchteten die Fackeln und die Flammen zuckten an allen Häuserwänden empor. Alle Kinder durften lange aufbleiben, auch wenn die Zwillinge der Montalbani bereits unter einem der Tische eingeschlafen waren. Teresa entdeckte sie und trug sie in ihre hölzerne Wiege, während die kleinen Mädchen mit ihren Fähnchen zwischen den Tischen herumliefen und jedem, der es hören wollte, »Sieg! Freude!« zuriefen.

Georgia wurde im Triumph auf den Schultern zweier starker Männer in den Bezirk zurückgetragen, ebenso Paolo. Arcangelo wurde von einer begeisterten Gruppe heimgebracht, die ihn alle ständig tätscheln und streicheln wollten. Cesare führte Merla, die ganz gefügig war, weil sie spürte, dass es nach Hause in den Widder ging. Die ehrfurchtsvollen Montonaioli drängten sich zwar um sie, wagten es jedoch nicht, dem wundervollen Tier zu nahe zu kommen und es zu streicheln. William Dethridge begleitete Silvia und der Hauptfahnenträger hatte seine Fahnen abgegeben, um das Banner der Stellata zu tragen.

Während die Pferde draußen warteten, trugen die Montonaioli das Banner und ihre siegreichen Reiter Georgia und Cesare auf den Schultern in die Kirche. Egal, welcher Bezirk das Rennen gewann, ihr erster Gedanke war, der Jungfrau zu danken, zunächst in der großen Kathedrale und dann in ihrer eigenen Kirche.

Santa Trinità war erfüllt von wehenden Flaggen und jubelnden Gemeindemitgliedern. Der Priester, der Georgia den Helm gegeben und Arcangelo gesegnet hatte, bespritzte sie und jeden Widder, der in der Nähe stand, jetzt großzügig mit Weihwasser. In dem Gebäude, das gewöhnlich so still und feierlich war, herrschte fast Karnevalstimmung. In einem Bezirk, der die Stellata nach einer Dürreperiode von fünfundzwanzig Jahren endlich wieder gewonnen hatte, waren alle Regeln aufgehoben.

Seit Georgia Arcangelo eine Stunde zuvor auf dem päpstlichen Innenhof erklommen hatte, hatte sie im wahrsten Sinne des Wortes keinen Fuß mehr auf den Boden gesetzt. Jetzt setzten ihre Anhänger sie auf den Kirchenstufen ab und sie fiel Cesare in die Arme.

»Was für eine Nacht!«, rief er. »Was für ein Sieg!«

»Nur weil du sie abgelenkt hast«, sagte Georgia. »Ohne dich und Merla hätte ich nicht gewonnen. Es tut mir Leid, dass du Arcangelo nicht reiten konntest.«

»Wirklich?«

»Nein, nicht wirklich!«, sagte Georgia und strahlte übers ganze Gesicht.

Ein weiteres Pferd kam auf den Platz und Merla wieherte ihm grüßend zu. Lucien ritt Sternenlicht zu den anderen am Fuß der

Treppe. Er sprang ab und warf die Zügel einem hilfsbereiten Widder-Jungen zu. Schnell sprach sich herum, dass diese graue Stute die Mutter des wundersamen geflügelten Pferdes war.

»Luciano!«, staunte Georgia. »Du kannst ja reiten!«

»Er ist inzwischen ein guter Reiter«, sagte Cesare lachend. »Bis nach Santa Fina ist er geritten und wieder zurück. Er ist sogar ein bisschen auf Merla geflogen.«

»Hast du ein Glück«, sagte Georgia und warf dem geflügelten Pferd einen sehnsuchtsvollen Blick zu.

Doch dann war Lucien plötzlich bei ihr und umarmte sie und jeder Gedanke ans Fliegen war ihr auf einmal egal.

»Georgia, du hast es geschafft!«, sagte er und gab ihr einen Kuss auf den Mund.

Georgia wurde es heiß und kalt. Sie erwiderte den Kuss und merkte, wie er überrascht reagierte. Schnell riss sie sich von ihm los und gab Cesare ebenfalls einen Kuss. Aus den Augenwinkeln sah sie, dass Lucien erleichtert war – selbst noch, als sie Cesares warme Erwiderung auf ihren Lippen spürte.

Rodolfo hatte seine Spiegel auf viele verschiedene Szenen gerichtet: einen auf den Palazzo der Duchessa in Bellezza; einen auf den Pfleghof, in dem Falco still und schweigend dalag; und einen auf den Bezirk des Widders, weil er wusste, dass sich Silvia dort aufhielt. Er konnte sie in der Menge vor der Kirche erkennen, obwohl alle Gestalten winzig waren. Und dann sah er, wie Lucien den Reiter des Widders küsste, den Bruchteil einer Sekunde länger, als sich für Glückwünsche zum Sieg gehörte.

Er seufzte; noch eine Komplikation.

Georgia merkte schnell, dass sie den Widder in dieser Nacht wieder nicht verlassen konnte. Mehr noch als gestern war sie die Hauptperson der Feierlichkeiten. Montonaioli beiderlei Geschlechts kamen in Scharen, um ihr zu gratulieren und sie zu küssen; einige der jungen Mädchen, die wirklich erstaunlich hübsch waren, sahen aus, als würden sie gerne bleiben und den siegreichen Reiter besser kennen lernen, doch Paolo und Cesare schirmten Georgia vor ihnen ab.

Was würden Maura und Ralph nur denken, wenn sie abends nicht nach Hause kam? Sie hatte hinterlassen, dass sie den Tag und eine Nacht bei Falco und den Mulhollands verbringen würde. Damit waren die vergangene Nacht und der heutige Tag in Remora abgedeckt. Aber jetzt war der Himmel bereits dunkel – und das bedeutete, dass es in der anderen Welt schon Tag war. Und da es Samstag war, würden alle zu Hause sein und sich fragen, wo Georgia abgeblieben war.

Es war nur eine Frage der Zeit, bis Maura bei Vicky anrufen würde, und dann würde sie feststellen, dass die Mulhollands keine Ahnung hatten, wo sie steckte. Und wenn sie sie in dem scheinbar komatösen Zustand in Falcos Zimmer finden würden, würden sie sie unverzüglich in ein Krankenhaus bringen wie Lucien vor einem Jahr. Und sie mochte gar nicht daran denken, welche Auswirkungen das auf Vicky und David haben würde.

Doch nach ein paar Schlucken Wein beschloss Georgia sich einfach keine Gedanken zu machen: Falco würde sich eben irgendeine Ausrede einfallen lassen müssen. Und sie wollte nicht eine Sekunde ihrer Festnacht verpassen.

Gaetano saß während des Banketts neben seinem Onkel und ausnahmsweise nicht neben Arianna, auch wenn sie seine Gedanken beherrschte. Die Duchessa saß zur anderen Seite des Papstes und neben ihrem Vater. Dann folgten Luca und Carlo, die sich halblaut stritten, wer nach dem Bankett die Tischrede halten sollte – Luca als ältester Sohn und Erbe des Herzogtums von Giglia oder Carlo als nächster Fürst von Remora.

Beatrice kam und setzte sich Gaetano gegenüber.

»Wie stehen die Dinge im Pfleghof?«, fragte er sie besorgt.

Als Antwort schüttelte sie nur den Kopf.

»Du hast Vater doch nicht allein gelassen?«, wollte er wissen.

»Nein«, sagte sie erschöpft. »Francesca hat mich dort abgelöst. Sie hat gesagt, ich solle mal Pause machen.«

Der Papst hatte den Namen aufgeschnappt. »Ah, Francesca«, sagte er. »Sie ist ein gutes Mädchen, nicht? Immer so um die Familie bemüht. Ich bin froh, dass ich ihre Ehe annulliert habe. Sie hat ein besseres Schicksal verdient als einen impotenten alten Gatten.«

Gaetano verschluckte sich beinahe an seinem Fasan. Francesca war frei und konnte wieder heiraten! Und er sollte Arianna schon bald um ihre Hand bitten!

In London saß Falco wie auf Kohlen. Talia und sein Vater und Gaetano fehlten ihm so unsäglich und es war quälend, nicht zu wissen, wie es Georgia in der Stellata ergangen war. Außerdem musste er sich eine Ausrede für sie einfallen lassen. Sie schlief immer noch in seinem Zimmer und er wollte lieber die ganze Zeit bei ihr bleiben, falls sie plötzlich in ihren Körper zurückkehrte wie in der Nacht zuvor. Aber Vicky hätte sich wohl sehr gewundert, wenn er sich so lange in seinem Zimmer eingeschlossen hätte. Jedes Mal, wenn das Telefon läutete, ging er rasch hinaus, um als Erster dranzugehen, doch manchmal kam Vicky ihm zuvor.

Etwas anderes quälte ihn auch. Er war vor zwölf Tagen angekommen und hatte immer noch keinen Schatten. Das bedeutete, dass er in Remora noch am Leben war, und solange das der Fall war, bestand die Versuchung, Georgia um ihren Ring zu bitten und in seinen talianischen Körper zurückzukehren. Er wusste nicht, ob sie den Talisman vernichtet hatte oder nicht. Falco sehnte sich danach, dass alles vorbei war, damit er sich auf sein neues Leben und seine Genesung konzentrieren konnte.

Das Telefon läutete. Vicky stand nicht weit davon entfernt. »Georgia? Nein, die ist nicht hier, tut mir Leid. Letzte Nacht? Nein, da war sie auch nicht hier. Einen Moment – ich frage Nicholas mal eben.«

»Es war genau so, wie meine Karten mir gesagt haben«, versuchte Doktor Dethridge, der schon etwas angetrunken war, Georgia zu erklären. »Alle Zahlenkarten waren Zweien – die Nummer deines Startplatzes im Rennen. Und du warst auch da – die Prinzessin der Vögel.«

»Prinzessin der Vögel?«, fragte Georgia verwundert.

»Junge Maid«, sagte Dethridge geduldig, »daher Prinzessin. Und der Vögel, weil dies ein Ort der Lüfte ist – Heimat des geflügelten Pferdes und Stadt der Sterne.«

»Schon gut, wenn Sie meinen«, sagte Georgia. »Was haben Ihre Karten denn sonst noch verraten?«

»Dass die Duchessa – Arianna ist die Prinzessin der Fische – gut behütet war von Luciano, als sie zu den Feierlichkeiten der Sternschnuppen kam.«

»Davon habe ich nichts bemerkt«, sagte Georgia.

»Und dass der Ritter – der junge Cesare – in einem Turm eingesperrt sein würde«, fuhr Dethridge unbeirrt fort. »Und zu deiner anderen Seite lag der Prinz der Schlangen – das ist gewisslich einer der jungen Herren der Jungfrau, aber ob es der arme Falco oder Prinz Gaetano sein sollte, entzieht sich meinem Wissen.«

»Wie sind Sie denn darauf gekommen?«, fragte Georgia und fühlte sich unbehaglich.

»Die Jungfrau ist ein Erdzeichen«, sagte Dethridge. »So wie der Widder dem Feuer und die Zwillinge der Luft angehören.« Als ob das irgendwas erklärte!

Vielleicht solltest du noch mal Karten auslegen, dachte Georgia. Ihr war völlig unklar, wie die Verwicklungen zwischen ihr und Lucien, Arianna und Gaetano und selbst Cesare und Falco sinnvoll entwirrt werden könnten.

Eine Fanfare aus einer Silbertrompete kündete einen Besucher an. Anders als in der Nacht zuvor konnte die Duchessa jetzt ganz offen Besuche machen und dem Bezirk ihrer Stadt gratulieren.

Mit hoch erhobenem Haupt kam Arianna in den Widder geritten. Sie trug einen scharlachroten Umhang und gelbe Federn. Gefolgt von Rodolfo und Gaetano lief sie unter stürmischem Beifall die ganze steile Via di Montone entlang und kam auf die Ehrentafel zu.

Paolo holte Stühle für die neuen Gäste, aber Arianna ließ sich erst nieder, nachdem sie die Pferde gestreichelt hatte. Das Siegerpferd war traditionsgemäß Ehrengast beim Bankett, doch im Widder war man weitergegangen und außer Arcangelo war auch Merla anwesend. Und wo Merla war, musste Sternenlicht ebenfalls sein. Die drei Pferde hatten einen eilig umzäunten Bereich vor der Kirche bekommen. Die seidene Stellata war an einen Pfahl dahinter gebunden worden und den ganzen Abend kamen Besucher aus dem Bezirk und von außerhalb vorbei, um die Glückspferde des Widders zu bewundern.

Die Duchessa tätschelte Arcangelo und streichelte Sternenlichts Maul. Doch vor Merla blieb sie lange Zeit andächtig stehen.

»Ich hätte es bestimmt nicht geglaubt«, sagte sie zu Gaetano. »Bis vor einer Woche waren Pferde für mich etwas, das ich nur von Gemälden kannte. Und jetzt steht hier ein Mythenwesen, wie es nur auf Fragmenten alter Töpferware oder in alten Mosaïken gefunden wird.«

»Und zwar in echt«, sagte Gaetano. »Meine Familie hat es genauso aus dem Widder entführt wie ihren Reiter.«

Arianna legte freundschaftlich die Hand auf seinen Arm – eine Geste, die den Gästen am Ehrentisch nicht entging.

»Euch habe ich für die Taten Eurer Familie nie verantwortlich gemacht«, sagte sie.

»Es gibt noch andere außer den Pferden, denen du gratulieren musst«, sagte Rodolfo und führte sie zu den Feiernden zurück.

»Aber natürlich.« Arianna wurde plötzlich wieder lebhaft. Sie trat auf Georgia zu und reichte ihr beide Hände. Dann erhob sie ihre musikalische Stimme über den ganzen Platz: »Ich gratuliere dem Widder und seinem ausgezeichneten Reiter Giorgio Gredi. Ihr habt die Ehre meiner Stadt heute gerettet und Bellezza dankt Euch. Als kleinen Beweis meiner Dankbarkeit überreiche ich Giorgio einen Beutel voll Silber und diesen Kuss.«

Erschrocken spürte Georgia, wie ihre Lippen von denen der Duchessa berührt wurden und wie der veilchenblaue Blick auf ihr ruhte. Arianna reichte ihr lächelnd einen Samtbeutel voller Münzen. Georgia stammelte Dankesworte und der gesamte Bezirk jubelte vor Begeisterung, klopfte auf die Tische und trampelte mit den Füßen.

Georgia setzte sich verwirrt, während die Duchessa ruhig einen Kelch Wein in Empfang nahm, den Paolo ihr eingeschenkt hatte. Arianna musste doch wissen, dass sie das Silber nicht mitnehmen konnte, wenn sie zurückreiste. Sie beschloss es Cesare zu geben, falls der jemals wieder aufhören würde zu essen – aber er hatte natürlich einiges nachzuholen.

Lucien wurde von Eifersucht zerfressen. Arianna hatte ihn noch keines Blickes gewürdigt, geschweige denn, ihm zugelächelt. Und doch hatte er das Gefühl, dass alles, was sie tat, ihm galt. Und nun flirtete sie mit Gaetano. Womit hatte er sie denn nur verstimmt? Er musste an Georgias Kuss denken, aber sie hatte auch Cesare einen Kuss gegeben und der Hälfte der Montonaioli. So machte man das in Remora nach einem so wichtigen Sieg. Auch er selbst war von einigen Mädchen aus dem Bezirk geküsst worden, die er noch nie gesehen hatte.

Gaetano war nicht unempfänglich für die Aufmerksamkeit, die Arianna ihm schenkte. Er sprach dem Wein mehr zu, als ihm gut tat, um sich Mut für das anzutrinken, was er tun musste. Er hatte sich im Lauf des Abends fast schon eingeredet – wie auch schon öfters zuvor –, dass es keine Last sein würde, mit der wunderschönen Herrscherin von Bellezza verheiratet zu sein.

»Seht!«, rief Cesare jetzt plötzlich, »die Manusch sind gekommen!«

Aurelio und Raffaela betraten gelassenen Schritts den Platz, blieben bei Merla stehen und redeten mit ihr. Das Tier schien ihnen zu lauschen und sie zu verstehen. Allmählich füllte sich der Platz mit weiteren bunt gekleideten Manusch, und als Paolo auf sie zuging und ihnen die Gastfreundschaft der Montonaioli anbot, packten sie ihre Instrumente aus und gaben ein improvisiertes Konzert. Der Widder-Trommler stimmte mit ein und gewöhnte sich rasch an die verzwickten Rhythmen und selbst die Herolde versuchten auf ihren Trompeten mitzuspielen.

Nach einer Pause spielte Aurelio alleine und alle lauschten. Das Stück war lieblich und traurig und Gaetano musste an seinen Bruder denken und dann an seine Cousine, das Mädchen, das er bald für immer aufgeben musste.

»Eine Weise, die einem das Herz bricht, nicht wahr, Principe?«, sagte eine Frau, die er bisher nicht beachtet hatte. Sie war sehr schön und in den Farben des Widders gekleidet. Einen Augenblick erinnerte sie ihn an die Duchessa, doch dann stellte er fest, dass sie viel älter war. Trotzdem, sie hatte etwas von Arianna an sich; vielleicht war sie eine Tante von ihr, die zu Besuch war? Ihm fiel wieder ein, dass eine Tante der Duchessa mit Doktor Dethridge verheiratet war.

»Wirklich sehr bewegend, Signora«, sagte er höflich.

»Sie scheint von verlorener Liebe und dem Triumph der Pflicht zu erzählen«, fuhr die Dame fort. »Von falsch getroffenen Entscheidungen und einem Leben voller Entsagungen, das solche falschen Entscheidungen mit sich bringen.«

Nun erschrak Gaetano wirklich. War die Frau eine Hellseherin oder vielleicht sogar eine Stravagante?

»So viel könnt Ihr aus einer einfachen Weise heraushören?«, fragte er.

»An der Musik der Manusch ist nichts einfach«, erwiderte sie.

Gaetano wandte sich zu dem Harfner um, und als die Melodie zu Ende ging und er sich wieder zurückdrehte, war die Dame fort. Es entstand eine Pause, in der die klagenden Töne noch in der Nacht verhallten. Dann setzte wieder eine fröhlichere Melodie ein und die Tische wurden beiseite geschoben, damit getanzt werden konnte.

Gaetano tanzte mit Arianna und bemerkte aus den Augenwinkeln, dass ihr Vater mit der geheimnisvollen Frau tanzte.

»Wer ist die Dame, die mit dem Regenten tanzt?«, fragte er

seine Partnerin. »Sie hat mir gerade ein paar außergewöhnliche Dinge gesagt. Ich glaube, sie ist eine Art Zauberin.«

Arianna lachte. »Da seid Ihr nicht der Erste, der das sagt.« Aber seine Frage beantwortete sie nicht.

Lucien und Cesare befanden sich in einer Zwickmühle. Beide wollten sie mit Georgia tanzen, doch für die Bewohner des Widders war ihr Reiter ja ein junger Mann. Die Remaner gingen mit Frauen und Männern gleichermaßen herzlich um und keiner fand es seltsam, wenn sich junge Männer umarmten oder gar küssten, vor allem bei einem ausgelassenen Fest. Aber tanzen taten sie nun wirklich nicht miteinander.

Doch schneller, als sie gedacht hatten, wurde den Freunden ihre Entscheidung abgenommen. Zahlreiche hübsche Mädchen wollten mit ihnen tanzen – auch mit Georgia. Arianna schoss Lucien böse Blicke zu, als er mit einem lebhaften, schwarzhaarigen Mädchen davonsprang, und Georgia sah Paolo Hilfe suchend an. Der jedoch tanzte vergnügt mit Teresa.

Schließlich wurde sie von William Dethridge gerettet. Als eine neue Weise gespielt wurde, ließ er alle jungen Männer, einschließlich Georgia, in einem Kreis tanzen, während die Mädchen dazu klatschten und den Rhythmus stampften. Georgia tanzte dort, wo sie am liebsten sein wollte, zwischen Lucien und Cesare, und alle sangen aus voller Kehle.

Enrico war der einzige Mensch in Remora, abgesehen von den treuen Widder-Anhängern, der an dem Rennen verdient hatte. Er hatte immer noch einen schönen Anteil von dem Silber, das er von Herzog und Papst erhalten hatte, und die Wetten hatten ihm noch mehr eingebracht. Jetzt überlegte er, ob er die Stadt verlassen sollte. Remora und der Umgang mit den Pferden gefiel ihm zwar, aber er glaubte, dass es nicht klug wäre, zu bleiben. Er war ein Pferdedieb und hatte jemanden entführt und gegen seinen Willen festgehalten, und wenn man das im Widder herausfand, war er in Gefahr.

Und all das hatte zu nichts geführt: Die Chimici hatten das Rennen verloren und Bellezza stand höher im Kurs als je zuvor. Die Nachricht von dem Sieg würde sich bald in ganz Talia verbreiten und andere Städte ermutigen sich gegen die Bündnisse mit dem Chimici zu widersetzen. Im Augenblick war der Herzog noch verrückt vor Schmerz, doch schon bald würde er sich wieder fangen und sich vielleicht daran erinnern, dass sein Spion versagt hatte.

Andrerseits war der Herzog die wichtigste Person, für die Enrico je gearbeitet hatte. Er gab ihn nur ungern auf. Vielleicht konnte er seinen Arbeitgeber überreden, dass er ihm auf eine andere Art nützlich sein könnte?

Doch erst mal musste er den Montonaioli gegenübertreten, denen er Geld schuldete. Enrico war ein Schurke, aber er war auch zutiefst abergläubisch. Er hatte ihnen das Glück gestohlen, aber ihren Gewinn wollte er ihnen nicht rauben.

Das Fest im Widder-Bezirk löste sich allmählich auf, als die Manusch sich versammelten, um wie gewöhnlich den Morgen zu begrüßen. Georgia saß auf den Stufen vor der Kirche und gähnte. Plötzlich war sie hundemüde. Sie sah, wie Rodolfo und Gaetano Arianna vom Platz fortgeleiteten. Am Brunnen machten sie Halt und Rodolfo kam zurück, um mit Silvia zu reden. Georgia sah das junge Paar zusammen verschwinden und bemerkte, wie Lucien ihnen in tiefer Verzweiflung nachsah.

Paolo trat auf Georgia zu. »Du siehst völlig erschöpft aus«, sagte er. »Kommst du mit in die Stallungen?«

Der gesamte Platz war mit umgekippten Stühlen, zerrissenen Fahnen, verschüttetem Wein und Speiseresten übersät.

Hunde machten sich über die Reste her und Männer mit langarmigen Kerzenlöschern erstickten die Flammen der letzten Fackeln. Plötzlich brach ein Handgemenge aus und Georgia sah, dass Cesare einen Mann in blauem Umhang am Wickel hatte. Sie und Paolo und ein paar andere junge Widder-Männer eilten ihm zu Hilfe.

»Das ist der Kerl, der mich entführt hat!«, sagte Cesare. »Und er hat wahrscheinlich auch Merla gestohlen. Trotzdem wagt er es, hier im Widder aufzutauchen!«

Ein paar der jungen Männer, die Enrico gepackt hatten, ließen ihn jetzt wieder los. Sie hatten sich erst jetzt an ihre gewonnenen Wettgelder erinnert und die waren ihnen wichtig. Doch so leicht sollte Enrico nicht davonkommen. Sie drehten alle seine Taschen um und leerten seine Beutel. Der Spion ließ es ohne Protest mit sich geschehen – lag doch der Großteil seines Silberschatzes sicher in Santa Fina. Cesare fand angewidert die vielen verschiedenfarbigen Halstücher in Enricos Beutel und nahm ihn dem Schurken kurzerhand ab. Aber am Ende ließen sie Enrico mit einem blauen Augen davonkommen.

»Was für eine schöne Nacht«, sagte Gaetano, der die Duchessa durch die engen Gassen zum päpstlichen Palast zurückbegleitete.

»Ein schöner Morgen, meint Ihr wohl.« Vorsichtig ging Arianna mit ihren roten Sandalen über das unebene Pflaster.

Ganz plötzlich beschloss Gaetano, dass er die Sache hinter sich bringen musste.

»Euer Gnaden«, sagte er und blieb unter einer der rauchenden Fackel stehen. »Arianna, das ist vielleicht nicht der richtige Ort und die richtige Zeit, aber Ihr kehrt schon bald nach Bellezza zurück und ich kann nicht länger warten. Wir haben fast einen Monat miteinander verbracht und kennen uns inzwischen recht gut. Ich möchte wissen, wie Ihr zu unserem Angebot steht. Wollt ihr mich heiraten?«

»Na also«, sagte Arianna. »Das war doch nicht so schlimm, oder? Nicht elegant, nicht gerade romantisch, aber Ihr habt es geschafft.«

Georgia hielt sich an Cesare und Paolo fest, als sie in die Stallungen zurückkehrte. Die Montalbani fanden es zwar nicht richtig, dass ihr siegreicher Reiter auf dem Heuboden schlafen sollte, aber das war es, was Georgia wollte. Cesare hängte Enricos Beutel mit den Halstüchern an einem Pfosten im Stall auf und umarmte sie ein letztes Mal. Paolo drückte sie ebenfalls an sich.

»Danke«, sagte er. »Du hast den Mut eines Kriegers. Du wirst dich schon gegen deinen Stiefbruder durchsetzen.«

Und damit war er fort. Lucien und Dethridge waren zusammen irgendwohin verschwunden und Georgia hatte keine Ahnung, wo Rodolfo und Silvia übernachteten, außer dass es wahrscheinlich im selben Haus war. Sie legte sich ins Stroh und hörte, wie Arcangelo und Merla und Sternenlicht und die anderen Pferde unter ihr schnaubten. Selbst Dondola war wieder da. Roderigo hatte sie nach Remora gebracht, nachdem er sie im Palast der Chimici abgeholt hatte.

Georgias Kopf war ein Kaleidoskop wirbelnder Farben und Formen – der Umzug, die Fahnen, die Pferde, der Lärm, der Anblick von Merla, wie sie über dem Campo schwebte, die leuchtenden Bänder der Manusch, die Küsse, die Musik, der Wein, die . . .

Gaetano stürzte in den Pfleghof. Der Herzog war in einem Stuhl an Falcos Bett fest eingeschlafen, aber Francesca war noch wach. Der Raum roch nach heruntergebrannten Kerzen.

Gaetano zögerte und sah, dass Falcos Brust sich immer noch hob und senkte, wenn auch kaum merklich. Leise nahm er Francesca bei der Hand und führte sie aus dem Zimmer.

Draußen im Korridor fiel das Morgenlicht auf die Fresken an den Wänden – auf Szenen von Kranken, die zur Ader gelassen wurden oder sich, auf wundersame Art genesen, vom Lager erhoben. Hier fiel Gaetano auf den kalten Fliesen auf die Knie und bat Francesca ihn zu heiraten.

Und Francesca willigte ein.

Georgia wachte in Falcos Zimmer auf. Die Tür war geschlossen, aber nicht verriegelt. Von Falco war keine Spur zu sehen, aber auf dem Kissen neben ihr lag ein Stück Papier mit einem einzigen Wort: »Entdeckt!« Es war Abend und das Haus schien verlassen. Sie stand auf, ging nach unten und trat nach draußen. Sie musste nach Hause und das Donnerwetter über sich ergehen lassen. Aber was ihr jetzt auch bevorstand, ein Gedanke tröstete sie: Ihr Abenteuer war es wert gewesen.

Kapitel 24

Netze aus Gold

Als Georgia das Wohnzimmer im Haus ihrer Eltern betrat, brauchte sie einen Moment, um sich zu fassen. Sie war todmüde und die Menschen, die sie soeben im Widder zurückgelassen hatte, kamen ihr wirklicher vor als ihre eigene Familie. Sie richtete den Blick auf Falco, der auf eine Art die vertrauteste Person hier war.

Während die anderen sie anstarrten, bildete sie in seine Richtung stumm das Wort »Gewonnen!« und sie hatte noch Zeit, seine Überraschung zu bemerken, ehe der Sturm losbrach. Maura und Ralph waren da und Russell und die Mulhollands und ein Mann und eine Frau. Allmählich begriff Georgia, dass die beiden Fremden von der Polizei waren. Sie blieben jedoch nicht lang, sobald sie sahen, dass sich die Vermisstenanzeige auf glückliche Weise erledigt hatte.

Kaum waren sie gegangen, verschwand Ralph in der Küche, um Kaffee zu machen, und er zog den heftig protestierenden Russell mit sich. Der hatte bleiben und das Donnerwetter mitbekommen wollen, aber sein Vater ließ nicht mit sich reden.

Der Krach schien Stunden zu dauern. Immer wieder bekam sie die gleichen Fragen gestellt: Wo war sie gewesen? Bei wem war sie gewesen? Was hatte sie gemacht? Was wusste Nicholas von der Sache?

Aber es führte zu nichts. Was sollte sie auch sagen? Dass sie in einer anderen Welt bei einem Pferderennen mitgeritten war und gesiegt hatte und die Nacht durchgefeiert hatte und von Adligen und Bürgerlichen abgeküsst worden war? Dass sie ein geflügeltes Pferd gesehen hatte? Dass sie einen politischen Handstreich verhindert hatte? Dass sie mit dem Sohn der Mulhollands zusammen gewesen war? Dass »Nicholas« ein Fürstenkind aus einer anderen Welt war?
Was immer sich Maura und Ralph ausgemalt hatten – wenn sie eine von diesen Antworten gegeben hätte, wären sie sicher überzeugt gewesen, dass sie auf Drogen war. Beharrlich behauptete sie immer wieder das Gleiche.
»Ich kann es euch nicht sagen. Es war nichts Unerlaubtes. Ich habe ein Versprechen eingehalten. Nicholas weiß nichts davon.« (Bei dieser letzten Aussage musste sie die Finger heimlich kreuzen, aber schließlich war es ja Falco, der wusste, wo sie gesteckt hatte, nicht Nicholas.)
»Aber du kannst doch nicht die ganze Nacht und fast den ganzen Tag fortbleiben und erwarten, dass wir dich einfach so davonkommen lassen!«, sagte Maura schäumend. »Ich hab mich wegen dir zu Tode geängstigt. So einen Tag wie heute möchte ich nie wieder erleben müssen.« Und sie brach in Tränen aus.
Georgia fühlte sich schrecklich. So hatte das Ganze nicht enden sollen, der Ruhm und der Triumph. Sie konnte nicht ertragen ihre Mutter weinen zu sehen, genauso wenig wie in die besorgten Gesichter der anderen zu blicken.
»Es tut mir so Leid, Mum«, sagte sie. »Es war einfach etwas, das ich tun musste. Nichts Illegales, nichts Gefährliches«, hier kreuzte sie wieder die Finger, »und auch nichts Unvernünftiges. Aber ich kann euch nicht davon erzählen, niemals. Ihr müsst mir einfach vertrauen. Ich hab behauptet, dass ich bei

den Mulhollands bin, damit ihr euch keine Sorgen macht. Aber das, was ich erledigen musste, hat einfach länger gedauert als erwartet – sonst nichts. Es wird nie wieder vorkommen, das verspreche ich euch. Jetzt könnt ihr mir Hausarrest geben oder mich bestrafen, wie ihr wollt, aber ich muss ins Bett – ich hab seit wer weiß wie lange nicht mehr geschlafen.«

»Lass es jetzt mal gut sein, Maura«, sagte Ralph. »Lass sie ausruhen. Morgen reden wir weiter.«

»Wie meinst du das, verlobt?«, fragte der schlaftrunkene Herzog, als Gaetano und Francesca wieder in das Zimmer traten, sich bei den Händen hielten und ihm ihre Neuigkeiten mitteilten. »Was ist mit der Duchessa?«

»Ich habe sie um ihre Hand gebeten, Vater«, sagte Gaetano, der seiner Cousine alles berichtet hatte. »Ich habe getan, was du mir befohlen hast, aber sie hat abgelehnt. Sie hat gesagt, dass sie mir immer in Freundschaft verbunden bleibt, aber dass ihr Herz einem anderen gehört. Und dann hat sie gesagt, ich soll Francesca aufsuchen.«

»Und ich bin frei und kann ihn annehmen, Onkel«, sagte Francesca. »Die Hochzeit mit dem Bellezzaner ist annulliert worden.«

Herzog Niccolò starrte sie an. All seine Pläne waren zunichte. Immerhin sah er, dass die beiden jungen Menschen sich liebten, und in seinem Kopf fügten sich schon wieder neue Pläne zusammen. Gaetano würde Bellezza also nicht bekommen, aber er konnte den Titel von Fortezza erben, wenn Niccolòs alter Cousin dort starb, denn der hatte nur Töchter. Und diese Töchter konnten mit Niccolòs andern Söhnen oder Neffen verheiratet werden, damit sie auf keinen Fall irgendwelche Ehemänner ohne Titel bekämen und Gaetanos Erbe bedrohten.

»Nun gut«, sagte er, »ihr habt meinen Segen. Geht und verkündet es im Palast. Ich bleibe hier bei Falco.«

Im päpstlichen Palast kündigte sich inzwischen bei Arianna Besuch an; sie hatte nicht schlafen können und hatte bereits ihr Tageskleid an, als ein Diener ihre Mutter in ihre Gemächer führte.

»Signora Bellini«, sagte er und zog sich zurück.

»Silvia«, sagte Arianna, als er fort war. Sie hatte nie Mutter zu ihr gesagt, denn der Name war für ihre Tante reserviert, die sie auf einer der Laguneninseln aufgezogen hatte, während Silvia Bellezza regiert und die Chimici in Zaum gehalten hatte.

»Guten Morgen, meine Liebe«, sagte Silvia und schlug den Schleier zurück.

»Ich muss dir ja wohl nicht sagen, wie gefährlich es ist, hierher zu kommen«, sagte Arianna.

»Keineswegs«, erwiderte Silvia. »Hier hat doch noch nie jemand mein Gesicht gesehen außer dir und deinem Vater.«

»Aber du bist doch wohl letzte Nacht nicht hier geblieben?« Arianna war allein von der Vorstellung entsetzt.

»Die Nacht war ja schon fast vorbei nach all der Feierei. Nein, ich habe im Widder gewohnt. Und dort mit deinem jungen Freund gesprochen.«

»Mit welchem?«, sagte Arianna.

»Mit dem, der will, dass du ihn heiratest – der Bellezza besitzen will.«

»Du meinst wohl Gaetano«, sagte Arianna. »Was hast du zu ihm gesagt?«

»Ich habe ihm geraten, dass er es sich gut überlegen soll, ehe er seine alte Liebe zu Gunsten einer neuen wegwirft.«

»Tja, das hat wohl nicht viel genützt«, sagte Arianna. »Auf dem Rückweg in den Palast hat er um mich angehalten.«

Silvia sah sie stumm an. Dann sagte sie: »Das war viel zu früh am Tag, um etwas Ernstes zu sagen. Wie lautete deine Antwort?«

»Ich habe ihm einen Korb gegeben.«

»Mit welcher Begründung?«

»Mit der Begründung, dass ich ihn nicht liebe und glaube, dass auch er eine andere liebt – das war doch Grund genug, wie ich fand.«

»Ja, für ein einfaches Mädchen von den Inseln schon«, sagte Silvia. »Aber das bist du nicht mehr. Du weißt, dass deine Wahl von anderen Überlegungen beeinflusst werden sollte.«

Arianna riss die Augen auf. »Du meinst doch wohl nicht, dass ich ihn hätte nehmen sollen? Einen di Chimici? Er würde Herzog von Bellezza werden und seine Familie würde keine Ruhe geben, bis sie mich so weit hätte, dass ich dem Städtebund beitrete. Und damit würde er dann endgültig Herzog werden – nicht als Prinzgemahl, sondern als Herrscher. Bellezza würde seine Unabhängigkeit und seine Traditionen verlieren – alles Dinge, für die du so lange gekämpft hast.«

»Bist du sicher, dass du ihn nicht aus niedrigeren Gründen abgelehnt hast?«, fragte Silvia. »Weil du für einen anderen frei sein willst?«

»Und wenn das so wäre?«, sagte Arianna, verletzt von der Frage ihrer Mutter. »Du redest dauernd von Pflicht und Verantwortung, aber du hast auch aus Liebe geheiratet. Du kannst mir doch nicht raten, es anders zu machen.«

»Ich rate dir gar nichts«, sagte Silvia. »Nur dass du dir über deine Gründe im Klaren bist.«

Es klopfte und ein Diener ließ Gaetano ein. Er strahlte übers ganze Gesicht und hatte Francesca an der Hand.

»Verzeiht, Euer Gnaden«, sagte er förmlich. »Ich wusste nicht, dass Ihr beschäftigt seid.« Neugierig betrachtete er seine Gesprächspartnerin von der Nacht zuvor.

»Ich glaube vielmehr, Ihr seid in der nächsten Zeit sehr beschäftigt«, sagte Arianna belustigt. Sie streckte Francesca die Hände entgegen. »Und ich glaube, wir zwei kommen jetzt viel besser miteinander aus, wo Ihr keine Bellezzanerin mehr seid.«

»Vater hat uns seinen Segen erteilt«, sagte Gaetano. »Ich hoffe, Ihr tut das auch.«

»Aber sicher«, sagte Arianna. »Und ich erwarte natürlich zu Eurer Hochzeit eingeladen zu werden.«

Georgia schlief sechs Stunden, von halb acht abends bis halb zwei in der Frühe. Dann wurde sie von dem erstickten Klang ihres Weckers, den sie unter das Kopfkissen gesteckt hatte, geweckt. Gähnend setzte sie sich auf und sah sich in ihrem Zimmer um. Sie zerrte die Kommode vor die Tür, um das kaputte Schloss zu ersetzen, das entzweigegangen war, als Ralph die Tür aufgebrochen hatte.

Dann nahm sie das geflügelte Pferd aus der Tasche und ließ sich in ihre Kissen zurückfallen. Sie hatte keine Mühe, wieder einzuschlafen.

Am Tag nach dem Rennen stand niemand im Widder sehr früh auf. Cesare hatte das Gefühl, eine Woche lang ununterbrochen schlafen zu können. Aber die Pferde mussten versorgt werden und die Aussicht auf ein Frühstück war auch verlockend, obwohl es schon später war, als er gewöhnlich zu Mittag aß.

Er stolperte nach unten und traf auf Teresa, die Brot und Käse und Oliven auftischte.

»Wo sind die anderen?«, fragte er, während er ihr einen schweren Krug abnahm und ihn auf den Tisch stellte.

»Dein Vater ist in den Ställen«, sagte sie, »mit Luciano und Doktor Dethridge. Die Zwillinge spielen im Hof. Die Bellezzaner haben eine sehr praktische Art von Käfig für Kinder erfunden, und deine kleinen Schwestern spielen auch darin – obwohl ich vermute, dass sie schon bald genug davon haben.«

Cesare nahm eine Scheibe Brot und ging hinaus auf den Hof. Seine Halbgeschwister saßen oder standen in einem großen hölzernen Gehege mit Gittern, deren Stäbe so eng waren, dass sie nicht davonlaufen konnten. Dethridge und Lucien steckten ihnen zwischen den Stäben Süßigkeiten zu. Während Cesare noch zusah, kam Georgia aus dem Stall. Sie trug nicht mehr das rot-gelbe Rennkostüm der Widder-Reiter, sondern wieder ihre normalen remanischen Jungenkleider.

»Aha, ihr habt einen Laufstall gebaut«, sagte sie, ohne einen der Anwesenden direkt anzusprechen.

»Der junge Luciano hat mir davon erzählt und ich habe mit Signor Paolo einen nachgebaut«, sagte Dethridge, der von dem Ergebnis hocherfreut war.

»Sie sind dauernd in den Stall gelaufen, um Merla anzuschauen«, erklärte Lucien. »Teresa hat Angst um sie gehabt.«

Teresa kam aus der Tür und rief sie zu Tisch, doch die Kleinen wollten ihr Essen unbedingt draußen haben.

»Lasst sie nur«, sagte Dethridge. »Ich gebe Acht auf sie.«

Aber dann brachte Teresa doch ein Tablett mit Essen für ihn und sich selbst und die Kleinen heraus und nur Georgia und Lucien aßen drinnen mit Paolo und Cesare.

»Er mag Kinder wohl sehr, der Doktor«, sagte Cesare.

»Von seinen eigenen spricht er nie«, sagte Lucien. »Aber ich glaube, es ist ihm furchtbar schwer gefallen, sie zu verlassen.«

»Wie ist es dir daheim ergangen, Georgia?«, fragte Paolo.

Ihr Seufzen war so tief, dass alle aufsahen.

»Es war nicht allzu schlimm«, sagte sie. »Da kommt aber sicher noch einiges auf mich zu. Heute Abend muss ich pünktlich reisen, damit ich gleich morgen früh mit meinen Eltern reden kann – sie haben mich zu Bett gehen lassen, weil ich so müde war, aber sie haben mir noch nicht gesagt, wie sie mich bestrafen wollen.«

»Es tut mir Leid, dass du wegen uns bestraft wirst«, sagte Paolo. »Aber du hast ›meine Eltern‹ gesagt. Es ist das erste Mal, dass ich dich von beiden so reden höre.«

Georgia war selbst überrascht. Stimmt, dachte sie. Obwohl sich Ralph so gut wie möglich zurückgehalten hatte, als Maura mit ihr schimpfte, war er doch besorgt und verständnisvoll gewesen. Vielleicht würde sie ihn eines Tages doch als eine Art Vater ansehen?

Es klopfte an der Tür und die hoch gewachsene Gestalt Rodolfos erschien.

»Ich überbringe Neuigkeiten«, sagte er, nachdem er sich zu ihnen an den Tisch gesetzt hatte. »Bei den Chimici steht eine Hochzeit ins Haus.«

Georgia sah, wie Lucien blass wurde, und ihr selbst ging es etwas besser.

»Gaetano wird seine Cousine Francesca heiraten«, fuhr Rodolfo fort. »Du kannst dich vielleicht an sie erinnern, Luciano. Sie war die Kandidatin, die der Botschafter bei der Wahl gegen Arianna aufgestellt hatte. Ihre Ehe mit dem Ratsherrn Albani ist aufgelöst worden.«

»Ja«, sagte Lucien gelassener, als er sich fühlte. »Sie ist doch die Tochter des Fürsten von Bellona?«

»So ist es«, sagte Rodolfo. »Die beiden jungen Leute sind sich seit ihrer Kindheit zugetan.«

»Weiß es Arianna schon?«, fragte Lucien. »Und macht es ihr nichts aus?«

Rodolfo zog eine Augenbraue hoch. »Da musst du sie schon selbst fragen. Wir fahren ja alle miteinander in ein paar Tagen nach Bellezza zurück.«

Lucien lächelte vor Erleichterung und Freude. »Auf was warten wir noch?«

»Leider muss ich dazu sagen, dass wir auf den Tod von Falco di Chimici warten«, erwiderte Rodolfo. »Oder auf seine Genesung.« Er sah Georgia streng an. »Ich habe damit gewartet, bis das Rennen vorbei ist«, sagte er. »Aber ich muss dich erneut bitten den Jungen zurückzubringen.«

Rinaldo di Chimici besuchte seinen Bruder im Bezirk des Steinbocks. Alfonso, der junge Herzog von Volana, war enttäuscht über das Rennen.

Der Reiter des Steinbock, Papavero, war auf Brunello nicht weit gekommen. Alfonso hatte danach im päpstlichen Palast diniert, aber die trübe Stimmung im Bezirk der Zwillinge hatte nicht zu einem fröhlichen Austausch beigetragen und der Herzog dachte daran, in seine eigene Stadt zurückzukehren. Doch wie jedermann sonst fand er es nicht angebracht, Remora zu verlassen, solange Niccolòs jüngster Sohn noch in solcher Gefahr schwebte.

Alfonso seufzte. »Ich sollte Onkel Niccolò wohl mal im Pfleghof besuchen und sehen, wie die Dinge stehen«, sagte er. »Eine elende Geschichte.«

»Ich komme mit«, sagte Rinaldo. »Ich möchte wissen, was seine Pläne für mich sind, nachdem sein letzter Griff nach Bellezza wieder fehlgeschlagen ist. Hast du gehört, dass Gaetanos Antrag abgewiesen wurde? Er heiratet stattdessen Kusine Francesca.«

»Tatsächlich?«, sagte Alfonso. »Es scheint erst ein paar Monate zurückzuliegen, dass wir alle Kinder waren und während der langen Sommer in Santa Fina gespielt haben. Sie war ja immer in ihn verliebt, selbst damals schon. Und Luca hat sich immer mit Caterina zusammengetan.«

»Vielleicht werden sie ja auch ein Paar?« Der Gedanke, dass seine Schwester mit dem Erben des Chimici-Titels und seines Geldes verheiratet würde, gefiel Rinaldo.

Alfonso machte ein gedankenvolles Gesicht. »Vielleicht ist das gar keine schlechte Idee, solange Niccolò in einer so nachgiebigen Stimmung ist. Lass uns gehen und ihm den Vorschlag unterbreiten.«

Georgia befand sich in Talia genauso in einer Zwickmühle wie daheim. Rodolfo hatte allein mit ihr sprechen wollen und sie saßen in Dethridges Zimmer. Lucien war nicht dabei, um ihr Hilfestellung zu leisten; sie musste ganz allein mit dem Stravagante fertig werden.

»Falco wird bald operiert und kann dann wieder gehen«, sagte sie. »Bei den Mulhollands gefällt es ihm auch – ich kann mir sogar denken, dass sie ihn adoptieren.«

»Und dann sind alle wieder glücklich?«, sagte Rodolfo. »So funktionieren die Dinge nicht, Georgia. Luciano kann doch nicht einfach ersetzt werden.«

»Glauben Sie, das weiß ich nicht?« Georgia zwinkerte heftig, damit ihr nicht die Tränen kamen. »Aber die Menschen können Trost finden. Sie haben ihren Sohn verloren und Falco seine Familie. Es passt doch irgendwie.«

»Ich stelle deine Gefühle nicht in Frage«, sagte Rodolfo sanft. »Nur deine Erfahrung und vielleicht deine Klugheit.

Falco hat seine Familie eben nicht verloren – er hat sie verlassen. Wenn er stirbt, was in Talia sehr bald eintreten wird, wenn du ihn nicht rettest, dann ahnst du ja gar nicht, was für verheerende Folgen das haben kann. Für Talia, für das Übergangsportal, für uns alle, die wir zwischen den Welten reisen. Wenn du willst, komme ich mit.« Er hielt inne. »Du trägst den Ring ja gar nicht mehr, den er als Talisman benutzt hat. Wo ist er?«

»Im Abfalleimer in unserer Küche«, sagte Georgia. Sie hatte mehr Angst als bei der Befragung durch Herzog Niccolò oder als der Reiter der Fische sie mit Hieben traktiert hatte. Sie wappnete sich gegen Rodolfos Reaktion, doch er stand nur auf und trat ans Fenster.

Dann drehte er sich um und sah sie an. Er wirkte sehr erschöpft.

»Das heißt also, du hast ihn vernichtet«, sagte er. »Du hast dich mir widersetzt. Aber ich glaube, ich verstehe, warum. Du glaubst, dass der Trost, der in der einen Welt gespendet und empfangen wird, den Kummer und Verlust in der anderen aufwiegt. Ich hoffe nur, dass du Recht hast. Denn ihr beide, du und Luciano, seid nun in schrecklicher Gefahr.«

Herzog Niccolò schien seine Neffen kaum zu erkennen. Er saß, wie er nun fast seit zwei Wochen gesessen hatte, und hielt die abgemagerte Hand seines Jungen.

»Die Ärzte hatten Unrecht«, sagte er. »Falco lebt immer noch.«

»Onkel, es tut mir ja so Leid«, sagte Alfonso aufrichtig. Wie alle Chimici hatte er den jungen Prinzen gern gehabt. Alle hatten sie vor zwei Jahren nach dem Unfall getrauert und nun waren ihre Herzen noch schwerer. »Aber was für eine freudige Nachricht von Gaetano«, fuhr er fort. »Wie schön, dass er und meine Cousine in so traurigen Zeiten ihr Glück finden können. Und sie sind jung und gesund und werden dir Enkelkinder schenken.«

Der Herzog fuhr mit einem solchen Ruck auf, dass Alfonso schon dachte, er sei vielleicht taktlos gewesen. Doch wie es schien, hatte er bei dem Familienoberhaupt einen Gedanken ausgelöst.

»Du hast Recht«, sagte Niccolò. »Und deine Worte sind mir willkommen. Es ist etwas, dem man freudig entgegensehen kann. Aber warum sollte Gaetano so jung heiraten, wo er zwei ältere Brüder hat, die noch nicht im Stand der Ehe sind? Und eine Schwester? Sie sollen alle heiraten – auch du, Alfonso – und du Rinaldo, wenn du willst. Die Chimici brauchen weitere Familienmitglieder. Du hast doch eine Schwester, nicht wahr? Meine Nichte – wie heißt sie doch gleich – Caterina? Ein hübsches, kleines Ding, soweit ich mich erinnere. Wärst du einverstanden, wenn sie einen meiner Söhne zum Mann nähme? Die Volanas sind ein erfolgreicher Zweig der Familie – nicht wie die Morescos, die keine Nachkommen haben.«

Der Herzog redete plötzlich wie ein Wasserfall und schwelgte in den Gedanken an künftige Nachkommen. Alfonso war fast etwas befremdet, wenn auch gleichzeitig froh seinen Onkel in so aufgeräumter Stimmung zu finden.

»Ich glaube, Caterina war meinem Vetter Luca immer recht zugetan«, begann er.

»Bestens, bestens«, sagte der Herzog. »Ich werde heute Abend mit ihm über sie reden. Lasst uns keine Zeit verschwenden. Und du, hast du selbst schon Heiratspläne?«

»Ich wollte dich fragen, ob du mir in dieser Hinsicht einen Rat geben kannst, Onkel«, sagte Alfonso. »Ich würde nicht gerne ohne deine Zustimmung heiraten.«

»Ganz recht, ganz recht.« Der Herzog schien sich die Angelegenheit schon durch den Kopf gehen zu lassen. »Wie wäre es mit der jüngeren Tochter meines alten Cousins, Bianca? Ich dachte nämlich, die ältere – wie heißt sie doch – Lucia? Ich dachte, sie wäre vielleicht eine Partie für Carlo. Ich will, dass Gaetano das Fürstentum Fortezza erbt, wenn der Alte stirbt, und die Mädchen brauchen gute Ehemänner.«

Alfonso nickte. Er hatte keine Ahnung, was Bianca, die er am Abend zuvor mit ihrer Schwester bei dem Bankett gesehen hatte, von so einem unerwarteten Antrag hielt, aber wie es schien, würde es unter den Vettern und Cousinen der Chimici dieses Jahr eine wahre Massenhochzeit geben und er war sechsundzwanzig und bereit für eine Braut. Außerdem war Bianca eindeutig ein attraktives Mädchen. Alle weiblichen di Chimici waren hübsch; nur unter den Männern gab es manchmal Ausnahmen wie Gaetano und Rinaldo. Aber selbst Gaetano hatte die schöne Francesca gewonnen auf diesem spontan entstandenen Heiratsmarkt.

»Wie steht es mit dir, Rinaldo?«, fragte der Herzog, der sich über die positive Aufnahme seiner neuen Pläne freute.

»Ich – ich habe nicht den Wunsch, zu heiraten, Onkel«, sagte Rinaldo verlegen. »Ich möchte dich bitten mich bei deinen Plänen nicht zu berücksichtigen. Aber sonst stehe ich dir natürlich in allem zur Verfügung.«

»Hmm«, überlegte der Herzog. »Bist du der Religion zugetan?«

Nach ihrem Gespräch mit Rodolfo fühlte sich Georgia elend. Wer war sie, dass sie sich dem bedeutendsten Stravagante in Talia widersetzte? Es war ein geringer Trost, Lucien auf ihrer Seite zu wissen, denn ihr war klar, dass Paolo und Dethridge beide unentschieden in der Angelegenheit waren. Sie ging in den Hof bei den Ställen und wusste nicht, was sie eigentlich tun sollte, nachdem das Rennen und ihre Aufgabe in Remora vorüber waren.

Cesare winkte ihr von der Stalltür aus zu; er hatte die graue Katze auf dem Arm.

»Du siehst aus, als ob du eine kleine Ablenkung brauchen könntest«, sagte er. »Wie wäre es zum Beispiel mit einem Ritt auf Merla?«

Georgia traute ihren Ohren nicht; auf einem geflügelten Pferd reiten? Das würde sie für jede Bestrafung, die sie in ihrer Welt erwartete, entschädigen.

»Geht das denn?«, fragte sie. »Erlaubt Paolo es?«

»Er hat es vorgeschlagen«, erwiderte Cesare. »Er ist ausgegangen, um seine Wettschulden zu begleichen, aber er hat gesagt, dass du nach deiner Unterhaltung mit Rodolfo ein wenig Aufmunterung brauchst.«

Das musste sich Georgia natürlich nicht zweimal sagen lassen. Cesare führte das schwarze Pferd aus dem Stall und zusammen striegelten sie es im Hof. Neben dem üblichen Auskämmen von Mähne und Schweif und dem Bürsten ihres glänzenden Fells mussten sie auf Merlas Federn achten. Willig breitete die Stute nacheinander beide großen Flügel aus und ließ zu, dass sie die Federn zurechtstrichen und sanft von Staub befreiten.

Merla einen Sattel aufzulegen kam nicht in Frage. Georgia führte sie aus dem Stallbereich durch die Straßen hinaus auf eine freie Fläche, wo Merla abheben konnte. Cesare kam mit und half Georgia beim Aufsitzen. Sie blickte vom Rücken des geflügelten Pferdes in sein offenes, freundliches Gesicht hinunter und stellte fest, wie sehr sie ihn mochte. Er war ein guter Freund, genau wie Alice. Jemand, auf den man sich unbedingt verlassen konnte.

»Danke, Cesare«, sagte sie.

»Gern geschehen. Es ist etwas schwierig, aufzusitzen, weil ihre Flügel im Weg sind«, sagte er.

»Ich meinte, danke, dass du alles so freundschaftlich aufgenommen hast, das Rennen und so.«

Cesare zuckte mit den Achseln. »Es gibt noch mehr Rennen«, sagte er. »Und du hast mir das Silber der Duchessa gegeben. Flieg los!« Er gab Merla einen Klaps auf das Hinterteil.

Die schwarze Stute hob den Kopf und wieherte, dann streckte sie den Hals und fing an zu laufen. Sie wurde schneller und Georgia klammerte sich an der Mähne fest. Merla stieß sich ein letztes Mal ab, ihre Beine hörten mit den Bewegungen auf und ihre Schwingen übernahmen es von nun an, Pferd und Reiterin zu tragen. Es ging rasch hinauf, und nachdem sich Merla zu einer bequemen Höhe emporgeschwungen hatte, wurde das Schlagen der Schwingen langsamer – es trug sie ruhig und gleitend durch den blauen Himmel über Remora.

Unter ihnen lag die Stadt, deren verschiedene Sektionen und Bezirke aus dieser Höhe verschwammen. Winzige Menschen standen auf den Plätzen, bedeckten die Augen und sahen nach oben. Merla war ja kein Geheimnis mehr; sie war der Stolz und die Freude aller Remaner, wenn auch der größte Anteil des Glücks dem Widder zufiel. Doch auch die Herzen der Zwillinge und der Fische schlugen bei ihrem Anblick höher; schließlich gab es in ganz Talia keine andere Stadt, die ein geflügeltes Pferd beheimatete.

Georgia hatte das Gefühl, dass ihre eigenen Abenteuer in Remora sich dem Ende zuneigten. Bald schon würde sie nach Frankreich fahren, falls ihre Eltern sie überhaupt noch mitnehmen wollten. Und die Bellezzaner würden bis dahin sicher abgereist sein. Es fiel ihr zu schwer, daran zu denken. Am liebsten wollte sie ewig so weiterfliegen, das Gesicht an Merlas warmen Hals gelegt, konzentriert auf den Rhythmus der

Schwingen, die sich sanft und regelmäßig durch die klare Luft bewegten.

Falco lag wach in Luciens ehemaligem Zimmer. Die Szene in Georgias Haus war furchtbar gewesen, aber wenigstens war sie wohlbehalten in ihren Körper zurückgekehrt. Trotzdem, ihre Anwesenheit in seinem Zimmer fehlte ihm und er konnte nicht einschlafen, weil er sich fragte, was sie in Talia alles erlebt hatte. Sie hatte angedeutet, dass sie die Stellata gewonnen hatte, aber das war doch wohl unmöglich. Falco wusste, welche Unsummen sein Vater und sein Onkel auszugeben bereit waren, um den Zwillingen oder der Jungfrau den Sieg zu sichern.

War Georgia inzwischen noch einmal hingereist? Er fühlte sich so abgeschnitten von seinem alten Leben. Wie lief Gaetanos Werbung um die Duchessa? Was machte sein Vater? Bis er eine Antwort auf all diese Fragen hatte, würde er nicht schlafen können.

Georgia kehrte zur Stadt zurück, als die Dämmerung anzubrechen begann. Während Merla zurückflog, fiel Georgia eine Gedichtzeile ein, die Maura besonders gern hatte: »Du kannst die Zeit nicht fangen in ihrem Netz aus Gold.« Das stimmt, dachte sie. Und doch, wenn sie ein goldenes Netz gehabt hätte, dann hätte sie am liebsten diesen Moment für immer eingefangen.

Langsam ließ sich Merla herabsinken und der herrliche Flug war zu Ende. Doch Georgia wusste: Wann immer das Leben für sie schwierig werden würde, würde sie von nun an nur die Augen schließen müssen. Dann wäre sie in Gedanken wieder hoch oben auf dem geflügelten Pferd und würde über der Stadt der Sterne kreisen, umgeben von ihren Safranwiesen, die violett und golden leuchteten.

Nachdem Georgia abgestiegen war, schüttelte Merla die Schwingen aus und eine schwarze Feder schwebte auf das Pflaster. Georgia hob sie auf und steckte sie in die Tasche zu dem etruskischen Pferd. Das war womöglich ein Fehler, aber sie konnte sie einfach nicht in Remora zurücklassen.

Lucien kam ihr schon entgegen, als sie Merla in den Stall brachte. Er wartete, bis Georgia das geflügelte Pferd abgerieben und gefüttert hatte, dann bat er sie ein Stück mit ihr zu gehen.

»In Ordnung«, sagte sie, »aber ich hab nicht mehr viel Zeit. Heute muss ich pünktlich daheim sein.«

Wie so oft gingen sie auf den Campo. Cesares rot-gelbes Halstuch flatterte noch an der Säule, doch wo vor weniger als einem Tag das Rennen stattgefunden hatte, tummelten sich jetzt wieder Remaner und fremde Besucher. Viele erkannten Georgia wieder und grüßten sie freudig.

»Du bist ja eine Stadtberühmtheit«, sagte Lucien und lächelte ihr zu.

»Kann einem glatt zu Kopf steigen«, erwiderte sie. »Wenn ich dann nächstes Schuljahr durch das Schultor gehe, erwarte ich dasselbe.«

»Dann werde ich wieder in Bellezza sein und lernen ein besserer Stravagante zu werden«, sagte Lucien.

»Macht mehr Spaß als Schulprüfungen«, meinte Georgia.

»Du wirst mir fehlen«, sagte Lucien unvermittelt.

»Wirklich?« Bitte, lieber Gott, dachte Georgia, lass mich nicht rot werden.

»Es hat mir geholfen, wieder jemand aus meiner alten Welt zu treffen«, sagte er. »Zuerst war es ziemlich schmerzlich, aber jetzt will ich alles wissen, was los ist – mit Falco und meinen Eltern.«

»Du hast doch gesagt, dass du ein paar Mal dort warst. Kannst du nicht selbst mal hinreisen?«

»Doch, aber das ist ziemlich schwierig«, sagte Lucien. »Ich komme mir dort nicht mehr wirklich vor. Und es ist so unheimlich, meine Eltern zu sehen und zu wissen, dass ich nicht mehr bei ihnen leben kann. Zu wissen, dass sie mich sehen können, ohne doch in der Lage zu sein, ihnen alles zu erklären.«

»Vielleicht wird es leichter, je öfter du kommst«, sagte Georgia. »Und vielleicht kann ich dich auch mal sehen?«

»Das wäre nett«, sagte Lucien und nahm ihre Hand. »Ich kann nicht so recht erklären, was ich meine, aber ich habe das Gefühl, dass du für mich etwas Besonderes bist. Eine Verbindung zu meinem anderen Leben, die sonst niemand hier sein kann, nicht mal Doktor Dethridge. Die Welt, die er verlassen hat, um hierher zu kommen, hat mit der, aus der ich gerissen wurde, nichts zu tun.«

Es ist schön, für jemanden etwas Besonderes zu sein, dachte Georgia, auch wenn es nicht das ist, was ich mir gewünscht habe.

»Ich muss zurück«, sagte sie. »Ich muss reisen.«

»Dann sage ich dir hier Auf Wiedersehen, wenn du nichts dagegen hast«, sagte Lucien. »Ich glaube, ich gehe zum Palast und besuche Arianna.«

»Ist das denn sicher?«, fragte Georgia besorgt. »Wenn der Herzog nun dort ist?«

»Ich kann mein Leben nicht damit zubringen, vor dem Herzog Angst zu haben.« Lucien beugte sich vor, umarmte sie und gab ihr einen raschen Kuss auf die Wange.

Und dann hatte er sich umgedreht und lief mit schnellen Schritten über den Campo.

Kapitel 25

Fallende Schatten

Niccolò saß in seinem Sessel und hatte Falco auf dem Schoß, der nur noch ein Schatten seiner selbst war. Sie waren allein; alle anderen Familienmitglieder waren im Palast und besprachen ihre Hochzeiten mit dem Papst. Das letzte Licht des Tages strömte durch das Fenster und in den schrägen Strahlen tanzten Staubkörner.

»Die Zeit ist gekommen«, sagte der Herzog. Mit sanfter Hand deckte er die Falten seines Umhangs über das Gesicht des Jungen.

Falco spürte plötzlich, wie ein Stoß seinen Körper durchlief. Es kam ihm wie ein Blitzschlag vor und er sprang auf. Sein Körper fühlte sich schwer und auf neue Weise kompakter an. Er hatte sich in Georgias Welt zwar nie besonders leicht gefühlt, aber jetzt wusste er, dass er bis zu diesem Moment nicht ganz dort gewesen war.

»Es ist so weit«, sagte er staunend zu sich selbst. »Mein alter Körper ist gestorben.«

Er humpelte zum Fenster hinüber und zog den Vorhang auf. Über Islington ging die Sonne auf und warf ihre ersten Strahlen ins Zimmer. Falco stellte sich mit dem Rücken zum Fenster und sah, wie sein Schatten dunkel aufs Bett fiel.

»Jetzt bin ich für immer hier«, sagte er und hatte das Gefühl, einsamer zu sein als jemals in seinem alten Leben.

Georgia war früh auf und bereit sich dem Tag zu stellen, was er auch bringen würde. Und was er zuerst brachte, war Russell. Er drängte sich in ihr Zimmer, indem er einfach die Kommode wegschob, als sei sie aus Pappmaschee.
»Oh, hoppla, sollte mich die etwa aussperren?«, fragte er.
»Was willst du, Russell?«, fragte Georgia seufzend.
»Ich will wissen, wo du letzte Nacht warst«, sagte er und setzte sich auf ihr Bett. »Und hör bloß mit dem Mist über Versprechen und so auf. Ich könnte wetten, dass du mit dem kleinen Krüppel unterwegs warst.«
»Das war ich nicht«, sagte Georgia bestimmt. Sie fühlte sich seltsam gelassen.
»Aber auf jeden Fall warst du mit einem Typ weg, da wette ich. Und bestimmt war es irgend so ein Freak.«
»Aber klar«, sagte Georgia. »Ich war sogar mit zwei Typen weg, um es genau zu sagen, und beide gelten wohl als gut aussehend, wenn man von der Anzahl der Mädchen ausgeht, die hinter ihnen her waren.«
Russells Augen quollen aus dem Kopf.
»Und ich hab eine Menge Rotwein getrunken und auch viel getanzt«, fuhr sie in Gedanken an die letzte Nacht in Remora fort. »Und alle haben mir zugeprostet und ich hab einen Haufen Geld geschenkt bekommen.«
»Ach so, jetzt kapier ich«, sagte Russell. »Das ist wieder so eine von deinen Phantasiegeschichten wie die, dass du in der Schule beliebt bist oder einen Freund hast.« Er hatte die Stimme erhoben und war richtig böse. »Aber das ist und bleibt eine Phantasiegeschichte. Du bist nämlich abartig und potthässlich. Keiner kann dich leiden, und das ändert sich

auch nicht – außer bei so hoffnungslosen Fällen wie Alice oder dem Spastiker Nichol-arsch.«

»Russell!«, riefen Maura und Ralph gemeinsam von der Tür her.

Georgia musste kein Wort sagen. Russell war so laut geworden, weil Georgia nicht so verstört wie sonst reagiert hatte, dass die Eltern den letzten Teil seiner Rede mit angehört hatten. Sie starrten entsetzt über die Kommode ins Zimmer und taten Georgia fast Leid. Immer wieder hatte sie ihnen klar zu machen versucht, wie Russell sich ihr gegenüber verhielt, aber jetzt, wo sie es selbst mitbekommen hatten, war es ihr egal geworden. Sie zuckte einfach mit den Schultern.

Russell wandte sich ihr mit zornrotem Gesicht zu. »Das zahl ich dir heim«, zischte er.

»Was zahlst du mir heim?«, sagte Georgia gut hörbar. »Du hast dir das doch selbst eingebrockt. Ich war einfach nur hier, wie immer.«

Niccolò entfernte den Mantel von Falcos Gesicht. Das lange, quälende Warten auf seinen Tod war vorüber. Sein Sohn hatte jetzt seinen Frieden und der Herzog konnte ihn mit allem Prunk beisetzen lassen. Er würde den Leichnam nach Giglia bringen und ihn dort in der Familiengruft der Chimici begraben lassen. Dann würde er diese Frau – wie hieß sie doch – Miele? – bitten eine Statue als Denkmal von ihm anzufertigen.

Er sah auf seinen geliebten Sohn hinunter, dann warf er den Kopf zurück und stieß ein lautes Heulen aus. Seine Schrei ließ Beatrice herbeistürzen. Sie war gerade auf dem Weg gewesen, um ihren Vater von seiner langen Wache abzulösen, und der schauerliche Schrei sagte ihr sofort, was geschehen war.

Doch als sie das Zimmer betrat, fuhr sie erschrocken zurück. Als Erstes sah sie Niccolòs Haar. Gestern noch war es fast durchgehend schwarz gewesen, hier und dort mit Grau durchzogen. Jetzt war es schlohweiß. In einem Tag war er um zehn Jahre gealtert.

Beatrices Blicke jagten voller Panik weiter. Der Schatten des stattlichen Herzogs wurde vom Abendlicht auf den gekachelten Boden geworfen. Falco lag über seinem Schoß wie der tote Christus in der Kathedrale von Giglia . . . aber von seinem Schatten war nichts zu sehen.

Als der Herzog begriff, was sie anstarrte, verstummte er. Mit dem leichten Gewicht seines Sohnes im Arm stand er auf. Langsam ging er auf das Bett zu und legte den Leichnam drauf. Der Schatten des Herzogs jedoch hatte leere Arme und eine Last von nichts hingelegt.

Niccolò sah Beatrice an. Sie machte die Geste der Glückshand und dann ein Kreuzzeichen.

Lucien befand sich mit Arianna und seinem Meister Rodolfo in dessen Gemach im Palast. Alle drei waren nervös. Rodolfo und sein Schüler hatten das Gefühl gehabt, dass der Boden unter ihren Füßen aufstöhnte, so, als würde die Stadt von einem Erdbeben erschüttert.

»Was ist los?«, fragte Arianna, die nichts gemerkt hatte.

Rodolfo war an seine Spiegel getreten und stellte sie auf verschiedene Punkte ein. Lucien setzte sich neben Arianna. Zaghaft legte er ihr den Arm um die Schultern. »Alles wird gut«, sagte er, aber er war selbst keineswegs davon überzeugt. Sie lehnte sich an ihn und war plötzlich erschöpft.

»Ich will nach Hause«, sagte sie leise. »Lass uns nach Bellezza zurückfahren.«

»Ich glaube, das wäre eine gute Idee«, sagte Rodolfo.

Und in dem Moment stürzte ein Fremder, ohne anzuklopfen, in das Zimmer. Sie brauchten eine Weile, bis sie in ihm den Herzog erkannten. Sein Haar war völlig weiß geworden und seine Augen waren gerötet.

»Man hat mir gesagt, dass ich Euch hier finde«, wandte er sich an Lucien. »Ich weiß, dass Ihr früher keinen Schatten hattet. Nun sagt mir, was Ihr mit meinem Jungen gemacht habt!«

»Geht es ihm schlechter, Euer Gnaden?«, fragte Arianna bestürzt.

»Er ist tot«, sagte der Herzog. »Tot, aber sein toter Körper wirft keinen Schatten. Wer kann mir dazu eine Erklärung geben? Der alte Hexenmeister da oder sein teuflischer Schüler?«

Da fiel Niccolòs Blick plötzlich auf etwas in Rodolfos Spiegel. Zu seinem Schrecken sah Lucien sein altes Zimmer in London und Falco, der auf seinem Bett saß, den Kopf in den Händen. Die frühe Morgensonne warf deutlich einen Schatten auf den Bettüberwurf hinter ihm.

Dieser Anblick war zu viel für den Herzog. Sein Verstand und seine Gesundheit waren zu geschwächt, um das zu ertragen. Ohnmächtig sank er zu Boden. Rodolfo trat zu ihm und drückte die Finger auf seine Schläfen, wobei er leise etwas vor sich hin murmelte.

»Jetzt wird er einige Stunden schlafen und sich nicht daran erinnern«, sagte er. »Aber wir sollten dennoch abreisen, bevor er erwacht.«

Eilig baute Rodolfo seine Spiegelkonstruktion ab und verstaute sie in einem Koffer, während Arianna nach den Dienern rief. Sie erklärte ihnen, dass der Herzog von Kummer übermannt und ohnmächtig geworden sei, als er ihnen vom Tod seines Sohnes berichtet habe. Die Diener trugen ihn in seine Gemächer und verständigten den Papst.

Innerhalb von Minuten fing die Glocke im Campanile des Palastes zu läuten an und die gesamte Stadt trauerte um Falco.

Sobald Falco in Georgias Haus eintraf, wusste sie, was geschehen war. Die Mulhollands hatten ihn gebracht, daher konnten sie nicht sofort darüber reden, aber sie sah den Schatten zu seinen Füßen und das Aufleuchten seiner Augen.

»Wie geht es dir?«, war alles, was sie in der allgemeinen Begrüßung fragen konnte.

»Ganz gut«, erwiderte er und meinte es auch so.

Die Erwachsenen verfielen sofort in ein heimliches, geflüstertes Gespräch. Russell war zu seinen Freunden gegangen; er sollte am nächsten Tag nach Griechenland aufbrechen und sowohl Maura als auch Ralph wollten ihn bis dahin nicht im Haus haben. Die Stimmung hatte sich seit dem Abend zuvor komplett gewandelt. Jetzt war Russell der Anlass allgemeiner Sorge.

»Georgia«, sagte Ralph plötzlich, »würde es dir was ausmachen, uns allen Kaffee zu kochen?« Sie wusste, dass die Erwachsenen unter sich sein wollten.

»Nicholas kann dir ja Gesellschaft leisten«, sagte Vicky.

Auf diese Weise kam jeder zu seinem Recht – und zu der Möglichkeit, miteinander zu reden. Noch nie hatte es so lange gedauert, Kaffee zu machen. Georgia musste Falco alles über das Rennen, über Cesare und Merla berichten. Und dann wollte Falco ihr von dem Augenblick erzählen, als er gespürt hatte, dass sein Schatten zurückkehrte.

»Ich frage mich, was das für Lucien bedeutet«, sagte Georgia. »Dein Vater hat ihm und mir gedroht, falls dir etwas passieren sollte.«

»Jetzt kann ich nie mehr zurück, nicht?«, fragte Falco.
»Nicht ohne einen Talisman aus Talia«, erwiderte Georgia. Falco sah plötzlich so verloren aus, dass sie die schwarze Feder aus der Tasche zog und sie ihm reichte.
»Hier«, sagte sie. »Ich bin eine Stravagante und ich gebe dir diesen Talisman. Ich bin sicher, dass er dich eines Tages zurückbringt.«

Mehrere Kutschen waren im Widder vorgefahren, deren Insassen zur Verabschiedung gekommen waren. Rodolfo fuhr mit Silvia nach Bellezza zurück und überließ seinen Platz in Ariannas Kutsche Lucien. Aber auch Dethridge musste in der seinen nicht alleine reisen. Francesca kam mit nach Bellezza, um ihre Sachen aus dem Haus des alten Albani zu holen.

Gaetano war ebenfalls zu den Stallungen gekommen, um sich von Francesca zu verabschieden. Er wurde mit Botschaften an seinen Vater eingedeckt, die den plötzlichen Aufbruch der Bellezzaner erklären sollten. Er würde sein Bestes tun, um Niccolòs Misstrauen und seine Wut gegenüber den Stravaganti zu zerstreuen, aber er würde es nicht verhindern können, dass von nun an eine dunkle Wolke über ihnen hing.

Paolo und Teresa verabschiedeten sich von ihren Gästen. Lucien und Cesare und Gaetano umarmten sich – die letzten drei der fünf Freunde, die in Belle Vigne einen Pakt geschlossen hatten.

»Grüße meinen Ersatzreiter von mir, wenn er das nächste Mal auftaucht«, sagte die junge Duchessa zu Cesare. »Und dich werde ich bestimmt nächstes Jahr für den Widder reiten sehen.«

»Gewiss, Euer Gnaden«, sagte Cesare, der die Ehrfurcht vor dieser schönen Dame nie hatte ablegen können.

»Und sag ihm, dass er ja auf meinen Bruder aufpassen soll«, ergänzte Gaetano flüsternd. Dann sagte er laut zu der bellezzanischen Gesellschaft: »Und gebt mir Acht auf Francesca in Eurer Stadt der Masken. Ich zähle schon die Stunden, bis wir in Giglia wieder vereint sind.«

»Na also«, sagte Arianna. »Seht Ihr, Ihr könnt doch romantisch sein, wenn Ihr es versucht. Natürlich werde ich auf sie aufpassen.«

Die drei Stravaganti, die abreisten, umarmten Paolo. Jeder empfing vom anderen Kraft und gab sie in gleichem Maße zurück. Und dann rollten die Kutschen durch das Sonnentor zur Stadt hinaus. Unterwegs überholten sie einen Trupp bunt gekleideter Leute, die Musikinstrumente trugen.

»Halt!«, rief Arianna ihrem Kutscher zu. »Möchtet ihr nicht mit uns fahren?«, fragte sie Raffaela. »Oben ist noch Platz und in der vierten Kutsche auch, wenn es euch nichts ausmacht, mit meinem Gepäck zu reisen.«

»Vielen Dank, Euer Gnaden«, sagte Aurelio und antwortete für sie beide. »Aber das Wandern gehört für uns zur Reise. Ich bin sicher, wir begegnen uns wieder, in der Stadt der Blumen oder in Eurem eigenen Herzogtum.«

»Das hoffe ich«, sagte Arianna. »Denn die Musik der Manusch ist unvergleichlich.«

Georgias Strafe bestand darin, dass sie bis zu den Weihnachtsferien nicht in den Reitverein durfte. Das war zwar hart, aber Georgia hatte das Gefühl, damit leben zu können. Sie war den Sommer über so viel geritten und würde wohl all das, was sie in Remora gelernt hatte, nicht so schnell vergessen. Und irgendwie wäre auch jedes andere Pferd nach Merla eine Enttäuschung gewesen, sodass sie

gar nichts dagegen hatte, diesen Vergleich noch etwas hinauszuschieben.
Und es gab auch Entschädigungen. Sie durfte trotz allem mit nach Frankreich und Russell würde am nächsten Morgen wie geplant nach Griechenland aufbrechen. Ralph und Maura nahmen ihre Probleme mit Russell endlich ernst.
»Ich bin entsetzt, dass er sich so benehmen kann«, sagte Ralph.
»Er hat mich nie leiden können«, sagte Georgia. »Ich glaube, er hat einfach seine Eifersucht darüber an mir ausgelassen, dass du Mum geheiratet hast.«
»Also, damit ist jetzt Schluss«, sagte Ralph. »Maura stimmt mit mir überein, dass er eine Gesprächs-Therapie braucht.«
»Ist er denn damit einverstanden?«, wollte Georgia wissen.
Ralph und Maura warfen sich einen Blick zu.
»Nicht direkt«, sagte Ralph. »Aber ich habe ihn nur unter der Bedingung auf diese Reise gehen lassen, dass er sich danach mal darauf einlässt.«
Es war so eine Erleichterung, über diese Dinge reden zu können, doch Georgia wusste auch, dass Russell seine Macht über sie bereits verloren hatte. Sie erinnerte sich an Paolos Worte. »Er wird nicht immer da sein. Denke daran, nichts währt ewig, weder die guten noch die schlimmen Dinge.«
Sie begegnete Russell nicht mehr vor seiner Abreise. Auch nach Remora reiste sie nicht in dieser Nacht. Und in der nächsten Nacht war es zu spät. Russell war fort und mit ihm das etruskische Pferd. Und diesmal, nahm sie an, für immer.

Einer der Ersten, der nach den Familienmitgliedern im päpstlichen Palast kondolierte, war Enrico. Er trug eine schwarze Armbinde.

Es wurde ihm mitgeteilt, dass der Herzog schlief, der Papst jedoch würde ihn empfangen. Enrico strich sich das Haar glatt und trat bei dem Pontifex ein.

»Heiligkeit«, sagte er, warf sich vor Ferdinando di Chimici auf den Boden und küsste seinen Ring.

»Ah!« Der Papst gab ihm zu verstehen, dass er sich erheben solle. »Du hast von unserem traurigen Verlust erfahren?«

»Gewiss, gewiss«, sagte Enrico. »Ganz schrecklich, ganz schrecklich.« Und das meinte er ernst.

»Neben dem Verlust unseres jüngsten Prinzen erscheint es ja lächerlich«, sagte der Papst, »aber enttäuscht war ich doch, dass kein Champion unserer Familie die Stellata gewonnen hat. Die Sache war für meinen Bruder und mich sehr peinlich.»

»Ich bedaure das, Heiligkeit«, sagte Enrico. »Aber was kann ein Mann schon gegen die Macht des Schicksals ausrichten? Ihr müsst mir zustimmen, dass die große Göttin gegen uns war.«

»So einer gottlosen Bemerkung werde ich keinesfalls zustimmen!«, sagte der Papst und wurde zornesrot.

»Nur eine Metapher, Heiligkeit«, beeilte sich Enrico aalglatt zu sagen und machte das Zeichen der Glückshand, das er jedoch als ein Kratzen und Räuspern tarnte. »Was ich eigentlich sagen wollte«, fuhr der Spion fort, »ist, dass manche Sachen einfach nicht sein sollen – wie das Überleben des jüngsten Prinzen. Ich habe alles getan, um den Sieg im Rennen zu sichern, aber die Remaner sind abergläubisch, und nachdem sie die geflügelte Schönheit gesehen hatten, haben die Reiter einfach die Kontrolle verloren – abgesehen von dem Reiter des Widders.«

»Ich weiß, wer gewonnen hat«, sagte der Papst ärgerlich. »Aber ich muss zugeben, von dem Moment an, als das Pferd in Remora geboren wurde, sprach alles gegen uns. Doch es erhebt sich die Frage, was wir nun, nachdem das Rennen gelaufen ist, mit dir machen. Ich schlage vor, dass du meinen Bruder, den Herzog, nach Giglia begleitest, sobald er in der Lage ist, mit dem Leichnam seines Sohnes zu reisen. Ich bin sicher, er findet eine Aufgabe für dich.«

Falco hatte einen Operationstermin bekommen und konnte nicht abwarten es Georgia zu erzählen. Doch als er anrief, merkte er gleich, wie niedergeschlagen sie war.
»Wie meinst du das – *weg?*«, fragte er.
»Russell ist bis zum Ende der Ferien in Griechenland und ich glaube, er hat den Talisman mitgenommen – oder endgültig kaputtgemacht. Er hat gesagt, er zahlt es mir heim, und das hat er jetzt gemacht.«
»Das tut mir furchtbar Leid«, sagte Falco. »Meinst du, du könntest es mit der Feder versuchen? Ich gebe sie dir, wenn du willst.«
Am anderen Ende der Leitung entstand eine lange Pause.
»Nein, ich glaube nicht«, sagte Georgia schließlich. »Ich habe sie nicht für mich mitgebracht. Es würde wahrscheinlich nicht klappen.«

Herzog Niccolò schlief zwölf Stunden und erwachte mit wieder gewonnener Energie. Er rief nach seinem Kammerdiener, der ihn rasieren und sein frisch ergrautes Haar schneiden sollte. Dann nahm er ein kräftigendes Frühstück ein, sehr zur Erleichterung seiner verbliebenen Kinder. Der Herzog hatte sich vorgenommen den Kummer hinter sich zu lassen und sich wieder der Politik zu widmen. An den vergangenen Tag konnte er sich kaum erinnern. Tief im Inneren wusste er, dass die

Geschichte von Falcos Tod nicht ganz so war, wie er sie klingen ließ. Irgendetwas an Falcos Ausscheiden aus der Welt war unheimlich gewesen und es hatte mit den Stravaganti zu tun, auch wenn Niccolò nicht mehr wusste, was er in Rodolfos Spiegeln gesehen hatte. Wilder denn je war er entschlossen den Stravaganti nachzustellen.

Dazu ließ er alle seine Söhne zu einem Familienrat zusammenkommen. Als Erster traf Gaetano ein und die Neuigkeiten, die er seinem Vater übermittelte, waren nicht willkommen.

»Fort? Die Bellezzaner sind fort?«, sagte Niccolò ungläubig. »Ohne auch nur den Anschein der Höflichkeit zu wahren oder die Beisetzung meines Sohnes abzuwarten?«

»Die Duchessa bestand darauf, dir ihr tiefstes Bedauern auszudrücken, Vater«, sagte Gaetano. »Aber wir wollten dich nicht wecken, nachdem du das erste Mal seit Tagen richtig schliefst. Gestern war jedoch der vorgesehene Tag ihrer Abreise und sie machte sich Sorgen, weil sie die Angelegenheiten ihrer Stadt so lange vernachlässigt hatte. Bellezza musste zwei Wochen lang ohne den Regenten und ohne sie auskommen und du weißt ja, wie gefährdet ein Herzogtum sein kann, wenn sein Herrscher abwesend ist.«

»Ich selbst bin mehr als doppelt so lange von Giglia fort gewesen«, sagte der Herzog verächtlich.

»Aber niemand würde es wagen, etwas gegen dich zu unternehmen, Vater. Die Duchessa hat ihren Titel hingegen erst seit einem Jahr; das muss sie doch verunsichern.«

»Es wird Zeit, dass wir alle in unsere eigenen Städte zurückkehren«, sagte Niccolò. »Wichtige Dinge müssen geplant werden: eine Beisetzung, Hochzeiten und ein genereller Feldzug gegen alle Stravaganti.«

»Warum?«, fragte Gaetano und nahm dafür all seinen Mut

zusammen. »Weil wir Falco verloren haben? Das hat doch kaum etwas mit den Stravaganti zu tun.«

Niccolò sah ihn verständnislos an.

»Bitte, Vater«, sagte er sanft. »Falco hat nun seine Ruhe. Können wir die Rachefeldzüge nicht vergessen und in Frieden um ihn trauern?«

»Du verstehst nicht«, erwiderte Niccolò. »Die Stravaganti stecken dahinter, zumindest Rodolfo tut es. Ich habe etwas gesehen . . . etwas Unnatürliches. Es ist Hexerei im Spiel und ich habe vor ihr auf den Grund zu gehen.«

Mr Goldsmith nahm einen kurzen Urlaub. Er hatte das Schild mit der Aufschrift GESCHLOSSEN an der Ladentür aufgehängt und machte nun noch einen Besuch bei Georgia. Maura war auch daheim und überrascht ihn vor der Tür stehen zu sehen. Doch dann machte sie Tee für alle und setzte sich dazu.

»Ich gehe ein paar Wochen fort«, sagte Mr Goldsmith. »Das wollte ich dir nur kurz mitteilen. Gestern hat mich mein Neffe angerufen und eingeladen mit ihm und seiner Familie in Norfolk Ferien zu machen.«

Georgia freute sich für ihn. Mr Goldsmith hatte bisher nie von seiner Familie erzählt und sie hatte schon befürchtet, dass er ziemlich einsam sei.

»Ich wollte nicht, dass du oder Nicholas zum Laden kommt und er ist plötzlich zu«, fuhr er fort. »Im Sommer fahre ich sonst nicht oft fort, aber diese Gelegenheit war zu verlockend, um sie sausen zu lassen.«

»Wohnt Ihr Neffe in Norfolk?«, fragte Maura.

»Nein, er lebt in Cambridge«, berichtete Mr Goldsmith. »Da kommt meine Familie her. Meine Frau auch.«

»Ich wusste ja gar nicht, dass Sie verheiratet sind«, sagte Georgia.
»Ich habe sie schon vor Jahren verloren«, sagte Mr Goldsmith. »Noch bevor wir Kinder haben konnten. Aber ich habe drei Großneffen und freue mich schon darauf, mit ihnen segeln zu gehen.«
Nachdem er fort war, entschuldigte sich Maura bei Georgia.
»Ich habe mich in Mr Goldsmith getäuscht«, sagte sie. »Ein netter alter Herr. Russell hat uns alle ganz durcheinander gebracht.«
Georgia umarmte sie.
»Das ist doch jetzt nicht mehr wichtig.«

Enrico war oben im Palast von Santa Fina, um sein Geld abzuholen, als er dem Herzog begegnete. Niccolò di Chimici wanderte durch die Gemächer des großen Gebäudes, als suche er etwas.

»Euer Gnaden«, sagte Enrico zögernd.

Erschrocken fuhr der Herzog herum, dann beruhigte er sich.

»Ah, der Schnüffler«, sagte er. »Hier gibt es nichts mehr auszukundschaften – hier ist nur ein leerer Palast und ein alter Mann.«

»Kann ich denn sonst etwas für Euer Gnaden tun?«, fragte Enrico. »Mein Beileid zum Tod des Prinzen.«

Herzog Niccolò überlegte einige Augenblicke. »Sage mir – wenn du dein Lieblingskind begraben müsstest, was würdest du ihm mit in den Sarg legen?«

Enrico hatte keine Kinder und auch keine Aussicht auf welche, nachdem Giuliana verschwunden war. Aber er hatte eine gesunde Vorstellungsgabe.

»Ein Erinnerungsstück aus der Kindheit, Euer Gnaden? Ein Lieblingsspielzeug? Ein Zierstück oder ein Bild?«

»Ein Bild? Ja, du hast Recht.«

Der Herzog zog eine Miniatur aus dem Hemd. »Das habe ich mit mir getragen, seit meine Frau Benedetta gestorben ist. Sie soll im Grab über unser Kind wachen. All das ist nun für mich vorüber.«

Georgia war bei den Mulhollands, um sich zu verabschieden, ehe sie nach Frankreich fuhr.

»Glaubst du, dass du je nach Remora zurückkommst?«, fragte Falco.

»Das hoffe ich doch«, erwiderte Georgia mit tiefem Seufzen. »Es ist eine so tolle Stadt und Cesare und seine Familie fehlen mir.«

»Und doch glaube ich, dass der Mensch, der dir am meisten fehlt, nicht in dieser Stadt ist«, sagte Falco leise.

Georgia erwiderte nichts. Es schien, dass sie ihre Gefühle in Talia schlechter hatte verbergen können als in ihrer Heimat.

»Warst du überrascht, dass die Duchessa meinem Bruder einen Korb gegeben hat?«, fragte Falco beharrlich weiter.

»Eigentlich nicht«, sagte Georgia. »Immerhin war er ein di Chimici, wenn auch ein sehr netter.«

»Und ich?«, fragte Falco. »Bin ich auch ein netter di Chimici?«

»Du bist überhaupt kein di Chimici mehr, hörst du?«, sagte Georgia. »Du bist jetzt Nicholas Herzog und eines Tages heißt du vielleicht Mulholland.«

»Aber findest du mich nett?«

»Was redest du da für ein Zeug?«, sagte Georgia. Was war eigentlich mit allen los? Seit sie die Stellata gewonnen hatte, schien es, als sei sie in beiden Welten unwiderstehlich anziehend geworden. »Natürlich finde ich dich nett«, fügte sie

rasch hinzu, als sie Falcos niedergeschlagenen Blick sah. »Ich kann nicht genau erklären, was ich meine«, fuhr sie fort, denn sie erinnerte sich plötzlich an Luciens Worte. »Aber du wirst immer etwas Besonderes für mich sein, denn du bist meine Verbindung zu einer anderen Welt, die sonst niemand kennt.«
Dann beugte sie sich vor und hauchte ihm einen Kuss auf die Wange.

Epilog

Der dreizehnte Reiter

Remora, September 1578

Der Campo delle Stelle wurde in diesem Sommer zum zweiten Mal in eine Rennstrecke verwandelt. Manchmal kam es vor, dass ein Extrarennen stattfand – eine Stellata Straordinaria –, in Erinnerung an ein bedeutendes Geschehnis. Die letzte hatte vor zwanzig Jahren stattgefunden, als Ferdinando di Chimici Papst geworden war und gleichzeitig den alten Titel eines Fürsten von Remora erhalten hatte.

Diesmal hatte der Bruder des Papstes, Niccolò, beschlossen, dass eine Straordinaria im Gedenken an das rasch verflogene Leben des jüngsten Chimici-Prinzen stattfinden sollte. So kurz nach dem letzten Rennen ein neues vorzubereiten verursachte emsiges Treiben in der Stadt. Die Rennstrecke musste neu belegt und eine Rennleitung bestimmt werden. Umzugskostüme wurden gereinigt und die Trommeldarbietungen und das Fahnenschauspiel wurden erneut geübt.

Diesmal war es sogar noch wichtiger, dass die Jungfrau oder zumindest die Zwillinge gewannen – war es doch die Stellata von Falco.

Cesare konnte sein Glück nicht fassen: Er bekam tatsächlich noch eine Gelegenheit, Arcangelo im Rennen zu reiten, und musste kein weiteres Jahr darauf warten. Das Leben war für Cesare etwas fad geworden, seit die Bellezzaner die Stadt verlassen hatten und die Chimici nach Giglia abgereist waren. Der Tod Falcos hatte ihn traurig gestimmt, denn obwohl Cesare wusste, dass der Junge in einer anderen Welt lebte, war es doch eine, die er wohl nie zu Gesicht bekommen würde.

Und was Georgia anging: Seit dem Tag nach dem Rennen war sie noch nicht wieder zu Besuch gewesen. Dabei musste sie doch von ihrer Ferienreise längst zurücksein?

London, September 2004

Georgia war sogar schon seit einem Jahr zurück. Eine Menge war inzwischen passiert, aber sie hatte keine Ausflüge mehr nach Talia gemacht, denn ihr Talisman blieb dauerhaft verschollen. Als Russell aus Griechenland zurückgekehrt war, hatte sie ihn danach gefragt, aber diesmal blieb er eisern. Er stritt ab das geflügelte Pferd je genommen zu haben.

Zu Georgias Überraschung fing er dann tatsächlich eine Gesprächs-Therapie an und ihr Leben daheim verbesserte sich enorm. Ralph und Maura, die Russell auf einige der Sitzungen begleiteten, waren bestürzt, wie groß seine Probleme waren.

Er würde Georgia nie mögen und sie ihn auch nicht, aber er hörte auf sie zu drangsalieren. Es bestand eine Art kalter Krieg zwischen ihnen, doch Ralph und Maura waren inzwischen so wachsam, dass es nie zu Übergriffen kam.

Eigentlich war es Ironie des Schicksals. Nachdem Russell die Fähigkeit verloren hatte, ihr Angst zu machen oder sie zu verletzen, gab es keine Bedrohungen mehr, gegen die sie sich hätte wehren müssen. Außerdem war sie äußerst eingespannt. Sie musste die Prüfungen zur mittleren Reife ablegen und hatte Unmengen von Hausaufgaben und Projektarbeiten zu erledigen. Ihre Freundschaft mit Alice wurde immer

enger und dann und wann verbrachte sie mit ihr wieder ein Wochenende in Devon.
Nach den Weihnachtsferien hatte Georgia ihren ersten Freund, Dan, der eine Klasse über ihr war. Ihre Beziehung dauerte acht Wochen und verlief günstigerweise gerade im Sande, als sich Georgia auf ihre Prüfungen konzentrieren musste. Vor drei Wochen waren ihre Ergebnisse herausgekommen und sie hatte so gut abgeschnitten, dass Ralph und Maura sie zum Essen ausführten und ihr eine Digitalkamera schenkten.
Das schönste Geschenk war jedoch die Nachricht, dass Russell auszog. Seine Abschlussnoten waren gut genug, dass er Informatik an der Universität von Sussex studieren konnte. Er wollte nicht mit der Familie anstoßen, sondern feierte allein mit seinen Freunden – und hatte anschließend einen Kater, der zwei Tage anhielt. Sein Geschenk war eine Studentenbude in Brighton und er wollte schon vor Semesteranfang in Islington ausziehen. Nichts dauert ewig, dachte Georgia zufrieden.
Georgia hatte die meiste Zeit des Sommers mit Alice in Devon verbracht, wo sie ritten und junge Leute aus der Gegend kennen lernten. Einer davon war ein Junge namens Adam. Er hatte dunkle Augen und schwarzes Haar und sie dachte hoffnungsvoll, dass sie sich doch an zukünftigen Wochenenden näher kennen lernen konnten.
Auch in der Schule hatte Georgia jetzt mehr Freundinnen. Dass sie die Stellata gewonnen hatte, veränderte sie mehr, als sie selbst je vermutet hätte. Sie hatte ein neues Selbstvertrauen entwickelt, das aus der tiefen, inneren Genugtuung stammte, dass sie eine Sache gut hingekriegt hatte. Das veränderte ihre Haltung und sogar ihr Aussehen. Sie brüskierte die Leute, die ihr freundlich begegneten, nicht mehr und sie stellte fest, dass mehr Leute, als sie vermutet hatte, sie auch

mochten. Und nachdem Russell sie zu Hause nicht mehr niederzog, merkte sie, wie sich ihre Persönlichkeit in dem Freiraum entfaltete, den er zurückgelassen hatte.

Georgia hatte ihren Augenbrauenring nicht ersetzt, aber inzwischen hatte sie sich ein geflügeltes Pferd auf die Schulter tätowieren lassen und sie hatte sich die Haare wachsen lassen und sie tizianrot gefärbt, mit roten und weißen Streifen im Pony. Außerdem hatte sie Rundungen entwickelt – nicht gerade übermäßig, aber erfreulich bemerkbar. Seitdem trug sie knappe, kurze T-Shirts statt weiten Pullovern. Inzwischen würde sie niemand mehr für einen Jungen halten, in keiner ihrer beiden Welten.

Doch wenn sich Georgias Leben seit ihrem letzten Besuch in Remora gewandelt hatte, dann hatte sich das von Falco völlig umgekrempelt. Er war auf Grund seines Alters und des schwer wiegenden Falles auf der Warteliste nach vorne gerückt und hatte noch vor seinem ersten Weihnachten in der neuen Welt ein neues Hüftgelenk bekommen.

Es folgten Monate mit Behandlungen, Krankengymnastik und Gehenlernen ohne Krücken. Im Februar konnte er bereits ohne Hilfe gehen, doch er hinkte noch. Nachdem er viel Zeit in einem Sportstudio verbracht und schwimmen gelernt hatte, konnte er im Mai gehen ohne zu hinken und war fünf Zentimeter größer als bei seiner Reise vor neun Monaten.

Falco war inzwischen in der neunten Klasse der Barnsbury-Gesamtschule und er war erstaunlich beliebt. Die Mädchen schwärmten für sein fremdartiges, gutes Aussehen und die Jungen hatten Respekt vor seinem unerbittlichen Üben und Trainieren. Und es tat seinem Ansehen keinen Abbruch, dass seine beste Freundin ein Mädchen aus der elften Klasse war, die alle für eine harte Nuss hielten.

Der Vorabend der Stellata di Falco war gekommen und wieder erstrahlten die Bezirke Remoras im Fackelschein. In Giglia war ein neues Stellata-Banner in Auftrag gegeben worden, in dessen rechter unterer Ecke ein kleines Bild von Falco zu Pferde zu sehen war.

Cesare erwartete nicht eine Sekunde lang, dass man dem Widder gestatten würde wieder zu gewinnen, aber er genoss es, bei dem Bankett in seinem Bezirk am Vorabend Ehrengast zu sein, den Helm von dem Priester in Empfang zu nehmen und sich zu erheben, um seine erste Rede zu halten.

»Widder!«, wandte er sich an die Gäste, die wieder einmal in einem Meer von rot-gelben Tischtüchern und Fahnen saßen. »Ich fühle mich geehrt euer auserwählter Reiter zu sein. Bei der letzten Stellata wurde ich unvorhergesehen abgehalten, doch wir alle wissen ja noch genau, was dann geschehen ist!«

Es ertönte zustimmendes Gebrüll aller Montonaioli.

»Und obwohl er heute nicht unter uns weilen kann, bitte ich euch, auf das Wohl des letzten Siegers im Widder zu trinken – auf Giorgio Gredi!«

Und der ganze Platz hallte wider von den Worten »Giorgio Gredi!«.

Georgia hatte den ganzen Tag ein seltsames Gefühl gehabt. Sie hatte sich noch nicht so richtig daran gewöhnt, in der elften Klasse zu sein. Sie hatte eine neue Klassenlehrerin und nur noch fünf Wahlfächer. Außerdem durfte sie einen speziellen Aufenthaltsraum benutzen – mit Sesseln, die eigentlich nur der Abiturientenklasse vorbehalten waren, und mit einer kleinen Küche, wo man sich Kaffee aufbrühen konnte. Und sie hatte Freistunden, in denen sie in der Bibliothek oder, wenn es schön war, sogar draußen auf dem Rasen arbeiten konnte.

Und heute war ein schöner Tag, hochsommerlich, auch wenn es abends schon kühl sein würde. Direkt vor der Mittagspause hatte Georgia eine Freistunde und sie saß mit Alice im Freien und las eines der Bücher von ihrer Literaturliste, in dem es um den Stand der Dienerschaft in alten Zeiten ging.
»Stell dir mal vor: eine Welt, in der gewöhnliche Menschen keine Kinder haben durften«, sagte Alice.
»Wenn man an Russell denkt, eigentlich 'ne gute Sache«, erwiderte Georgia.
»Ach ja, der zieht doch heute aus, nicht? Habt ihr euch schon tränenreich verabschiedet?«
Georgia schnaubte verächtlich. »Bin froh, dass ich ihn los bin!« Und sie überlegte, ob sie sich deshalb so komisch gefühlt hatte. »Der glücklichste Tag meines Lebens.«
Was nicht stimmte. Der glücklichste Tag ihres Lebens war der gewesen, an dem sie die Stellata gewonnen hatte und von Lucien geküsst worden war, doch davon konnte sie weder Alice noch irgendjemand sonst erzählen. Ein bisschen machte sie das traurig. Außerdem war sie so ruhelos. Als sich der fünfzehnte August dieses Jahr wieder genähert hatte, war es ihr unerträglich gewesen, sich vorzustellen, was gerade in Remora los war. Sie und Falco oder Nicholas, wie sie ihn jetzt nennen musste, hatten den Tag miteinander verbracht und über das Rennen geredet und sich gefragt, welche Pferde und Reiter teilnehmen und ob die Chimici dieses Jahr wohl gewinnen würden.
Dann war der Jahrestag von Falcos Transfiguration gekommen und er war deprimiert gewesen und hatte Heimweh gehabt. Sie sprachen öfters darüber, dass er die Feder nehmen und versuchen könnte einen Tag auf Besuch nach Talia zu reisen, doch Falco wollte nicht ohne Georgia reisen und ihr Talisman war ja verschwunden.

Georgia seufzte. Sie hatte gehofft, dass sie Lucien im Verlauf eines ganzen Jahres vielleicht irgendwann mal sehen würde. Sie hatte mit dem Geigenunterricht weitergemacht und natürlich war sie auch sonst oft im Haus der Mulhollands und besuchte Nicholas. Aber von Lucien war keine Spur zu sehen gewesen.

»Woran denkst du?«, sagte Alice. »Das war ja gerade ein tiefer Seufzer.«

»Hast du je von dem Jungen gehört, der in der Klasse über uns war und vor zwei Jahren gestorben ist?«

»Du meinst den hübschen mit den dunklen Locken? Was ist mit ihm?«

»Nichts weiter«, sagte Georgia. »Ich hab ihn immer im Schulorchester gesehen. Ich mochte ihn echt.«

»Tatsächlich?«, sagte Alice. »Davon hast du nie erzählt.«

»Hatte ja auch wohl wenig Sinn, oder? Kann man nichts machen. Ich werde ihn nie wieder sehen.« Und ihr wurde klar, dass das stimmte. Sie würde wieder um ihn trauern müssen.

Alice machte ein besorgtes Gesicht. Doch in dem Moment läutete die Schulglocke und sie konnten nicht in Ruhe weiterreden. Schüler aller Klassen strömten in den Sonnenschein und freuten sich an den letzten Sommertagen.

»Dein Freund Nicholas ist ihm ein bisschen ähnlich, findest du nicht?«, sagte Alice überraschenderweise. Eine Gruppe aus der neunten Klasse betrat gerade den Schulhof, aus der sich ein drahtiger Junge mit einem Lockenkopf löste und auf das Rasenstück, wo sie saßen, zukam.

Georgia hob schützend die Hand über die Augen und sah Nicholas entgegen. Es war gut, hinter ihm auf dem Asphalt seinen Schatten zu sehen.

Lucien arbeitete mit Rodolfo und Dethridge im Laboratorium seines Meisters in Bellezza. Seit sie aus Remora zurück waren, hatten sich die Stravaganti Sorgen um die Folgen von Falcos Tod gemacht. Zunächst, weil sie Vergeltungsmaßnahmen von Seiten des Herzogs befürchteten. Aber auch, weil Rodolfo überzeugt war, dass eine Verschiebung in dem Übergangsportal stattgefunden hatte. Nach der Transfiguration von William Dethridge hatte sich die Welt, aus der Lucien kam, immer weiter vom sechzehnten Jahrhundert in Talia entfernt, das Vorauseilen der Zeit war dann aber nach Luciens erstem Besuch langsamer geworden. Monatelang war der Übergang stabil geblieben, doch als Lucien endgültig in Talia festsaß, war er wieder außer Kontrolle geraten und hatte sich verschoben. Allerdings nur um ein paar Wochen und alle drei Stravaganti hatten sich zusammen bemüht ihn wieder zu stabilisieren, bis die beiden Welten wieder übereinstimmten – abgesehen von den vier Jahrhunderten oder mehr, die sie trennten.

Doch nach Falcos Tod war wieder ein Ruck entstanden in der anderen Welt. Und sie versuchten immer noch festzustellen, um wie viel sie vorausgeeilt war. Rodolfo hatte weiterhin einen Spiegel auf Luciens altes Zimmer ausgerichtet. Lucien selbst riet er allerdings davon ab, hineinzusehen.

Die beiden älteren Stravaganti hatten das Leben des jungen Talianers in Anglia mit seinen ständig wechselnden Bildern beobachtet. Wenn sie gewusst hätten, was ein Video auf Schnellvorlauf ist, dann hätten sie es vielleicht damit verglichen. Aber so sahen sie nur, dass Falco plötzlich fort war und dann mit eingegipstem Bein zurückkam. Sie sahen, wie er allmählich kräftiger wurde und Übungen machte, und eines Tages war der Gips weg und er lief nur noch mit einer Krücke herum.

Sie versuchten den Ablauf der Jahreszeiten vom Licht abzulesen, das durch sein Fenster fiel, doch manchmal brauchten sie auch Lucien, der ihnen erklären musste, was sie sahen.

»Was ist das für ein roter Schlauch, aus dem lauter Päckchen schauen?«, fragte Dethridge eines Tages.

»Ein Nikolausstiefel«, sagte Lucien und bekam Heimweh. Erstens gab es so etwas in Bellezza nicht und außerdem war es noch Ende August in Talia.

So verfolgten sie Falco während seiner Heilung und Genesung und der Junge wusste gar nicht, dass er von seinen alten Freunden beobachtet wurde. Sie sahen, wie er kräftiger und größer wurde und manchmal sahen sie Georgia neben ihm auf dem Bett sitzen.

Als Rodolfo schließlich durch den Spiegel, den er auf Remora gerichtet hatte, von der Stellata Straordinaria hörte, schien sich die andere Welt wieder zu verlangsamen. Ausgehend von den körperlichen Veränderungen von Georgia und Falco, schätzte er, dass ein Jahr vergangen war.

»Sollen wir zu dem Gedenkrennen für Falco nach Remora zurückkehren?«, fragte Lucien.

»Nein«, erwiderte Rodolfo. »Das ist nicht nötig. Arianna geht auch nicht und wir sollten dich nicht unnötig dem Herzog aussetzen. Denn zweifellos werden alle di Chimici dort sein.«

Der Clan der di Chimici war tatsächlich auf dem Platz vor der Kathedrale versammelt und nahm das vorabendliche Bankett der Zwillinge ein. Die Bezirke ihrer eigenen Städte wurden diesmal zu Gunsten der Familienvereinigung vernachlässigt. Herzog Niccolò, der neben seinem Bruder, dem Papst, saß, blickte über seine Söhne, seine Tochter und seine zahlreichen Nichten und Neffen hinweg.

Seine Pläne bezüglich ihrer Verehelichungen im Familienkreis waren gut aufgenommen worden und er freute sich schon auf eine neue Generation von Chimici und auf eine Zukunft, in der seine Nachkommen alle Stadtstaaten Talias beherrschen würden. Dem Gedanken an die aufsässige junge Duchessa von Bellezza verschloss er sich im Augenblick. Mit ihr würde er auch noch fertig werden; das war nur eine Frage der Zeit.

»Kann ich nach der Schule mal bei dir vorbeikommen?«, fragte Nicholas. »Ich muss was mit dir besprechen.«

»In Ordnung, bis später also«, erwiderte Georgia.

Den ganzen Tag war sie weiter in Unruhe und es war eine Erleichterung, als die Schule aus war. Das Haus war leer und die Leere hatte eine neue Qualität, die ihr zurief: RUSSELL IST WEG! Als Georgia in ihr Zimmer hinaufging, sah sie, dass die Tür von Russells Zimmer etwas offen stand. Sie stieß sie ganz auf und trat ein. Sein Bett, seine Kommode und sein Schreibtisch standen noch darin, doch Computer, Fernseher und Stereoanlage hatte er nach Sussex mitgenommen und das Bett war ohne Bettzeug. Und dort, mitten auf der abgezogenen Matratze, lag das geflügelte Pferd.

Keine Nachricht, kein Zettel, nur das Pferd – unversehrt. Russell musste gewusst haben, dass sie in sein Zimmer gehen würde, und er war wohl noch einmal zurückgekehrt, nachdem Ralph und Maura alle Kartons und Koffer herausgetragen hatten.

Vorsichtig nahm sie es auf. Es fühlte sich noch genauso an wie früher, glatt und warm, mit den zerbrechlichen Flügeln, deren feine Klebenaht gerade noch sichtbar war. Es klingelte und plötzlich stand Nicholas in der Tür.

»Ich habe nämlich den ganzen Tag schon so ein komisches

Gefühl«, sage er. »Ich glaube, es hängt mit Remora zusammen, und ich wollte dich fragen, ob du es auch spürst.« Und dann sah er, was sie in der Hand hielt.

Der Morgen der Stellata di Falco zog schön und klar herauf. Cesare erlebte alle die Rituale, die er vor einem Monat verpasst hatte: die Messe für die Reiter, den letzten Vorlauf am Morgen, das Aufnehmen in die Liste. Dann ging er in den Widder zurück, um etwas Leichtes zu essen, bevor es richtig losgehen würde.

Er ging in den Stall, um nach Arcangelo zu sehen, und fiel fast in Ohnmacht. Dort im Schatten stand ein schlankes junges Mädchen mit gestreiften Haaren, das ein knappes Oberteil trug und weite Beinkleider, die ihm irgendwie bekannt vorkamen.

»Georgia?«, fragte er verwundert.

»Cesare!«, rief sie und fiel ihm um den Hals. Sie duftete wunderbar. »Hol mir lieber schnell was anzuziehen, meine alten Jungenkleider sind gar nicht mehr hier.«

»Ich glaube nicht, dass dir Jungenkleider noch stehen würden«, sagte Cesare mit einem bewundernden Blick auf ihre Figur. Georgia wurde ein wenig rot, dann knuffte sie ihn.

»Warte, bis du gesehen hast, wer mit mir gekommen ist«, sagte sie grinsend. Es war einfach herrlich, wieder in Remora zu sein. »Wir haben eine Ewigkeit gebraucht, um einzuschlafen, so aufgeregt waren wir.«

Hinter ihr trat ein schlanker Junge mit schwarzen Locken ins Licht, der die weiten, fremdartigen Kleider der anderen Welt trug. Cesare erkannte ihn nicht, bis Falco seinen Namen sagte.

Und dann machte der Remaner das Zeichen der Glückshand. Denn das war ja tatsächlich Falco – ein älterer, größerer Falco, der ganz ohne Stöcke ging! Die andere Welt hatte Wunder an ihm vollbracht!

»Ich bin wieder da«, sagte Falco. »Erzähl mal, was im letzten Jahr alles los war.«

»Im letzten Jahr?«, sagte Cesare. »Es ist erst einen Monat her, dass ihr gegangen seid. Ich kann gar nicht glauben, wie du dich verändert hast. Und dass du ausgerechnet heute zurückkommst!«

»Warum?«, fragte Georgia. »Gibt es heute was Besonderes?«

»Es gibt eine besondere Stellata«, erklärte Cesare. »Und ich reite Arcangelo für den Widder. Sie wird Falco zu Ehren veranstaltet!«

»Ist ja toll!«, sagte Falco.

»Wir kommen und schauen dir zu«, sagte Georgia, »aber wir brauchen Kleider.«

Cesare rannte ins Haus, um Paolo und Teresa die Neuigkeiten zu überbringen.

Zu Ehren des toten Falco war der Festwagen der Jungfrau schwarz und in den Bezirksfarben Violett und Grün geschmückt. Er wurde von Rappen mit silbernem Zaumzeug und schwarzen Federn gezogen. Darauf stand ein leerer Sarg mit dem Wappen der giglianischen Chimici – der Lilie und dem Duftflacon – und Falcos Porträt, das von einem giglianischen Meister gemalt worden war. Einige Musiker saßen auf dem Wagen und spielten eine Trauerweise.

Die Fahnenträger hatten schwarze Bänder an die Spitzen ihrer Fahnenstangen gebunden und alle, die am Umzug der Jungfrau teilnahmen, trugen unter ihren violetten und grünen Schärpen Schwarz. Auf jeder Tribüne, an der sie vorbeikamen, nahmen die Zuschauer die Hüte ab und machten das Glückszeichen. Weinen war zu hören, sogar aus der Waage; die Geschichte war so traurig, selbst wenn sie einem Feind geschehen war.

Georgia saß mit Teresa und den Kindern auf der Tribüne des Widders. Sie trug ein rotes Kleid von Teresa und eine rot-gelbe Schärpe des Bezirks. Das Kleid, aber auch ihre Haare, zogen bewundernde Blicke auf sich und sie kam sich ganz anders vor als der junge Reiter, der beim letzten Mal das Rennen gewonnen hatte. Es war schwierig für Georgia, sich selbst davon zu überzeugen, dass sie nicht mal lange genug fort gewesen war, um vermisst zu werden. Eine Woche lang hatten die Montalbani sie sowieso in Frankreich vermutet, auch wenn sie sich danach etwas gewundert hatten, dass sie noch nicht wieder aufgetaucht war. Aber Sorgen gemacht hatten sie sich noch nicht.

Georgia ließ den Blick über die Menge gleiten und suchte nach Falco. Er war länger im Widder geblieben als sie. Zusammen hatten sie alle Pferde besucht und waren auch bei Merla gewesen, von der sich Falco einfach nicht trennen konnte.

Georgia nahm an, dass er es nicht riskieren würde, auf der Tribüne der Jungfrau zu sitzen oder sich bei den Zwillingen hineinzudrängen. Er war ja vielleicht ein Jahr älter und größer geworden, aber man konnte immer noch Falco in ihm erkennen. Hoffentlich war er in Sicherheit.

Der Umzug kam zum Stehen und die Glocke hörte auf und immer noch war nichts von Falco zu sehen. Georgia beschloss sich keine Gedanken mehr um ihn zu machen, sondern sich auf das Rennen zu freuen. Die zwölf Pferde betraten den Campo und bald schon entdeckte sie Cesare auf dem großen Braunen. Er sah elegant und zuversichtlich aus. Dem Siegerpferd der vergangenen Stellata wurde immer Ehrfurcht erwiesen und es war nicht so wichtig, ob ein anderer Reiter darauf saß.

Die Peitschen wurden ausgegeben und die Pferde bewegten

sich an die Startlinie. Herzog Niccolò selbst zog die Kugeln der Bezirke aus dem Beutel und die Reihenfolge wurde festgelegt. Es gab das übliche Gedränge und Geschubse und die Zuschauer beobachteten die Startlinie.

Dann, gerade als Rincorsa (diesmal für den Wassermann) sich in Position brachte, segelte das geflügelte Pferd durch die Luft. Es vollführte eine elegante Landung aus vollem Galopp, faltete die schwarzen Schwingen zusammen und gesellte sich als dreizehntes Pferd zu den anderen.

Die Menge tobte; wer war dieser Reiter in seinem fremdartigen Kostüm? Er trug keine bestimmten Farben eines Bezirks, sondern hatte die Tücher aller zwölf Bezirke an die Kleidung eines ganz normalen Stallburschen geknotet. Er trug keinen Helm und seine schwarzen Locken fielen ihm auf die Schultern. Er war ein hübscher Junge und die Mädchen von Remora begannen zu rufen: »Bellerofonte! Bellerofonte!«, und benannten den hübschen Reiter damit nach einem fliegenden Reitersmann der Legenden.

Merla und ihr Reiter durchflogen die erste Runde vor den anderen zwölf Pferden und nun keimten die ersten Gerüchte auf der Tribüne der Zwillinge und eilten schneller über den Platz als jedes Rennpferd. Aus dem Ruf der Mädchen wurde plötzlich ein allgemeines »Falco! Falco!« und schon bald fielen die Zuschauer auf der Mitte des Platzes auf ihre Knie und bekreuzigten sich.

»Ein Gespenst!«, raunte man sich zu. »Prinz Falco ist zu seinem eigenen Gedenkrennen gekommen!« Gaetano saß da wie versteinert, er konnte kaum atmen und umklammerte Francescas Hand. Keiner hörte, wie er flüsterte: »Es ist gelungen!«

Der Herzog war als Einziger aufgesprungen. Sein Gesicht war aschfahl vor Schreck – oder vielleicht vor Empörung.

Alle übrigen Reiter fielen weit zurück. Falco flog zwar nicht mit Merla, aber sie war dennoch schneller als jedes normale Pferd. Er raste auf die Ziellinie zu und schlug Widder und Jungfrau um einige Meter.

Kaum hatte er das Ziel erreicht, flüsterte er Merla etwas ins Ohr und trieb sie an aufzusteigen. Als sich das geflügelte Pferd in die untergehende Sonne erhob, fiel sein mächtiger Schatten auf die nach oben gewandten Gesichter der Menge auf dem Platz. Ein einziger Schreckenslaut war zu hören, gefolgt von dem Ruf »Dia!«. Der Schatten des Pferdes hatte keinen Schattenreiter.

Als Merla über die Tribüne der Jungfrau flog, segelte ein violett-grünes Tuch herunter und wurde von der Hand des Herzogs aufgefangen.

Die Menschen brauchten ein oder zwei Minuten, bis sie merkten, dass das Rennen vorüber war. Cesare hatte Arcangelo im letzten Moment gezügelt und der Reiter der Jungfrau hatte seine Chance genutzt. Cherubino hatte Zarina über die Ziellinie geritten und schwang seine Peitsche siegreich durch die Luft. Die Anhänger der Jungfrau stürmten die Rennbahn, um ihren Reiter zu umarmen und das Pferd zu tätscheln. Georgia stieg von der Widder-Tribüne und drängte sich zu Cesare durch, gegen den Sturm der Jungfrau-Anhänger, die das Banner der Stellata von der Tribüne der Preisrichter holen wollten.

»Warum hast du das gemacht?«, flüsterte sie Cesare zu, der schwitzend neben Arcangelo stand.

»Sieh dir doch den Herzog an«, sagte Cesare. »Man darf die Jungfrau nicht jedes Mal herausfordern.«

»Aber Falco hätte doch nicht gezählt und du hättest mit Leichtigkeit für den Widder gewonnen«, hielt ihm Georgia vor. »Denk doch nur, zwei Stellata-Banner in einem Jahr! Arianna wäre überglücklich gewesen.«

»Regeln hin oder her, Falco war der eigentliche Sieger.«

Sie blickten zum Herzog hinüber, der von der Tribüne geleitet wurde, um Cherubino zu gratulieren. Mit starrem Blick umklammerte er das grün-violette Tuch, das noch warm war vom Körper seines Sohnes. Trotz des Geschreis der Zuschauer glaubte er nicht, dass er einen Geist gesehen hatte. Als er auf den Campo trat, fing sein Blick das feuerrote Mädchen und den braunen Wallach ein und er musste an den geheimnisvollen Reiter aus dem Widder denken, der seine Familie einen Monat zuvor um den Sieg gebracht hatte.

Herzog Niccolò wusste genau, was er gesehen hatte, auch wenn er es nicht begriff: Sein Sohn, verwandelt und wieder gesund und munter, war zurückgekehrt, um ihm und seiner Familie zu zeigen, dass er noch lebte. Und die Stravaganti wussten, was für ein Geheimnis dies alles bewirkt hatte. Von nun an würde er Himmel und Erde in Bewegung setzen, um es gleichfalls herauszufinden.

Bemerkungen zur Stellata und zum Palio

Wie Georgia feststellt, gleicht das jährliche Pferderennen in Remora dem in Siena nicht ganz. Die Unterschiede, die es gibt, beruhen auf den Unterschieden zwischen dem heutigen Siena und der erfundenen Stadt. Remora ist in zwölf Bezirke aufgeteilt, während Siena aus siebzehn *contrade* besteht, wie die Stadtteile im Italienischen heißen.

Die zwölf remanischen Bezirke sind nach den Sternzeichen des talianischen Tierkreises benannt, während die *contrade* nach verschiedenen Tieren heißen, auch nach langsamen wie *Bruco* (Raupe) und *Chiocciola* (Schnecke), und nach einigen anderen Dingen – *Niccoio* (Muschel), *Torre* (Turm), *Onda* (Welle) und *Selva* (Wald).

Es gibt nur einen Bezirk, der in beiden Städten gleich ist: den Widder in Remora und Valdimontone in Siena. Die Farben von Valdimontone sind ebenfalls rot und gelb und das Symbol des gekrönten Widders kann im Südwesten der Stadt überall bewundert werden.

Der Palio findet in Siena jeden Sommer zweimal statt: am 2. Juli und am 16. August. Die Stellata gibt es nur einmal: am 15. August. In beiden Fällen gibt es bisweilen Sonderrennen, um an gewisse Anlässe zu erinnern. An jedem Palio nehmen nur zehn *contrade* Teil – sieben Bezirke sind turnusmäßig dran, weil ihre Pferde und Jockeys im Jahr zuvor ausgesetzt haben, und drei werden per Los gezogen. Es kann also passieren, dass ein Bezirk zweimal im Jahr gewinnt, obwohl das selten vorkommt.

Der große *Campo* in Siena ist nicht rund, sondern muschelförmig. Übereinstimmend zu Remora geht jedoch auch dem Palio eine zweistündige Prozession voraus, der *Corteo Storico*, und auch das Rennen dauert nur ungefähr anderthalb Minuten. (Es kann allerdings eine Stunde oder mehr dauern, bis man einen gültigen Start hinbekommt!)

Der Palio begann schon im 14. Jahrhundert als ein Rennen auf gerader Strecke, doch 1650 wurde er auf den Campo verlegt. In Remora wird das Rennen im Jahr 1578 schon seit einem Jahrhundert auf dem kreisförmigen Campo abgehalten.

Es gibt drei Aspekte der Stellata, von denen ich annahm, dass ich sie erfunden hatte. Dann musste ich feststellen, dass sie auch im sienesischen Palio vorkamen. Vor hunderten von Jahren waren die Reiter in Siena eher jugendliche Männer und in einem ganz besonderen Rennen von 1581 ritt sogar ein Mädchen mit. Sie hieß Virginia und startete für *Drago* (den Drachen), aber sie siegte nicht. Und dann entdeckte ich, dass es eine alte Tradition gab: Die *contrade* formten tatsächlich spezielle Bündnisse mit anderen Städten. Lange, nachdem mir die Idee gekommen war, in Remora den Widder mit Bellezza, die Jungfrau mit Giglia zu verbünden und so fort, machte ich diese spannende Entdeckung. Es war, wie Alan Dundes und Alessandro Falassi in ihrem Buch *La Terra in Piazza* (University of California Press, 1975) schreiben: »Man darf nicht vergessen, dass sich jedes Viertel in Siena als kleine Republik oder als Staat fühlte . . . Viele contrade haben sich mit anderen italienischen Städten verbündet, als seien sie politische Einheiten, die mit der Stadt Siena nichts zu tun hätten.«

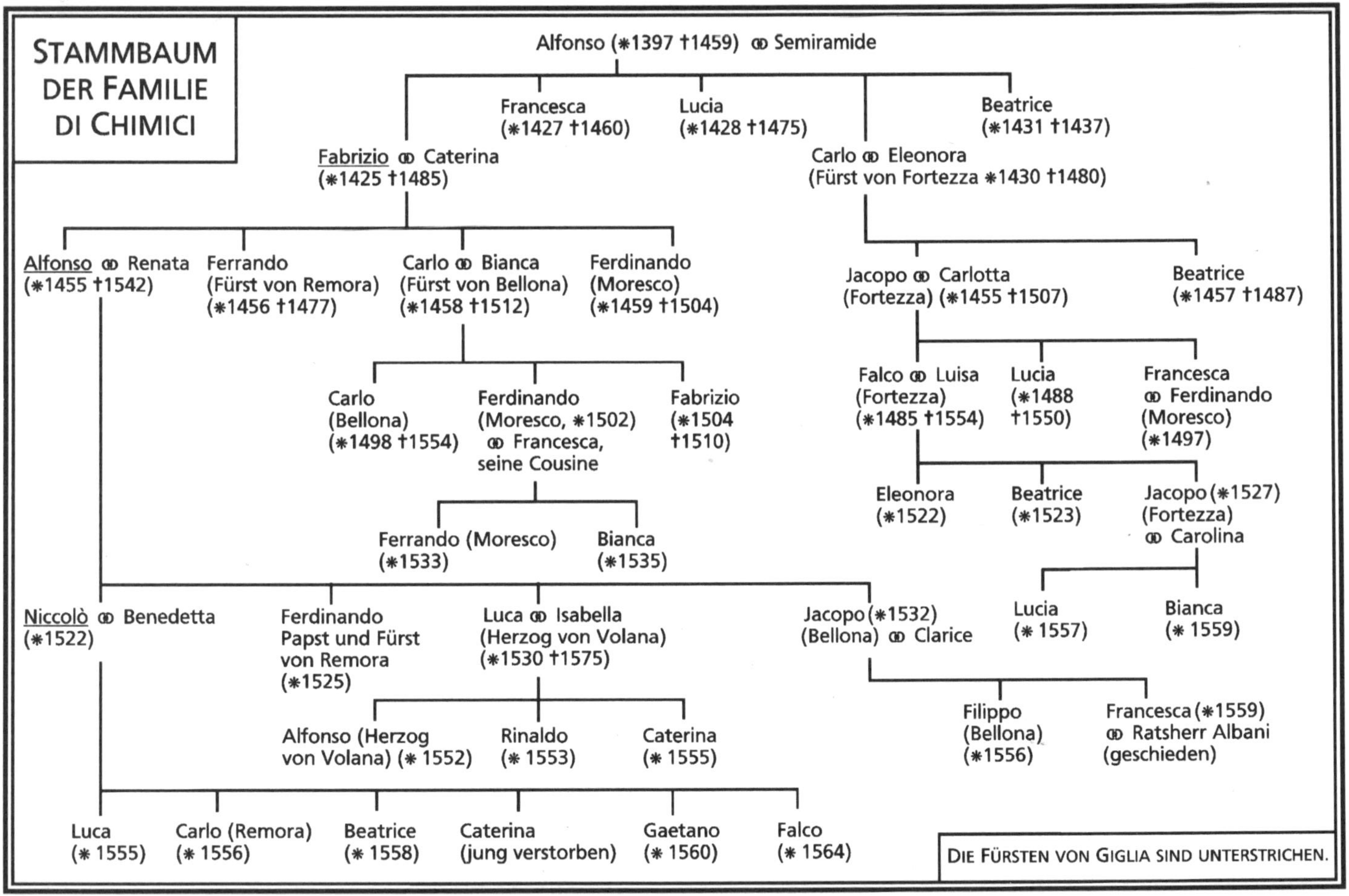

STAMMBAUM DER FAMILIE DI CHIMICI
Alfonso (*1397 †1459) ⚭ Semiramide
Francesca (*1427 †1460)
Lucia (*1428 †1475)
Beatrice (*1431 †1437)
Fabrizio ⚭ Caterina (*1425 †1485)
Carlo ⚭ Eleonora (Fürst von Fortezza *1430 †1480)
Alfonso ⚭ Renata (*1455 †1542)
Ferrando (Fürst von Remora) (*1456 †1477)
Carlo ⚭ Bianca (Fürst von Bellona) (*1458 †1512)
Ferdinando (Moresco) (*1459 †1504)
Jacopo ⚭ Carlotta (Fortezza) (*1455 †1507)
Beatrice (*1457 †1487)
Carlo (Bellona) (*1498 †1554)
Ferdinando (Moresco, *1502) ⚭ Francesca, seine Cousine
Fabrizio (*1504 †1510)
Falco ⚭ Luisa (Fortezza) (*1485 †1554)
Lucia (*1488 †1550)
Francesca ⚭ Ferdinando (Moresco) (*1497)
Ferrando (Moresco) (*1533)
Bianca (*1535)
Eleonora (*1522)
Beatrice (*1523)
Jacopo (*1527) (Fortezza) ⚭ Carolina
Niccolò ⚭ Benedetta (*1522)
Ferdinando Papst und Fürst von Remora (*1525)
Luca ⚭ Isabella (Herzog von Volana) (*1530 †1575)
Jacopo (*1532) (Bellona) ⚭ Clarice
Lucia (* 1557)
Bianca (* 1559)
Alfonso (Herzog von Volana) (* 1552)
Rinaldo (* 1553)
Caterina (* 1555)
Filippo (Bellona) (*1556)
Francesca (*1559) ⚭ Ratsherr Albani (geschieden)
Luca (* 1555)
Carlo (Remora) (* 1556)
Beatrice (* 1558)
Caterina (jung verstorben)
Gaetano (* 1560)
Falco (* 1564)
DIE FÜRSTEN VON GIGLIA SIND UNTERSTRICHEN.

Mary Hoffman

STRAVAGANZA

Stadt der Masken

Als der 14-jährige Lucien von seinem Vater ein altes Notizbuch geschenkt bekommt, ahnt er nicht, was für ein großartiges Geheimnis sich dahinter verbirgt. Durch Zufall schläft er mit dem Buch in der Hand ein – und wacht in einer seltsamen, aufregenden Stadt auf, die wie Venedig aussieht. Lucien ist in Bellezza gelandet, einer wunderschönen, schillernden Wasserstadt im 16. Jahrhundert. Doch der schöne Schein trügt: In den engen und verworrenen Gassen der Stadt treiben politische Spione und gedungene Mörder ihr Unwesen. Rinaldo di Chimici, der Botschafter des mächtigen Stadtstaats Remora, plant einen Anschlag auf die schöne Herzogin von Bellezza, um die Herrschaft über die wichtige Wasserstadt an sich zu reißen. Schneller, als ihm lieb ist, wird Lucien in diese Intrigen verwickelt – und selbst zur Zielscheibe der Verschwörer. Eine spektakuläre Reise durch zwei Welten und Zeiten beginnt.

368 Seiten. Gebunden. Ab 12.

Arena

Ulrike Schweikert

Das Jahr der Verschwörer

Zunächst scheint es ein ganz normaler Märztag des Jahres 1450 zu werden. Jos, der junge Knecht eines angesehenen Salzsieders in Schwäbisch Hall, arbeitet hart, um seine Mutter und seine jüngeren Geschwister zu ernähren. Doch plötzlich schwemmt die Kocher, der Fluss, der durch Jos´ Heimatstadt führt, eine unheimliche Leiche ans Ufer: Es ist Stefan, Jos´ bester Freund, und offensichtlich wurde er ermordet!
Stefans gewaltsamer Tod ist nicht das erste Verbrechen, das Jos beschäftigt: Gerade erst wurde der reiche Junker Engelhart von Morstein ermordet in die Stadt zurückgetragen – und kaum hat man die mutmaßlichen Täter gefasst, da sterben auch die im Gefangenenturm, noch bevor sie der Henker einem Verhör unterziehen kann. In der Stadt verschwinden außerdem auf rätselhafte Weise Bettelkinder, die einem seltsamen, unbekannten Mönch folgen ...
Gemeinsam mit der Henkerstochter Rebecca macht sich Jos daran, die verwirrenden Puzzlesteine zusammenzutragen. Sie finden heraus, dass Stefan und der Junker von Morstein offensichtlich einer bahnbrechenden Entdeckung auf der Spur waren, die die Salzsieder in Schwäbisch Hall in die größten Schwierigkeiten gebracht hätten. Alle Fäden scheinen im unscheinbaren, friedlichen Kloster Gnadental zusammenzulaufen ...

400 Seiten. Gebunden mit Schutzumschlag.
Ab 12.

Arena

Chris Wooding

Alaizabel Cray

Hexenjäger zu sein ist ein lebensgefährlicher Beruf. Zumindest in dem nebeldurchwobenen, fantastisch gebrochenen und schillernd zwischen den Zeiten schwebenden London, das Chris Wooding hier entwirft. Meisterhaft schafft er eine Welt, in der unheimliche Hexenwesen die Menschheit bedrohen, in der eine finstere Gilde mit Hilfe der Hexen die Macht ergreifen will und in der einige wenige Hexenjäger versuchen sich dem Sieg des Bösen entgegenzustellen. Zwischen den Fronten steht Alaizabel, das rätselhafte verletzliche, aber auch gefährliche Mädchen. Die atemlose Suche nach ihrer Herkunft wird zum Schlüssel aller Zusammenhänge.

424 Seiten. Gebunden. Ab 12.

Arena

G. P. Taylor

Der Schattenbeschwörer

Obadiah Demurral, der Vikar von Thorpe, behauptet ein Mann Gottes zu sein – aber wer ihn kennt, hält ihn eher für einen Teufel. Der 13-jährige Thomas weiß davon ein Lied zu singen, denn als oberster Gerichtsherr über die Dörfer und Menschen der Umgebung hat Demurral aus einer Laune heraus Thomas' Familie ins Unglück gestürzt. Nun muss sich Thomas allein durchschlagen, lebt in einer Höhle am Strand und trifft sich höchstens mal mit der rebellischen Kate, einem Mädchen, das Männerkleider trägt und besser schießen kann als jeder Schmuggler. Aber Thomas hat den Verdacht, dass Demurral seine Herrschaft über die Dörfer noch lange nicht genug ist. Auf geheimnisvolle Weise hat der Vikar einen Keruvim erhalten, eine goldene, geflügelte Statue, die ihm die Fähigkeit verleiht, die Schatten der Finsternis zu beschwören. Nur zwei dieser Keruvim gibt es auf der Welt – und wenn es Demurral gelänge, auch noch den zweiten in seinen Besitz zu bringen, dann hätte er eine unvorstellbare Macht über das Universum. Nur Thomas und Kate und ein seltsamer Fremder namens Raphah wagen es, sich dem finsteren Vikar in den Weg zu stellen. Sie lassen sich auf einen Kampf ein, der Himmel und Erde in Aufruhr versetzt ...

424 Seiten. Gebunden. Ab 12.

Arena

Celia Rees

Hexen-kind

England, 1659. Hilflos muss Mary mit ansehen, wie ihre Großmutter, die Heilerin Alice Nuttall, als Hexe gefoltert und hingerichtet wird. Eine geheimnisvolle Fremde – Mary ahnt, dass es ihre totgeglaubte Mutter ist – bringt das »Hexenkind« vor dem aufgebrachten Mob in Sicherheit und übergibt sie im Hafen von Southampton einer Gruppe puritanischer Auswanderer.
Doch das Erbe der Großmutter – ihr unbezwingbarer Freiheitsdrang und eine seltsame spirituelle Begabung – wird Mary auch in der Neuen Welt zum Verhängnis. Den Puritaniern sind ihr ungewöhnliches Wissen und ihre offenkundigen Talente als Heilerin längst ein Dorn im Auge. Als schließlich noch einige junge Mädchen bei »unnatürlichen nächtlichen Ritualen« ertappt werden, behaupten sie, Mary hätte sie verhext – und die Gemeinde wendet sich bereitwillig gegen die ungeliebte Außenseiterin. Nur Martha, die Hebamme und einige Freunde stehen ihr mutig bei. Schließlich erscheint Obadiah Wilson, der selbst ernannte Santansaustreiber aus England…

270 Seiten. Gebunden. Ab 12.

Arena